उपन्यास

बचपन

बचपन

लेव तोल्स्तोय

अंग्रेज़ी से अनुवाद

निर्मल वर्मा

राजकमल प्रकाशन

लेव तोल्स्तोय के 1852 में प्रकाशित रूसी उपन्यास 'ДЕТСТВО' के अंग्रेज़ी अनुवाद 'CHILDHOOD' का संक्षिप्त अनुवाद
पहली बार 1954 में 'बचपन' शीर्षक से प्रकाशित

ISBN : 978-93-6086-090-5

मूल्य : ₹495

पहला राजकमल संस्करण : सितम्बर, 2024

प्रकाशक : राजकमल प्रकाशन प्रा. लि.
1-बी, नेताजी सुभाष मार्ग, दरियागंज
नई दिल्ली-110 002

शाखाएँ : अशोक राजपथ, साइंस कॉलेज के सामने, पटना-800 006
पहली मंजिल, दरबारी बिल्डिंग, महात्मा गांधी मार्ग, प्रयागराज-211 001
1, अनमोल सोराबजी सन्तुक लेन, धोबी तलाव, मरीन लाइंस, मुम्बई-400 002
वेबसाइट : www.rajkamalprakashan.com
ई-मेल : info@rajkamalprakashan.com

मुद्रक : विकास कंप्यूटर एंड प्रिंटर्स
ट्रॉनिका सिटी-201 102

BACHPAN
Novel by Leo Tolstoy
Translated by Nirmal Verma

बचपन

क्रम

हमारे मास्टर साहब, कार्ल इवानिच

मुझे अपनी दसवीं वर्षगाँठ पर ढेर-से सुन्दर उपहार मिले थे। उसके ठीक तीन दिन बाद कार्ल इवानिच ने मुझे सुबह सात बजे ही जगा दिया। बात यों हुई कि उन्होंने एक छोटी-सी छड़ी पर नीले काग़ज़ का एक लिफ़ाफ़ा बाँधा और मक्खी मारने के लिए उसे ज़ोर से मेरे सिर पर हिलाया, जिससे झट मेरी आँख खुल गई। उन्होंने यह सब कुछ इतने फूहड़ ढंग से किया कि दीवार पर टँगी मेरे संरक्षक-सन्त की तसवीर से उनकी छड़ी उलझ गई और मरी हुई मक्खी ऐन मेरे सिर पर आ गिरी। मैंने लिहाफ़ से अपनी नाक बाहर निकाली, अपने ऊपर झूलती हुई तसवीर को सीधा किया, मरी हुई मक्खी को फ़र्श पर फेंका और नींद में डूबी रोषयुक्त आँखों से कार्ल इवानिच को देखा। किन्तु वह सब कुछ भूलकर अपने रात के कपड़ों में बराबर कमरे में घूमते हुए मक्खियों पर निशाना साध रहे थे।

'बेशक, मैं छोटा हूँ।' मैंने सोचा, 'लेकिन इसका मतलब यह नहीं कि वह मुझे इस तरह परेशान करे। आख़िर वह वोलोद्या के बिस्तर पर क्यों नहीं मक्खियाँ मारते? वहाँ कितनी सारी मक्खियाँ हैं! नहीं, वह ऐसा नहीं करेंगे

क्योंकि वोलोद्या मुझसे बड़ा है। मैं घर में सबसे छोटा हूँ, इसीलिए वह मुझे इतना तंग करते हैं। दिन-भर वह इस ताक में रहते हैं कि किसी तरह मुझे तकलीफ़ पहुँचा सकें।' मैं भीतर-ही-भीतर फुसफुसाया, 'जनाब अच्छी तरह जानते हैं कि उन्होंने मुझे डराकर जगा दिया है लेकिन बहाना यह कर रहे हैं कि कुछ मालूम ही नहीं। बेशर्म कहीं के!'

जब मैं मन-ही-मन कार्ल इवानिच को कोस रहा था, वह अपने पलंग के पास आए, अपनी घड़ी को देखा जो बिस्तर के ऊपर मोतियों की झालर में लटक रही थी, नीले लिफ़ाफ़े को दीवार की खूँटी पर टाँग दिया और फिर मुड़कर बहुत प्रसन्न-भाव से हमारी ओर देखा।

"उठो, बच्चो, उठो। देखो माँ खाने के कमरे में आ गई हैं।"

वह अपने प्यार-भरे जर्मन शब्दों में कहते। फिर वह मेरे पास आकर बिस्तर के पैताने पर बैठ गए और अपनी जेब से सुँघनी की डिबिया निकाल ली। मैं सोने का बहाना करता रहा। कार्ल इवानिच ने डिबिया सूँघी, अपनी नाक को हल्के-से रगड़ा, एक-एक करके अँगुलियाँ चटखाईं और फिर मेरी ओर उन्मुख हुए। वह हँसते हुए मेरे पैरों को गुदगुदाने लगे, "आलसी बच्चे—बहुत सो लिए!" उन्होंने कहा।

हालाँकि गुदगुदी से मुझे बहुत डर लगता था, उन्हें कोई उत्तर दिये बिना मैं मचला लेटा रहा। मैंने अपना सिर तकिये में और भी अधिक धँसा लिया और अपनी हँसी रोकने के लिए ज़ोर-ज़ोर से हाथ-पाँव मारने लगा।

'मास्टर साहब कितने अच्छे हैं—हमें इतना चाहते हैं और मैं नाहक ही उन्हें कोस रहा था।' मैंने मन-ही-मन सोचा।

मुझे अपने पर उतनी ही खीज आ रही थी, जितनी कार्ल इवानिच पर। एक साथ ही रोने और हँसने को मन कर रहा था और भीतर एक अजीब-सी बेचैनी फैलने लगी थी।

"कार्ल इवानिच—मुझे तंग मत कीजिए।" तकिये से सिर बाहर निकालकर मैं रुँधे स्वर में चिल्ला उठा।

कार्ल इवानिच आश्चर्य में पड़ गए, मेरे पैर छोड़ दिये और चिन्तित भाव से मेरा हालचाल पूछने लगे—कहीं मुझे कोई बुरा सपना तो नहीं आया है?

न जाने क्यों, उनके स्नेहशील जर्मन चेहरे और कोमल चिन्ता-भरे स्वर ने मेरे आँसुओं को और भी तेज़ कर दिया। मुझे अपने पर बेहद शर्म आ रही थी—कुछ देर पहले मैं उन्हें और उनके पहनावे को जी-जान से कोस रहा था, अब मुझे उनकी हर चीज़ अच्छी लग रही थी। मैंने बहाना बनाया कि मैं इसलिए रो रहा हूँ क्योंकि मैंने सपने में देखा कि माँ मर गई है और लोग उनकी अर्थी उठाकर ले जा रहे हैं। मैंने यह सपना मन-ही-मन गढ़ा था लेकिन जब कार्ल इवानिच मेरे शब्दों से द्रवित होकर मुझे समझाने-बुझाने लगे तब मुझे पता लगा मानो मैंने सचमुच वह भयानक स्वप्न देखा था और मैं पहले से भी अधिक दहाड़ें मारकर रोने लगा।

कार्ल इवानिच के जाने के बाद मैं मोज़े पहनने लगा। मेरे आँसू हल्के पड़ गए थे, किन्तु मन अब भी उदास था। हमारा नौकर निकलस कमरे में आया। वह बड़ा साफ़-सुथरा, गम्भीर क़िस्म का आदमी था और कार्ल इवानिच से उसकी बहुत पटती थी। वह हमारे जूते-कपड़े लेकर आया था। मैं नहीं चाहता था कि वह मुझे रोता हुआ देखे। बाहर की उजली धूप कमरे में फैलने लगी थी। मुँह धोने की बेसिन के सामने खड़ा वोलोद्या ख़ूब ज़ोर-ज़ोर से हँसता हुआ मारिया इवानोवा (हमारी बहिन की आया) की नक़ल उतार रहा था। निकलस जैसा संजीदा आदमी भी उसकी हँसी सुनकर मुस्कराए बिना न रह सका।

"व्लाडमीर पेट्रोविच—बहुत हँसी हो गई। अब हाथ-मुँह धोना शुरू कीजिए।" उसने कहा।

मैं भी मस्ती में आने लगा था।

"तैयार हो गए?" पढ़ाई के कमरे से कार्ल इवानिच की आवाज़ सुनाई दी।

उनका स्वर अब काफ़ी सख़्त था, वैसा कोमल नहीं, जिसे सुनकर कुछ देर पहले मेरे आँसू निकल पड़े थे। स्कूल के कमरे में वह बिलकुल बदल जाते थे—बिलकुल मास्टर साहब बन जाते थे। मैं जल्दी-जल्दी हाथ-मुँह धोने लगा और गीले बालों पर ही ब्रुश फेरता हुआ स्कूल के कमरे की तरफ़ भागने लगा।

नाक पर चश्मा चढ़ाए और हाथ में किताब लेकर कार्ल इवानिच अपनी पुरानी जगह बैठे थे—दरवाज़े और खिड़की के बीच। दरवाज़े के बाईं तरफ़ किताबों के दो शेल्फ़ थे—एक बच्चों का, दूसरा कार्ल इवानिच का अपना। हमारे शेल्फ़ पर हर तरह की पुस्तकें थीं—कुछ खड़ी हुईं, कुछ लेटी हुईं। हमारे हाथ जो किताब लगी, वहाँ ठूँस दिया करते थे। कार्ल इवानिच बहुत रोबीले भाव से उस शेल्फ़ को हमारी 'लाइब्रेरी' कहा करते थे। यद्यपि उनकी अपनी शेल्फ़ पर किताबों की संख्या ज़्यादा नहीं थी—उनका सम्बन्ध अनेक विषयों से था। मुझे अब भी उनकी तीन किताबें याद हैं, एक गोभी की खेती के बारे में थी, दूसरी सात वर्षों के युद्ध का इतिहास और तीसरी हाईड्रोस्टेटिक्स (जल-सन्तुलन विज्ञान) पर। कार्ल इवानिच अपना अधिकांश समय पढ़ने में गुज़ारा करते थे—इसके कारण उनकी नज़र भी कमज़ोर पड़ गई थी—लेकिन सिर्फ़ इन किताबों के अलावा मैंने उन्हें कोई दूसरी किताब पढ़ते नहीं देखा।

मैं आज भी उनका चेहरा-मुहरा याद कर सकता हूँ। रात की गाउन में ढकी उनकी लम्बी देह, सिर पर लाल टोपी जिसके नीचे उनके सफ़ेद बाल दिखाई दे जाते। वह एक छोटी-सी मेज़ के सामने बैठे होते, एक हाथ में किताब दूसरा कुर्सी के हत्थे पर टिका हुआ। उनके सामने वह घड़ी, जिसके चेहरे पर एक शिकारी की तसवीर बनी थी, धारीदार रूमाल, सुँघनी की डिबिया, हरे रंग का चश्मा रखने का केस। ये सब चीज़ें इतने क़रीने-क़ायदे से रखी होतीं कि उन्हें देखते ही विश्वास हो जाता कार्ल इवानिच की आत्मा साफ़ है, उनके दिल में कोई हलचल नहीं।

जब हम नीचे नृत्य-कक्ष में दौड़ते-भागते थक जाते, तो दबे पाँव सीढ़ियाँ चढ़कर ऊपर क्लास-रूम में चले आते। वहाँ कार्ल इवानिच अपनी आरामकुर्सी पर बैठे हुए निश्चिन्त, तेजस्वी मुद्रा में कोई किताब पढ़ रहे होते। ऐसा भी होता कि कभी वह कुछ न पढ़ रहे होते, उनकी ऐनक उनकी सुतवाँ नाक पर ढुलक जाती, उनकी अधमुँदी, नीली आँखों में एक अजीब-सा भाव भर जाता और होंठों पर एक ग़मगीन-सी मुस्कान सिमट जाती। कमरे में निपट सन्नाटा होता—सिवाय घड़ी की टिक-टिक के कुछ भी सुनाई न देता था।

उन्हें पता भी न चलता था कि मैं दरवाज़े की देहरी पर खड़ा हूँ और मैं मन-ही-मन सोचता—बेचारे मास्टर साहब—हम लोग दिन-भर खेलते-हँसते हैं, लेकिन यह बेचारे बिलकुल अकेले हैं—इन्हें कोई प्यार से सहलाता भी नहीं। वह ठीक ही कहते हैं कि वह अनाथ हैं। उनकी ज़िन्दगी की कहानी सचमुच भयानक है। एक बार उन्होंने अपनी राम-कहानी निकलस को सुनाई थी। उनकी स्थिति में होने की कल्पना से ही मैं डर जाता। मुझे उन पर इतना रहम आता कि मैं कमरे में आकर उनका हाथ पकड़ लेता और धीरे-से कहता, "प्यारे कार्ल इवानिच!" उन्हें मेरा इस तरह का व्यवहार बहुत अच्छा लगता था। वह द्रवित-से होकर मेरे हाथों को थपथपाने लगते।

कमरे की दूसरी दीवार पर नक़्शे लगे रहते। तीसरी दीवार पर—जिसके बीच ज़ीने की सीढ़ियाँ होतीं—दो फुटरूल टँगे रहते। एक हमारा—दूसरा जो कुछ नया था, कार्ल इवानिच का। वह लाइनें खींचने के लिए उतना नहीं, जितना सज़ा देने के काम में इस्तेमाल किया जाता था। दूसरी तरफ़ ब्लैक बोर्ड होता, जिस पर हमारे छोटे-बड़े अपराधों के निशान चॉक से लगाए जाते थे। बाईं तरफ़ वह कोना था, जहाँ हमें घुटने झुकाकर 'मुर्ग़ा' बनाया जाता था।

आज भी मुझे वह कोना कैसा याद है। वहाँ चूल्हे की खिड़की होती, जहाँ से अजीब आवाज़ आया करती। वहाँ हम मुर्ग़ा बने झुके रहते, हमारे हाथ-पाँव दर्द से अकड़ने लगते और हम सोचते कि हो-न-हो, कार्ल इवानिच मुझे मुर्ग़ा बनाकर सब कुछ भूल गए हैं। उन्हें क्या, ख़ुद तो जनाब आराम से कुर्सी पर पैर पसारे किताब पढ़ रहे हैं, और यहाँ दर्द से बुरा हाल हो रहा है। और उनका ध्यान खींचने के लिए हम स्टोव की खिड़की कभी खोलते, कभी बन्द करते या दीवार से प्लास्टर कुरेदने लगते—लेकिन इन सब हरकतों के बावजूद कार्ल इवानिच किताब हाथ में लिए निश्चल बैठे रहते, मानो उन्होंने कुछ देखा-सुना ही नहीं।

कमरे की आख़िरी दीवार पर तीन खिड़कियाँ होतीं—उनके सामने फैला दृश्य मुझे आज भी ज्यों-का-त्यों याद है—खिड़की के सामनेवाली वह सड़क,

जिसके एक-एक कोने, पत्थर और पगडंडी से मैं परिचित था। सड़क के परे नीबू के पेड़ों की एक लम्बी पंक्ति चली गई थी, उसके पीछे चरागाह था, जिसके एक तरफ़ धान कूटने की जगह और दूसरी तरफ़ जंगल फैला था। जंगल के ठीक बीचोबीच चौकीदार की झोंपड़ी दिखाई देती थी। खिड़की की दाईं तरफ़ बरामदे का वह हिस्सा था जहाँ भोजन से पहले बड़े लोग बैठा करते थे। कभी-कभी जब कार्ल इवानिच मेरी इमला की कॉपी जाँच रहे होते, आँखें बरबस उस दिशा में उठ जातीं और कभी माँ का सिर, कभी किसी की पीठ दिखाई दे जाती। हँसी और बातों की धुँधली-सी आवाज़ें सुनाई दे जातीं और तन-मन में एक गहरी झुँझलाहट भर जाती और हम सोचने लगते—"वह समय कब आएगा, जब मैं भी बड़ा हो जाऊँगा और किताबों से छुटकारा पाकर उन लोगों के साथ हँस-बोल सकूँगा, जिन्हें मैं प्यार करता हूँ।" और तब झुँझलाहट एक गहरी उदासी में बदल जाती और हम अपने ख़यालों में इतना गहरा डूब जाते और यह भी भूल जाते कि कार्ल इवानिच हमारी इमला की अशुद्धियों पर किस तरह लाल-पीले हो रहे हैं।

कार्ल इवानिच अपनी गाउन उतारते, नीला कोट पहनते, आईने में अपनी टाई सीधी करते और फिर हम सबको नीचे ले जाते, जहाँ माँ हमारी प्रतीक्षा कर रही होतीं।

माँ

माँ ड्राइंगरूम में बैठी चाय बना रही होतीं। चाय की केतली से पानी ढालते हुए उनकी आँखें 'समोवार' पर जमी होतीं और उन्हें हमारे आने का पता भी न चलता।

जब हम अपने किसी प्रिय व्यक्ति को याद करते हैं, स्मृतियों का बवंडर-सा उठ खड़ा होता है और तब लगता है जैसे हम उनके नाक-नक़्श को स्मृतियों के नहीं बल्कि आँसुओं के धुँधलके में देख रहे हों। वे हमारी कल्पना के आँसू हैं। जब कभी मैं अपनी माँ का चेहरा याद करने की कोशिश करता हूँ, मेरी आँखों के सामने उनकी स्नेह और करुणा से भरी भूरी आँखें, गले के नीचेवाला छोटा-सा तिल, कसीदेवाला सफ़ेद कॉलर और कोमल सूखे हाथ घूम जाते हैं, जिनसे वे मुझे सहलाती थीं, जिन्हें मैं अक्सर चूमता था। मैं यह सब याद कर सकता हूँ लेकिन उनके चेहरे का भाव मेरी स्मृति से फिसल गया है।

सोफ़ा के बाईं तरफ़ एक बड़ा अंग्रेज़ी पियानो था, जिसके सामने घने-काले बालोंवाली मेरी बहिन ल्यूबा बैठी होती और क्लिमेन्टी के किसी संगीत-अंश पर अभ्यास कर रही होती। वह ग्यारह वर्ष की थी।

उसके पास मारिया इवानोवा बैठी होतीं—वो नीली गाउन और सिर पर सुर्ख़ रिबनोंवाली हैट पहनी होती। उनका चेहरा यों ही काफ़ी सुर्ख़ और ग़ुसैला था, किन्तु जब कार्ल इवानिच भीतर आते, तो वह और भी अधिक तन जाता।

कार्ल इवानिच उसकी ओर ध्यान दिये बिना सीधे माँ के पास आते और उनका हाथ चूमते। माँ जैसे सोते हुए जाग जातीं, अपना सिर हिलाकर उदास ख़यालों को परे ठेल देतीं, अपना हाथ कार्ल इवानिच की ओर बढ़ाकर उनकी झुर्रियों-भरी कनपटी को चूमतीं, जबकि कार्ल इवानिच उनके हाथों को चूमते।

"धन्यवाद, कार्ल इवानिच!" वह जर्मन में कहतीं, "बच्चे ठीक से सो लिए न?"

कार्ल इवानिच यों भी एक कान से बहरे थे, अब पियानो की आवाज़ के कारण तो बिलकुल नहीं सुन पाते थे। वह सोफ़ा की तरफ़ झुक आए, एक हाथ मेज़ पर रखा, अपनी एक टाँग पर खड़े होकर उन्होंने मुस्कराते हुए अपना हैट उतारा—उनकी यह अदा मुझे बहुत प्रभावित करती थी—और फिर धीरे से पूछा :

"आपने क्या कहा, नातालिया निकोलावना?"

"मैं पूछ रही थी, बच्चे ठीक से सो लिए?" माँ उनकी तरफ़ झुककर ज़रा ऊँचे स्वर में बोलीं।

लेकिन कार्ल इवानिच इस बार भी कुछ न सुन पाए, उन्होंने अपने गंजे सिर पर दुबारा हैट रख लिया और पहले से कहीं ज़्यादा ख़ुशनुमा ढंग से मुस्कराने लगे।

"मिमी भई, ज़रा रुको!" माँ ने मुस्कराकर मारिया इवानोवा की ओर देखा, "तुम्हारे पियानो के कारण कुछ सुनाई नहीं देता!"

जब माँ मुस्कराती थीं, उनका सुन्दर चेहरा और भी अधिक आकर्षक बन जाता था और आसपास की हर चीज़ चमकने-सी लगती थी। अगर ज़िन्दगी के उदास लम्हों में मैं उस मुस्कान की एक झलक भी पा लेता, तो मुझे शायद दु:ख जैसी चीज़ से कभी वास्ता न पड़ता। मुझे लगता है जिसे हम चेहरे की ख़ूबसूरती कहते हैं, वह मुस्कराहट में छिपी रहती है।

अगर मुस्कराहट से चेहरे का आकर्षण बढ़ जाता है, तो वह चेहरा सुन्दर है, अगर उससे कोई अन्तर नहीं पड़ता तो वह साधारण है और अगर मुस्कराहट उसे बिगाड़ देती है, तो वह चेहरा बदसूरत है।

माँ तब मुझे पास बुलातीं, मेरे सिर को दोनों हाथों से पकड़कर पीछे ले जातीं, फिर ध्यान से मेरी ओर देखती हुई कहतीं :

"तुम आज सुबह रोए थे?"

मैंने कोई उत्तर नहीं दिया। उन्होंने मेरी आँखों को चूमा और जर्मन में पूछा :

"क्यों रोया था यह?"

"मैं नींद में रोया था, माँ।" मैंने कहा। मुझे अपना झूठा स्वप्न याद हो आया था, जिसके ख़याल से ही मेरी देह में झुरझुरी-सी फैलने लगी।

कार्ल इवानिच ने मेरा समर्थन किया किन्तु स्वप्न के बारे में चुप रहे। मौसम के बारे में इधर-उधर की बातें करने के बाद माँ उठ खड़ी हुईं और खिड़की के पास जाकर बोलीं, "अच्छा बच्चो—अब बाबूजी के पास जाओ और सुनो—उनसे यह कह देना कि खेतों में जाने से पहले एक बार मुझसे ज़रूर मिल लें।"

पियानो पर संगीत फिर शुरू हो गया और हम पिताजी से मिलने चल पड़े।

पिताजी

वह अपनी लिखनेवाली मेज़ के पास खड़े थे जिस पर काग़ज़, लिफ़ाफ़े और रुपये के नोटों का ढेर लगा था। वह काफ़ी गुस्से में अपने जैकब से कुछ कह रहे थे, जो अपनी पीठ के पीछे हाथ मोड़कर चारों तरफ़ अपनी अँगुलियों को घुमा रहा था। पिताजी जितना ही तेज़ी से बोलते, अँगुलियाँ उतनी ही तेज़ी से घूमने लगतीं और जब वह साँस लेने के लिए रुकते, तो अँगुलियाँ भी स्थिर हो जातीं। मुझे लगता जैकब की अँगुलियों के हिलने-डुलने से ही उसके गुप्त विचारों का पता चलाया जा सकता है। किन्तु उसका चेहरा हमेशा शान्त रहता, मानो वह ख़ुद अपनी क़द्र जानता हो लेकिन जिसे अपनी अधीनता का भी अहसास हो—मानो वह भीतर-ही-भीतर कह रहा हो—"ठीक मैं हूँ, लेकिन आप जो मरज़ी आए, करिए।"

हमें देखकर पिताजी ने सिर्फ़ इतना कहा, "ज़रा एक मिनट" और अपने सिर से इशारा किया कि हमें दरवाज़ा बन्द कर देना चाहिए।

हमें 'गुड मॉर्निंग' कहने के बाद पिताजी ने कहा कि हमने गाँव की ख़ाक छान ली और अब हम बच्चे नहीं रहे और अब समय आ गया है कि हम गम्भीरता से अपनी पढ़ाई-लिखाई शुरू करें।

"शायद तुम्हें मालूम है कि आज रात मैं मास्को जा रहा हूँ, और तुम भी मेरे साथ आ रहे हो।" उन्होंने कहा। "तुम वहाँ दादी के पास रहोगे और माँ यहाँ लड़कियों के साथ रहेंगी। तुम जानते हो—अगर तुम वहाँ अच्छी तरह पढ़ो-लिखोगे, तो उन्हें कितनी ख़ुशी होगी।"

पिछले दिनों घर में जो तैयारियाँ हो रही थीं, उससे हमने यह अनुमान ज़रूर लगाया था कि कुछ असाधारण-सा होनेवाला है—फिर भी पिताजी ने जो ख़बर हमें सुनाई, उससे हमें काफ़ी गहरा झटका लगा। वोलोद्या का चेहरा लाल हो गया और उसने काँपते स्वर में माँ का सन्देश पिताजी को दे दिया।

"अच्छा तो मेरे स्वप्न का यह मतलब था।" मैंने सोचा, "अब ईश्वर की दया से इससे बुरी आफत कोई न आए।"

मुझे रह-रहकर माँ पर अफ़सोस होने लगा—साथ-साथ यह ख़ुशी भी होती रही कि अब हम सचमुच बड़े लड़के हो गए हैं।

'अगर हम आज जा रहे हैं, तो इसका मतलब है कि आज कोई पढ़ाई नहीं होगी...' यह विचार मुझे बहुत ही सुखद जान पड़ा, "लेकिन बेचारे कार्ल इवानिच का क्या होगा—मुझे उन पर दया आने लगी। उन्हें सचमुच नौकरी से छुट्टी मिल जाएगी...कितना अच्छा होता अगर हम यहीं पढ़ते रहते, तब माँ और कार्ल इवानिच को इस तरह छोड़कर जाने की नौबत न आती—कार्ल इवानिच को सचमुच इस ख़बर से बहुत ठेस पहुँचेगी—यों भी वह बेचारे इतने उदास रहते हैं।"

इस तरह के सैकड़ों विचार मेरे मन में घुमड़ते रहे। मैं न हिला, न डुला, चुपचाप अपने जूतों की तरफ़ आँखें गड़ाए रहा।

पिताजी कुछ देर तक कार्ल इवानिच से गिरते हुए तापमान के बारे में बातें करते रहे—फिर उन्होंने जैकब को आदेश दिया कि वह कुत्तों को खाना न दे, ताकि भोजन के बाद वह उन्हें शिकार पर ले जा सकें। मेरी आशाओं के विपरीत पिताजी ने हमें रोज़ की तरह पढ़ने का ऑर्डर दिया, लेकिन साथ में हमें सांत्वना देने के लिए यह भी वादा किया कि वह हमें अपने साथ शिकार पर ले जाएँगे।

मैं सीढ़ियाँ चढ़कर भागता हुआ बरामदे में आया। दरवाज़े की देहरी पर मेरे पिता की प्रिय कुतिया मील्का आँखें मूँदे धूप में लेटी थी।

"प्यारी मील्का," मैंने उसे सहलाते, पुचकारते हुए कहा, "हम आज जा रहे हैं—अलविदा। हम फिर कभी एक-दूसरे से नहीं मिलेंगे।" और तब मेरे उद्गार फूट पड़े और मैं रोने लगा।

पढ़ाई

कार्ल इवानिच काफ़ी ख़फ़ा दिखाई देते थे। उनके तेवर चढ़े थे। वोलोद्या तो काफ़ी मन लगाकर पढ़ रहा था, लेकिन मेरा मन उचाट था और किसी काम में मेरा मन नहीं लग रहा था। जब पाठ दुहराने का समय आया, जुदाई के ख़याल से मेरी आँखें आँसुओं से भर आईं और मैं एक वाक्य भी ठीक से न पढ़ पाया। मुझे अपने आँसू रोकना असम्भव-सा जान पड़ा और किताब के शब्द मेरे रुँधे कंठ में अटकने लगे। जब कॉपी पर लिखने की बारी आई, मेरे आँसू टपाटप काग़ज़ पर गिरने लगे मानो मैं कॉपी पर नहीं, पानी में भीगे ब्लॉटिंग-पेपर पर लिख रहा हूँ।

कार्ल इवानिच मेरे इस व्यवहार से और भी अधिक नाराज़ हो गए, मुझे मुर्ग़ा बनने की सज़ा दी, कहा कि मैं ज़िद में आकर यह सब 'कठपुतलियों का तमाशा' (यह उनका प्रिय मुहावरा था) कर रहा हूँ, और मुझे अपने व्यवहार के लिए क्षमा माँगने का आदेश दिया। किन्तु आँसुओं के कारण मेरे मुँह से एक शब्द भी नहीं निकल पा रहा था। आख़िर उन्हें लगा कि वह मेरे प्रति थोड़ी-सी बेइंसाफ़ी कर रहे हैं और वह फटाक से दरवाज़ा बन्द करके निकलस के कमरे में चले गए।

हम अपने कमरे से उनकी बातचीत सुन सकते थे।

"निकलस, तुमने सुना, बच्चे मास्को जा रहे हैं?" कार्ल इवानिच ने कमरे में घुसते ही कहा।

"जी, हाँ।"

निकलस शायद अपनी जगह से उठनेवाला था, क्योंकि उसके बाद ही कार्ल इवानिच के ये शब्द सुनाई दिये, "नहीं, नहीं, बैठे रहो।" और फिर दरवाज़ा बन्द हो गया। मैं उनकी बातें सुनने के लिए कोने से उठकर दरवाज़े के पास चला आया।

"चाहे तुम लोगों का कितना ही भला क्यों न करो निकलस—चाहे तुम्हें उनसे कितना ही गहरा लगाव क्यों न हो—बदले में उनसे किसी चीज़ की आशा नहीं करनी चाहिए।" कार्ल इवानिच ने भरे-भीगे स्वर में कहा।

निकलस खिड़की के पास बैठा जूते गाँठ रहा था—कार्ल इवानिच की बात पर उसने चुपचाप सिर हिला दिया।

"इस घर में मुझे बारह वर्ष रहते हो आए, निकलस और मैं ईश्वर के सामने कह सकता हूँ..." कार्ल इवानिच ने छत की ओर अपनी सुँघनी और आँखें उठाते हुए कहा, "कि मैंने उन्हें अपने बच्चों से ज़्यादा प्यार-दुलार दिया है। तुम्हें याद है निकलस, जब वोलोद्या को बुखार आया था? मैं नौ दिन तक बिना आँखें झपकाए उसके सिरहाने बैठा रहा था। हाँ—तब उन दिनों 'प्यारे कार्ल इवानिच' कह-कहकर मेरी ख़ातिर की जाती थी, तब उन्हें मेरी ज़रूरत थी—और अब..." उसके होंठों पर व्यंग्यात्मक मुस्कान सिमट आई, "अब बच्चे बड़े हो गए हैं, उन्हें गम्भीरतापूर्वक अपनी पढ़ाई शुरू करनी चाहिए, (मानो अब तक ये भाड़ झोंक रहे थे)।"

"पता नहीं—और क्या पढ़ेंगे?" निकलस ने सूआ नीचे रख दिया और दोनों हाथों से धागा खींचने लगा।

"हाँ भई—अब मेरी कोई ज़रूरत नहीं—अब वे मुझे रफ़ा-दफ़ा कर देंगे। लेकिन उन्होंने जो वादे किये थे, उनका क्या हुआ? और क्या कृतज्ञता कोई चीज़ नहीं? मैं नातालिया निकोलावना की इज़्ज़त करता हूँ।"

उन्होंने अपने सीने की तरफ़ अँगुली उठाई, "लेकिन इस घर में उनकी इच्छाओं का इतना भी मोल नहीं..." उन्होंने चमड़े के एक टुकड़े को हिकारत से फ़र्श पर फेंक दिया, "मैं अच्छी तरह से जानता हूँ, यह किसकी करतूत है—और अब क्यों उन्हें मेरी कोई ज़रूरत नहीं रही—इसलिए कि मैं यहाँ कुछ लोगों की तरह लल्लो-चप्पो नहीं करता। जो सच बात है, उसे बेखटके सबके सामने कह देता हूँ। ईश्वर उनका भला करे—मुझे निकालकर वे अमीर नहीं हो जाएँगे—और मैं कहीं भी दो रोटियाँ जुटा सकता हूँ—क्यों, ग़लत कहता हूँ निकलस?"

निकलस ने अपना सिर उठाकर कार्ल इवानिच को इस तरह देखा, मानो वह अपने को आश्वासन दिला रहा हो, कि वह सचमुच दो रोटियाँ तो जुटा ही सकते हैं—लेकिन वह बोला कुछ नहीं। कार्ल इवानिच काफ़ी देर तक इसी रौ में बोलते रहे। मुझे उनके प्रति गहरी सहानुभूति थी—रह-रहकर मुझे यह बात भी कचोट रही थी कि कार्ल इवानिच और पिताजी एक-दूसरे को समझने में असमर्थ रहे थे। मैं चुपचाप अपने कोने में जाकर बैठ गया और ऐसा कोई उपाय ढूँढ़ने लगा, जिससे दोनों के बीच पुनः मेल-मिलाप हो सके।

जब कार्ल इवानिच दुबारा हमारे कमरे में आए, उन्होंने मुझसे कहा कि मैं अपनी कॉपी पर इमला लिखने के लिए तैयार हो जाऊँ। फिर वह आरामकुर्सी में धँस गए और ऐसी आवाज़ में—जो कहीं उनके भीतर की गहराई से आ रही थी—इमला लिखवाने लगे :

"मनुष्य के भीतर जितनी भावनाएँ हैं—उनमें सबसे अधिक अमानवीय भावना कृतघ्नता है।"

अन्तिम शब्द लिख लेने के बाद मैं इस आशा में उनकी तरफ़ देखने लगा कि वह आगे कुछ और लिखवाएँगे।

"पूर्ण विराम," उन्होंने कहा। एक अदृश्य-सी मुस्कान उनके चेहरे पर सिमट आई। फिर उन्होंने हमारी कॉपियाँ हमसे लेकर अपने सामने रख लीं।

वह अपने ही लिखाए वाक्य को बार-बार पढ़ने लगे—मानो उन शब्दों को पकड़कर, जो उनके अन्तर्मन को इतने स्पष्ट रूप से उजागर करते थे, उन्हें गहरा आन्तरिक सन्तोष मिल रहा हो। फिर हमें इतिहास का पाठ याद करने का आदेश देकर वह खिड़की के पास बैठ गए। उनका चेहरा अब पहले की तरह ग़मगीन नहीं था—उस पर अब ऐसे व्यक्ति का आत्म-सन्तोष झलक रहा था जिसने अपने अपमान का बदला पूरी तरह चुका लिया हो।

पौने एक के क़रीब समय हो चुका था, लेकिन कार्ल इवानिच हमें छुट्टी देने के बजाय एक के बाद एक काम दिये जा रहे थे। हमें भूख और ऊब दोनों एक साथ सता रही थीं। मैं बड़ी बेचैनी से भोजन शुरू होने की तैयारियों को देख रहा था। कोई नौकरानी तश्तरियों को धोने ले जा रही थी, रसोई में बर्तनों की खनखनाहट, टेबुल और कुर्सियों को खींचने की आवाज़... मेरे कान इन आवाज़ों पर लगे थे। किन्तु अभी तक घर के मुंशी फोका का कहीं पता नहीं था जो हर रोज़ हमें भोजन के लिए बुलाने आया करता था। उसके आते ही हम किताबें-कॉपियाँ एक तरफ़ फेंक देते और कार्ल इवानिच की परवाह किये बिना सरपट नीचे की मंज़िल में दौड़ जाते।

हमें सीढ़ियों पर किसी की पदचाप सुनाई दी, लेकिन वह फोका नहीं था। मैं उसकी चाल को पहचानता था और उसके जूतों की चरमराहट से अच्छी तरह परिचित था। अचानक दरवाज़ा खुला और हमें देहरी पर एक बिलकुल अजनबी आदमी की शक्ल दिखाई दी।

भोंदू सन्त

उसकी उम्र क़रीब पचास वर्ष रही होगी। एकदम पीला, लम्बा और चेचक के दाग़ों से भरा उसका चेहरा था, लम्बे सफ़ेद बाल और छितरी हुई सुर्ख़ रंग की दाढ़ी। उसका क़द इतना लम्बा था कि कमरे में घुसते हुए उसे न केवल अपना सिर झुकाना पड़ता था, बल्कि अपने समूचे शरीर को दुहरा करना पड़ता था। उसने फटे चीथड़ें पहन रखे थे और हाथ में एक भारी-भरकम डंडा पकड़ रखा था। वह बराबर उस डंडे को फ़र्श पर पटक रहा था और अजीब भयानक ढंग से मुँह फाड़कर हँसी के ठहाके लगा रहा था। वह एक आँख से काना था...कानी आँख की सफ़ेद पुतली बराबर ऊपर-नीचे हिल रही थी, जिससे उसका चेहरा और भी अधिक बीभत्स दिखाई देता था।

"वाह! पकड़ लिया।" वह भागता हुआ वोलोद्या के पास आया, झपटकर उसका सिर पकड़ लिया और बड़े ध्यान से उसे जाँचने लगा। फिर वह बहुत गम्भीर भाव से टेबुल के पास आया...मेज़पोश पर गहरी साँसें छोड़ने लगा और फिर सलीब का संकेत बनाकर बार-बार रुँधे-स्वर में कहने लगा—"ओह...कितनी दया है...कितनी पीड़ा...प्यारे लोग...सब उड़ जाएँगे।"

फिर वह वोलोद्या की ओर देखने लगा—उसके गालों पर आँसुओं की गंगा-यमुना बह रही थी।

उसका स्वर काफ़ी रूखा और रुँधा हुआ था, उसकी हरकतों में एक अजीब क़िस्म की हड़बड़ाहट थी...उसके शब्दों में किसी प्रकार का अर्थ या श्रृंखला ढूँढ़ना असम्भव था—किन्तु इस सबके बावजूद उसकी आवाज़ का उतार-चढ़ाव कुछ हृदयस्पर्शी था और कभी-कभी उसके पीले, बेडौल चेहरे पर एक ऐसा मुखर विषाद का भाव बिखर आता कि उसकी अनर्गल बातों को सुनते हुए अनायास करुणा, डर और उदासी की मिली-जुली भावनाएँ उमड़ने लगतीं।

वह भोंदू सन्त और तीर्थ-यात्री ग्रीशा था।

वह कहाँ से आया था, उसके माता-पिता कौन थे, कौन-सी चीज़ ने उसे घुमक्कड़ी जीवन चुनने को प्रेरित किया था—इन सबके बारे में किसी को कुछ पता न था। मैं सिर्फ़ इतना जानता था कि पन्द्रह वर्ष की उम्र से ही वह भोंदू सन्त बन गया था। गर्मी-सर्दी में नंगे पाँव घूमा करता था। दूर-सुदूर के भिक्षु-मठों के चक्कर लगाता था। अजीबोगरीब बातें करता था, जिन्हें कुछ लोग भविष्यवाणी मानते थे। कभी-कभी वह मेरे दादा के घर भी आया करता था, कुछ लोगों का कहना था कि वह किसी धनी किसान का पुत्र था, कुछ दूसरे लोग उसे महज़ आलसी किसान समझते थे।

आख़िर फोका खाने का सन्देश लेकर आया और हम नीचे चले आए। ग्रीशा भी—सिसकता, बड़बड़ाता और सीढ़ियों पर अपना डंडा पटकता हुआ—हमारे पीछे-पीछे आने लगा। माँ और पिताजी एक-दूसरे की कमर में हाथ डालकर ड्राइंग-रूम में घूम रहे थे और आपस में दबे स्वरों में बातचीत कर रहे थे। मारिया इवानोवा लड़कियों के साथ सोफ़ा पर बैठी थी। जब कार्ल इवानिच भीतर आए, तो उसने अवहेलना से अपना मुँह मोड़ लिया। लड़कियों के चेहरों से स्पष्ट था कि वे हमें कोई अनोखी ख़बर सुनाने को आतुर हैं, किन्तु वे मिमी के नियमों का उल्लंघन करने का साहस नहीं कर पा रही थीं। हमें पहले मिमी के पास जाकर फ्रांसीसी में अभिनन्दन करना पड़ता था—"नमस्कार, मिमी।" और उसके बाद ही बातचीत का सिलसिला शुरू किया जा सकता था।

वह मिमी भी कैसी असहनीय औरत थी! उसकी उपस्थिति में सबकी ज़ुबान सूख जाती। उसे हर चीज़ अनुचित दिखाई पड़ती थी। इसके अलावा वह कोंच-कोंचकर हमसे कहती थी—"फ्रांसीसी में क्यों नहीं बोलते?" —ख़ास कर ऐसे मौक़ों पर, जब हम रूसी में बोलने के लिए तड़प रहे होते। हम सोचते, वह लड़कियों की टीचर है—हमारे मामलों में क्यों टाँग अड़ाती है?

"माँ से कहो—हम भी शिकार पर जाना चाहते हैं।" काट्या ने मेरे कोट का आस्तीन खींचकर फुसफुसाते हुए कहा।

"अच्छा देखो, कोशिश करेंगे।" मैंने कहा।

ग्रीशा हमारे खानेवाले कमरे में ही भोजन करता था—लेकिन अलग मेज़ पर। उसकी आँखें प्लेट पर जमी रहतीं—कभी-कभी वह लम्बी साँसें भरता, भयानक भंगिमाएँ बनाता और बुड़बुड़ाता जाता—"अफ़सोस—उड़ गया, कबूतर स्वर्ग की तरफ़ उड़ गया...आह, क़ब्र पर पत्थर है।" इत्यादि।

माँ सुबह से ही काफ़ी चिन्तामग्न थीं—ग्रीशा की मौजूदगी, शब्दों और भाव-भंगिमाओं ने उन्हें और भी अधिक बेचैन कर दिया था।

"अरे हाँ, मैं तुमसे एक बात कहना ही भूल गई।" उन्होंने पिताजी को सूप की प्लेट देते हुए कहा।

"कौन-सी बात?"

"मेहरबानी करके अपने कमीने कुत्तों को बन्द करके रखा करो... आज वे बेचारे ग्रीशा को काटने दौड़े थे। किसी दिन वे बच्चों पर भी झपट सकते हैं।"

अपना नाम सुनकर ग्रीशा मेज़ की ओर मुड़ और अपने फटे-पुराने कपड़ों को दिखाता हुआ बड़बड़ाया, "हाँ-हाँ...वे मुझे मार डालते...ईश्वर की मर्ज़ी नहीं थी...दूसरे आदमियों पर कुत्तों को दौड़ाना पाप है...न न भाई, उन्हें पीटो मत...पीटने से क्या फ़ायदा! ईश्वर सबको माफ़ कर देगा...सबको!"

"यह आदमी कह क्या रहा है?" पिताजी ने सख़्ती से उसकी ओर देखते हुए कहा, "मैं एक लफ़्ज़ नहीं समझ सकता।"

"मैं समझती हूँ।" माँ ने कहा, "वह कह रहा है कि एक नौकर ने जानबूझकर शिकारी कुत्ते को उस पर छोड़ा था—लेकिन वह यह नहीं चाहता कि उस नौकर को कोई सज़ा दी जाए।"

"अच्छा, यह बात है।" पिताजी ने कहा, "इसे कैसे मालूम कि मैं नौकर को सज़ा दूँगा—सच पूछो, तो ऐसे लोग मुझे ज़रा भी पसन्द नहीं।" उन्होंने फ्रांसीसी में कहा।

"ऐसा न कहो..." माँ ने आतंकित स्वर में कहा, "क्यों? इसमें क्या बात है, जो तुम्हें पसन्द नहीं आती?"

"अरे, मैं इन्हें ख़ूब जानता हूँ। ये साधू-सन्त जो तुमसे मिलने आते हैं, सब एक ही थाली के चट्टे-बट्टे हैं।"

ज़ाहिर था, मेरी माँ उनसे सहमत नहीं थीं, लेकिन वह बहस में नहीं पड़ना चाहती थीं।

"मुझे समझ में नहीं आता कि अपने को अक़्लमन्द, शिक्षित कहनेवाले लोग कैसे इन लोगों की धोखाधड़ी में पड़ जाते हैं..." पिताजी ने मुस्कराते हुए कहा। उन्हें मालूम था कि उनकी ऐसी बातें माँ को क़तई पसन्द नहीं आतीं।

"एक बात मैं ज़रूर कहूँगी..." माँ ने कहा, "ये लोग, जो गर्मी-सर्दी नंगे पाँवों भटकते रहते हैं, अपने कपड़ों के भीतर मन-मन भारी ज़ंजीरों को पहने रहते हैं, हर सुख-सुविधा को ठुकराते हैं—मुझे विश्वास नहीं होता कि यह सब कुछ वे महज़ आलस के कारण करते हैं—और जहाँ तक इनकी भविष्यवाणियों का सवाल है मैंने तुमसे एक बार कहा था कि किस तरह किरुयश्का ने मेरे पिता को उनकी मृत्यु का जो दिन और समय बताया था, वह हू-ब-हू सही निकला था।"

भोजन ख़त्म हो चला था। ल्यूबा और कात्या बराबर हमारी तरफ़ देखते हुए आँखें मटका रही थीं, अपनी कुर्सियाँ खिसका रही थीं—उनकी बेचैनी हमसे छिपी नहीं थी। इस सबका एक ही मतलब था कि हम पिताजी से कहें कि वह उन्हें भी शिकार पर साथ ले जाएँ। मैंने वोलोद्या को कुहनी मारी—और आख़िर हौसला बटोरकर उसने शुरू में झिझकते हुए—

और बाद में स्पष्ट और ऊँचे स्वर में पिताजी से कहा, "चूँकि आज रात हम मास्को जा रहे हैं, यह अच्छा होगा अगर लड़कियाँ भी हमारे साथ शिकार पर चलें।" बड़ों के बीच थोड़ी-सी बहस हुई—आख़िर फ़ैसला हमारे पक्ष में हुआ—इससे भी बढ़िया बात यह हुई कि माँ भी हमारे साथ जाने के लिए तैयार हो गईं।

शिकार की तैयारी

जैकब को आदेश दिया गया कि वह घोड़ा गाड़ी, कुत्तों और घोड़ों को झटपट तैयार कर डाले। वोलोद्या का घोड़ा लँगड़ा रहा था, अतः पिताजी ने उसके लिए एक 'शिकारी घोड़े' को मँगवा भेजा। शिकारी घोड़े का नाम सुनते ही माँ के कान खड़े हो गए—मानो वह कोई भयानक, हिंस्र जन्तु हो जो सचमुच वोलोद्या की बोटी-बोटी फाड़ डालेगा। यद्यपि पिताजी और वोलोद्या ने माँ को हज़ारों आश्वासन दिये कि डरने की कोई बात नहीं है, वह बराबर घबराती रहीं।

भोजन समाप्त हो चुका था। बड़े-बुज़ुर्ग लोग कॉफ़ी पीने दूसरे कमरे में चले गए और हम भागते हुए बाग़ में आ बैठे। पगडंडियों पर पीले पत्तों की सरसराहट सुनते हुए हम आपस में बातें करने लगे। किन्तु अपनी विदाई के बारे में हमने एक शब्द भी नहीं कहा। घोड़ागाड़ी के पहियों की गड़गड़ाहट सुनकर हम चुप हो गए। गाड़ी के दोनों तरफ़ कोनों में आदमी बैठे थे और उसके पीछे-पीछे घोड़े दौड़ाते नौकर शिकारी कुत्तों के साथ आ रहे थे। सबसे पीछे हमारा कोचवान इग्नात वोलोद्या मेरे घोड़ों की बागडोर पकड़े आ रहा था। उन्हें देखते ही हम तेज़ी से घर की तरफ़ भागने लगे,

ताकि जल्द-से-जल्द शिकारी वेशभूषा पहनकर तैयार हो सकें। हम चाहते थे कि तैयार होकर हम पोर्च में आ सकें, जहाँ से हम घोड़ों और कुत्तों को देख सकते थे और शिकारियों से जी भरकर गप्पें मार सकते थे।

वह काफ़ी गर्म दिन रहा होगा। सुबह से ही क्षितिज पर बड़े-बड़े सफ़ेद बादल जमा होने लगे थे। हवा के झोंकों से वे पास-पास सरक आए थे जिससे कभी-कभी वे सूरज को छिपा लेते थे। किन्तु वे आँधी के बादल नहीं थे, जो हमारे मनोरंजन में बाधा पहुँचा सकते। शाम होते-होते वे आकाश में बिखर गए। सिर्फ़ एक काला बादल पूर्वी आकाश में ठहर गया। कार्ल इवानिच एकदम जान जाते थे कि कौन-सा बादल कहाँ जाएगा। उन्होंने कहा कि यह बादल मास्को जाकर दम लेगा, बारिश नहीं होगी और सारे दिन मौसम सुन्दर रहेगा।

फोका अपनी उम्र के बावजूद भागता हुआ सीढ़ियाँ उतरकर नीचे चला आया और ऊँची आवाज़ में चिल्लाया, "चलिए, आगे बढ़िए!" और टाँगें फैलाकर दहलीज़ और दरवाज़े के बीच खड़ा हो गया, जहाँ कोचवान को गाड़ी खड़ी करनी थी। घर की औरतें नीचे आईं, कुछ देर तक बहस करती रहीं कि कौन कहाँ बैठेगा और फिर छतरियाँ खोलकर गाड़ी में अपनी-अपनी जगह बैठ गईं। जब घोड़ागाड़ी चलने लगी, माँ ने काँपते स्वर में पूछा, "क्या व्लादिमीर पेट्रोविच का घोड़ा यही है?" कोचवान ने हामी भरी और माँ ने हाथ हिलाकर अपना मुँह दूसरी तरफ़ मोड़ लिया।

"मैं बेसब्री से अपने घोड़े पर सवार हो गया और उसे आँगन के चारों तरफ़ घुमाने लगा।

"मेहरबानी करके कहीं किसी कुत्ते को न कुचल देना!" किसी आदमी ने मुझसे कहा।

"घबराने की बात नहीं—मैं पहली बार घोड़े पर नहीं चढ़ रहा हूँ।" मैंने गर्व से कहा।

वोलोद्या अपने शिकारी घोड़े पर सवार हो गया। यद्यपि उसमें साहस की कमी न थी, फिर भी उसने कई बार काँपते स्वर में पूछा, "यह घोड़ा ठीक है न?"

घोड़े की पीठ पर वह फबता भी ख़ूब था—बिलकुल वयस्क आदमी की तरह। कसी हुई पतलून में उसकी जाँघें काठी पर इतनी सुन्दर दीख रही थीं कि मैं ईर्ष्यालु हुए बिना नहीं रह सका—ख़ास कर जब मैं अपनी छाया को देखता था, तो उसकी तुलना में अपने को बहुत छोटा पाता था।

और तब सीढ़ियों पर हमें पिताजी की पदचाप सुनाई दी। कुत्तों के रखवाले ने अपने आसपास भागते कुत्तों को इकट्ठा किया और अन्य शिकारी अपने-अपने घोड़ों पर सवार हो गए। पिताजी भी अपने घोड़े पर चढ़ गए और हम शिकार के लिए रवाना हो गए।

शिकार

तुर्का शिकारी सबसे आगे था। उसने एक फटा-पुराना हैट पहन रखा था, अपने कन्धों के पीछे एक बहुत बड़ा बिगुल लटका रखा था और नीचे पेटी पर एक शिकारी चाकू झूल रहा था। उस आदमी के ग़म्भीर और भयानक चेहरे को देखकर लगता था मानो वह शिकार खेलने नहीं, रणक्षेत्र में अपनी जान की बाज़ी लगाने जा रहा है। उसके घोड़े के पीछे शिकारी कुत्तों का लश्कर भागा जा रहा था। जब कोई कुत्ता लश्कर से पीछे छूट जाता, बेचारे पर तुरन्त चाबुक पड़ती थी और वह भागता हुआ दुबारा अपने गिरोह में शामिल हो जाता। जब हम गेट से बाहर आए, पिताजी ने हमें और अन्य शिकारियों को सड़क पर चलने के लिए कहा और स्वयं खेतों की तरफ़ मुड़ गए।

ख़ूब ज़ोर-शोर से अनाज काटने का काम चल रहा था। अन्तहीन, पीले खेतों के एक ओर लम्बा, नीला जंगल था, जो उन दिनों मुझे बहुत ही रहस्यमय जान पड़ता था—एक ऐसा प्रदेश, जहाँ दुनिया ख़त्म हो जाती है या वीरान देश शुरू हो जाते हैं। हर जगह किसान और अनाज के ढेर दिखाई देते थे। कहीं-कहीं अनाज बटोरती हुई औरतों की झुकी पीठें दिखाई दे जाती थीं।

एक-दूसरी जगह किसान गाड़ियों में कटा हुआ अनाज ढो रहे थे जिससे सूखे पपड़ाए खेत पर धूल उड़ रही थी। गाँव के चौधरी ने पिताजी को देखते ही अपना हैट उतारा और तौलिए से अपना सिर और सुर्ख़ रंग की दाढ़ी पोंछने लगा।

जब हम कालीना वन में पहुँचे, वहाँ एक घोड़ागाड़ी पहले से ही हमारी प्रतीक्षा में खड़ी थी। हमारे आश्चर्य की कोई सीमा न रही जब हमने उस पर अपने रसोइये को बैठे देखा। गाड़ी में घास-फूस के नीचे एक समोवार और आइसक्रीम का बॉक्स भी रखा था। साथ में कुछ और थैले और पोटलियाँ थीं। हमें अनुमान लगाते देर न लगी कि आइसक्रीम और फलों के साथ आज चाय-पान बाहर ही किया जाएगा। अनजाने स्थानों में खाने-पीने का सुख निराला होता है—हमारी ख़ुशी का कोई ठिकाना न रहा।

तुर्का गाड़ी के पास चला आया, पिताजी के आदेशों को ध्यान से सुना (हालाँकि करता वह मनमानी ही था), कुत्तों को खुला छोड़ दिया फिर दुबारा घोड़े पर चढ़कर सीटी बजाता हुआ पेड़ों के झुरमुट में ग़ायब हो गया, आज़ाद कुत्तों ने पहले अपनी ख़ुशी पूँछें हिलाकर ज़ाहिर की, अपने शरीरों को हल्के-से हिलाया-डुलाया और फिर उसके बाद ही हवा को सूँघते, पूँछें हिलाते हुए वे विभिन्न दिशाओं में भागने लगे।

"तुम्हारे पास रूमाल है?" पिताजी ने पूछा।

मैंने जेब से रूमाल निकालकर उन्हें दिखाया।

"अच्छा, अब उस कुत्ते से यह रूमाल बाँध दो।"

"कौन ज़िहरान?" मैंने एक दक्ष शिकारी के स्वर में पूछा।

"हाँ—और अब उस सड़क पर भागते जाओ—जब घास का मैदान आए, तब रुक जाना। और देखो—जब तक कोई ख़रगोश न पकड़ लो, वापस मत आना।"

मैंने ज़िहरान के घने बालोंवाली गर्दन पर रूमाल बाँधा और नियुक्त स्थान की ओर भागने लगा। पिताजी हँसते हुए चिल्लाए, "जल्दी...झटपट भागो...वरना देर हो जाएगी।"

ज़िहरान बार-बार रुक जाता था और कान खड़े करके शिकारियों की पुकारों को सुनने लगता था। वह एक जगह अड़ जाता था, तो उसे हिलाना आसान नहीं था। एक-दो बार तो उसने इतने ज़ोर से मुझे अपनी तरफ़ खींचा कि मैं गिरते-गिरते बचा। आख़िर नियुक्त स्थान पर पहुँचकर मैं एक घने, छायादार पेड़ के नीचे घास पर लेट गया और ज़िहरान को पास बिठाकर प्रतीक्षा करने लगा। ऐसे क्षणों में मेरी कल्पना वास्तविक दुनिया को पीछे छोड़कर कुलाँचें मारने लगती थी। मैं सोचने लगा मानो मैं दो ख़रगोश मारकर तीसरे ख़रगोश का शिकार कर रहा हूँ। तभी मुझे जंगल से एक शिकारी कुत्ते की आवाज़ सुनाई दी और उसके ऊपर तुर्का की हुंकारती आवाज़ की गूँज। फिर एक कुत्ते की चीख़ बार-बार सुनाई देने लगी...फिर एक साथ बहुत-सी गहरी आवाज़ें, ऊपर उठती हुई, नीचे गिरती हुई, एक-दूसरे को कहती हुई एक ऊँचे घुरघुराते कोरस में बदल गईं।

इन आवाज़ों को सुनते ही मेरे पाँव ज़मीन से चिपक गए। मैं खोया-सा मुस्कराने लगा और मेरे चेहरे पर पसीने की धार बहने लगी। मुझे लगा मानो यह कोई निर्णयात्मक क्षण हो, जो अधिक देर तक नहीं टिक सकता। कभी शिकारी कुत्ते भौंकते-हाँफते मेरे पास आ जाते, कभी दूर चले जाते—ख़रगोश का कहीं अता-पता न था। मैं चारों तरफ़ देखने लगा...ज़िहरान का भी वही हाल था। पहले वह खींचतान करता भौंक रहा था—लेकिन अब मेरी गोद में सिर रखे चुपचाप लेटा था।

अचानक ज़िहरान ज़ोर-ज़ोर से चीख़ने लगा और इस तरह अपने को खींचकर आगे की तरफ़ लपका कि मैं मुश्किल से अपने को गिरने से बचा पाया। पीछे मुड़कर देखता हूँ तो सहसा मुझे ख़रगोश भागता दिखाई दिया—उसका एक कान चपटा था और दूसरा बिलकुल सीधा खड़ा था। मेरी धमनियों में तेज़ी से ख़ून बहने लगा, मैं उस क्षण सब कुछ भूलकर ज़ोर से चिल्लाया, कुत्ते को ढीला छोड़ दिया और ख़ुद तेज़ी से भागने लगा। लेकिन तब तुरन्त मुझे अपनी ग़लती का आभास हुआ। मुझे देखकर ख़रगोश दुबका और फिर एक लम्बी छलाँग मार मेरी आँखों से ग़ायब हो गया।

लेकिन सबसे अधिक शर्म मुझे तब आई, जब चीख़ते-भौंकते कुत्तों के पीछे मुझे झाड़ियों से तुर्का आता दिखाई दिया। उसने मेरी ग़लती देख ली थी (मेरी ग़लती सिर्फ़ यह थी कि मैं अपने को संयम में न रख सका था)। उसने हिकारत के भाव से मेरी ओर देखकर सिर्फ़ इतना कहा, "वाह जनाब!" लेकिन जिस स्वर में उसने यह कहा, उसने मुझे पानी-पानी कर दिया। बेहतर होता, अगर यह न कहकर वह मुझे ख़रगोश की तरह अपनी काठी से लटका देता।

न जाने कितनी देर तक मैं हताश-भाव से उसी जगह खड़ा रहा, मैंने अपने कुत्ते को भी पास नहीं बुलाया...अपनी जाँघों को पीटता हुआ मैं बार-बार सिर्फ़ एक ही वाक्य दुहरा रहा था, "हे ईश्वर, मैंने यह क्या कर दिया?"

कुत्तों की पदचाप मुझसे दूर होती गई—धुँधले ढंग से मुझे उनकी आवाज़ों से पता चल गया कि ख़रगोश पकड़ लिया गया है। तुर्का ने बिगुल बजाकर कुत्तों को वापस बुला लिया, लेकिन मैं जहाँ था, वहीं खड़ा रहा।

खेल

शिकार ख़त्म हो गया। घने पेड़ों के नीचे क़ालीन बिछा दिया गया, जिस पर सब लोग दायरा बनाकर बैठ गए। हमारा रसोइया गेब्रियल तश्तरियों को साफ़ करने लगा और फलों के बक्से से आड़ू और अलूचे निकालने लगा। पेड़ों की शाख़ाओं से छनती हुई धूप क़ालीन पर, मेरी टाँगों पर, गेब्रियल के पसीने से लथपथ गंजे सिर पर रोशनी के धब्बे टिमका देती थी। जब कभी पत्तों के बीच सरसराता हवा का कोई झोंका आता, तो अपने बालों और पसीने से भीगे चेहरे पर उसका स्पर्श मुझे बहुत ही शीतल जान पड़ता था।

जब हम भरपेट आइसक्रीम और फल खा चुके, क़ालीन पर बैठना हमें व्यर्थ जान पड़ा। तिरछी धूप की चिलचिलाती गर्मी के बावजूद हम बाहर खेलने निकल गए।

"अच्छा...कौन-सा खेल?" ल्यूबा ने धूप में आँखें झिपझिपाते पूछा, "आओ...रॉबिन्सन का खेल खेलें।"

"अरे नहीं...उससे मन ऊब जाएगा।" वोलोद्या ने घास पर लेटे-लेटे कहा,

"तुम्हें हमेशा रॉबिन्सन की ही सूझती है...इससे बेहतर तो यह है कि हम फूल-पत्तों का घर तैयार करें।"

वोलोद्या सचमुच नखरे बघार रहा था। शिकारी घोड़े पर चढ़ा था, जो अब दूसरों पर रौब गाँठ रहा था कि वह कितना अधिक थक गया है। लेकिन शायद यह कारण भी रहा हो कि उसमें इतनी अधिक सूझ-बूझ और इतनी कम कल्पना-शक्ति थी कि रॉबिन्सन के खेल से बहुत जल्द ऊब जाता था। हमने कुछ दिन पहले ही 'स्विस परिवार रॉबिन्सन' पढ़ी थी और हम इस खेल में उस किताब के अनेक दृश्यों का प्रदर्शन करते थे।

"अरे तुम हमारा मज़ा क्यों बिगाड़ रहे हो..." काट्या ने उसके कोट की आस्तीन खींचते हुए कहा, "तुम चाहो तो किसी का भी पार्ट खेल सकते हो।"

"नहीं भाई...हमारा मन नहीं करता।" वोलोद्या ने जम्हाई लेते हुए कहा। वह आत्म-तुष्ट भाव से मन्द-मन्द मुस्करा रहा था।

"नहीं खेलना था, तो घर में बैठते।" ल्यूबा ने रुँधे कंठ से कहा। वह सचमुच रोंदू लड़की थी।

"अच्छा भई...चलो! यहाँ रोना-धोना मत करो।" वोलोद्या ने कहा।

किन्तु वोलोद्या की कृपापूर्ण रज़ामन्दी से हमें ज़्यादा प्रसन्नता नहीं हुई। उसके ऊबे, आलस्यपूर्ण हाव-भाव ने खेल का मज़ा ख़त्म कर दिया। जब हम ज़मीन पर बैठकर नाव खेने और मछली पकड़ने की कल्पना कर रहे थे, वोलोद्या हाथ-पर-हाथ धरे बैठा रहा। जब मैंने उससे कहा कि इस तरह वह बिलकुल मछुआ नहीं दिखाई देता तो उसने साफ़ कह दिया कि इस तरह हवा में हाथ हिलाने का कोई फ़ायदा नहीं। जब शिकार खेलने के दृश्य में मैं लकड़ी को बन्दूक़ की तरह कन्धे पर रखकर जंगल की तरफ़ जाने लगा, वोलोद्या सिर के नीचे हाथ धरे लेटा रहा और मुझसे बोला कि वह भी अपनी कल्पना में शिकार खेलने जा रहा है। इस तरह की उसकी बातों ने रंग में भंग कर दिया...हमें उसकी बातें और भी अखर रही थीं क्योंकि कहीं भीतर हम जानते थे कि वह जो कुछ कर रहा है, ठीक और तर्कसंगत है।

यों मैं अच्छी तरह जानता था कि छड़ी से पक्षी मारना तो दूर रहा, गोली चलाना भी असम्भव है। यह सब खेल था। अगर कोई खेल में तर्क करने लगे तो कुर्सियों को घोड़ागाड़ी मानना भी असम्भव हो जाए...ख़ुद वोलोद्या को मालूम था कि किस तरह जाड़े की लम्बी शामों में हम आरामकुर्सी पर शॉल ढककर उसे घोड़ागाड़ी बना देते थे। हममें से कोई आगे की तरफ़ कोचवान बनकर बैठ जाता था, दूसरा पीछे 'फुटमैन बनकर बैठता था, लड़कियाँ बीच में बैठ जाती थीं, तीन कुर्सियाँ घोड़ों में बदल जाती थीं...और हम अपनी यात्रा शुरू कर देते थे। उस यात्रा में न जाने कितनी दिलचस्प, सनसनीखेज़ घटनाएँ होती थीं। इस तरह ख़ुशी-ख़ुशी, चुटकी बजाते ही सर्दी की लम्बी शामें गुज़र जाती थीं। अगर हम वास्तविकता से चिपके रहें, तो शायद कोई भी खेल सम्भव नहीं...और अगर खेल न हो, तो दुनिया में हमारे लिए बचा ही क्या रहेगा?

पहले प्रेम का आभास

ल्यूबा खेल-खेल में पेड़ से किसी अमेरिकी फल को तोड़ने का उपक्रम कर रही थी कि सहसा पत्ती के साथ-साथ एक बड़ी-सी इल्ली (केटर पिलर) उसके हाथ में आ गई। भयभीत होकर उसने झट इल्ली को ज़मीन पर फेंक दिया और इस तरह छिटककर अलग खड़ी हो गई मानो उसे ख़तरा हो कि इल्ली से कोई भयानक चीज़ निकलकर बाहर आ जाएगी। हमारा खेल रुक गया और हम सब दौड़ते हुए उस जगह आकर खड़े हो गए जहाँ वह अद्भुत चीज़ पड़ी थी।

जब काट्या एक पत्ते से इल्ली को उठाने की कोशिश कर रही थी, मेरी आँखें अकस्मात उसके कन्धों पर जा ठिठकीं। मैंने कई बार देखा कि जब छोटी लड़कियों के कन्धों से नीचे गले की फ्राक फिसल जाती थी, वे बार-बार अपने कन्धे सिकोड़ने लगती थीं। मुझे याद आया कि मिमी उनकी ऐसी हरकतों पर हमेशा गुस्से में झल्लाकर कहती थी, "इस तरह नौकरानियाँ करती हैं...भले घर की लड़कियाँ नहीं।" इल्ली पर झुकी काट्या ने भी वही हरकत की—तभी हवा के झोंके से उसका रेशमी स्कार्फ उसके सफ़ेद कन्धों से उठ गया।

उस समय उसके कन्धों और मेरे होंठों के बीच सिर्फ़ दो इंच का फ़ासला रहा होगा। मुझे इल्ली का कोई ध्यान नहीं रहा...मैं बराबर एकटक आँखों से उसी एक जगह को देखता जा रहा था और तब मैंने पूरी शक्ति से काट्या का कन्धा चूम लिया। वह पीछे नहीं मुड़ी—लेकिन मैंने देखा कि उसकी गर्दन और कान बिलकुल सुर्ख़ हो गए हैं। वोलोद्या ने बिना सिर उठाए हिकारत-भरे स्वर में कहा, "वाह, इतना प्यार!"

किन्तु मेरी आँखों में आँसू थे।

मैंने काट्या से अपनी आँखें नहीं हटाईं। मैं उसके छोटे-से सफ़ेद ताज़े चेहरे को देखने का आदी था। मुझे वह हमेशा से अच्छा लगता आया था। किन्तु अब मैंने उसे ग़ौर से देखा और वह मुझे पहले से भी अधिक अच्छा लगा।

जब हम बड़े लोगों के पास लौटे, पिताजी ने हमें यह ख़ुशख़बरी सुनाई कि माँ के आग्रह पर हमारा मास्को जाना कल सुबह तक टल गया है। यह ख़बर सुनकर हमारी ख़ुशी का कोई अन्त नहीं रहा।

हम घोड़ों पर चढ़कर गाड़ी के पास लौट आए। रास्ते में मैं और वोलोद्या घुड़सवारी में एक-दूसरे को मात देने की कोशिश में लगे रहे। अब ज़मीन पर मुझे अपनी छाया पहले से अधिक लम्बी दिखाई दी और मुझे लगा कि मेरा डील-डौल भी एक ख़ूबसूरत घुड़सवार से किसी तरह कम नहीं है। लेकिन मेरा आत्म-सन्तोष जल्दी ही नष्ट हो गया। गाड़ी में बैठे लोगों पर रौब जमाने के लिए मैं ज़रा पीछे हो लिया और फिर घोड़े को एड़ी और चाबुक मारकर मैं झपाटे से गाड़ी के उस हिस्से की ओर से निकल पड़ा, जहाँ काट्या बैठी थी। किन्तु उसी समय न जाने मेरे बेवक़ूफ़ टट्टू को क्या सूझी कि गाड़ी पास पहुँचते ही वह अड़कर खड़ा हो गया। मेरी सारी कोशिशें नाकाम गईं—और वह रुका भी कुछ ऐसे झटके से, कि मैं काठी से फिसलकर मुँह के बल उसकी गर्दन पर आ पड़ा और बड़ी मुश्किल से अपने को नीचे लुढ़कने से बचा पाया।

वापस घर में

जब हम घर लौटे, शाम घिरने लगी थी। माँ पियानो बजाने बैठ गईं। हम सब बच्चे पेंसिल, काग़ज़ और रंग लेकर एक गोल मेज़ के इर्द-गिर्द बैठ गए और चित्र बनाने लगे। मेरे पास सिर्फ़ नीला रंग था और मैं आखेट का चित्र बनाना चाहता था। मैंने बहुत जीवन्त ढंग से नीला घोड़ा, नीले कुत्ते और एक नीले लड़के के चित्र बनाए। मैं पूरी तरह से निश्चिन्त न था कि क्या नीले रंग का ख़रगोश भी बनाया जा सकता है और मैं भागता हुआ पिताजी से पूछने गया कि नीले रंग के ख़रगोश होते हैं या नहीं। "हाँ, भई होते क्यों नहीं।" पिताजी ने बिना सिर उठाए कहा। मैं दुबारा मेज़ के पास आकर नीला ख़रगोश बनाने लगा, किन्तु फिर मैंने ख़रगोश को झाड़ी में बदलना ज़रूरी समझा। फिर उसे एक पेड़ में बदल दिया, फिर पेड़ की जगह अनाज के ढेर ने ले ली और अनाज का ढेर एक बादल बन गया। बाद में मैंने सारे काग़ज़ पर नीला रंग फैला दिया और झुँझलाकर काग़ज़ को छोटी-छोटी चिप्पियों में फाड़ दिया—और फिर आरामकुर्सी पर हाथ-पर-हाथ धरकर अपने सपनों में खो गया।

माँ पियानो पर अपने संगीत-शिक्षक फ़ील्ड का द्वितीय कन्चर्टो बजा रही थीं—उसे सुनते हुए मेरी कल्पना में उज्ज्वल, पारदर्शी स्मृतियाँ उमड़ने लगीं। फिर वह बीथोवन का 'पैथेटिक सोनारा' बजाने लगीं—और तब मुझे अपने भीतर कुछ बहुत उदास, ग़मगीन और बोझिल महसूस होने लगा। माँ अक्सर जिन संगीत-अंशों को बजाया करती थीं, उन्हें सुनकर मुझमें जो अनुभूति जगती थी, उसे मैं आज भी याद कर सकता हूँ। वह अनुभूति स्मृतियों से मिलती-जुलती थी, लेकिन किसकी स्मृतियाँ? ऐसा लगता था मानो मैं कुछ ऐसी चीज़ों को याद कर रहा हूँ, जिनका कभी कोई अस्तित्व नहीं रहा।

मेरे सामने पिताजी का कमरा था। जैकब और कुछ दूसरे लोग वहाँ आते-जाते दिखाई दे जाते थे। जब वे भीतर जाते, दरवाज़ा बन्द हो जाता। "अब काम शुरू हो गया है।" मैं सोचता। उस कमरे में जो कुछ हो रहा होता, वह मुझे दुनिया में सबसे महत्त्वपूर्ण जान पड़ता। मेरी यह धारणा और भी पक्की हो जाती जब मैं देखता कि दरवाज़े के पास पहुँचते ही लोग पंजों के बल चलने लगते हैं और फुसफुसाते हुए बातचीत करते हैं। दरवाज़े के पीछे से पिताजी की आवाज़ सुनाई देती और सिगार की गन्ध बाहर आती, जो न जाने क्यों मुझे बेहद आकर्षित करती थी।

मैं ऊँघने लगा और आधी नींद में मुझे स्टीवर्ड के कमरे में जूतों की पदचाप सुनाई दी। कार्ल इवानिच हाथों में कुछ काग़ज़ लिये बहुत ग़मगीन मुद्रा में आते दिखाई दिये और हल्के से पिताजी के कमरे का दरवाज़ा खटखटाने लगे। दरवाज़ा खुला और वह भीतर दाख़िल हो गए।

"हे ईश्वर—कोई आफ़त न आ जाए!" मैंने मन-ही-मन सोचा, "कार्ल इवानिच ग़ुस्से में हैं—वह कुछ भी कर सकते हैं।"

मैं दुबारा ऊँघने लगा।

कोई आफ़त नहीं आई, एक घंटे बाद कार्ल इवानिच के जूतों की आवाज़ ने मुझे फिर जगा दिया। वह रूमाल से अपने गालों पर बहते आँसुओं को पोंछते हुए बाहर आए और कुछ बुड़बुड़ाते हुए सीढ़ियाँ चढ़ने लगे। उनके पीछे-पीछे पिताजी आते दिखाई दिये।

“जानती हो—मैंने अभी-अभी क्या फ़ैसला लिया है?” उन्होंने प्रसन्न भाँव से माँ के कन्धों पर हाथ रखकर कहा।

“कैसा फ़ैसला?”

“मैं बच्चों के साथ कार्ल इवानिच को भी ले जा रहा हूँ। गाड़ी में जगह काफ़ी है। बच्चे उनसे हिल-मिल गए हैं और वह भी उन्हें बहुत चाहते हैं—आख़िर सात सौ रूबल के सालाना ख़र्च से हमें कोई अन्तर नहीं पड़नेवाला।”

“मुझे सचमुच बहुत ख़ुशी है—उनके और बच्चों, दोनों के लिए।” माँ ने कहा, “यों भी कार्ल इवानिच बहुत भले आदमी हैं।”

“तुम ज़रा देखतीं, वह किस तरह पिघल गए जब मैंने कहा कि मैं उन्हें इनाम में पाँच सौ रूबल दे रहा हूँ...लेकिन मज़े की बात यह बिल है, जो उन्होंने मुझे दिया था।” उन्होंने मुस्कराते हुए कार्ल इवानिच के हाथों लिखा एक काग़ज़ माँ को देते हुए कहा, “बिलकुल अद्‌भुत!”

काग़ज़ में कार्ल इवानिच ने तरतीब से उन सब चीज़ों के पैसे माँगे थे, जो समय-समय पर उन्होंने उपहार-स्वरूप बच्चों को दी थीं। इससे शायद यह निष्कर्ष निकालना स्वाभाविक होगा कि वह पैसे के लालची, आत्मलिप्त क़िस्म के आदमी होंगे। किन्तु उनके बारे में ऐसी धारणा बिलकुल ग़लत होगी।

जब वह काग़ज़ हाथ में लिये पिताजी के कमरे में आए, उन्होंने पहले से ही पूरा भाषण सोच रखा था। वह पिताजी को यह बताना चाहते थे कि उनके घर में रहकर वह कैसे-कैसे अन्याय, अपमान भुगत चुके हैं। किन्तु बीच में बोलते हुए वह काफ़ी गड़बड़ा गए, उनकी आवाज़ काँपने लगी और उन्होंने जेब से अपना पुराना धारीदार रूमाल निकाल लिया, “हाँ जनाब!” उन्होंने रुँधे कंठ से कहा। (यह सब उनके भाषण में नहीं था) “मैं बच्चों का इतना आदी हो गया हूँ कि मुझे समझ में नहीं आता कि उनके बग़ैर क्या करूँगा...मैं बिना वेतन के आपकी सेवा करने को तैयार हूँ।” उन्होंने एक हाथ से आँसू और दूसरे हाथ से बिल बढ़ाते हुए कहा।

कार्ल इवानिच उस क्षण पूरी ईमानदारी से बोल रहे थे, वह मैं अपने अनुभव से कह सकता हूँ, लेकिन उस बिल का उनके शब्दों से कैसे जोड़-तोड़ मिलाया जाए, यह आज तक मेरे लिए रहस्य बना है।

"अगर तुम्हें हमें छोड़ते हुए इतना बुरा लग रहा है, तो हमें तुम्हें छोड़ते हुए और भी ज़्यादा बुरा लगेगा।" पिताजी ने उनका कन्धा थपथपाते हुए कहा, "मैंने अपना इरादा बदल दिया है।"

भोजन से कुछ देर पहले ग्रीशा कमरे में आया। जब से वह हमारे घर आया था, उसका रोना-बिलखना ख़त्म नहीं हुआ था। जो लोग भविष्यवाणियों में विश्वास करते हैं, उनकी दृष्टि में यह अपशकुन की निशानी थी। वह विदा लेने आया था—कल सुबह उसे चले जाना था। मैंने वोलोद्या को देखकर आँख झपकाई और कमरे से बाहर चला आया।

"क्या बात है?" वोलोद्या ने पूछा।

"अगर तुम ग्रीशा की ज़ंजीरें देखना चाहते हो, तो झटपट ऊपर नौकरों के क्वार्टर में चले जाओ। ग्रीशा दूसरे कमरे में सोता है—हम अलमारी में बैठकर सब कुछ अच्छी तरह देख सकते हैं।"

"बहुत ख़ूब! ज़रा ठहरो, मैं लड़कियों को बुलाता हूँ।"

लड़कियाँ भागती हुई आईं और हम ज़ीना चढ़कर ऊपर चले आए। सबसे पहले अँधेरी अलमारी में कौन दाख़िल होगा, इस बारे में थोड़ी-बहुत बहस के बाद हम चुपचाप बैठकर प्रतीक्षा करने लगे।

ग्रीशा

अँधेरी अलमारी में हमें काफ़ी डर लग रहा था। हम चुपचाप एक-दूसरे से सटकर बैठे थे। हमारे तुरन्त बाद ग्रीशा धीमे क़दमों से कमरे में आया। उसके हाथ में डंडा था और दूसरे हाथ में बड़ी-सी मोमबत्ती। हमारे लिए साँस लेना भी दूभर हो गया।

"हे यीशु—हे प्रभो! हे परम परमात्मा!" उसने लम्बी साँसों के बीच बुड़बुड़ाते हुए कहा। फिर उसने कोने में डंडा रखा और अपने कपड़े उतारने लगा। उसने पहले अपनी कमर से पुरानी काले रंग वाली पेटी उतारी और फिर अपना फटा-पुराना कोट तहाकर कुर्सी के पीछे लटका दिया। अब उसके चेहरे पर घबराहट या जल्दबाज़ी का कोई चिह्न न था—वह अब काफ़ी शान्त, अपने विचारों में लीन और गरिमा-सम्पन्न व्यक्ति दिखाई देता था।

वह धीरे से बिस्तर पर बैठ गया, हर दिशा में सलीब का निशान बनाया और फिर अपनी क़मीज़ के नीचे बँधी ज़ंजीरों को उलटने-पलटने लगा। फिर कुछ देर बाद वह मोमबत्ती लेकर बिस्तर से उठा, धार्मिक चित्रों (आइकोन्स)

के सामने खड़ा होकर प्रार्थना की, और फिर मोमबत्ती को नीचे पलट दिया—लौ फड़ककर बुझ गई।

खिड़कियों के पीछे जंगल था, जहाँ से मरी-मरी चाँदनी कमरे के भीतर आ रही थी। एक तरफ़ भोंदू सन्त की लम्बी सफ़ेद काया चाँदनी के पीले धवल आलोक में चमक रही थी, दूसरी तरफ़ उसकी छाया फ़र्श और दीवारों पर फैलती हुई छत तक खिंच आई थी। बाहर आँगन में चौकीदार ताँबे की थाली पीट रहा था।

अपने सीने पर दोनों हाथ जोड़कर ग्रीशा सन्तों की तसवीरों के आगे खड़ा था, बार-बार लम्बी आहें भर रहा था, फिर मुश्किल से घुटनों पर झुककर वह प्रार्थना करने लगा था।

वह बहुत धीमे स्वर में प्रार्थना के शब्दों को दुहरा रहा था—फिर धीरे-धीरे उसकी आवाज़ ऊँचे उठने लगी। उसके शब्द काफ़ी ऊटपटाँग और दयनीय सुनाई पड़ रहे थे। वह अपने सब हितैषियों के लिए (जिनमें हम और हमारी माँ भी शामिल थी) प्रार्थना कर रहा था। वह अपने लिए भी ईश्वर से प्रार्थना कर रहा था कि उसके समस्त जघन्य पापों को क्षमा कर दिया जाए। वह बार-बार दुहरा रहा था, "प्रभो, मेरे दुश्मनों को क्षमा कर दीजिए!" वह कराहता हुआ ऊपर उठता था और बार-बार इन्हीं शब्दों को दुहराता हुआ फ़र्श पर गिर पड़ता था और फिर ऊपर उठता था, ज़ंजीरों के बोझ के बावजूद, जो फ़र्श से टकराकर तीखे कर्कश स्वर में खनखनाने लगती थीं।

वोलोद्या ने मेरी टाँग पर चुटकी काटी, लेकिन मैंने पीछे मुड़कर भी नहीं देखा। शिशुवत् कौतूहल, दया और भावुकता में डूबकर मैं बराबर एकटक ग्रीशा की हर गतिविधि और शब्दों का अनुकरण कर रहा था।

अलमारी में घुसते समय मैंने मनोरंजन और हँसी के ठहाकों की आशा की थी, उनके बजाय मैं अब सिर्फ़ काँप रहा था और मुझे लग रहा था जैसे मेरा दिल डूबता जा रहा है।

काफ़ी देर तक ग्रीशा समाधि में खोया रहा—अपनी ही प्रार्थनाओं के शब्दों को वह दुहराता जाता था। बार-बार वह पुकारता था, "प्रभो, दया करो!" फिर उसके स्वर में एक नई शक्ति और स्फूर्ति भर जाती, "प्रभु, क्षमा करो...हे भगवान, मुझे रास्ता दिखाओ, बताओ, मैं क्या करूँ?" उसके स्वर में कुछ ऐसा भाव होता मानो वह अपने प्रश्नों का उत्तर, अभी, बिलकुल अभी, पाना चाहता हो। फिर कुछ देर बाद केवल उसकी सिसकियाँ सुनाई देती रहीं...वह घुटनों के बल उठा, छाती पर अपने दोनों हाथ जोड़ दिये और फिर ख़ामोश हो गया।

मैंने साँस रोककर अलमारी के दरवाज़े से सिर बाहर निकाला। ग्रीशा बिना हिले-डुले निश्चल खड़ा था। उसकी छाती से गहरी गर्म आहें फूट रही थीं। उसकी दृष्टिहीन आँख की धुँधली पुतली पर एक आँसू चाँदनी में चमक रहा था।

"प्रभु, जैसी तुम्हारी इच्छा!" उसने अचानक कहा, फ़र्श पर अपना सिर टिका दिया और बच्चे की तरह सिसकने लगा।

तब से कितना समय बीत चुका है। अतीत की अनेक स्मृतियाँ अपना अर्थ खो चुकी हैं, धुँधली पड़ती गई हैं। यात्री ग्रीशा भी अपनी अन्तिम यात्रा पूरी कर चुका है। किन्तु वह अनुभूति जो उस रात उसे देख मेरे भीतर जगी थी, वह शायद कभी नहीं मिट सकेगी।

मैं जिस भाव से ग्रीशा के शब्दों को सुन रहा था, वह अधिक देर नहीं टिक सका। यह मेरा कौतूहल शान्त हो चुका था। दूसरे, एक ही स्थिति में बैठे रहने के कारण मेरे पैरों और टाँगों में सुइयाँ-सी चुभने लगी थीं। मैं मुड़कर अपने को उस कोलाहल और कानाफूसी में शामिल करना चाहता था, जो मेरे पीछे अँधेरी अलमारी में शुरू हो गई थी। किसी ने मेरा हाथ छुआ—फिर एक फुसफुसाती आवाज़ सुनाई दी, "किसका हाथ है यह?" अलमारी में निपट अँधेरा था, किन्तु हाथ के स्पर्श और आवाज़ से मैं तुरन्त कात्या को पहचान गया।

अनायास ही मैंने उसकी नंगी कुहनी को पास खींच लिया और उसकी बाँहों पर अपने होंठ दबा दिये। निस्सन्देह काट्या को मेरी इस हरकत पर काफ़ी आश्चर्य हुआ होगा क्योंकि अगले ही क्षण उसने अपनी बाँह खींच ली। उसकी बाँह अँधेरे में एक टूटी कुर्सी से जा टकराई जो अलमारी में रखी थी। ग्रीशा ने अपना सिर उठाया, धीरे से चारों तरफ़ देखा और फिर प्रार्थना दुहराता हुआ कमरे के हर कोने में सलीब का निशान बनाने लगा। हम धीरे-धीरे फुसफुसाते हुए अलमारी से बाहर भाग खड़े हुए।

विदाई

हवा में धूल-भरी धुंध थी और क्षितिज पर बैंगनी भूरा रंग फैला था। आकाश में बादल का एक टुकड़ा भी दिखाई नहीं देता था। जब पश्चिम से हवा का कोई झोंका उठता, सड़कों और खेतों से धूल का गुबारा उड़ने लगता, नीबू के पेड़ झुक जाते और पीले पत्ते चारों तरफ़ भागने लगते। मैं खिड़की के पास बैठा था और बेचैनी से जाने की तैयारियों को देख रहा था।

विदाई से पहले परिवार के सब लोग ड्राइंग-रूम में जमा हो गए, ताकि आख़िरी बार एक-दूसरे से मिल-बोल सकें। वह कितना उदासी का क्षण था, उस समय मैं उसका रत्ती-भर अनुमान नहीं कर सका। मैं छोटी-छोटी बातों में उलझा था—कौन-सा ड्राइवर बग्घी में जाएगा और कौन-सा घोड़ागाड़ी में? पिताजी के साथ कौन बैठेगा और कार्ल इवानिच के साथ कौन? मुझे भला मफ़लर और रुई का कोट क्यों पहनाया जा रहा है—जैसे मैं कोई छुई-मुई-सा बच्चा हूँ जो छूते ही मुरझा जाएगा? काश, ये सब फ़िज़ूल की तैयारियाँ ख़त्म हो सकतीं ताकि हम झटपट गाड़ी में बैठकर रवाना हो सकते!

"बच्चों के कपड़ों की फ़ेहरिस्त किसे दूँ?" हमारी पुरानी नौकरानी नाताल्या ने माँ से पूछा। उसके हाथ में काग़ज़ का एक पुरजा था और आँखें आँसुओं में डबडबा रही थीं।

"निकलस को दे दो—और तुम आकर बच्चों से विदाई लो।"

बुढ़िया नौकरानी कुछ कहना चाहती थी, किन्तु अचानक वह चुप हो गई, रूमाल से अपना मुँह ढक लिया और हवा में हाथ हिलाकर जल्दी से कमरे से बाहर हो गई। उसकी इस मुद्रा को देखकर पीड़ा से मेरा दिल सिकुड़ने लगा, किन्तु जाने की बेचैनी मेरी सहानुभूति से कहीं ज़्यादा थी और मैं उदासीन भाव से माँ और पिता के वार्तालाप को सुनता रहा।

फोका भीतर आया और देहरी पर खड़ा हो गया। फिर उसने उसी स्वर में, जिससे वह रोज कहता था कि "खाना तैयार है" सब लोगों के सामने घोषणा की, "घोड़े तैयार हैं।" सहसा मेरा ध्यान माँ पर गया। वह एकदम पीली पड़ गई थीं मानो उन्होंने कोई अप्रत्याशित ख़बर सुनी हो।

फोका से कहा गया कि वह कमरे के सब दरवाज़े बन्द कर दे। (यात्रा शुरू करने से पहले यह चलन था कि परिवार के सब सदस्य कमरे में जमा हो जाते थे और विदाई लेने से पहले कुछ देर ख़ामोश बैठे रहते थे।) इससे मेरा बहुत मनोरंजन होता था—लगता था मानो हम किसी से छिपकर कमरे में बैठे हैं।

जब हम सब बैठ गए, फोका भी कुर्सी के किनारे पर बैठ गया। तभी दरवाज़ा खुलने की आवाज़ सुनाई दी और हम सबने पीछे मुड़कर देखा। नातालिया हड़बड़ाती हुई भीतर आई और बिना किसी की ओर देखे दरवाज़े के पास उसी कुर्सी पर बैठ गई, जिस पर फोका बैठा था। मैं आज भी फोका का गंजा सिर, उसका झुर्रियों-भरा निश्चल चेहरा और उस स्नेहशील बूढ़ी नौकरानी की झुकी देह याद कर सकता हूँ। उसने हैट पहन रखा था, जिसके नीचे उसके सफ़ेद बालों की लटें बाहर छितर आई थीं। वे दोनों एक ही कुर्सी पर बैठे थे और दोनों ही दुविधा में गड़े जा रहे थे।

किन्तु मेरा अधीर मन उनमें नहीं था। हम बन्द कमरे में मुश्किल से दस सेकेंड बैठे होंगे लेकिन मुझे लगा जैसे एक घंटा बीत गया है। आख़िर हम उठ खड़े हुए, सलीब का निशान बनाया और एक-दूसरे से विदाई लेने लगे। पिताजी ने माँ को आलिंगन में भर लिया और बार-बार उन्हें चूमने लगे।

"घबराओ नहीं..." उन्होंने माँ को धीरज बँधाते हुए कहा, "हम कोई हमेशा के लिए जुदा नहीं हो रहे।"

"हाँ...लेकिन इससे रंज कम नहीं होता।" माँ का स्वर आँसुओं से रुँधा जा रहा था।

जब मैंने उनका ऐसा स्वर सुना और उनके थरथराते होंठों और आँसुओं में डबडबाई आँखों को देखा, तो मैं सहसा सब कुछ भूल गया और कुछ इस क़दर उदास, क़ातर और भयभीत-सा हो उठा कि उनसे विदाई लेने के बजाय मेरे मन में इच्छा हुई कि कहीं दूर भाग जाऊँ। तब मुझे ध्यान आया कि पिता को आलिंगन में लेते हुए वह वास्तव में हमसे ही विदाई ले रही थीं।

वोलोद्या के ऊपर सलीब का निशान बनाते हुए माँ बार-बार उसे चूमने लगीं। तब उस क्षण उनका ध्यान अपनी तरफ़ खींचने मैं भी आगे बढ़ा, लेकिन वह बार-बार वोलोद्या को ही आशीर्वाद देते हुए छाती से चिपकाए जा रही थीं। आख़िर मैंने भी उन्हें अपनी बाँहों में भर लिया और अपने दुःख को याद करता हुआ फफक-फफककर रोने लगा।

जब हम गाड़ी में बैठने जा रहे थे, हॉल में घर के नौकर-चाकर, जो हमारी प्रतीक्षा में खड़े थे, हमें देखते ही हम पर टूट पड़े। वे बार-बार हमारे हाथों को, हमारे कन्धों को चूमने लगे। उनके अंगों से मोम की चिकनाई की गन्ध आ रही थी—उनके स्पर्श से मैं चिड़चिड़े आदमियों की तरह झुंझला उठा। शायद यही कारण था कि नातालिया के हैट को चूमते समय भी मैं उदासीन रहा—हालाँकि वह आँसू बहाते हुए मुझसे विदा ले रही थी।

यह अजीब है कि मैं सब घरेलू नौकरों का चेहरा-मुहरा, हाव-भाव अच्छी तरह याद कर सकता हूँ, मानो यह आज की घटना हो, किन्तु माँ का चेहरा और भंगिमाएँ मेरी स्मृति से बिलकुल ओझल हो चुकी हैं।

यह शायद इसलिए कि विदाई के दौरान मैं इतना भी साहस नहीं बटोर सका था कि एक क्षण उनकी ओर देख सकूँ। मुझे लग रहा था कि उन्हें देखते ही मेरा और उनका कष्ट असह्य सीमाओं तक पहुँच जाएगा।

मैं सबसे पहले भागकर गाड़ी में बैठ गया। गाड़ी की उठी हुई छत के कारण मैं कुछ भी न देख सकता था, किन्तु मुझे बराबर महसूस हो रहा था कि माँ अब भी वहाँ खड़ी हैं। "क्या मुझे दुबारा उनकी ओर देखना चाहिए? हाँ, आख़िरी बार!" मैंने अपने से कहा और मैं गाड़ी से झुककर घर की दहलीज़ की तरफ़ देखने लगा। उसी क्षण शायद माँ के मन में भी यह ख़याल आया होगा—गाड़ी के पीछे की ओर से आकर उन्होंने मेरा नाम पुकारा। उनकी आवाज़ सुनकर मैं इतनी तेज़ी से पीछे मुड़ा कि हम दोनों के सिर टकरा गए। वह उदास-सी होकर मुस्कराईं और मुझे अपने से चिपटाकर आख़िरी बार चूमने लगीं।

जब हम कुछ गज़ आगे जा चुके थे, मैंने दुबारा उनकी ओर देखने का निर्णय किया। उनके सिर पर बँधा नीला रूमाल हवा में फड़फड़ा रहा था। वह अपना सिर झुकाए चेहरे को दोनों हाथों से ढाँपकर धीरे-धीरे सीढ़ियाँ चढ़ रही थीं। फोका ने उन्हें सहारा दे रखा था।

पिताजी चुपचाप मेरे पास बैठे थे। आँसुओं से मेरा गला रुँध रहा था, लग रहा था मानो मेरा दम घुटनेवाला हो...जब हम बड़ी सड़क पर आ गए, हमने देखा कि कोई बालकनी से सफ़ेद रूमाल हिला रहा है। मैं भी अपना रूमाल हिलाने लगा, जिससे मेरा दिल कुछ शान्त हुआ। मैं अब भी बराबर रोये जा रहा था—फिर यह सोचकर कि मेरे आँसू मेरी संवेदनशीलता के प्रमाण हैं, मुझे भीतर-ही-भीतर ख़ुशी होने लगी और मैं आश्वस्त-सा होने लगा।

दो-चार मील रास्ता तय हो जाने के बाद मैं आराम से अपनी सीट पर बैठ गया और ध्यान से घोड़े की पीठ को देखने लगा, जो बिलकुल मेरे सामने थी। फिर मैं चारों तरफ़ देखने लगा, खेतों में अनाज पक चुका था। कहीं-कहीं कोई किसान, घोड़ी या उसका बच्चा दिखाई दे जाते थे। कुछ देर बाद ही मेरे चेहरे पर आँसू सूखने लगे और मेरे ख़याल भी माँ से दूर उड़ने लगे,

जिनसे शायद मैंने हमेशा के लिए विदा ली थी। किन्तु हर स्मृति मेरे विचारों को उनके पास लौटा देती थी। मुझे याद आया किस तरह दो दिन पहले मुझे झाड़ियों में मशरूम (गुच्छी का फूल) मिला था, कैसे ल्यूबा और काट्या इस बात पर झगड़ने लगी थीं कि कौन उसे तोड़ेगा...मुझे यह भी याद आए बिना न रह सका कि हमसे विदा लेते हुए दोनों कितना रोई थीं।

'मुझे उन सबसे जुदा होने का अफ़सोस है...काट्या और ल्यूबा से, नातालिया से, पेड़ों के झुरमुट से, फोका से...और चिड़चिड़े स्वभाववाली मिमी से भी अलग होने का दुःख है। मुझे उनका...उन सबका अभाव अखरेगा... और बेचारी माँ का सबसे ज़्यादा...' मेरी आँखों में दुबारा आँसू छलक आए, लेकिन वे ज़्यादा देर नहीं टिक सके।

बचपन

बचपन के सुखद दिन, जो कभी नहीं लौटेंगे! क्या कभी कोई उसकी स्मृतियाँ भुला सकता है? उसके बारे में सोचते ही मेरा मन आज भी उल्लसित हो उठता है, आत्मा में एक नूतन ऊँचाई का अनुभव होने लगता है।

याद आता है, किस तरह दिन भर की उछल-कूद के बाद हम चाय की मेज़ के इर्द-गिर्द बैठ जाते थे। काफ़ी देर हो चुकी होती थी, दूध और मिठाई के बाद आँखें नींद से मुँदने लगती थीं, किन्तु फिर भी हम अपनी कुर्सी पर बैठे बातें सुनते रहते। बातें सुनने का शौक़ दबाना असम्भव था। माँ किसी से बातें कर रही होतीं और हम उनका मधुर, प्यारा स्वर सुनते रहते। नींद में डूबी आँखों से मैं उनका चेहरा देखता रहता। धीरे-धीरे उनका चेहरा एक बटन की तरह हो जाता। मैं अपनी आँखों को दबाता और वह आँख की पुतली की छाया-सी जान पड़ती—फिर मैं ज़रा-सा हिलता और सारा जादू टूट जाता।

मैं अपनी आरामकुर्सी पर अंगों को समेटकर बैठ जाता।

"निकोल्या, तुम्हें नींद आ रही है...जाओ, ऊपर अपने कमरे में जाकर सो जाओ।" माँ कहतीं।

"नहीं, माँ—मैं अभी नहीं सोऊँगा।" मैं कहता, किन्तु धुँधली मोहक-सी तसवीरें मेरी कल्पना में तिरने लगतीं। नींद से मेरी पलकें भारी हो जातीं और दूसरे ही क्षण मैं सुध-बुध खोकर सोने लगता। आधी नींद में ही मुझे लगता कि कोई अपने कोमल हाथों से मुझे छू रहा है और मैं जान जाता कि यह माँ का स्पर्श है। मैं सोते हुए उनका हाथ पकड़ लेता और उसे अपने होंठों पर दबाने लगता।

सब लोग जा चुके थे। कमरे में सिर्फ़ एक मोमबत्ती जल रही है—माँ ने कहा है कि वह स्वयं मुझे जगाकर ऊपर ले जाएँगी। वह उसी कुर्सी पर बैठ गई हैं, जिस पर मैं सो रहा हूँ। वह धीरे-धीरे मेरे बालों को सहला रही हैं और अपने कानों में मुझे उनका प्रिय, परिचित स्वर सुनाई दे जाता है।

"अब उठो...अपने बिस्तर पर जाकर आराम से सो जाओ।" मैं हिलता-डुलता नहीं, लेकिन उनके हाथ को और भी अधिक मज़बूती से चूमने लगता हूँ।

"मेरे लाड़ले...अब उठो।"

वह अपना दूसरा हाथ मेरे गले के पास रख देती हैं और उनकी अँगुलियाँ तेज़ी से मुझे छूने और गुदगुदाने लगती हैं। कमरे में ख़ामोशी और अँधेरा है। मैं अचानक जाग जाता हूँ। माँ मेरे पास बैठी हैं और मुझे छू रही हैं। मैं उनकी गन्ध को पहचानता हूँ...उनके स्वर को भी। मैं उछलकर उठ बैठता हूँ, दोनों बाँहें उनके गले में डाल देता हूँ, अपना सिर उनकी छाती में छिपाकर हाँफता हुआ कहता हूँ—

"ओह, प्यारी माँ...मैं तुम्हें कितना ज़्यादा चाहता हूँ।"

एक उदास, मोहक-सी मुस्कान उनके होंठों पर सिमट आती है, वह दोनों हाथों से मेरा सिर पकड़ लेती हैं, मेरे माथे को चूमती हैं और मुझे अपनी गोद में खींच लेती हैं।

"अच्छा, तुम मुझे सचमुच बहुत चाहते हो?" वह एक क्षण चुप हो जाती हैं, फिर कहती हैं, "सच बताओ—मुझे हमेशा प्यार करोगे, कभी नहीं भूलोगे? जब मैं नहीं रहूँगी, तब भी नहीं भूलोगे? नहीं भूलोगे न?"

वह मुझे और भी अधिक स्नेह से चूमने लगती हैं।

"नहीं...नहीं...यह मत कहो..." मैं रोता हुआ उनके घुटने चूमने लगता हूँ, और मेरी आँखों से आँसू बहने लगते हैं—प्रेम और आह्लाद के आँसू।

उसके बाद ऊपर अपने कमरे में जाकर मैं सन्तों के चित्रों के आगे प्रार्थना करता हूँ, "हे प्रभु, माँ और पिताजी को हमेशा सुखी रखो!" और मेरा स्वर एकदम विह्वल-सा हो उठता है।

प्रार्थना के बाद मैं रज़ाई ओढ़कर अपने बिस्तर पर लेट जाता हूँ। मेरे भीतर एक हल्की, उल्लास-भरी भावना घिरने लगती है। एक के बाद एक सपने आते हैं—किसके बारे में? वे सब धुँधले और छुईमुई-से जान पड़ते हैं—लेकिन उन सबमें निर्मल प्रेम और असीम सुख की आशा भरी होती है। मुझे कार्ल इवानिच याद आते और उनके दुखी उदास जीवन के बारे में सोचते हुए मेरी आँखों से आँसू बहने लगते और मैं ईश्वर से मन-ही-मन प्रार्थना करने लगता कि वह उनकी मदद करे, उनके दुःखों को हल्का करे। फिर मैं तकिये के सिरहाने किसी चीनी के खिलौने—कुत्ते या ख़रगोश को दबाने लगता। वे खिलौने चुपचाप, आराम से लेटे हुए मेरी और देखने लगते। फिर मैं दुबारा ईश्वर से प्रार्थना करने लगता कि सब लोग सुखी हों और किसी को कोई कष्ट न हो और यह भी कि कल मौसम सुहावना हो ताकि हम पिकनिक पर जा सकें। फिर मैं करवट बदलता—मेरे स्वप्न और ख़याल आपस में गड्डमड्ड हो जाते और धीरे-धीरे नींद मुझे अपने में घेरने लगती। जब मैं सोता, मेरे गाल आँसुओं से भीगे होते।

क्या बचपन की वह ताज़गी, बेफ़िक्री, प्यार की भूख और आस्था दुबारा कभी लौट सकेगी? प्रेम में उफनती वे प्रार्थनाएँ कहाँ हैं? हमारी ज़िन्दगी के सबसे सुन्दर उपहार—भीगी, कोमल भावनाओं के उमड़ते आँसू क्या हमेशा के लिए खो गए?

क्या यह सम्भव है कि ज़िन्दगी ने मुझ पर अपने ऐसे बोझिल निशान छोड़ दिये हैं कि वे आँसू, वह अनिर्वचनीय उल्लास हमेशा के लिए मुझसे अलग हो गए हैं? क्या अब सिर्फ़ उनकी स्मृति ही बाक़ी रह गई है? क्या सचमुच यह सम्भव है?

कविताएँ

मास्को आए हमें एक महीना गुज़र चुका था। दादी के घर में मैं एक बड़ी मेज़ पर कुछ लिख रहा था। मेरे सामने हमारे ड्राइंग-मास्टर बैठे थे। उनके सामने पगड़ी पहने एक तुर्क का रेखाचित्र था, जिसे वह काली खड़िया से ठीक कर रहे थे। वोलोद्या मास्टर साहब के पीछे खड़ा था और गर्दन टेढ़ी करके उनके कन्धों के पीछे से नीचे झाँक रहा था। यह वोलोद्या का पहला रेखाचित्र था जिसे वह उसी दिन अपनी दादी को उनके 'नाम-दिवस' पर भेंट करनेवाला था।

"बस, अब इसे मत छेड़ना।" मास्टर साहब ने कलम और खड़िया बॉक्स में रखते हुए कहा, "निकलस, तुम अपनी दादी को क्या भेंट दोगे? बेहतर होता, तुम भी कोई चित्र बना डालते। अच्छा, अब मैं चला।" उन्होंने अपना हैट उठाया और बाहर निकल गए।

जब हमें कुछ दिन पहले यह बताया गया कि दादी के 'नाम-दिवस' पर हमें अपनी ओर से उन्हें उपहार देना चाहिए, मैंने सोचा था कि मैं उस अवसर के लिए कोई कविता लिखूँगा। मैंने झटपट दो पद लिख भी डाले थे

और सोचा था कि अब गाड़ी चल निकलेगी। मैंने उसके बारे में किसी को कुछ नहीं बताया था।

किन्तु जल्दी ही मेरी आशा पर पानी फिर गया। बहुत हाथ-पैर मारने के बावजूद मैं दो पदों के आगे कुछ भी नहीं लिख पाया था। मैं अपनी किताबों में कविताएँ ढूँढ़ने लगा, किन्तु काम की कोई चीज़ हाथ न लगी। उन्हें पढ़कर मुझे अपनी असमर्थता का अहसास और भी गहरा हो गया। फिर मैंने कार्ल इवानिच के काग़ज़-पत्तर छानने शुरू किये—वह कविताओं की नक़ल रखा करते थे। आख़िर मेरी आँखें एक कविता पर ठिठक गईं, जो उन्होंने ख़ुद लिखी थी :

मुझे याद करना
पास से,
दूर से
अब से हमेशा तक
मुझे याद करना
मेरी क़ब्र तक
कितनी निष्ठा से,
मैंने तुम्हें प्यार किया है।

मुझे यह कविता बहुत मर्मस्पर्शी जान पड़ी और मैंने उसे तुरन्त कंठस्थ याद कर लिया। आगे काम आसान था। नाम-दिवस आने तक मैं अपना बधाई-सन्देश बारह पंक्तियों में लिख चुका था और अब एक सुन्दर काग़ज़ पर उनकी नक़ल उतार रहा था। अपनी कविता में अपनी दादी को बधाई देते हुए मैंने अन्तिम पंक्तियों में यह लिखा था कि हम तुम्हें भरसक सुखी और प्रसन्न रखने की कोशिश करेंगे और उतना ही प्यार करेंगे जितना प्यारी माँ को करते हैं।

फिर अकेले कमरे में मैं इशारों और मुद्राओं के साथ कविता पढ़ने लगा। अन्तिम पंक्ति पर आकर मैं अटक गया और सोचने लगा कि आख़िर

मैंने यह क्यों लिखा है कि 'हम तुम्हें माँ की तरह प्यार करेंगे?' माँ यहाँ नहीं हैं, इसलिए उन्हें बीच में घसीटने का तुक क्या है? यह सच है कि मैं दादी का आदर करता हूँ—इन्हें चाहता भी हूँ—लेकिन माँ की तरह नहीं। मैंने झूठ क्यों लिखा? यह ठीक है कि कविता में कुछ भी लिखा जा सकता है, लेकिन मुझे ऐसा नहीं करना चाहिए था।

उसी क्षण दरज़ी हमारे नये सूट लेकर आ गया। मैं शीशे के सामने खड़ा होकर नये कपड़े पहनने लगा। यह पहला मौक़ा था कि मैंने गेलिसवाली पतलून पहनी थी। मेरी ख़ुशी का पारावार न था और मैं घूम-घूमकर अपनी टाँगों को देख रहा था।

कार्ल इवानिच दूसरे कमरे में कपड़े बदल रहे थे। सीढ़ियों के नीचे दादी की नौकरानी की आवाज़ सुनाई दी। वह नई धुली करारी क़मीज़ कार्ल इवानिच को देने जा रही थी। उसने बताया कि उसे धोने-सुखाने में वह रात-भर नहीं सो पाई। मैंने उससे क़मीज़ ले ली और कहा कि मैं स्वयं उसे कार्ल इवानिच को दे आऊँगा। फिर मैंने उससे पूछा कि दादी अभी उठीं या अब तक सो रही हैं।

"हाँ...वह तो कॉफ़ी भी पी चुकीं। पादरी भी आ गए हैं...वाह, क्या ख़ूब नज़र आ रहे हो!" उसने मुस्कराकर मेरे नये कपड़ों को देखा।

मेरा मुँह गुलाबी हो आया।

जब मैं कार्ल इवानिच के पास उनकी क़मीज़ ले गया, मुझे उन्होंने बताया कि अब उन्हें उसकी ज़रूरत नहीं है। वह दूसरी क़मीज़ पहनकर शीशे में झाँकते हुए अपनी बो-टाई बाँध रहे थे। उन्होंने एक बार फिर मेरे और निकलस के कपड़ों को ठीक किया, और फिर हमें दादी के पास ले चले। मुझे आज भी यह याद करके हँसी आती है कि सीढ़ियाँ उतरते हुए हम तीनों से इत्र की गन्ध आ रही थी।

कार्ल इवानिच के पास उपहार देने के लिए एक बक्सा था, जो उन्होंने ख़ुद बनाया था। वोलोद्या के पास रेखाचित्र था और मेरे पास अपनी कविता। सबने वे शब्द कंठस्थ याद कर रखे थे, जो वे उपहार देते समय दादी से कहेंगे।

जब कार्ल इवानिच ने संगीत-कक्ष का दरवाज़ा खोला, पादरी महोदय अपना विशेष चोग़ा पहन रहे थे और प्रार्थना के स्वर सुनाई दे रहे थे।

दादी पहले से ही संगीत-कक्ष में बैठी थीं। वह कुर्सी का सहारा लिए झुकी थीं और बहुत आस्था-भाव से प्रार्थना करने में मग्न थीं। पिताजी उनके पीछे खड़े थे। जब उन्होंने हमारी ओर देखा, तो मुस्कराए बिना न रह सके। हमने भीतर आते ही झटपट अपने उपहार पीछे छिपा लिए थे और दरवाज़े पर इस तरह दुबककर खड़े थे जिससे किसी की निगाह हम पर न पड़े। हमने उन्हें आश्चर्य में डालने की जो कोशिश की थी, वह बिलकुल नाकाम रही थी।

जब सब क्रॉस का चुम्बन करने आगे बढ़े, मुझे लगा जैसे मैं अचानक शर्म की गहरी दलदल में फँस गया हूँ, और मुझमें कभी इतना साहस न होगा कि मैं दादी को अपना उपहार दे सकूँगा। मैं कार्ल इवानिच के पीछे छिप गया। कार्ल इवानिच ने चुने-सजे शब्दों में अपनी शुभाकांक्षाएँ प्रकट कीं और दादी को अपना बक्सा भेंट किया, फिर कुछ क़दम पीछे हटकर अलग खड़े हो गए ताकि वोलोद्या आगे आ सके। दादी सुनहरे बार्डरवाले बक्से को देखकर बहुत प्रसन्न हुईं और स्नेहभाव से मुस्कराकर धन्यवाद दिया। किन्तु उन्हें यह समझ में नहीं आ रहा था कि बक्से को कहाँ रखें। शायद इसी बहाने उन्होंने यह कहते हुए बक्सा पिताजी को दे दिया कि देखो, कितने सुन्दर ढंग से इसे बनाया गया है।

वालोद्या ने तुर्क का रेखाचित्र दिया और उसकी भी सब ओर से भूरि-भूरि प्रशंसा हुई। आख़िर मेरी बारी आई और दादी ने मुझे प्रोत्साहन-भरी आँखों से देखा।

जिन्हें शर्मीलेपन का अनुभव है, वे जानते हैं कि शर्म की भावना क्षण-प्रति-क्षण गहरी होती जाती है और उसी अनुपात में संकल्प-शक्ति क्षीण होती जाती है। मेरी शर्म भी अपनी अन्तिम पराकाष्ठा तक पहुँच चुकी थी। मेरा चेहरा बराबर सुर्ख़ होता जा रहा था, और देह पसीने में लथपथ होकर थरथरा रही थी। मेरे कान जल रहे थे और मैं सिटपिटाता हुआ अपनी जगह पर खड़ा था।

"निकलस, तुम क्या लाए हो...बक्सा या कोई रेखाचित्र?" पिताजी ने मुझसे कहा। अब कोई चारा न था। काँपते हाथों से मैंने मुड़ा-तुड़ा काग़ज़ दादी को दे दिया, लेकिन मेरी ज़ुबान तालू से चिपक गई थी और मैं चुपचाप उनके सामने खड़ा था।

जब दादी मेरी कविता को ऊँचे स्वर में पढ़ने लगीं, मेरी शर्म और पीड़ा का कोई अन्त न रहा। कभी-कभी वह किसी पंक्ति के बीच में रुक जातीं और मुस्कराते हुए पिताजी की ओर देखतीं। मुझे लगता जैसे उनकी मुस्कान में गहरा व्यंग्य छिपा है। अपनी कमज़ोर नज़र के कारण वह मेरी कविता अन्त तक न पढ़ सकीं और उन्होंने पिताजी से उसे दुबारा पढ़ने के लिए कहा। मैं यह सोचकर काँप उठा कि पिताजी उस पंक्ति को पढ़कर क्या सोचेंगे जिसमें मैंने लिखा था कि "हम तुम्हें माँ की तरह ही प्यार करते हैं।" सम्भव है, वह काग़ज़ को मेरे मुँह पर दे मारें और ग़ुस्से में कहें, "लड़के... अपनी माँ को भूलने की हिमाकत कभी मत करना।" किन्तु ऐसा कुछ नहीं हुआ। जब पिताजी पूरी कविता पढ़ चुके दादी ने कहा, "वाह, बहुत सुन्दर!" और आगे बढ़कर मेरे माथे को चूम लिया।

बक्से, रेखाचित्र और मेरी कविता को दादी की सुँघनी की डिबिया और दो रूमालों के साथ अलग रख दिया गया।

"राजकुमारी बारबारा इलीनित्शा आई हैं।" दादी के एक सेवक ने कमरे में आकर घोषणा की।

दादी सुँघनी की डिबिया पर माँ का चित्र देखने में इतना खोई थीं कि उन्होंने कोई उत्तर नहीं दिया।

"क्या मैं उन्हें भीतर आने के लिए कह दूँ?" नौकर ने पूछा।

राजकुमारी कोर्नाकोवा

"हाँ, उन्हें भीतर बुला लो।" दादी ने कहा और वह अपनी कुर्सी में और भी धँसकर बैठ गईं।

राजकुमारी की उम्र पैंतालीस के आसपास रही होगी। वह छोटे कदवाली दुबली-पतली महिला थीं। उनकी हरी-भूरी आँखों का प्रभाव ज़्यादा अच्छा नहीं पड़ता था, कम-से-कम उनका सम्बन्ध उनके छोटे मुँह की अस्वाभाविक रूप से मधुर रेखाओं से कहीं न बैठता था। किन्तु उनके हाव-भाव में एक अजीब-सा हल्कापन था और उनके छोटे हाथों और पतले नाक-नक़्श के कारण उनका डील-डौल काफ़ी सुन्दर और स्फूर्तिपूर्ण जान पड़ता था।

राजकुमारी बहुत बातूनी थीं और कुछ इस तरह बोलती थीं, मानो कोई उनका विरोध कर रहा हो—हालाँकि दूसरे ने शायद एक भी शब्द मुँह से न निकाला हो। कभी-कभी उनका स्वर सहसा बहुत ऊँचा हो जाता और वे बारी-बारी से बातचीत में भाग लेनेवाले लोगों को इस तरह देखने लगतीं, मानो इससे उन्हें नई शक्ति प्राप्त हो रही हो।

यद्यपि राजकुमारी ने आते ही दादी का हाथ चूमा था और उन्हें बराबर फ्रेंच में 'मेरी प्यारी बुआ' के नाम से सम्बोधित कर रही थीं। मुझे लगा जैसे दादी उनसे अप्रसन्न हैं। जब राजकुमारी अपने पति के न आने का कारण बता रही थीं, दादी ने उन्हें बीच में टोककर कहा—"तुम आ गईं, मेरे लिए यही बहुत है। प्रिंस मिखेल की बात उठाने से क्या फ़ायदा? उन्हें और काम थोड़े हैं? और भला एक बुढ़िया के साथ बैठने में उन्हें क्या रस आएगा?"

राजकुमारी को बीच में बोलने का मौक़ा न देते हुए दादी ने पूछा, "अच्छा, बच्चे कैसे हैं?"

"धन्यवाद बुआ—सब आनन्द से हैं। ज्यों-ज्यों बड़े हो रहे हैं, शरारतें भी बढ़ती जा रही हैं—ख़ास कर सबसे बड़ा लड़का एतिएन। वह तो बिलकुल हाथ से निकल गया है, लेकिन होशियार बहुत है। अभी उस दिन की बात है..." राजकुमारी पिताजी की ओर उन्मुख होकर कहने लगीं। दादी को उनके बच्चों में कोई दिलचस्पी नहीं थी। उसके बजाय अपने पोतों-नातियों के गुणों का बखान करने की ख़ातिर वह काग़ज़ खोलने लगीं, जिसमें मेरी कविता लिखी थी।

राजकुमारी पिताजी की ओर झुककर हँसते हुए अपने बच्चों की ख़ूबियाँ खोल रही थीं।

"क्या तुम सचमुच अपने बच्चों को पीटती हो?" दादी ने अर्थपूर्ण ढंग से भौंहें उठाकर 'पीटने' शब्द पर ज़ोर डालते हुए पूछा।

"ओह, प्यारी बुआ!" राजकुमारी ने पिता पर निगाह डालते हुए कहा, "मैं इस विषय पर आपकी राय जानती हूँ, और दुर्भाग्यवश उससे सहमत नहीं हो सकती। हालाँकि इस बारे में मैंने बहुत कुछ पढ़ा-सुना है, अपने अनुभव के आधार पर मैं कह सकती हूँ कि बच्चे डराने-धमकाने से ही सीधे रह सकते हैं...मैं तुमसे पूछती हूँ।" पिताजी की ओर देखकर पूछा, "बच्चे जितना बेंत से डरते हैं, क्या किसी और चीज़ से डर सकते हैं?"

यह कहकर उन्होंने दुःख-भरी दृष्टि से हम सबको देखा, उस क्षण एक अजीब-सी बेचैनी मेरे भीतर उमड़ने लगी। 'शुक्र भगवान का—मैं इनका पुत्र नहीं हूँ।' मैंने मन-ही-मन सोचा।

"हाँ, यह तो ठीक है," दादी ने मेरी कविता के काग़ज़ को दुबारा मोड़ते हुए कहा। मानो राजकुमारी ने जो कुछ अभी कहा था, उसके बाद उन्होंने उसे सुनने का अधिकार खो दिया था, "यह सब तो ठीक है, लेकिन उसके बाद तुम बच्चों से किसी कोमल भावना की आशा कैसे कर सकती हो?"

राजकुमारी ने कहा कुछ नहीं, किन्तु वह इस तरह उदार-भाव से मुस्करा दीं मानो वह बूढ़े लोगों के पूर्वग्रहों को अच्छी तरह समझ सकती हैं।

"ओह, इन बच्चों का परिचय तो मुझे मिला ही नहीं।" उन्होंने सहृदय-भाव से हमारी ओर देखा।

हम खड़े हो गए और अपनी आँखें राजकुमारी के चेहरे पर गड़ा दीं।

"राजकुमारी के हाथ चूमो!" पिताजी ने कहा।

"अरे, मैं रिश्तेदारी की परवाह नहीं करती..." राजकुमारी ने वोलोद्या के बालों को चूमते हुए कहा, "मैत्री-भावना से बड़ी कोई चीज़ नहीं।" उन्होंने दादी को सुनाते हुए कहा—लेकिन दादी अब भी नाराज़ बैठी थीं।

"यह सभा-सोसायटी वाला आदमी बनेगा," पिताजी ने वोलोद्या की ओर इशारा करते हुए कहा, "और यह कवि बनेगा।" मैं उस समय राजकुमारी का सूखा हाथ चूम रहा था और सोच रहा था कि कहीं उन्होंने पीछे की तरफ़ बेंत न छिपा रखा हो।

"कौन कवि बनेगा?" राजकुमारी ने मेरा हाथ पकड़े हुए पूछा।

"यह नन्हे महाशय, जिनके सिर के बाल खड़े हैं।" पिताजी ने मुस्कराते हुए कहा।

भला मेरे बालों की चर्चा क्यों? क्या बातचीत के लिए कुछ और नहीं? मैंने मन-ही-मन सोचा। आदमी की सुन्दरता के बारे में मेरी बहुत विचित्र धारणाएँ थीं। मैं कार्ल इवानिच तक को दुनिया का सबसे ख़ूबसूरत आदमी समझता था, किन्तु यह मुझे अच्छी तरह मालूम था कि मैं सुन्दर नहीं हूँ और इसलिए अपने रूप-रंग की हर चर्चा मुझे बहुत ठेस पहुँचाती थी।

मुझे अच्छी तरह याद है कि जब मैं छह वर्ष का था, खाने की मेज़ पर सब लोग मेरी शक्ल-सूरत पर टीका-टिप्पणी कर रहे थे। माँ मेरे चेहरे में किसी अच्छी चीज़ को खोजते हुए कहने लगीं कि मेरी आँखों में होशियारी चमकती है और मेरी मुस्कान काफ़ी अच्छी है, लेकिन जब पिताजी उनसे सहमत नहीं हुए तो उन्हें हारकर मानना पड़ा कि मेरा चेहरा-मुहरा काफ़ी साधारण है। बाद में मैं जब उठकर जाने लगा, उन्होंने मेरे गालों को सहलाते हुए कहा, "निकलस, यह मत भूलना कि कोई तुम्हें तुम्हारे चेहरे की ख़ातिर प्यार नहीं करेगा...इसलिए तुम्हें अच्छा और अक़्लमन्द लड़का बनने की कोशिश करनी चाहिए।"

उन शब्दों को सुनकर मेरे मन में यह विश्वास पक्का हो गया कि मैं बिलकुल सुन्दर नहीं हूँ और मुझे सचमुच अक़्लमन्द और अच्छा लड़का बनने की चेष्टा करनी चाहिए।

किन्तु कभी-कभी ऐसे क्षण भी आते कि मैं गहरी निराशा में डूब जाता। मैं सोचने लगता कि इस दुनिया में मेरे जैसा लड़का कभी सुखी नहीं हो सकता, जिसकी नाक इतनी चौड़ी हो, होंठ इतने मोटे हों और आँखें इतनी भूरी और छोटी हों, जितनी मेरी थीं। मैं ईश्वर से प्रार्थना करने लगता कि किसी जादुई चमत्कार से वह मुझे ख़ूबसूरत बना दे। मैं उस चमत्कार के लिए अपना सर्वस्व लुटा सकता था।

प्रिंस इवान इवानोविच

उस दिन दादी को बधाई देने इतने लोग आए, कि घर के आगे दरवाज़े के सामने गाड़ियों का जमघट इकट्ठा हो गया।

"नमस्ते...प्यारी बहिन!" मेरी नज़र सहसा एक मेहमान पर जा पड़ी जो दरवाज़े पर दादी का हाथ चूम रहा था।

उनकी उम्र लगभग सत्तर वर्ष की रही होगी। फ़ौजी यूनिफ़ॉर्म में उनका चेहरा बहुत मुक्त और शान्त दिखाई दे रहा था। उनकी सहज और खुली भाव-भंगिमाओं को देखकर मैं बहुत प्रभावित हुआ। यद्यपि उनके बाल उड़ चले थे और ऊपर का होंठ खुलने पर दाँत भी कम दिखाई देते थे, उनका व्यक्तित्व अनायास अपनी ओर आकर्षित कर लेता था।

पिछली शताब्दी के अन्त में अपने बल-बुद्धि, सच्चरित्र और प्रभावशाली सम्बन्धियों के कारण प्रिंस इवानोविच अपनी नौकरी में बराबर उन्नति करते रहे थे। अपने महत्त्वाकांक्षी जीवन में यद्यपि उन्हें अनेक निराशाओं और दुर्घटनाओं का सामना करना पड़ता था, वह बराबर अपने उच्च विचारों और धर्म और नैतिक सिद्धान्तों पर अडिग रहे थे। इसका श्रेय उतना उनकी

प्रभावशाली पोज़ीशन को नहीं, जितना उनके साहस और संकल्प-शक्ति को दिया जा सकता है। वह काफ़ी सहृदय और संवेदनशील व्यक्ति थे, किन्तु दूसरों के साथ काफ़ी रुखाई और घमंड से पेश आते थे। यह शायद इसलिए ज़रूरी था कि दूसरे लोग उनसे अपना फ़ायदा निकालने के लिए उन्हें परेशान न कर सकें। वह सुशिक्षित, पढ़े-लिखे आदमी थे—किन्तु शिक्षा के नाम पर उनकी पूँजी वही थी, जो उन्होंने जवानी में जमा की थी। अपनी क्लासिकल फ्रेंच शिक्षा के बावजूद वह बातचीत में हमेशा सीधी-सादी बातें करते थे, इस सादगी में यदि कुछ चीज़ों का अज्ञान था तो शिष्टाचार और सहिष्णुता भी थी। मास्को की सभा-सोसायटी में उनका बड़ा मान था। शायद ही कोई ऐसा व्यक्ति था जो उनका निमंत्रण पाकर अपना सौभाग्य न सराहता हो।

इस उम्र में अब कुछ इने-गिने मित्र ही बचे थे, जिनकी शिक्षा-दीक्षा, मत-मान्यताएँ और जीवन के प्रति दृष्टिकोण प्रिंस इवानोविच से मेल खाते हों। दादी उनमें से एक थीं। यही कारण था कि वह दादी को बहुत आदर की दृष्टि से देखते थे और उनके साथ अपनी पुरानी मित्रता की क़द्र करते थे।

मेरी आँखें प्रिंस के चेहरे से हटती ही न थीं। सब लोग उनके आगे पीछे-मँडरा रहे थे। दादी उन्हें देखकर फूली नहीं समा रही थीं। प्रिंस के प्रति मेरा आदर-भाव और भी अधिक बढ़ गया जब मैंने देखा कि सारी मंडली में वह अकेले आदमी थे, जो दादी से भयाक्रान्त नहीं थे, काफ़ी आराम से उनसे बातें कर रहे थे। उनमें इतना साहस था कि बीच-बीच में उन्हें 'मेरी बहिन' कहकर सम्बोधित कर सकें। जब मेरी कविता उन्हें दिखाई गई, उन्होंने मुझे अपने पास बुलाकर कहा :

"क्या पता बहिन, यह बड़ा होकर दूसरा दर्जाइविन (एक महान् रूसी कवि) बन जाए।"

यह कहकर उन्होंने इतनी ज़ोर से मेरे गाल पर चिकोटी काटी, कि मैं दर्द से चीख़ उठता यदि मुझे यह पता न होता कि उन्होंने अपनी तरफ़ से प्यार से मुझे सहलाया है।

मेहमान जा चुके थे। पिताजी और वोलोद्या भी कमरे से बाहर चले गए थे। कमरे में प्रिंस, दादी और मेरे अलावा कोई न था।

"लेकिन हमारी प्यारी नातालिया निकोलावना यहाँ क्यों नहीं आईं?" प्रिंस ने एक क्षण चुप रहकर पूछा।

अपनी माँ का नाम सुनते ही मेरे कान खड़े हो गए।

"ओह..." दादी ने अपना स्वर धीमा करते हुए कहा, "वह ज़रूर आतीं अगर उन्हें कोई रोक-टोक न होती। उसने लिखा तो यह था कि पियेर (मेरे पिता) ने तो उन्हें आने के लिए कहा था, वह ख़ुद ही नहीं आना चाहती थीं। इस बार आमदनी ज़्यादा नहीं हुई...और ल्यूबा अभी छोटी है। लिखा था कि बच्चे मेरे साथ रहेंगे, तो वह निश्चिन्त हो जाएँगी। यह सब तो ठीक है..." दादी के स्वर से पता चलता था कि ठीक कुछ भी नहीं है। "यह तो ठीक है कि बच्चों की शिक्षा जितनी अच्छी तरह यहाँ होगी, वह गाँव में नहीं...बड़ा लड़का तेरह का है, छोटा ग्यारह का, लेकिन दोनों जंगलियों की तरह दिखाई देते हैं, कमरे में किस तरह दाख़िल हुआ जाता है, इतना शऊर भी नहीं।"

"लेकिन आमदनी में क्यों गड़बड़ है, यह बात मुझे समझ में नहीं आती। इतनी बढ़िया जायदाद है और फिर पैसे का रोना?" प्रिंस ने कहा।

"तुम सच्चे मित्र हो, इसलिए मैं तुम्हें बताती हूँ..." दादी का चेहरा बहुत उदास हो आया था, "यह सब बहाने हैं...असल में वह यहाँ अकेला रहना चाहता है ताकि बेरोक-टोक कभी किसी क्लब, कभी किसी भोज, जहाँ मरज़ी वहाँ जा सके...और वह बेचारी कुछ भी शक-शुबहा नहीं करती। तुम जानते हो, वह बिलकुल गऊ है, हर चीज़ में उसका विश्वास करती है। बस उसने उसे कह दिया कि बच्चों को पढ़ने मास्को आना चाहिए और उसे अकेला उस बेवक़ूफ़ नौकरानी के साथ गाँव में रहना चाहिए, और उसने मान लिया। अगर वह उससे कहे कि बच्चों को कोड़े से पीटना चाहिए जैसे राजकुमारी कोर्नाकोवा पीटती है, तो वह यह करने को भी तैयार हो जाए।" दादी ने गहरी हिकारत के स्वर में कहा, "हाँ, मेरे मित्र..." उन्होंने रूमाल उठाकर अपने आँसू पोंछे और एक क्षण चुप रहने के बाद कहा,

"मैं अक्सर सोचती हूँ कि वह न उसे समझ सकता है न ही उसका मूल्य पहचान सकता है। अपनी सारी अच्छाई और प्रेम के बावजूद वह उसके साथ सुखी नहीं रह सकती...मेरी यह बात तुम गाँठ बाँधकर रख लो कि कहीं वह..."

दादी ने अपना मुँह रूमाल से ढक लिया।

"अरे...अरे क्या कहती हो..." प्रिंस ने उलाहना-भरे स्वर में कहा, "मुझे लगता है, तुम्हारी वही आदतें हैं जो पहले थीं। तुममें कोई फ़र्क़ नहीं आया। तुम हमेशा मनगढ़न्त दुःखों पर अपने को नाहक परेशान करती हो... तुम्हें शर्म नहीं आती? मैं तुम्हें लम्बे अर्से से जानता हूँ...वह बहुत ही स्नेही, समझदार और अच्छा पति है...और सबसे बड़ी बात आदमी इज़्ज़तदार है, पूरी तरह से साफ़।"

मुझे यह सब बातें नहीं सुननी चाहिए थीं। मैं चुपचाप दबे क़दमों से बाहर चला आया। मेरा मन सहसा उद्भ्रान्त हो उठा था।

ईविन परिवार

"वोलोद्या, वोलोद्या...देखो, ईविन लड़के आ रहे हैं।" मैं ख़ुशी से चिल्लाया। खिड़की के बाहर नीले ओवरकोट पहने तीन लड़के अपने युवा अध्यापक के साथ सड़क पार करते हुए हमारे घर की तरफ़ आ रहे थे।

ईविन-परिवार के लड़के हमारे हमउम्र रिश्तेदार थे। मास्को आने के तुरन्त बाद हमारा उनसे परिचय हुआ था और हम बहुत जल्दी उनके दोस्त बन गए थे।

ईविन-परिवार के दूसरे लड़के सेरेज़ा के स्याह घुँघराले बाल थे, ज़रा ऊपर उठी हुई छोटी-सी नाक और ताज़े गुलाबी होंठ थे जो बड़े ऊपरी दाँतों के कारण हमेशा थोड़े-से खुले रहा करते थे। उसकी सुन्दर गहरी नीली आँखें थीं जिससे उसका चेहरा बहुत जीवन्त दिखाई देता था। वह कभी मुस्कराता नहीं था—या तो एकदम गम्भीर हो जाता था या फिर खिलखिलाकर हँसने लगता था। उसके अनोखे सौन्दर्य ने मेरा ध्यान सबसे पहले अपनी ओर आकर्षित किया था। उसे देखते ही अजीब सुख की भावना मुझे घेरने लगती। अगर उसे देखे बिना तीन-चार दिन गुज़र जाते, मैं इतना उदास हो जाता कि बरबस

आँसू उमड़ने लगते। मैं सोते-जागते उसके सपनों में डूबा रहता। उसके प्रति अपनी भावना को मैं इतना मूल्यवान समझता था कि उसके बारे में किसी से कुछ कहना मुझे असम्भव जान पड़ता था। शायद मेरी नज़रों से घबराकर वह मेरी अपेक्षा वोलोद्या के साथ हँसना-खेलना ज़्यादा पसन्द करता था...किन्तु यह चीज़ मुझे ज़रा न अखरती थी। मैं उसके लिए सब कुछ त्याग सकता था। मुझे हमेशा यह डर लगा रहता कि कहीं कोई ऐसा काम न करूँ जिससे वह नाराज़ या रुष्ट हो जाए। यह डर शायद उसके गर्वीलेपन के कारण था या शायद मुझे अपने चेहरे-मुहरे से इतनी घृणा थी कि जहाँ कहीं मैं ज़रा-सी भी सुन्दरता देखता उसे ज़रूरत से ज़्यादा महत्त्व देने लगता—या शायद प्रेम का यह ज़रूरी लक्षण है कि हम जितना दूसरों को चाहते हैं, उतना ही उनसे डरते हैं। पहली बार जब सेरेज़ा ने मुझसे बात की थी मैं इस अप्रत्याशित ख़ुशी से इतना घबरा गया था कि मेरा चेहरा पीला पड़ गया और मैं एक शब्द भी मुँह से न निकाल सका। उसे शायद मालूम था कि मैं किस बुरी तरह उसके असर में हूँ और वह बचकाने ढंग से इसका लाभ उठाकर मुझ पर अपनी हेकड़ी जमाना न भूलता था। मैं कभी-कभी उसे अपने दिल की सब बातें उगलना चाहता था—लेकिन भय के कारण कुछ भी न कह पाता था, उसके प्रति उदासीन होने का बहाना करता था—लेकिन बराबर बिना किसी शिकवा-शिकायत के उसके इशारों पर नाचता था। कभी-कभी मुझे अपने ऊपर उसका प्रभाव बहुत ही सख़्त और असहनीय जान पड़ता, लेकिन उसके शिकंजे से बाहर निकलना मेरे बूते के बाहर था।

आज जब मैं अपने निःस्वार्थ और असीम स्नेह के बारे में सोचता हूँ, एक गहरी उदासी मुझे घेर लेती है। उस स्नेह के बदले में मुझे कुछ न मिला था और वह बिना अभिव्यक्ति पाए अपने-आप मर गया था।

यह अजीब है कि जब मैं बच्चा था, बड़ा होने की कोशिश किया करता था और जब मेरा बचपन हमेशा के लिए पीछे छूट गया, मैं दुबारा बच्चा होने का स्वप्न देखता हूँ। इन दिनों मेरी भरसक यह कोशिश रहती थी कि सेरेज़ा के साथ अपने व्यवहार में ज़रा-सा भी बचकानापन न दिखाऊँ,

मैं जानबूझकर अपने उफनते उद्‌गारों को रोके रहता था, बाहर कुछ और भीतर कुछ और। मुझमें इतना साहस भी न था कि उसे चूम सकूँ या उसका हाथ पकड़कर कह सकूँ कि उसे देखकर मुझे कितनी ख़ुशी हुई है—यहाँ तक कि उसका घरेलू नाम सेरेज़ा न लेकर मैं उसे औपचारिक ढंग से सर्गे के नाम से बुलाता था। सच्ची भावना की हर अभिव्यक्ति हमें 'बचकानापन' जान पड़ती थी और हम इस बात से बेहद कतराते थे कि कोई हमें 'छोटा बच्चा' न समझ ले। यद्यपि हम उन कटु अनुभवों से शून्य थे, जिनके कारण वयस्क लोग आपसी रिश्तों में इतने रूखे और सतर्क हो जाते हैं, फिर भी वयस्क दीखने की विचित्र लालसा में हमने अपने को बचपन के स्निग्ध और कोमल सम्बन्धों के पुनीत आनन्द से वंचित कर दिया था।

मैं तीनों लड़कों से हॉल में मिला और फिर भागता हुआ दादी को उनके आगमन की ख़ुशख़बरी सुनाने गया। उसके बाद मैं सेरेज़ा के पीछे-पीछे ड्राइंग-रूम में आया—मेरी आँखें उस पर चिपकी थीं। जब दादी ने उसे देखकर कहा कि वह काफ़ी बड़ा हो गया है, मुझे कुछ वैसी ही आशा और डर का अनुभव हुआ जो एक कलाकार को अपनी कलाकृति के बारे में निर्णय की प्रतीक्षा करते समय होता है।

इस बीच लड़कों के युवा ट्यूटर श्री फ्रॉस्ट बाग़ में आकर बेंच पर बैठ गए और बहुत ही आत्म-तुष्ट भाव से सिगार पीने लगे। श्री फ्रॉस्ट जर्मन थे—लेकिन कार्ल इवानिच से बिलकुल भिन्न। वह रूसी काफ़ी अच्छी बोल लेते थे और लोगों में—ख़ास कर महिलाओं में उन्हें शिक्षा सम्पन्न व्यक्ति होने की ख्याति प्राप्त थी। दूसरे, वह न केवल जवान थे बल्कि उनका बहुत आत्मतुष्ट सुन्दर चेहरा और लम्बी मांसल टाँगें थीं। वह इसका फ़ायदा उठाना न भूलते थे। वह जानते थे कि उनके चेहरे-मुहरे का असर औरतों पर गहरा होता है और इसीलिए बैठते समय वह अपनी टाँगों को इस तरह मोड़कर रखते थे ताकि सब उन्हें अच्छी तरह देख सकें।

हम सब बाग़ में 'चोर-चोर' खेल रहे थे, बीच में एक ऐसी घटना हुई कि खेल लगभग रुक गया। सेरेज़ा चोर बना था। यात्रियों के पीछे भागते हुए

अचानक उसका घुटना एक पेड़ से जा टकराया और वह गिर पड़ा। मैं सिपाही बना था किन्तु उसे पकड़ने के बजाय मैंने पास आकर पूछा कि कहीं उसे कोई चोट तो नहीं लगी। सेरेज़ा का चेहरा ग़ुस्से से लाल हो गया और मुट्ठी भींचकर मुझ पर चीख़ने लगा, "तुम्हें मेरी चोट से क्या? तुम मुझे पकड़ते क्यों नहीं? इस तरह कहीं खेला जाता है?" फिर हँसता हुआ वह वोलोद्या और अपने सबसे बड़े भाई के साथ भागने लगा।

मैं बता नहीं सकता कि उसके इस साहसपूर्ण व्यवहार से मैं कितना प्रभावित हुआ। भयानक दर्द के बावजूद वह न रोया न चिल्लाया, और क्षण-भर के लिए भी खेल को नहीं भूला।

उसके कुछ देर बाद इलिन्का ग्रैप भी हमारे गिरोह में शामिल हो गया और हम ऊपरवाले कमरे में चले गए। वहाँ भी एक ऐसा मौक़ा आ पड़ा जब मुझे सेरेज़ा के असाधारण साहस और दृढ़ता को दुबारा देखने का अवसर मिला।

इलिन्का ग्रैप एक ग़रीब विदेशी का पुत्र था। उसके पिता किसी कारण मेरे दादा के अहसान से दबे थे और अपने पुत्र को हमारे घर भेजना अपना फ़र्ज़ समझते थे। हमारी इलिन्का से कोई ख़ास दोस्ती न थी और हम अक्सर उसकी टाँग खींचते रहते थे। वह तेरह वर्ष का रहा होगा, लम्बा क़द, पीला चिड़ियों जैसा चेहरा, जिस पर हमेशा विनम्रता का भाव खिंचा रहता। उसकी वेश-भूषा काफ़ी फटी-पुरानी होती, लेकिन बाल तेल में चुपड़े रहते। आज जब मैं उसे याद करता हूँ तो एक नेक, सहृदय और ख़ामोश लड़के का चेहरा मेरे सामने घूम जाता है, किन्तु उन दिनों मैं उससे इस क़दर नफ़रत करता था कि उस पर दया करने या उसके बारे में सोचने का प्रश्न ही नहीं उठता।

ऊपर के कमरे में हम सब कसरत के करतब एक-दूसरे को दिखा रहे थे। इलिन्का तनिक संकोच और विस्मय से मुस्कराता हुआ हमें देख रहा था। जब हमने उसे भी भाग लेने के लिए बुलाया तो वह यह कहकर टाल गया कि उसमें इतनी ताक़त नहीं है कि वह यह सब कर सके।

सेरेज़ा के करतब देखते ही बनते थे, वह बराबर हँसता हुआ नये-नये चमत्कार दिखा रहा था। वह एक साथ सटी तीन कुर्सियों को फाँद जाता था, सारे कमरे में कलाबाज़ियाँ लगाता था और कमरे के बीचोबीच मोटे-मोटे शब्दकोशों का मंच तैयार कर उस पर सिर के बल खड़ा हो जाता था। अन्तिम करतब के बाद वह रुक गया और बहुत ही गम्भीर मुद्रा में इलिन्का की ओर देखकर कहा, "अच्छा, अब तुम सिर के बल खड़े हो जाओ, इसमें मुश्किल कुछ नहीं है।" सबकी आँखें इलिन्का पर जमी थीं। उसने सकुचाते हुए बहुत धीमे स्वर में कहा कि वह ऐसा नहीं कर सकेगा।

"अरे...तुम कोई लड़की नहीं हो...तुम्हें ज़रूर सिर पर खड़ा होना पड़ेगा।" सेरेज़ा ने उसका हाथ पकड़ लिया। "हाँ, सिर पर। सिर पर..." हम सब ज़ोर-ज़ोर से चिल्लाने लगे और इलिन्का को ज़बर्दस्ती शब्दकोशों के मंच के पास घसीटने लगे। उसका चेहरा सहसा भय से पीला पड़ गया था।

"अच्छा-अच्छा...मुझे छोड़ो...मैं ख़ुद करूँगा। तुम तो मेरा कोट फाड़ डालोगे।" वह असहाय स्वर में चीख़ने लगा। उसकी चीख़ों ने हमारा हौसला दुगुना कर दिया...हम हँसते-हँसते पागल हुए जा रहे थे, हमारे हाथों उसका हरा कोट चिथड़े-चिथड़े हुआ जा रहा था।

वोलोद्या और बड़े ईविन ने इलिन्का का सिर शब्दकोशों पर टिका दिया, दूसरी तरफ़ मैंने और सेरेज़ा ने उसकी छटपटाती टाँगों को ऊपर खींचकर खड़ा कर दिया। और छोटा ईविन उसकी देह में सन्तुलन बिठाने में जुटा था।

कुछ ऐसा हुआ कि हँसी के ठहाकों के बाद हम सहसा ख़ामोश पड़ गए। कमरे में सन्नाटा छा गया जिसमें सिर्फ़ बेचारे इलिन्का की बोझिल साँसें सुनाई दे रही थीं। उस क्षण पहली बार मुझे आभास हुआ कि हम जो कुछ कर रहे थे उसमें मज़ाक़ या मनोरंजन की कोई ख़ास बात न थी।

इलिन्का कुछ देर चुप रहा, फिर अपने को मुक्त करने के लिए चारों तरफ़ लातें मारने लगा। इसी आपाधापी में उसका एक पैर सेरेज़ा की आँख में जा लगा। उसने झट उसकी टाँगें छोड़ दीं। और अपनी आँख पोंछने लगा,

जिसमें से अनायास आँसू बहने लगे थे। फिर उसने ज़ोर से इलिन्का को धक्का दिया, वह बेचारा निर्जीव लोंदे-सा फ़र्श पर गिर पड़ा और रुँधे कंठ से चीख़ने लगा, "आख़िर मुझे तंग करने में तुम्हें क्या मज़ा आता है?"

उसकी बुरी हालत थी, आँसुओं से भरा चेहरा, बिखरे बाल और टखनों से ऊपर उठी हुई पतलून। हम सब चुप खड़े थे और ज़बर्दस्ती मुस्कराने की चेष्टा कर रहे थे।

आख़िर सेरेज़ा ने मौन तोड़ा।

"क्या बुढ़िया की तरह रोता है...रोन्दू कहीं का!" उसने हल्के-से इलिन्का का पैर छुआ, "ज़रा-सा मज़ाक़ भी नहीं सह सकता। चल अब उठ खड़ा हो।"

"चुप रहो...तुम्हारे जैसा गया-बीता कोई नहीं।" इलिन्का ने ग़ुस्से में कहा और सिसकियाँ भरने लगा।

"अच्छा...यह बात! पहले लात मारता है, फिर गालियाँ निकालता है।" सेरेज़ा ने एक मोटा-सा शब्दकोश उसके सिर पर हिलाते हुए कहा। "चलो, इसे छोड़ो...यह हँसी-मज़ाक़ के क़ाबिल नहीं।" सेरेज़ा ने अस्वाभाविक रूप से हँसते हुए कहा।

मैं सहानुभूति से बेचारे इलिन्का को देख रहा था, जो फ़र्श पर लेटा हुआ शब्दकोशों में अपना मुँह छिपाकर फफक-फफककर रो रहा था।

"आह सर्गे...तुम्हें ऐसा नहीं करना चाहिए था," मैंने कहा।

"हाँ...लेकिन मुझे देखो। आज जब पेड़ से मेरा घुटना टकराया, तो कहीं मैं रोया था?"

"हाँ, यह सच है," मैंने सोचा, यह इलिन्का सचमुच रोन्दू है, और सेरेज़ा चट्टान की तरह है—बिलकुल चट्टान।

मुझे तब यह ख़याल नहीं आया कि वह बेचारा शारीरिक पीड़ा से शायद उतना नहीं, जितना इस कारण से रो रहा है कि उसके पाँच दोस्त उसे इतनी निर्ममता से सता रहे हैं।

मैं आज भी अपने क्रूर व्यवहार का कारण नहीं समझा सकता। मैंने उसे बचाया क्यों नहीं...क्यों नहीं उसके पास जाकर सहानुभूति के दो शब्द कह सका। मेरे भीतर दया-ममता कहाँ उड़ गई थी?

क्या यह सम्भव है कि सेरेज़ा के प्रति मेरे प्रेम ने मेरे अन्दर की सद्भावना को दबा दिया था? क्या मेरी यह इच्छा नहीं थी कि मैं उसकी आँखों में अपने को उतना ही कठोर और बहादुर प्रमाणित कर सकूँ जितना वह स्वयं था? वह प्रेम, हीरो बनने की वह आकांक्षा कुछ ऐसी चीज़ें हैं जो आज भी मेरे बचपन की स्मृतियों पर काले धब्बे छोड़ जाती हैं।

मेहमानों का आगमन

उस शाम रसोईघर में असाधारण हलचल थी। ड्राइंग-रूम और नाचने के कमरे में चारों तरफ़ रोशनियाँ जगमगा रही थीं। प्रिंस इवान इवानोविच ने अपने ख़ास बैंड ऑर्केस्ट्रा का आयोजन किया था। हमें समझते देर न लगी कि आज हमारे घर बहुत-से मेहमान आनेवाले हैं।

जब कभी किसी घोड़ागाड़ी की आवाज़ सुनाई देती, मैं दौड़कर खिड़की के पास जाता और असीम उत्सुकता से बाहर देखने लगता। आख़िर लम्बी प्रतीक्षा के बाद एक गाड़ी हमारे घर के सामने रुकी। यह सोचकर कि ज़रूर ईविन-परिवार के लड़के आए हैं, मैं भागता हुआ दरवाज़े पर चला आया। किन्तु उनके बजाय एक सजे-सधे नौकर ने दरवाज़ा खोला और दो महिलाएँ भीतर चली आईं। उनमें से एक ज़रा लम्बे क़द की थी, जिसने नीला कोट पहन रखा था। छोटी लड़की ने हरी शॉल ओढ़ रखी थी जो पैरों तक आती थी और जिसके पीछे उसके फर के जूते दिखाई दे रहे थे। उन्होंने मुझे देखा नहीं। हॉल में घुसते ही छोटी लड़की लम्बे क़दवाली लड़की के सामने खड़ी हो गई। बड़ी लड़की ने उसकी शॉल उतारी और अपना कोट—दोनों चीज़ें नौकर को पकड़ा दीं।

शॉल के बंडल से निकलकर अब छोटी लड़की अपनी रेशमी फ्राक में बहुत सुन्दर दिखाई दे रही थी, उसके बहुत ही घने भूरे घुँघराले बाल थे जो नंगे कन्धों पर बिखरे थे। किन्तु उसके चेहरे में उसकी बड़ी-बड़ी अधमुँदी आँखें सबसे अधिक आकर्षक थीं जो उसके नन्हे मुँह के ऊपर कुछ-कुछ विचित्र-सी मालूम देती थीं। उसके होंठ बन्द थे और आँखों का भाव कुछ इतना संजीदा था कि कोई आशा भी न कर सकता था कि वह कभी मुस्करा भी सकती है और इसलिए जब वह सचमुच मुस्कराती थी तो उसकी मुस्कान बिलकुल जादुई-सम्मोहन से भरी जान पड़ती थी।

मैंने नीचे झुककर उन्हें प्रणाम किया और फिर उन्हें बताया कि दादी ड्राइंग-रूम में बैठी हैं। श्रीमती वालाखीना की शक्ल-सूरत मुझे बहुत अच्छी लगी, शायद इसलिए कि वह उनकी लड़की सोन्या से मिलती-जुलती थी। मेरी बात सुनकर उन्होंने स्नेह-भाव से सिर हिलाया और ड्राइंग-रूम की ओर चल पड़ीं।

दादी सोन्या को देखकर बहुत प्रसन्न हुईं और उसके चेहरे को ध्यान से देखती हुई बोलीं, "कितनी ख़ूबसूरत बच्ची है!" सोन्या मुस्कराई, लज्जा से चेहरा आरक्त हो गया जिससे वह और भी अधिक सुन्दर दिखाई देने लगी। उसे देखकर मेरा चेहरा भी सुर्ख़ हो आया।

"मुझे उम्मीद है, यहाँ तुम ऊबोगी नहीं।" दादी ने सोन्या की ठुड्डी उठाकर कहा, "जितना मन चाहे, नाचो-गाओ...तुम्हारे कुछ दोस्त यहाँ पहले से ही मौजूद हैं।"

मेरी तरफ़ यह संकेत था...मेरा मुँह शर्म से लाल हो गया।

एक दूसरी गाड़ी दरवाज़े पर आ रुकी। हॉल में जाकर देखा तो राजकुमारी कोर्नाकोवा अपने लड़के और असंख्य लड़कियों के साथ पधारी थीं। सब एक स्वर में चहक रही थीं। उनके पुत्र एतिएन की उम्र लगभग पन्द्रह वर्ष रही होगी, लम्बा इकहरा बदन, पीला बीमार-सा चेहरा, अन्दर की तरफ़ धँसी आँखें और उनके नीचे स्याह घेरे। उसका हाव-भाव मुझे काफ़ी बेढब-सा जान पड़ा, आवाज़ अप्रीतिकर और टूटती हुई-सी। वह हू-ब-हू वैसा ही लड़का दिखाई पड़ता था, जिसे बेंत से पीटा जाता है।

हम दोनों कुछ देर तक एक-दूसरे को जाँचते रहे। आख़िर बातचीत शुरू करने के लिए मैंने कहा कि यहाँ आते हुए उनकी घोड़ागाड़ी तो खचाखच भर गई होगी।

"पता नहीं," उसने लापरवाही से कहा, "मैं तो भीतर बैठ नहीं सकता। जब कभी हम शाम को सैर के लिए जाते हैं, मैं बाहर उधर वाली सीट पर ही बैठ जाता

हूँ...वहाँ काफ़ी मज़ा आता है। कोचवान फिलिप मुझे चाबुक दे देता है और मैं ख़ुद गाड़ी चलाता हूँ...दूसरे गाड़ीवानों को भी कभी-कभी मेरी चाबुक का मज़ा मिल जाता है।

"जनाब..." कोचवान ने आकर कहा, "फिलिप पूछ रहा है कि आपने चाबुक कहाँ रख दिया?"

"चाबुक? मैंने उसे वापस तो दे दिया था।"

"वह कहता है, आपने नहीं दिया।"

"अच्छा...तब शायद मैंने उसे गाड़ी की लालटेन पर लटका दिया होगा।"

"फिलिप कहता है कि वह लालटेन पर भी नहीं है...आपने उसे क़हीं खो डाला है और अब बेचारे फिलिप को उसका हरजाना भरना पड़ेगा।" कोचवान ने आगबबूला होकर कहा। वह बहुत नेक और स्वाभिमानी आदमी दिखाई देता था और बहुत तत्परता से फिलिप का पक्ष ले रहा था। मैं एक तरफ़ हट गया ताकि अपनी उपस्थिति से उन्हें किसी दुविधा में न डालूँ।

"अगर खो गया है, तो खो गया है।" एतिएन ने बात टालने की कोशिश की, "चाबुक के जितने पैसे होंगे, मैं दे दूँगा। क्या मज़ाक़ बना रखा है!" वह मेरे पास आया और मेरे साथ-साथ ड्राइंग-रूम की तरफ़ बढ़ने लगा।

"ज़रा ठहरिए जनाब...आप पैसे अदा करेंगे? मुझे मालूम है आप कैसे पैसे देंगे...पिछले सात महीनों से आपने बेचारी मारिया के बीस कोपेक मार रखे हैं और एक साल से..."

"अच्छा-अच्छा, ज़्यादा बको मत!" एतिएन ने ग़ुस्से में चीख़ते हुए कहा, "तुम्हारी शिकायत करूँगा, तब पता चलेगा।"

"शिकायत...शिकायत!" कोचवान ने बुड़बुड़ाते हुए कहा, "यह बात ठीक नहीं है, जनाब!" उसने अर्थपूर्ण स्वर में कहा। हम उस समय बॉल-रूम में आ चुके थे।

दादी किस तरह दूसरों को सम्बोधित करती हैं, उसी से मुझे उनकी भावनाओं का पता चल जाता था। जब एतिएन उनका अभिवादन करने आगे बढ़ा, उन्होंने इने-गिने शब्द उससे कहे और एक ऐसी नज़र से उसे देखा, जिसमें गहरी हिकारत भरी थी। अगर एतिएन की जगह मैं होता, तो सहसा गड़बड़ा जाता। लेकिन एतिएन ने उनकी प्रतिक्रिया पर कोई ध्यान नहीं दिया और बहुत आत्मतुष्ट भाव से सब उपस्थित लोगों के अभिवादन में सिर झुका लिया।

मेरा सारा ध्यान सोन्या पर केन्द्रित था। मुझे याद है, जब कभी वोलोद्या और एतिएन से बात करते हुए मुझे सोन्या की झलक मिल जाती और मुझे विश्वास हो जाता कि वह भी हमारी बातें सुन रही है—तब ऐसे क्षणों में मैं काफ़ी ऊँचे स्वर में बोलने लगता—ढूँढ़-ढूँढ़ कर फड़कती बातें कहता। किन्तु जब हम ड्राइंग-रूम के एक ऐसे कोने में आ गए जहाँ से सोन्या को देखना असम्भव था, मैं सहसा चुप पड़ गया और बातचीत में मेरी दिलचस्पी ख़त्म हो गई।

धीरे-धीरे ड्राइंग-रूम और बॉल-रूम मेहमानों से भरने लगे। जब ईविन-परिवार के लड़के आए, सेरेज़ा को देखकर ख़ुश होने के बजाय मेरा मन बुरी तरह खीज उठा। मुझे मालूम था वह सोन्या को देखेगा और सोन्या उसे...और इसकी कल्पना से ही मेरा मन बैठने लगा।

माज़ुर्का से पहले

"अच्छा—यहाँ नाच की 'तैयारी है!" सेरेज़ा ने ड्राइंग-रूम से बाहर आकर अपनी जेब से दस्ताने बाहर निकाल लिए। "तब तो मुझे दस्ताने पहनने चाहिए।" उसने कहा।

"मैं क्या करूँ...हमारे पास दस्ताने ही नहीं हैं।" मैंने सोचा—"लेकिन शायद ऊपर के कमरे में हों।"

किन्तु मेरी सारी खोज व्यर्थ रही। मुझे सिर्फ़ एक फटा-पुराना दस्ताना दिखाई दिया जो बहुत बड़ा था और जिसकी बीच की अँगुली ग़ायब थी, मैं उसे हाथ में पहनकर उलटने-पलटने लगा। मेरी बीच की अँगुली नंगी होकर बाहर निकल आई, जो हमेशा स्याही से रंगी रहती थी।

"मैं इस तरह नीचे नहीं जा सकता...अगर वे मुझसे पूछेंगे कि मैं नाच क्यों नहीं रहा तो मैं क्या जवाब दूँगा? न ही मैं यहाँ छिपा रह सकता हूँ—वे मुझे ढूँढ़ने लगेंगे...करूँ तो क्या करूँ?" मैंने हताश होकर सोचा।

"यहाँ क्या कर रहे हो?" वोलोद्या ने पूछा, "जाओ—किसी महिला के साथ बातचीत करो...नाच शुरू होनेवाला है।"

"वोलोद्या..." मैंने उसे फटा-पुराना दस्ताना और उसके भीतर से झाँकती हुई अँगुलियों को दिखाते हुए पूछा, "तुमने इसके बारे में कुछ नहीं सोचा?"

"किस बारे में?" उसने अधीरता से पूछा, "अच्छा...दस्ताने।" उसने लापरवाही से मेरे हाथ को देखा, "हाँ भई...इसके बारे में तो भूल ही गए। आओ दादी से पूछते हैं।" और वह तेज़ी से भागते हुए नीचे चला गया।

मेरे लिए जो विकट समस्या थी, उसके प्रति वोलोद्या के ठंडे, सहज भाव ने मुझे भी आश्वस्त कर दिया—और जल्दी में अपना वह गन्दा-कुचला दस्ताना उतारे बिना ही मैं उसके पीछे-पीछे ड्राइंग-रूम में चला आया।

मैंने धीरे से दादी के हाथ को छूकर कहा, "दादी, हम क्या करें, हमारे पास दस्ताने ही नहीं हैं?"

"क्या नहीं है?"

"दस्ताने," मैंने दुबारा कहा और अपने दोनों हाथ उनकी कुर्सी के हत्थे पर रख दिये।

"और यह क्या है?" उन्होंने अचानक मेरा बायाँ हाथ उठाकर कहा, फिर मदाम वालाखीना की ओर मुड़कर फ्रेंच में बोलीं, "देखिए, आपकी लड़की के साथ नाचने के लिए यह जनाब कितना सज-धजकर आए हैं।"

दादी ज़बर्दस्ती मेरा दस्तानेवाला हाथ सबको दिखाने लगीं...जब सब लोगों ने उसे अच्छी तरह देख लिया तो चारों ओर हँसी की फुहार छूटने लगी।

अगर सेरेज़ा मुझे इस हालत में देखता, तो मैं शर्म से गड़ जाता। मैंने अपना हाथ खींचने की असफल कोशिश की। किन्तु सोन्या के सामने मुझे ज़रा भी बुरा न लगा। हँसते-हँसते उसकी आँखों में आँसू आ गए और बालों की लटें माथे पर झूलने लगी थीं। वह इतनी ज़ोर से, इतने मुक्त भाव से हँस रही थी कि मुझे विश्वास हो गया कि उसकी हँसी में कोई व्यंग्य-कटाक्ष नहीं है—उलटे मुझे लगा कि सबकी सम्मिलित हँसी हम दोनों को निकट ले आई है। अब ड्राइंग-रूम में मैं सहज-भाव से सबसे हँस-बोल रहा था और शुरू की झिझक ग़ायब हो गई थी।

शर्मीले लोगों की यातना इस सन्देह से उत्पन्न होती है कि पता नहीं दूसरे लोग उनके बारे में क्या राय बनाएँगे—जब एक बार उनकी राय स्पष्ट रूप से अभिव्यक्त हो जाती है। (चाहे वह कैसी ही राय क्यों न हो) तब उसी क्षण उनकी यातना ख़त्म हो जाती है।

हम सबके साथ नाचते हुए सोन्या कितनी आकर्षक दीख रही थी... उसके माथे पर गिरे बाल संगीत की थिरकन पर हिलने लगते। जब नाचते हुए मैंने एक बार फिर अपना दस्ताना दिखाया, तो वह दुबारा लोट-पोट हो गई।

फिर हम दोनों एक साथ बैठ गए। संकोच में मुझे कुछ भी समझ में नहीं आ रहा था कि उससे क्या बात करूँ। फिर मुझे डर लगा कि कहीं वह मुझे ख़ामोश देखकर भोंदू न समझ ले और मैं तेज़ी से बतियाने लगा।

"क्या तुम मास्को में ही रहती हो?" मैंने फ्रेंच में पूछा। जब उसने हामी भरी, मैंने कहा, "मैं पहले यहाँ कभी नहीं आया।" मुझे लगा, यद्यपि ऐसे वार्तालाप से भले ही मैं अपना फ्रेंच-ज्ञान जतला दूँ, इस तरह मैं ज़्यादा देर नहीं बोल सकता। मैं तनिक घबराकर उसकी ओर देखने लगा, पता नहीं वह मेरे बारे में क्या सोच रही होगी?

"तुम्हें यह अजीब दस्ताना कहाँ से मिला?" सहसा उसने पूछा। मुझे यह प्रश्न सुनकर बहुत ख़ुशी हुई...मैं विस्तार से बताने लगा कि यह दस्ताना कार्ल इवानिच का है...और मैं उनके व्यक्तित्व के बारे में मज़ाक़िया स्वर में हर तरह की बातें कहने लगा, जब वह अपनी लाल टोपी सिर से उठाते हैं, तो कितने अजीब लगते हैं, किस तरह एक बार वह घोड़े से गिरकर पानी के गड्ढे में गिर गए...इत्यादि। नाच कब शुरू हुआ, कब ख़त्म हो गया, मुझे पता भी न चला। यह सब तो ठीक था, लेकिन आख़िर कार्ल इवानिच पर इस तरह कटाक्ष करने की क्या ज़रूरत थी? क्या सचमुच सोन्या के दिल में मेरे प्रति अच्छी धारणा न बनती, अगर मैं कार्ल इवानिच के बारे में स्नेह और आदर से बात करता, जो मैं सचमुच उनके लिए महसूस करता था?

नाच ख़त्म होने पर सोन्या ने मुझे इतने मधुर भाव से धन्यवाद दिया कि मुझे लगा, वह सचमुच मेरे प्रति अपना आभार प्रकट कर रही है। मेरा दिमाग़ सात आसमान पर चढ़ गया। ख़ुशी के मारे मैं बेहाल हुआ जा रहा था। ख़ुद अपने को पहचान पाना मेरे लिए मुश्किल था। पता नहीं, कहाँ से मेरे भीतर इतना साहस और आत्मविश्वास भर आया? "कोई भी चीज़ मुझे नहीं डरा सकती!" बॉल-रूम में लापरवाही से चलते हुए मैंने सोचा, "मैं कुछ भी कर सकता हूँ।"

अगले नाच के लिए मैंने चारों तरफ़ अपनी आँखें दौड़ाईं। सब लड़कियों को पहले से ही साथी मिल गए थे, सिर्फ़ एक वयस्क लड़की अकेली ड्राइंग-रूम के दरवाज़े पर खड़ी थी। एक लम्बा-सा युवक उसकी ओर बढ़ रहा था, सम्भवतः उसे अपने साथ नाचने के लिए आमंत्रित करने को। वह उससे कुछ क़दम ही दूर था, जबकि मैं कमरे के दूसरे छोर पर खड़ा था। मैंने तेज़ क़दमों से बीच का फ़ासला पार किया और उसके सामने जाकर एड़ियाँ जोड़कर खड़ा हो गया और अपनी दृढ़ आवाज़ में अगले नाच के लिए उसे आमंत्रित किया। वह लड़की उदार भाव से मुस्कराई, अपना हाथ मेरी तरफ़ बढ़ा दिया और वह युवक ख़ाली हाथ वापस लौट गया।

मैं अपनी शक्ति में कुछ ऐसा मदहोश था कि मैंने युवक की नाराज़गी पर ज़रा भी ध्यान नहीं दिया। बाद में मैंने सुना, वह किसी से पूछ रहा था कि यह ऊबड़-खाबड़ बालोंवाला लड़का कौन है जो उसके हाथों से लड़की को छीनकर ले गया।

माज़ुर्का

मैंने पिछले नाच में जिस युवक से उसकी साथिन को छीन लिया था, वह अब माज़ुर्का (एक प्रकार का नाच) नाच रहा था। मेरा कोई साथी न था, अत: मैं दादी की कुर्सी के पीछे बैठकर नाचते हुए जोड़ों को देख रहा था।

नाच के अन्त में कुछ वृद्ध पुरुष और महिलाएँ दादी से विदा लेने आए। नौकर रात का अन्तिम भोजन पीछे वाले कमरे में परोस रहे थे। दादी काफ़ी थक गई थीं और बैंड वही पुरानी धुन बजाने लगा था। इतने में वह लड़की, जिसके साथ पिछली बार मैं नाचा था, एक युवती के साथ आई और मुझे उसके साथ नाचने के लिए कहा। मैं टालना चाहता था क्योंकि माज़ुर्का नृत्य से मैं अनभिज्ञ था, लेकिन इनकार करने का साहस नहीं था और वह युवती मुस्कराते हुए मुझे नाच के फ़र्श पर ले आई।

पता नहीं कैसे, माज़ुर्का-संगीत की परिचित धुन को सुनकर मेरे पाँव अपने-आप कुछ अजीब क़दमों में उठने लगे और सब लोग मुझे आश्चर्य से देखने लगे। जब तक हम सीधे बढ़ते हुए जाते थे, मैं अपनी साथिन को जैसे-तैसे सँभालने लगता था, लेकिन जब मुड़ने को बारी आती थी,

मुझे बहुत मुश्किल पड़ती थी और यह भय लगता था कि कहीं मैं उसके सामने न अड़ जाऊँ। मैं कुछ इतनी बुरी तरह घबरा गया कि नाचने के बजाय मैं एक ही जगह अपने पाँव पटकने लगा, जिसका संगीत की लय से कोई तालमेल नहीं था, आख़िर मैं थककर खड़ा हो गया। सब लोग मुझे देख रहे थे, कौतूहल, अचरज और उपहास की मुद्रा में। सिर्फ़ दादी मेरी ओर से निपट उदासीन थीं।

"अगर नाचना नहीं आता, तो बीच में धँसने क्यों आए थे?" मुझे अपने कानों में पिताजी का क्रुद्ध स्वर सुनाई दिया। उन्होंने धक्का देकर मुझे अलग ठेल दिया और दर्शकों की करतल ध्वनि के साथ पुराने फ़ैशन में माज़ुर्का नाचते हुए मेरी साथिन को उसकी कुर्सी तक ले आए। उसी क्षण माज़ुर्का भी समाप्त हो गया।

"हे ईश्वर, तुमने ऐसी भयानक सज़ा मुझे क्यों दी?" मैं मन-ही-मन अपने को कोस रहा था।

"हर कोई मुझसे घृणा करता है, और करता रहेगा...मेरे लिए हर राह—दोस्ती, प्रेम, सम्मान की राहें—बन्द हैं। मैंने सब कुछ खो दिया है। वोलोद्या सबको दिखा-दिखाकर मेरी तरफ़ इशारे क्यों कर रहा था, जबकि मैं उन्हें समझने में असमर्थ था? मेरी साथिन बराबर मेरे पैरों को क्यों देख रही थी? सोन्या मुस्करा क्यों रही थी? पिताजी ने शर्म से लाल होकर मेरी बाँह क्यों पकड़ी थी? क्या सचमुच वह भी मुझ पर शर्मिन्दा हो सकते हैं? छि:-छि: कितनी भयानक बात है...अगर माँ होतीं तो क्या इस तरह अपने निकलस पर शर्मिन्दा होतीं?" और तब मैं अपनी कल्पना में कहीं बहुत दूर चला गया। मुझे सहसा बहुत-सी चीज़ें याद आने लगीं—हमारे घर के सामने फैला चरागाह, बाग़ में सरसराते लम्बे नीबू के पेड़, साफ़ पानी का तालाब, जिस पर परिन्दे चक्कर लगाते थे, पारदर्शी अलसाए बादलों से भरा नीला आकाश, नये कटे अनाज की मदमाती गन्ध, अनेक शान्त और उज्ज्वल स्मृतियाँ मेरे उद्भ्रान्त मस्तिष्क में रह-रहकर घुमड़ने लगीं।

माज़ुर्का के बाद

भोजन के समय हमारी मेज़ पर वही युवक बैठा था, जो पिछले तीन-चार नाचों में भाग ले चुका था। वह बराबर मुझे ख़ुश करने की कोशिश कर रहा था। जब बड़ों की आँखें दूसरी तरफ़ होतीं, वह मेरे गिलास में शराब डाल देता और आग्रह करता कि मुझे सारा गिलास पी लेना चाहिए। कुछ क्षणों बाद मैं अपनी शर्म और यातना को भूल गया, एक हल्की-सी गरमाई मेरी रगों में दौड़ने लगी और अकारण ही मैं ज़ोर-ज़ोर से हँसने लगा।

कुछ ही देर बाद एक नये नाच का बैंड बजने लगा और सब लोग मेज़ से उठने लगे। वह युवक बड़े लोगों की भीड़ में खो गया और मैं उत्सुकतावश श्रीमती वालाखीना और उनकी पुत्री के बीच होनेवाले वार्तालाप को सुनने लगा।

"सिर्फ़ आधा घंटा और!" सोन्या बहुत आग्रह-भरे स्वर में कह रही थी।

"अब हमें चलना चाहिए।" उसकी माँ ने कहा।

"मेरी ख़ातिर क्या इतना भी नहीं...?" सोन्या ने फुसलाते हुए कहा।

"और अगर कल तुम बीमार पड़ गईं?"

"सच...तुम ठहरोगी न?" सोन्या ने ख़ुशी से कूदते हुए कहा।

"अच्छा भई...जाओ नाचो...देखो, यह जनाब पहले से ही तुम्हारे लिए हाज़िर हैं।" उन्होंने मेरी ओर इशारा करते हुए कहा।

सोन्या ने मुझे अपना हाथ दिया और हम दोनों बॉल-रूम की तरफ़ भागने लगे।

शराब और सोन्या की उपस्थिति ने शीघ्र ही मेरे दुःख को अपने में डुबो दिया। ख़ुशी की रौ में आकर मैं अपने हाथों और पैरों से विभिन्न प्रकार के दिलचस्प करतब दिखलाने लगा...सोन्या मुझे देखते हुए बराबर हँसती जा रही थी। हम एक-दूसरे का हाथ पकड़कर निरन्तर एक गोल दायरे में नाच रहे थे। जब मैंने एक ही छलाँग में छत छूने की कोशिश की, तब तो हँसते-हँसते वह पागल-सी हो गई।

सहसा मेरी निगाह दादी के लम्बे आईने पर पड़ गई। मेरा चेहरा पसीने से लथपथ था और माथे पर बाल बिखर आए थे, लेकिन आईने में अपने चेहरे पर सुख, उल्लास और स्वस्थ दमकते भाव को देखकर मैं ख़ुशी से फूला न समाया। 'अगर मैं हमेशा ऐसा रहूँ...' मैंने सोचा, 'तो मैं दूसरों को हरदम अपनी ओर आकर्षित कर सकता हूँ।'

किन्तु जब मेरी आँखें सोन्या के सुन्दर चेहरे पर दुबारा पड़ीं मुझे लगा कि उसमें लावण्य, स्वास्थ्य और निश्चिन्तता के अतिरिक्त एक बहुत ही नाजुक और पारदर्शी क़िस्म का सौन्दर्य है...और जो शायद हमेशा मेरी पहुँच के बाहर रहेगा। मैं अपनी बेवक़ूफ़ी पर खीज उठा कि मैंने कभी उसकी चाहना की थी।

यह जानते हुए भी कि मुझे अपनी भावनाओं के बदले में कुछ भी नहीं मिलेगा, मेरी आत्मा में एक अजीब-सी ख़ुशी उमड़ने लगी। मैं सिर्फ़ यह चाहता था कि मेरे इस प्यार, इस ख़ुशी का अन्त कभी न हो। मैं जैसा था, वैसा ही सुखी था। मेरा दिल एक कबूतर के पंखों की तरह फड़फड़ा रहा था, और मुझे लग रहा था कि किसी भी क्षण मेरे आँसू फूट पड़ेंगे।

जब हम ज़ीने के नीचे अँधेरे गोदाम से होकर गुज़र रहे थे, मुझे ख़याल आया कि कितना अच्छा हो, अगर मैं उसके साथ उस गोदाम में रह सकूँ... मैं और वह दोनों—और किसी को हमारा अता-पता मालूम न हो।

"तुम नहीं सोचतीं—यह बहुत हँसी-ख़ुशी की रात है?" मैंने धीमे काँपते स्वर में कहा और फिर अपने क़दम तेज़ कर दिये, मैं सहसा भयभीत हो गया था, अपने शब्दों पर उतना नहीं, जितना उस पर, जो अनकहा रह गया था।

"हाँ...बहुत।" उसने अपना मुँह मेरी ओर उठाकर कहा। उसके चेहरे पर इतना मृदु और मुक्त भाव बिछा था कि सहसा मेरा भय मर गया।

"ख़ास कर भोजन के बाद का यह समय...लेकिन जब मैं यह सोचता हूँ कि हम दोनों फिर कभी नहीं मिलेंगे, मुझे बहुत अफ़सोस होता है..." मैंने कहा।

"क्यों...दुबारा क्यों नहीं मिलेंगे?" उसने अपने जूतों की नोक को ध्यान से देखते हुए कहा, "हर मंगल और शुक्रवार को मैं माँ के साथ त्वोरस्कोय बुलीवा जाती हूँ...क्या तुम कहीं टहलने नहीं जाते?"

"मैं मंगलवार को आने की कोशिश करूँगा...अगर वे इजाज़त नहीं देंगे, तो मैं अकेला ही बिना पूछे आ जाऊँगा। मुझे रास्ता मालूम है।"

"सुनो..." सोन्या ने अचानक कहा, "मैं अपने दोस्तों को 'तू' कहकर बुलाती हूँ...हम दोनों भी एक-दूसरे को 'तुम' की जगह 'तू' कहेंगे, ठीक है?" उसने सीधा अपनी आँखों को मेरी आँखों में डालते हुए कहा।

उसी क्षण हम बॉल-रूम में आ रहे थे...नया नाच शुरू हो रहा था।

"क्या मैं तुम्हारे साथ...?" सोन्या खिलखिलाकर हँस पड़ी।

नाच ख़त्म होने लगा था और इस दौरान मैं एक बार भी उसे 'तू' न कह सका था। मुझमें इतना साहस ही नहीं था कि मैं कोई ऐसा वाक्य बोल सकूँ जिसमें 'तू' का प्रयोग होता हो। "तेरे साथ, तुम्हारे साथ नहीं" उसके ये शब्द बार-बार मेरे कानों में गूँज रहे थे, मेरे भीतर एक मदमाता-सा नशा भर रहा था। मेरी आँखों के सामने सिर्फ़ सोन्या थी, और कुछ भी नहीं, कोई भी नहीं।

फिर वह अपने सम्बन्धियों के साथ जाने की तैयारी करने लगी। उन्होंने उसकी घुँघराली लटों को उठाकर कानों के पीछे कर दिया जिससे उसके माथे और कनपटियों के कुछ ऐसे हिस्से खुल गए, जिन्हें मैंने अब तक नहीं देखा था। उन्होंने उसे पहले की तरह हरी शॉल में लपेट लिया था, जिससे सिर्फ़ उसकी नाक दिखाई देती थी। वह जल्दी-जल्दी अपनी माँ के साथ सीढ़ियाँ उतरी, पीछे मुड़कर हाथ हिलाया और दरवाज़े से बाहर निकलकर आँखों से ओझल हो गई।

वोलोद्या, ईविन-परिवार के लड़के और मैं—हम सब सोन्या से प्रेम करने लगे थे और ज़ीने पर खड़े होकर उसे देख रहे थे। मालूम नहीं, उसने किस ख़ास लड़के की ओर देखकर हाथ हिलाया था, लेकिन उस क्षण मुझे पक्का विश्वास था कि वह मेरे सिवा कोई और न था।

ईविन लड़कों से विदा लेते हुए मैंने सेरेज़ा से बहुत मुक्त भाव से—जिसमें थोड़ा-बहुत रूखापन भरा था—हाथ मिलाया। शायद वह भी समझ गया था कि उसके प्रति पहले जैसा प्रेम अब मुझमें नहीं रहा। उसे शायद अफ़सोस हुआ हो...लेकिन ऊपर से उसने कुछ प्रकट नहीं किया।

ज़िन्दगी में पहली बार मैं अपने प्रेम में ग़ैर-वफ़ादार रहा था और पहली बार मुझे उस अनुभूति के मीठेपन का अहसास हुआ। मुझे ख़ुशी थी कि आदत में फँसी मेरी फटी-पुरानी आराध्य-भावना मुझसे छूट गई है और उसकी जगह एक प्रेम की ताज़ी भावना ने ले ली है जो एक साथ बहुत रहस्यमय और डाँवाँडोल है। यों भी प्यार ख़त्म होने और साथ-साथ नये सिरे से शुरू करने पर हम पहले से दुगुना प्यार करने लगते हैं।

बिस्तर में

'भला मैं सेरेज़ा को इतने लम्बे अर्से तक और इतने उन्माद के साथ कैसे प्यार कर सकता था?' बिस्तर पर लेटे-लेटे मैं यही सोच रहा था। 'नहीं...वह कभी मेरे प्रेम को नहीं समझ सका, कभी उसका मूल्य नहीं आँक सका—वह मेरे प्रेम का अधिकारी था ही नहीं...लेकिन सोन्या, आह...उसकी बात अलग है, बिलकुल अलग।'

सहसा उसके चेहरे की तसवीर मेरी आँखों के सामने घूम गई...मैंने रज़ाई से अपनी सारी देह अच्छी तरह ढक ली—और जब उसका कोई कोना खुला न रहा, मैं गरमाई में लिपटा हुआ अपने सपनों और स्मृतियों में खो गया। मैं उसे हू-ब-हू वैसे ही देख सकता था, जैसे एक घंटा पहले देखा था...मैं मन-ही-मन उससे बातें कर रहा था और यद्यपि ये बातें बिलकुल अर्थहीन थीं, उनमें बार-बार 'तू', 'तेरे साथ', 'तुझे' जैसे शब्द आते थे, जिन्हें सोचते ही मेरा मन उल्लास से भर उठता था।

मैं बहुत देर तक इस मीठी उत्तेजना में जगा रहा। आख़िर मुझसे न रहा गया और अपने सुख को किसी दूसरे के साथ बाँटने की इच्छा सहसा बलवती हो गई।

"वोलोद्या, क्या तुम सो गए?" मैंने करवट बदलकर कहा।

"नहीं..." उसने सोये-से स्वर में कहा, "क्या बात है?"

"मैं प्यार करने लगा हूँ...वोलोद्या, सचमुच सोन्या से प्यार करने लगा हूँ।"

"तो फिर...?" उसने जम्हाई लेते हुए कहा।

"आह वोलोद्या—मेरे ऊपर क्या बीत रही है, तुम कल्पना नहीं कर सकते। मैं अभी कम्बल के नीचे उससे बातें कर रहा था—और सुनो...जब मैं उसके बारे में सोचता हूँ, मेरा मन इतना उदास हो जाता है कि रोने को जी चाहता है..."

वोलोद्या थोड़ा-सा हिला-डुला।

"मैं सिर्फ़ यह चाहता हूँ कि हमेशा उसके साथ रहूँ, हमेशा उसे देखता रहूँ...बस इससे ज़्यादा और कुछ नहीं। क्या तुम भी प्रेम करते हो, वोलोद्या... सच-सच बताओ?"

यह अजीब था कि मैं चाहता था, हर कोई सोन्या से प्यार करने लगे और सिर्फ़ उसके बारे में ही बातें करता रहे।

"तुम्हें इससे क्या?" वोलोद्या ने अपना चेहरा मेरी तरफ़ मोड़ते हुए कहा, "शायद करता हूँ।"

"तुम सो नहीं रहे थे—सिर्फ़ बहाना कर रहे थे।" उसकी साफ़, चमकती आँखों में नींद का नामोनिशान न था। मैंने अपना कम्बल उतारकर अलग कर दिया।

"आओ उसके बारे में बातें करें...सच बताओ, वह कितनी ख़ूबसूरत है...है या नहीं? अगर वह मुझसे कहे, 'निकलस, खिड़की से कूद जाओ या अपने को आग में झोंक दो।' तो सचमुच मैं ख़ुशी-ख़ुशी उसके आदेश का पालन करूँगा।" सहसा इसकी कल्पना-मात्र से मेरा मन रोमांचित हो उठा। मैंने अपना सिर तकिये के नीचे धँसा लिया।

"वोलोद्या...मैं बहुत बुरी तरह रोना चाहता हूँ..."

“बेवक़ूफ़ कहीं का!” उसने मुस्कराते हुए कहा...फिर एक क्षण ठहरकर बोला, “मैं तुम्हारी तरह कुछ भी महसूस नहीं कर रहा...मैं सिर्फ़ उसके पास बैठकर बातें करना चाहता हूँ।”

“अच्छा...तो तुम भी उससे प्यार करते हो—क्यों, ठीक है न?”

“उसके बाद...” वोलोद्या ने कोमल भाव से मुस्कराते हुए कहा, “मैं उसकी अँगुलियाँ, उसकी आँखें, होंठ, नाक और पैर—उसका सब कुछ चूमना चाहूँगा।”

“बकवास!” मैं तकिये के नीचे से चीख़ा।

“तुम कुछ भी नहीं समझते।” वोलोद्या ने हिकारत से कहा।

“हाँ...हाँ, मैं समझता हूँ...असल में तुम कुछ नहीं समझते और ऊलजलूल बकते हो...” मैंने आँसुओं के बीच कहा।

“अच्छा भई...इसमें रोने की क्या बात है...तुम तो लड़कियों से भी गए-बीते हो।”

पत्र

उस़ घटना के छह महीने बाद एक दिन पिताजी हमारे कमरे में आए और हमसे कहा कि उस रात हम उनके साथ वापस गाँव जा रहे हैं। यह ख़बर सुनते ही मेरा दिल डूबने लगा और मेरा ध्यान सहसा माँ की तरफ़ चला गया।

हमारी अचानक वापसी का कारण माँ का यह पत्र था जो उन्होंने पिताजी को लिखा था :

> पिछले शुक्रवार को जब मैं गाड़ी में सैर करने जा रही थी, अचानक मेरी तबियत ख़राब हो गई और मैं होश-हवास खोकर अनाप-शनाप बकने लगी। मिमी ने ज़बर्दस्ती मुझे बिस्तर पर लिटा दिया। दूसरे दिन मुझे बुख़ार चढ़ आया...ईश्वर वासिलिच का भला करे, वह दिन-रात मेरे सिरहाने बैठा रहा करता था।
>
> हम सब यहाँ तुम्हारे बिना बहुत उदास महसूस करते हैं...यहाँ वसन्त का मौसम बहुत सुन्दर रहा, आड़ू-ख़ूबानी के पेड़ बिलकुल मर गए हैं और सब रास्ते-पगडंडियाँ साफ़-सूखी नज़र आती हैं।

सिर्फ़ कहीं-कहीं बर्फ़ के टुकड़े बाक़ी रह गए हैं। परिन्दे वापस लौट आए हैं। तुम मेरी चिन्ता न करो। डॉक्टर कहते हैं कि दो-चार दिनों में मैं उठने-बैठने लगूँगी। मैं उस दिन की अधीरता से प्रतीक्षा कर रही हूँ जब तुम बच्चों समेत यहाँ लौट आओगे।

पत्र का शेषांश जल्दी-जल्दी फ्रांसीसी भाषा में लिखा हुआ था :

मैंने जो अपनी बीमारी के बारे में लिखा है, उस पर विश्वास न करो। यहाँ कोई सन्देह नहीं करता कि मेरी हालत कितनी ख़राब है। मैं अकेली जानती हूँ कि अब मैं बिस्तर से कभी नहीं उठूँगी। तुम जितना जल्दी हो सके, बच्चों को लेकर मेरे पास चले आओ। मैं उन्हें गले लगाकर चूम सकूँ, यह मेरी अन्तिम इच्छा है। मुझे मालूम है कि तुम्हें यह ख़बर पाकर कितना झटका लगेगा—ईश्वर तुम्हें बर्दाश्त करने की ताक़त दे।

कृपया यह मत सोचो कि यह सब मैं बुख़ार के सन्निपात में लिख रही हूँ...मेरा मस्तिष्क बिलकुल साफ़ है और मैं बिलकुल शान्त हूँ। अपने को झूठी दिलासा न दो। मैं अच्छी तरह जानती हूँ कि अब मेरे जीने के दिन ज़्यादा नहीं हैं।

क्या मेरी ज़िन्दगी के साथ-साथ तुम्हारे और बच्चों के प्रति मेरा प्रेम भी समाप्त हो जाएगा? यह असम्भव है। प्यार की यह गहरी अनुभूति—जिसके बिना मुझे अपना अस्तित्व सूना लगता है—कभी नष्ट नहीं हो सकती। मैं इसकी कल्पना भी नहीं कर सकती कि मेरे जाने के बाद यह प्यार भी चला जाएगा। मेरी आत्मा इस प्यार के बिना नहीं रह सकती। मैं जानती हूँ कि यह प्यार जीवित रहेगा क्योंकि ऐसा प्यार कभी मेरे भीतर उपजता ही नहीं, यदि उसे एक दिन मर जाना होता।

मैं नहीं रहूँगी लेकिन इसमें मुझे रत्ती-भर सन्देह नहीं कि मेरा प्रेम हमेशा तुम्हारे साथ रहेगा—और यह विश्वास मेरे दिल को इतनी गहरी तसल्ली देता है कि मैं निडर-भाव से मृत्यु की प्रतीक्षा कर सकती हूँ।

मैं बिलकुल शान्त हूँ...ईश्वर जानता है कि मैंने मृत्यु को हमेशा ऐसी राह माना है, जो हमें एक बेहतर ज़िन्दगी की तरफ़ ले जाती है। फिर ये आँसू क्यों? क्या यह अनिवार्य है कि बच्चों को ज़बर्दस्ती उनकी माँ से वंचित किया जाए? यह क्यों ज़रूरी है कि तुम्हें इतना गहरा सदमा पहुँचे? मरने की क्या तुक है, जबकि तुम्हारे प्रेम ने मेरे जीवन को इतना सुखी बनाया था? सब ईश्वर की मर्ज़ी है।

आँसुओं के कारण मैं अधिक नहीं लिख सकती। मुमकिन है, मैं तुम्हें फिर कभी न देख सकूँ। प्रिय, मैं तुम्हारी कृतज्ञ हूँ, ऐसा कोई सुख नहीं था, जो तुमने मुझे नहीं दिया। ईश्वर तुम्हें अवश्य इसके लिए पुरस्कृत करेगा। अलविदा! याद रखो, मैं नहीं रहूँगी, लेकिन तुम जहाँ भी होगे, मेरा प्यार तुम्हारे साथ रहेगा। वोलोद्या, अलविदा...मेरे लाड़ले! अलविदा, प्यारे निकलस!

क्या यह सम्भव है कि मेरे बच्चे मुझे ही भूल जाएँगे?

वापसी

मास्को छोड़ते समय पिताजी अपने विचारों में डूबे थे। जब वोलोद्या ने उनसे पूछा कि क्या माँ बीमार हैं, तो भी वह कुछ न बोले, सिर्फ़ चुपचाप सिर हिला दिया। यात्रा के दौरान वह और भी अधिक उदास और ग़मगीन हो गए। जब गाड़ी घर के सामने रुकी, फोका हाँफता हुआ हमारे पास आया। "नातालिया निकोलावना कहाँ है?" पिताजी ने छूटते ही पूछा। फोका ने डरी, झिझकती आँखों से हमारी ओर देखकर दरवाज़ा खोला और दूसरी तरफ़ मुँह फेरकर बोला, "यह छठा दिन है जब वह अपने कमरे से बाहर नहीं आईं।"

हमारी कुतिया मील्का ख़ुशी से चीख़ती हुई पिताजी के पास दौड़ी आई, किन्तु पिताजी ने उसे अलग हटा दिया और तेज़ी से पाँव बढ़ाते हुए माँ के कमरे की तरफ़ चलने लगे। ड्राइंग-रूम में घुसते ही उनके क़दम धीमे पड़ गए, चेहरे पर चिन्ता की काली छाया सिमट आई, सलीब का निशान बनाकर उन्होंने धीरे से दरवाज़े का हैंडिल दबाया। इतने में मिमी दौड़ती हुई पिताजी के पास आई और हताश, हाँफते स्वर में बोली, "यहाँ से नहीं, दूसरे दरवाज़े से।"

इस बीच हम नौकरों के कमरे में आ गए थे। सब लोगों के चेहरे इतने उदास थे कि मैं आतंकित-सा हो गया। वहाँ एक कोने में पुरानी नौकरानी नातालिया बैठी हुई मोज़े बुन रही थी। वह हमेशा हमें चूमती थी, लेकिन इस बार उसने ऐनक से हमें देखा, और उसके चेहरे पर आँसुओं की धार बहने लगी। मुझे यह बात काफ़ी अखर रही थी कि हमें देखते ही सब नौकर-चाकर रोने लगते थे, हालाँकि हमारे आने से पहले वे सब शान्त बैठे थे।

दरवाज़े के बाईं ओर एक पर्दा लगा था, जिसके पीछे एक पलंग एक छोटी-सी मेज़ और दवाइयों की अलमारी रखी थी। अलमारी के पास ही एक बड़ी आरामकुर्सी रखी थी, जिस पर डॉक्टर साहब ऊँघ रहे थे। पलंग के सामने एक असाधारण सुन्दर लड़की सफ़ेद गाउन पहने खड़ी थी, उसने अपने ब्लाउज़ की बाँहें तनिक मोड़कर पीछे की तरफ़ खिसका ली थीं और वह माँ के माथे पर बर्फ़ की पट्टियाँ रख रही थी। ज्योंही हम भीतर आए, उसने माँ के माथे से हाथ हटाकर अपने वक्ष का कपड़ा ठीक किया और फिर धीरे से फुसफुसाकर कहा, "बेहोश हैं।"

यद्यपि उस समय मैं व्यथा के असह्य क्षणों से गुज़र रहा था, अनायास आसपास की चीज़ों पर मेरी आँखें घूमने लगीं। कमरे में अँधेरा था और हवा में यूडिकोलोन इत्र और दवाइयों की गन्ध फैली थी। आज भी जब कभी मैं उस गन्ध को याद करता हूँ, मेरे सामने अँधेरे कमरे के वे भयानक क्षण घूम जाते हैं।

माँ की आँखें खुली थीं, किन्तु वह कुछ भी नहीं देख रही थीं...मैं कभी उनकी आँखों को नहीं भुला पाऊँगा। उनमें कितनी गहरी पीड़ा थी...

बाद में मैंने घर की नौकरानी, नातालिया से माँ के अन्तिम क्षणों के बारे में पूछा था...उसने जो कुछ बताया, वह यह था :

> तुम लोगों के कमरे से जाने के बाद वह बेचारी बहुत देर तक करवटें बदलती रहीं। लगता था, जैसे उनका दम घुट रहा हो। फिर कुछ देर बाद उनका सिर तकिये पर लुढ़क गया और वह एक गहरी, शान्त नींद में डूब गईं। मैं ज़रा पानी लेने बाहर गई थी,

वापस आकर देखती हूँ कि उन्होंने अपनी चादर, रज़ाई, सब उठाकर फेंक दी हैं और वह बराबर तुम्हारे पिताजी को इशारे से अपने पास बुला रही थीं। वह उनके ऊपर झुक गए, लेकिन तुम्हारी माँ के पास इतनी शक्ति भी नहीं थी कि जो कुछ कहना चाह रही थीं, उसे कह सकें। जब कभी वह अपने होंठ खोलतीं, उनके मुँह से सिवाय 'हे प्रभु, हे प्रभु'...'बच्चे, मेरे बच्चे!' के अलावा कुछ भी बाहर नहीं निकलता था। मैं तुम्हें बुलाने जा ही रही थी, कि इवान वासिलिच ने मुझे रोक दिया। उन्होंने कहा कि बच्चों को देखकर उनकी हालत और भी बिगड़ जाएगी। उसके बाद वह सिर्फ़ सिर उठाती थीं और फिर झुका देती थीं। ईश्वर ही जाने, वह क्या कहना चाहती थीं। मुझे लगता है कि तुम्हारी अनुपस्थिति में वह तुम्हें आशीर्वाद दे रही थीं...जैसे उन्हें मालूम हो कि मृत्यु की घड़ी तक वह तुम्हें नहीं देख सकेंगी। फिर अचानक वह उठ बैठीं, इस तरह हाथ हिलाया और सहसा ऐसे स्वर में बोलीं, कि उसके बारे में सोचते ही डर लगता है... ज़ोर से चीख़ीं, "देवी माँ, उनकी रक्षा करना।" और तब जैसे उनका दिल गहरी पीड़ा में सिकुड़ने लगा...उनकी आँखों को देखकर उनकी भयानक यातना का अनुमान लगाया जा सकता था। वह पछाड़ खाकर तकिये पर गिर पड़ीं, दाँतों में चादर भींच ली, उनकी आँखों से आँसुओं की धारा बह रही थी।

"और फिर?" मैंने पूछा।

नातालिया से आगे कुछ नहीं कहा गया, वह मुँह फेरकर फफक-फफककर रोने लगी।

माँ बहुत पीड़ा में मरी थीं।

शोक

दूसरे दिन शाम को मेरे मन में माँ को दुबारा देखने की इच्छा हुई। अपने भय को किसी तरह दबाकर मैंने 'संगीत-कक्ष' का दरवाज़ा खोला और पंजों के बल चलता हुआ भीतर चला आया।

कमरे के बीचोबीच मेज़ पर माँ का शव कफ़न में लिपटा रखा था। उसके चारों तरफ़ लम्बी मोमबत्तियाँ जल रही थीं। कमरे के सुदूर कोने में पादरी धीमे स्वर में भजन गा रहा था।

मेरे पाँव देहरी पर ही ठिठक गए। रोते-रोते मेरी आँखें सूज आई थीं, मन इतना झटका और बिखरा था कि कमरे की कोई चीज़ साफ़ दिखाई नहीं दे रही थी। हर चीज़ जैसे बह रही थी, रोशनी, स्वर्ण-धागों की सुनहरी चादर, मखमल, लम्बी मोमबत्तियाँ, गुलाबी लैस का तकिया, माँ का रिबनों से बना हैट उनके चेहरे का मोम-सा पारदर्शी रंग। मैंने कुर्सी पर चढ़कर उनके चेहरे को अच्छी तरह देखने की कोशिश की किन्तु उसकी जगह मुझे सिर्फ़ एक पीली-सी पारदर्शी चीज़ दिखाई दी। मुझे विश्वास नहीं हुआ कि यह 'चीज़' उनका चेहरा हो सकती है। जब मैं देर तक ध्यान से उसे देखता रहा,

तब मैं कहीं उनके प्रिय, चिर-परिचित नाक-नक़्श को पहचान सका। और तब इस अहसास से ही मेरा मन भय ये काँप उठा कि यह सचमुच माँ हैं। किन्तु उनकी बन्द आँखें इतनी क्यों धँसी हुई थीं? और उनकी एक गाल की पारदर्शी त्वचा पर वह काला धब्बा और भयानक पीलापन कहाँ से आया? उनके चेहरे का भाव इतना ठंडा और कठोर कैसे हो गया? उनके होंठ इतने पीले, इतने सुन्दर और गौरवपूर्ण लग रहे थे, एक अजीब, अपार्थिव शान्ति से ओत-प्रोत कि उन्हें देखते ही मेरी समूची देह में ठंडी झुरझुरी दौड़ने लगी।

मुझे उस क्षण लगा जैसे एक अज्ञात, अमोघ शक्ति मेरी आँखों को उनके निष्प्राण चेहरे पर बाँधे है। मेरी आँखें उनके चेहरे से उठती ही न थीं, फिर भी न जाने क्यों मैं बराबर सुख और फली-फूली ज़िन्दगी की कल्पनाओं में खोने लगा। मैं यह बार-बार भूल जाता था कि वह मृत देह, जो मेरे सामने है, मेरी माँ हैं, एक ऐसी चीज़, जिसे मैं अनवरत देख रहा हूँ, किन्तु जिसका मेरी स्मृतियों से कोई वास्ता नहीं। मैं उन स्थितियों को याद करने लगता, जिनमें मैंने माँ को प्रसन्न, जीवन्त और हँसते हुए पाया था, और तब सहसा मेरी आँखें उनके पीले चेहरे पर किसी पहचाने चिह्न पर अटक जातीं और मैं काँपते हुए दुबारा भयानक यथार्थ में लौट आता, लेकिन फिर भी अपनी आँखें उनके चेहरे से न हटा पाता। फिर दुबारा मेरे स्वप्न यथार्थ पर हावी हो जाते और एक बार फिर यथार्थ की चेतना मेरे स्वप्नों को छिन्न-भिन्न कर देती। आख़िर मेरी कल्पना-शक्ति चुकने लगी, और उसमें मुझे धोखा देने की क्षमता ख़त्म हो गई। उसके साथ-साथ यथार्थ की चेतना भी ग़ायब हो गई और मैं बेहोशी की हालत में बैठा रहा। पता नहीं, मैं कब तक ऐसी स्थिति में रहा, न ही मैं उस स्थिति के बारे में कुछ जान सका। मैं सिर्फ़ इतना कह सकता हूँ कि कुछ देर के लिए मैं अपने समूचे अस्तित्व को भूल गया था और एक बहुत उदात्त, निर्वचनीय क़िस्म के उल्लास और दुःख, दोनों को साथ-साथ महसूस कर रहा था।

दरवाज़ा खुला और एक दूसरा पादरी कमरे में चला आया ताकि पहले पादरी को छुट्टी मिल सके। दरवाज़ा खुलने की आवाज़ से मैं सचेत हो गया।

पहला ख़याल मुझे आया कि मैं कुर्सी पर जिस मुद्रा में खड़ा हूँ, उससे पादरी यह अनुमान लगाएँगे कि मुझमें माँ की मृत्यु का शोक-सन्ताप कुछ भी नहीं है और मैं महज़ कौतूहलवश कुर्सी पर खड़ा होकर माँ के शव को देख रहा हूँ। मैंने सलीब का निशान बनाया, और सिर नीचे झुकाकर रोने लगा।

आज जब मैं उन क्षणों को याद करता हूँ, मुझे लगता है कि सच्चा दुःख सिर्फ़ उन लम्हों में निहित था, जब मैं अपने को कुछ देर के लिए भूल गया था। माँ को क़ब्र में दबाने से पूर्व और बाद में भी मैं रोया था, दिन-रात शोकमग्न रहता था, किन्तु आज अपने उस शोक के बारे में सोचकर मुझे अपने पर शर्म-सी आती है, उसमें हमेशा एक स्वार्थ-भावना भरी रहती थी। कभी दूसरों को यह दिखाने की इच्छा होती थी कि मेरा दुःख सबसे ज़्यादा है, कभी यह चिन्ता सताती थी कि दूसरों पर मेरे 'शोक-प्रदर्शन' का कैसा असर पड़ रहा है, कभी मैं निरुद्देश्य कौतूहल में मिमी का हैट या उपस्थित लोगों के चेहरे देखने लगता था। मुझे अपने से घृणा होती थी क्योंकि मैं शोक के अलावा बहुत-सी दूसरी चीज़ें महसूस करता था और इन दूसरी चीज़ों को छिपाने की कोशिश करता था। इससे मेरा शोक काफ़ी अस्वाभाविक और कृत्रिम जान पड़ता था। इसके अलावा मुझे यह सोचकर अजीब-सी ख़ुशी महसूस होती थी कि मैं दुखी हूँ और जानबूझकर अपने दुःख की चेतना को अधिक तीव्र बनाने की चेष्टा करता था। इसी अहंभाव ने मेरे भीतर के सच्चे दुःख को दबा दिया था।

उस रात मैं शान्त, गहरी नींद में सोया—ऐसी नींद, जो अक्सर दिन-भर के शोक-सन्ताप के बाद आती है। जब मैं सुबह उठा, मेरी आँखें सूजी थीं और दिल शान्त था। दस बजे के क़रीब हमें प्रार्थना के लिए बुलाया गया, शव-यात्रा शुरू होने से पहले। सारा कमरा घरेलू नौकर-चाकरों से भरा था, जो आँखों में आँसू भरके अपनी मालकिन से विदा लेने आए थे। प्रार्थना के समय मैं रो रहा था, किन्तु मेरा दिल प्रार्थना में नहीं था और मैं उसके प्रति काफ़ी उदासीन-सा महसूस कर रहा था। उससे अधिक मैं इस चीज़ से कहीं अधिक परेशान था कि नया कोट, जो उन्होंने मुझे पहनने के लिए दिया था,

मेरी बग़लों की तरफ़ से कितना तंग है। प्रार्थना में झुकते समय मुझे इस बात की भी फ़िक्र थी कि कहीं मेरी पतलून न ख़राब हो जाए। मैं बराबर सब उपस्थित लोगों को कनखियों से देख रहा था। मेरे पिता शव के बिलकुल पीछे खड़े थे, उनका चेहरा हल्दी की तरह पीला पड़ गया था और वह बड़ी कठिनाई से अपने आँसू रोकने की कोशिश कर रहे थे। काले कोट में उनका लम्बा डील-डौल, उनका अत्यधिक पीला चेहरा और आत्मविश्वास से भरी उनकी हर गतिविधि में कोई अन्तर नहीं आया था, चाहे वह झुककर अपनी अँगुलियों से फ़र्श को छू रहे हों, पादरी के हाथों से मोमबत्ती ले रहे हों या कफ़न के क़रीब जा रहे हों। पता नहीं क्यों, उस समय उनका आत्मविश्वास, हर काम में उनकी दक्षता मुझे अखरने लगी थी। मिमी दीवार का सहारा लिए लड़खड़ाती-सी खड़ी थी, मानो अपने को सँभाल न पा रही हो, उसकी पोशाक अस्त-व्यस्त-सी हो रही थी, आँखें सूजकर लाल-सुर्ख़ हो गई थीं, सिर का हैट एक तरफ़ लुढ़क आया था, वह फूट-फूटकर सिसक रही थी जिसे देखकर ही दिल फटने लगता था और वह निरन्तर अपने चेहरे को रूमाल या हाथों से ढाँपने की कोशिश कर रही थी। लगता था जैसे वह दर्शकों से अपना मुँह छिपाने का उपक्रम कर रही हो, ताकि झूठी सिसकियों के बीच उसे थोड़ा-बहुत आराम मिल सके। मुझे याद आया कि किस तरह एक दिन पहले वह पिताजी से कह रही थी कि माँ की मृत्यु से उसे ऐसा ज़बर्दस्त धक्का लगा है कि वह उसे ज़िन्दगी भर नहीं सँभाल पाएगी, कि उसका सब कुछ लुट गया है, कि मरते दम तक उस देवी ने (माँ को वह 'देवी' ही कहा करती थी) यह इच्छा ज़ाहिर की थी कि उसका (मिमी) और कात्या का भविष्य सुरक्षित रहेगा। यह सब कहते हुए उसकी आँखों से आँसू बह रहे थे, शायद उसका दु:ख सच्चा रहा हो, किन्तु वह एकदम कुल जोड़कर सिर्फ़ माँ के लिए था, यह कहना मुश्किल है।

ल्यूबा ने काली फ्रॉक पहन रखी थी, आँसुओं से उसका चेहरा भीगा था और वह कभी-कभार माँ की ओर आँख उठाकर देख लेती थी।

काट्या अपनी माँ के पास खड़ी थी, उसका चेहरा उदास होने के बावजूद पहले जैसा ही गुलाबी था। वोलोद्या के मुक्त स्वभाव के अनुकूल ही उसका दु:ख भी बहुत मुक्त और साफ़ था। कभी किसी चीज़ पर आँखें टिकाकर वह अपने ख़यालों में डूबा खड़ा रहता, कभी अचानक उसके होंठ काँपने लगते और वह जल्दी से सलीब का निशान बनाकर नीचे सिर झुका लेता। शेष बाहर के लोग, जो वहाँ आए थे, मुझे असहनीय जान पड़ रहे थे। जब वे मेरे पिता को सांत्वना देते हुए कहते कि माँ इस दुनिया से कहीं अधिक दूसरी दुनिया में सुखी रहेंगी, तब मैं खीज से भर उठता।

आख़िर उन्हें क्या अधिकार है कि वह माँ के बारे में कुछ कहें, या उनके लिए आँसू बहाएँ? उनमें से कुछ ऐसे थे जो हमें अनाथों में गिनने लगे थे, मानो हमें पता न हो कि बिना माँ के बच्चे सचमुच अनाथ हो जाते हैं। वे हमें 'अनाथ' कहने के लिए कुछ इतनी जल्दी में दिखाई देते थे जैसे कुछ लोग किसी लड़की को उसके विवाह के बाद पहली बार 'मदाम' कहने के लिए लालायित रहते हैं।

कमरे के एक कोने में, रसोई के दरवाज़े के पास सफ़ेद बालोंवाली एक बुढ़िया सिर झुकाए बैठी थी। ऊपर की ओर अपने दोनों हाथों को जोड़कर वह रोने के बजाय प्रार्थना कर रही थी। वह बराबर भगवान से प्रार्थना कर रही थी कि वह उसे भी उठाकर उसके (माँ के) पास भेज दे, जिसे वह इस दुनिया में सबसे अधिक चाहती थी और उन्हें यह विश्वास भी था कि ईश्वर उनकी मनोकामना जल्दी ही पूरी कर देंगे।

"यह एक औरत है, जो सचमुच माँ से प्रेम करती थी।" मैंने सोचा और मुझे अपने पर ही शर्म हो आई।

प्रार्थना समाप्त हो गई—शव का चेहरा खोल दिया गया। हमें छोड़कर सब उपस्थित लोग एक के बाद एक कफ़न के पास गए और माँ का चेहरा चूमकर वापस लौटने लगे।

सबसे अन्त में जानेवाली एक किसान औरत थी, जिसकी गोद में पाँच वर्ष की एक सुन्दर बच्ची थी। पता नहीं, वह उसे अपने साथ वहाँ क्यों लाई थी?

उस क्षण मेरा आँसुओं से भीगा रूमाल नीचे गिर ग़या था और मैं उसे उठाने जा रहा था। किन्तु जैसे ही मैं नीचे झुका मुझे एक ऐसी भयानक चीख़ सुनाई दी जिसे मैं, यदि सौ वर्ष तक जिऊँ—तब तक नहीं भूल सकूँगा। जब कभी मैं उसके बारे में सोचता हूँ, एक ठंडी-सी झुरझुरी मेरी समूची देह में फैलने लगती है। मैंने अपना सिर उठाया—शव के सामने एक स्टूल पर वह किसान औरत खड़ी थी और बड़ी मुश्किल से अपनी बच्ची को चुप कराने की कोशिश कर रही थी, किन्तु लड़की थी कि बेतहाशा अपने हाथ-पाँव मारते हुए उसे धकेल रही थी, उसका भयभीत चेहरा पीछे की तरफ़ मुड़ आया था, उसकी आँखें मृत चेहरे पर जमी थीं और वह भयानक, उफनते स्वर में चीख़ रही थी। मैं भी चिल्लाया—और मुझे लगा मानो मेरा स्वर उसकी चिंघाड़ती चीख़ से भी ज़्यादा भयानक है—और फिर एकदम भागता हुआ मैं कमरे से बाहर चला आया।

तब मुझे अहसास हुआ कि कमरे में अगरबत्तियों की गन्ध के साथ मिली हुई वह गन्ध कितनी तेज़ और बोझिल थी। मुझे पहली बार यह ख़याल आया कि वह चेहरा, जो सिर्फ़ कुछ दिन पहले तक इतना सुन्दर और स्निग्ध रहा होगा, जिसे मैं दुनिया की हर चीज़ से ज़्यादा प्यार करता था, वही चेहरा अब किसी को कितने बीभत्स ढंग से भयभीत कर सकता है। यह सोचते ही पहली बार मेरा एक कटु सत्य से साक्षात्कार हुआ और मेरी आत्मा निराशा के अँधेरे में डूब गई।

अन्तिम उदास स्मृतियाँ

हमारी ज़िन्दगी पुराने ढर्रे पर चलने लगी थी, सिर्फ़ अब माँ नहीं थीं। हम अपने पुराने कमरों में नियत समय पर सोने जाते और हर सुबह नियत समय पर उठ जाते। फिर वही सुबह और शाम की चाय, दोपहर और रात का भोजन—सबका अपना-अपना बँधा समय था। मेज़ें और कुर्सियाँ अपनी पुरानी जगह कायम थीं, घर के वातावरण या हमारे जीवन के दैनिक कार्यकलापों में कुछ भी नहीं बदला था—सिर्फ़ माँ नहीं थीं।

मुझे कभी-कभी लगता था कि ऐसी दुर्घटना के बाद सब कुछ बदल जाना चाहिए। अपनी ज़िन्दगी का विधिवत् कार्यक्रम मुझे माँ की स्मृति का अपमान-सा जान पड़ता था और उसके बीच उनका अभाव और भी अखरने लगता था।

शव उठाने से एक दिन पहले जब सब लोग खाना खा चुके, मैं थका-माँदा अपनी नौकरानी नातालिया साविशना के कमरे में चला आया ताकि उसके गर्म कम्बलों के नीचे कुछ देर लेट सकूँ। जब मैं उसके कमरे में आया मैंने देखा कि नातालिया अपने बिस्तर पर लेटी है, और शायद सो रही है।

मेरे पैरों की आहट सुनकर वह उठ बैठी, अपनी ऊनी शॉल उतारकर एक तरफ़ रख दी, अपने हैट को ठीक से पहना और पलंग के एक किनारे पर बैठ गई।

चूँकि मैं खाने के बाद अक्सर एक-आध घंटा सोने के लिए उसके कमरे में आता था, उसे समझते देर न लगी और अपने बिस्तर से उठते हुए बोली :

"तुम आराम करने आए हो—क्यों, ठीक है न? आओ, यहाँ लेट जाओ।"

"नहीं, नहीं, नातालिया साविशना!" मैंने उसका हाथ पकड़कर उसे बिठाते हुए कहा, "मैं यूँ ही चला आया था...तुम ख़ुद बहुत थकी हो, आराम से लेट जाओ।"

"नहीं, मेरे लाड़ले, मैं काफ़ी आराम कर चुकी हूँ।" उन्होंने कहा, हालाँकि मुझे मालूम था कि वह तीन रातों से नहीं सोई हैं, "और यह कोई सोने का वक़्त भी नहीं है..." उन्होंने एक लम्बी साँस खींचते हुए कहा।

मैं नातालिया से अपनी व्यथा के बारे में बातचीत करना चाहता था। मैं उसके प्यार और सद्भावना से भली-भाँति परिचित था, उसके साथ रोने में मुझे गहरी हार्दिक सांत्वना मिलती।

"नातालिया साविशना..." मैंने उनके पलंग पर बैठते हुए कहा, "क्या तुम्हें आशंका थी कि कुछ ऐसा होगा?"

बेचारी बुढ़िया ने आश्चर्य और असमंजस में मेरी ओर देखा—उन्हें शायद समझ में नहीं आ रहा था कि मैं यह प्रश्न क्यों पूछा रहा हूँ।

"कौन ऐसा सोच सकता था?" मैंने कहा।

"आह मेरे लाड़ले..." उन्होंने गहरी सहानुभूति से मेरी ओर देखा, "पहले की बात तो अलग रही, मैं आज भी नहीं सोच पाती कि वह अब नहीं है। मेरे जैसे बूढ़ों को मुद्दत पहले ख़त्म हो जाना चाहिए था, लेकिन न जाने, मेरी क़िस्मत में क्या-क्या देखना बदा था। मेरे बड़े मालिक, तुम्हारे दादा, उनके दो भाई, बहन अन्ना, सब एक-एक करके चले गए,

हालाँकि उम्र में वे सब मुझसे छोटे थे। मैं ही ऐसी हतभागिनी हूँ, जो अब तक ज़िन्दा हूँ, सब ईश्वर की इच्छा है। उसने तुम्हारी माँ को बुला लिया क्योंकि वह पुण्यात्मा थी, उसे भी अपने दरबार में पुण्यात्माओं की ज़रूरत है..."

उनके इस सहज-सीधे विचार ने मुझे बहुत सहारा दिया और मैं नातालिया साविशना के निकट खिसक आया। वह अपने सीने पर हाथ रखकर ऊपर की तरफ़ देख रही थीं। उसकी भीगी, धँसी हुई आँखों में एक बहुत शान्त क़िस्म की व्यथा छलछला रही थी।

"मुझे लगता है, जैसे यह कल की बात हो जब मैं उसे खिलाती-झुलाती थी, जब वह मुझे 'नाशा' कहकर बुलाती थी। वह दौड़ती हुई मेरे पास आती थी और मेरे गले में हाथ डालकर मुझे चूमते हुए कहती थी "मेरी नाशा, प्यारी नाशा..." और तब मैं मज़ाक़ में कहती थी, "हाँ-हाँ मदाम! तुम मुझे प्यार नहीं करती...ज़रा ठहरो, शादी हुई नहीं कि अपनी नाशा को एकदम भुला दोगी।" वह चिन्तामग्न हो जाती और कहती, "अगर नाशा को मैं अपने साथ नहीं रख सकती, तो मैं शादी-ब्याह कुछ नहीं करूँगी। मैं नाशा को कभी नहीं छोड़ूँगी। और अब...अब मेरा इन्तज़ार किये बिना ही वह मुझे छोड़कर चली गई। कितना मुझे चाहती थी। लेकिन कौन ऐसा था, जिसे वह न चाहती हो? तुम उन्हें कभी मत भूलना! वह इनसान नहीं, स्वर्ग की देवी थी। जब उनकी आत्मा स्वर्ग में जाएगी, वहाँ भी वह तुमसे प्यार करेगी, तुम्हारे सुख में सुखी होगी।"

"नातालिया साविशना, यह क्यों कहती हो कि जब उनकी आत्मा स्वर्ग में जाएगी, क्या अब वह स्वर्ग में नहीं हैं?" मैंने कहा।

"नहीं, मेरे लाल!" नातालिया ने अपना स्वर धीमा करके कहा...वह पलंग पर मेरे और निकट सरक आई थीं, "उनकी आत्मा अभी यहाँ है।"

उन्होंने ऊपर की ओर इशारा किया। वह फुसफुसाते हुए बोल रही थीं, किन्तु उनके स्वर में इतनी गहरी भावना, इतना विश्वास भरा था कि अनायास मेरी आँखें छत पर उठ आईं, मानो वहाँ कुछ खोज रही हों।

"स्वर्ग जाने से पहले हर पुण्यात्मा को चालीस दिन तक चालीस परीक्षाओं से गुज़रना पड़ता है...तब तक वह घर में ही वास करती है।"

वह काफ़ी देर तक इसी लहज़े में बोलती रहीं, इतने सहज विश्वास के साथ मानो कुछ ऐसी सीधी-साधारण चीज़ों के बारे में बता रही हों, जिन्हें उन्होंने अपनी आँखों से देखा है, और जिन पर सन्देह करने की रत्ती-भर गुंजाइश नहीं है। मैं साँस रोके उनकी बातें सुनता रहा—और यद्यपि जो वह कह रही थीं, वह बहुत कम मेरे पल्ले पड़ रहा था, मैं उनके हर शब्द पर विश्वास कर रहा था।

"हाँ, मेरे लाल—वह यहाँ हैं और हमें देख रही हैं, और शायद हमारी बातें भी सुन रही हैं..." नातालिया साविशना ने कहा और फिर सिर झुकाकर चुप हो गईं।

अपने गिरते आँसुओं को पोंछने के लिए वह रूमाल उठाने खड़ी हुईं, सीधे मेरे चेहरे की ओर देखा और काँपते स्वर में बोलीं :

"इस घटना से प्रभु ने मुझे अपने बहुत नज़दीक घसीट लिया है। अब यहाँ मेरे लिए क्या कुछ करना शेष रहा है? किसके लिए जीना रहा है, किसे प्यार करना बाक़ी रहा है?"

"क्या तुम हमें प्यार नहीं करतीं?" मैंने उलाहना-भरे स्वर में कहा, मेरे आँसू उमड़ना ही चाहते थे।

"ईश्वर ही जानता है, मैं तुम सबसे कितना प्यार करती हूँ—लेकिन मैं जितना उससे प्यार करती थी वैसा आज तक किसी से नहीं किया, न ही कभी कर सकती हूँ।"

वह अधिक कुछ नहीं कह सकीं, अपना मुँह मोड़कर ज़ोर-ज़ोर से सिसकियाँ भरने लगीं।

मेरी नींद उड़ गई थी। हम दोनों आमने-सामने बैठकर चुपचाप रो रहे थे।

फोका भीतर आया, लेकिन जिस हालत में उसने हमें देखा, उसमें दख़ल देना अनुचित समझकर देहरी पर ही खड़ा रहा और चुपचाप चारों ओर देखने लगा।

"क्या चाहते हो, प्यारे फोका?" नातालिया साविशना ने अपना चेहरा पोंछते हुए कहा।

"डेढ़ पाउंड रेसिन, चार पाउंड चीनी और तीन पाउंड चावल...कृत्या[1] बनाना है।"

"अभी आई!" नातालिया साविशना ने जल्दी से नाक में नसवार डाली और तेज़ क़दमों से पेंट्री की तरफ़ चल दीं। हमारी बातचीत के कारण दुःख और वेदना के जो चिह्न उनके चेहरे पर बचे रह गए थे, काम के झंझट में वे शीघ्र ही ग़ायब हो गए।

"चार पाउंड क्यों?" उन्होंने बुड़बुड़ाते हुए चीनी को तराजू में तौलते हुए कहा, "क्या साढ़े तीन पाउंड काफ़ी नहीं रहेगी? अब और चावल क्यों माँग रहे हैं, कल ही तो मैंने आठ पाउंड चावल दिये। नहीं भाई फोका, चावल अब नहीं दूँगी, वान्का को क्या, वह तो मालिक का पैसा लुटाने पर तुला है...भला यह भी कोई बात हुई, आठ पाउंड!"

"क्या करें, वह कहता है, सब ख़त्म हो गया।"

"अच्छा, अच्छा—लो, यह रहा।"

मुझे उस क्षण नातालिया के व्यवहार में यह परिवर्तन देखकर काफ़ी आश्चर्य हुआ था, कहाँ कुछ देर पहले के आँसू और कहाँ अब वह पाई-पाई पर फ़िज़ूल का झगड़ा। बाद में मुझे समझ में आया कि उसकी आत्मा में जो कुछ भी हो रहा हो, उसमें इतनी समझदारी थी कि वह अपना दैनिक काम चालू रख सके। आदतवश वह रोज़मर्रा का काम निपटाती जाती थी। माँ की मृत्यु पर उन्हें इतनी गहरी पीड़ा हुई थी कि उन्हें इस बात को छिपाने की कोई ज़रूरत नहीं थी कि वह दूसरे कामों में भी व्यस्त रह सकती हैं। दूसरे लोग छिपाते हैं, यह चीज़ उन्हें सचमुच अजीब जान पड़ती।

---

1. कृत्या एक प्रकार का मीठा खाद्य-पदार्थ होता है जो चावल, चीनी और रेसिन को मिलाकर बनाया जाता है। उसे मृतात्मा के लिए गिरने में रखा जाता है।

अभिमान की भावना का सच्चे शोक से कोई सम्बन्ध नहीं, किन्तु फिर भी यह भावना आदमी के स्वभाव का ऐसा अभिन्न अंग बन गई है कि गहरे-से-गहरा शोक उसे दूर नहीं कर पाता। अभिमान की इस भावना के कारण ही हर व्यक्ति यह दिखलाना चाहता है कि वह कितना शोकमग्न, कितना दुखी या कितना मज़बूत है—और यद्यपि हम इन ओछी भावनाओं को अपने में कभी स्वीकृत नहीं करते। वे घनीभूत पीड़ा के क्षणों में भी हमारा पीछा नहीं छोड़तीं और ख़ुद उस पीड़ा को उसकी शक्ति, गरिमा और सच्चाई से वंचित कर देती हैं। किन्तु नातालिया साविशना अपने शोक में इतनी डूबी थीं कि उनकी आत्मा में कोई भी इच्छा बाक़ी नहीं रह गई थी। आदत की मजबूरी में वह हर काम रोज़ की तरह कर रही थीं।

फोका को सब आवश्यक चीज़ें देने के बाद वह अपनी सलाइयाँ लेकर दुबारा मेरे पास बैठ गईं। हम फिर पुरानी बातों को याद करते रहे, रोते रहे, आँसू पोंछते रहे।

मैं हर रोज़ नातालिया साविशना से बातें करता था। उनके मूक आँसू और स्निग्ध सद्वचन मुझे गहरी सांत्वना और तसल्ली देते थे।

किन्तु हम शीघ्र ही एक-दूसरे से अलग हो गए। माँ को दफ़नाने के तीन दिन बाद ही हम मास्को चले गए और उसके बाद मैं उनसे कभी नहीं मिल सका।

हमारे मास्को पहुँचने पर ही दादी को यह दुःखद समाचार मिला, उनके शोक की कोई सीमा नहीं थी। हमें उन्हें देखने की भी अनुमति नहीं मिली, क्योंकि पूरे एक सप्ताह तक वह शोक के कारण विक्षिप्त-सी रहीं। डॉक्टरों ने चिन्ता प्रकट की कि इस तरह वह अपने जीवन को ख़तरे में डाल रही हैं—न केवल उन्होंने दवा-दारू लेने से इनकार कर दिया, बल्कि उनका बोलना-चालना, सोना-खाना सब कुछ छूट गया। कभी-कभी अपने कमरे की आरामकुर्सी पर बैठे हुए वह अचानक हँसने लगतीं, फिर बिना आँसू बहाए सिसकने लगतीं, उनके अंग-प्रत्यंग टेढ़े पड़ने लगते और वह पागलों की-सी आवाज़ में अर्थहीन, भयानक शब्द चीख़ने लगतीं।

उन्होंने पहले कभी इतने गहरे शोक का सामना नहीं किया था और वह निराशा में उद्भ्रान्त-सी हो गई थीं। वह अपने दुर्भाग्य का दोष किसी पर मढ़ना चाहती थीं, भयानक अपशब्दों का प्रयोग करतीं, धमकियाँ देतीं, अचानक झटके से अपनी कुर्सी से उछल पड़तीं, लम्बे-लम्बे डग लेती हुई कमरे में चहल-कदमी करने लगतीं और फिर बेहोश होकर गिर पड़तीं।

एक बार मैं उनके कमरे में गया। वह हमेशा की तरह अपनी आरामकुर्सी पर बैठी थीं और देखने में बहुत शान्त जान पड़ रही थीं, किन्तु उनके चेहरे के भाव को देखकर मैं स्तम्भित-सा रह गया। उनकी आँखें सपाट खुली थीं, किन्तु उनकी दृष्टि बहुत धुँधली और बुझी-बुझी-सी लग रही थी। उनकी निगाहें सीधे मेरे चेहरे पर टिकी थीं, किन्तु वह मुझे देख नहीं रही थीं। उनके होंठ धीरे-धीरे एक मुस्कान में खुल गए और उन्होंने बहुत क़ातर और कोमल स्वर में कहा, "इधर आओ मेरी बच्ची...मेरी छोटी-सी देवी!"

मैंने सोचा, वह मुझे बुला रही हैं, मैं पास सरक आया, किन्तु वह मुझे नहीं देख रही थीं, "देखो कितना अच्छा हुआ कि तुम आ गईं। जानती हो, मैं तुम्हारे लिए कितना तड़पी हूँ..." मुझे समझते देर न लगी कि वह मुझमें माँ को देख रही हैं...मैं ठिठक गया। "वे मुझसे कहते थे, कि तुम अब नहीं हो..." उन्होंने तनिक ग़ुस्से में कहा, "बिलकुल बकवास! भला कभी ऐसा हो सकता है कि तुम मुझसे पहले मर जाओ?" और वह पागलों की तरह ठहाका मारकर हँसने लगीं।

केवल वे लोग पूरी गहराई से दुःख महसूस कर सकते हैं, जो पूरी गहराई से प्यार करने में समर्थ होते हैं, और प्यार करने की वही गहरी ज़रूरत दुःख का इलाज भी कर देती है। यही कारण है कि इनसान की नैतिक प्रकृति उसकी शारीरिक प्रकृति की अपेक्षा कहीं अधिक जीवन का बोझ सँभालने में समर्थ है। दुःख कभी किसी को नहीं मारता।

एक हफ़्ते बाद दादी ठीक से रो सकीं—और फिर उनकी हालत सुधरने लगी। पूरी तरह से प्रकृतस्थ होने पर उनका पहला ध्यान हमारी ओर गया, और हमारे प्रति उनका प्रेम पहले से कहीं अधिक बढ़ गया। हम हमेशा उनकी कुर्सी के पास दुबके रहते, वह धीरे-धीरे रोते हुए माँ की चर्चा करतीं और बहुत स्नेह से हमें सहलाने लगतीं।

कोई भी, जो उनके शोक को देखता, यह न कह सकता था कि वह अपने दुःख को बढ़ा-चढ़ाकर दिखा रही हैं, हालाँकि वह अपनी व्यथा को बहुत ही तीखे और मर्मस्पर्शी ढंग से अभिव्यक्त करती थीं। किन्तु पता नहीं क्यों, दादी की अपेक्षा मेरी सहानुभूति नातालिया साविशना से कहीं अधिक थी। आज भी मुझे पक्का विश्वास है कि जितनी सच्चाई और ईमानदारी से उस सीधी-सादी औरत को माँ की मृत्यु पर दुःख हुआ था, उतना किसी और को नहीं।

माँ की मृत्यु के साथ मेरे बचपन का एक सुखद युग समाप्त हुआ और किशोरावस्था का दूसरा अध्याय शुरू हुआ। लेकिन नातालिया साविशना के संस्मरण मेरे बचपन से जुड़े हैं, और मेरे भाव-बोध के विकास पर उनके व्यक्तित्व का इतना गहरा असर पड़ा है, मैं उनके पीछे उनकी मृत्यु के बारे में कुछ और शब्द अवश्य कहना चाहूँगा।

माँ की मृत्यु के बाद हम मास्को चले गए, किन्तु जो लोग पीछे गाँव में रह गए, वे बताते थे कि घर में कोई काम न रहने के कारण नातालिया साविशना बहुत खीजी-खीजी-सी रहती थीं। यद्यपि घर की सब अलमारियाँ उनकी देखरेख में थीं और वह हमेशा उनकी दराज़ों की चीज़ों को उलटती-पलटती रहती थीं, कभी उन्हें खोलकर बाहर रखतीं, कभी क़रीने से भीतर सजातीं, फिर भी उन्हें सारा घर ख़ाली-सा लगता। जिस शोरगुल और काम-काज की वह बचपन से अभ्यस्त थीं उसका अभाव उन्हें हमेशा अखरता रहता। माँ का शोक, रहन-सहन में परिवर्तन और घरेलू काम-काज का अभाव—इन सबके कारण वह बीमार-सी रहने लगीं, माँ की मृत्यु को अभी एक वर्ष बीत भी न पाया था कि उन्होंने बिस्तर पकड़ लिया।

आज सोचता हूँ, नातालिया साविशना के लिए अपने सगे-सम्बन्धियों से दूर सारे घर में अकेले रहना और अकेले ही मरना काफ़ी दु:खदायी चीज़ रही होगी। यों घर के दूसरे प्राणी उन्हें बहुत चाहते थे, उनका आदर करते थे, किन्तु वह किसी से अपनी आत्मीयता नहीं जोड़ पाती थीं और अपनी इस आदत पर उन्हें बहुत गर्व भी था। वह सोचती थीं कि जब मालिक ने उन पर विश्वास करके घर की सारी ज़िम्मेवारी, अलमारियों की देखभाल, चीज़ों की चौकीदारी उन पर सौंपी है, तो ऐसी स्थिति में किसी व्यक्ति-विशेष से आत्मीय सम्बन्ध बनाना पक्षधरता और अनुचित साँठ-गाँठ माना जाएगा और इससे वह कतराती थीं। शायद यही कारण था कि वह घर के नौकर-चाकरों से अलग रहती थीं और अक्सर कहा करती थीं कि घर में वह न किसी से गपबाज़ी करती हैं और न ही किसी से उनका कोई नाता-रिश्ता है...जहाँ तक मालिक की सम्पत्ति-जायदाद का प्रश्न था वह किसी को अपना विश्वासपात्र नहीं बनाना चाहती थीं।

ईश्वर की सतत प्रार्थनाओं में ही नातालिया साविशना अपने मन का धीरज खोजने जाती थीं और उसी में उन्हें शान्ति मिलती थी। किन्तु हर व्यक्ति के अपनी कमज़ोरी के क्षण होते हैं और वह किसी जीते-जागते प्राणी के प्रेम और सहानुभूति में ही सांत्वना प्राप्त करना चाहता है। नातालिया साविशना भी अपने बिस्तर पर एक छोटा-सा कुत्ता ले जाती थी, उससे बातचीत करती थी और उसे सहलाते हुए रोने लगती थी। जब बेचारा कुत्ता दयनीय ढंग से चूँ-चूँ करने लगता वह उसे चुप कराते हुए कहती, "रोओ नहीं...मैं जानती हूँ कि मैं जल्दी मर जाऊँगी।"

अपनी मृत्यु से एक महीने पहले उसने रेशम, मलमल और गुलाबी रिबन सन्दूक से बाहर निकाले और अपनी नौकरानी की मदद से एक सफ़ेद गाउन और हैट बनाकर तैयार कर लिया था और उन सब चीज़ों की व्यवस्था कर ली थी जिनकी ज़रूरत अर्थी उठाने के दिन महसूस होती है। उसने मालिक की अलमारियों में रखी सब चीज़ों की एक फ़ेहरिस्त बना ली थी और उन सबकी ज़िम्मेवारी चौकीदार की पत्नी को सौंप दी थी।

फिर उसने दो गाउन और एक पुरानी शॉल अपने सन्दूक़ से बाहर निकाली, जो एक ज़माने में मेरी दादी ने उन्हें सुपुर्द की थीं। उसके साथ दादाजी की एक फ़ौजी वर्दी भी थी जिस पर सोने से कसीदे का काम किया हुआ था। वह नातालिया की सतर्कता का ही परिणाम था कि वर्दी बिलकुल नई दीखती थी और उसे कीड़ों ने नहीं छुआ था। अपनी मृत्यु से पहले उन्होंने यह इच्छा प्रकट की थी कि इन कपड़ों में से एक गुलाबी गाउन वोलोद्या को दी जाए जिसे वह ड्रेसिंग-गाउन के रूप में इस्तेमाल कर सकता है। दूसरी भूरे रंग की धारीदार गाउन मेरे लिए और शॉल ल्यूबा के लिए थी। फ़ौजी वर्दी उसे मिलेगी जो सबसे पहले अफ़सर बनेगा। बाक़ी सब सामान और रुपये उसने अपने भाई के लिए रख छोड़े थे। सिर्फ़ चालीस रूबल उसने अपने क्रिया-कर्म और गिरजे में अपनी आत्मा की प्रार्थना के लिए अलग रख दिये थे। उसका भाई काफ़ी निकम्मा और लुटाऊ क़िस्म का आदमी था और बहुत दूर किसी शहर में रहता था। अपने जीवन-काल में नातालिया साविशना का उससे कोई सम्पर्क नहीं रहा था।

जब नातालिया साविशना की मृत्यु के बाद उनका भाई आया तो उसे बहुत आश्चर्य हुआ कि उसकी बहन उसके लिए केवल पच्चीस रूबल छोड़ गई है। उसे विश्वास न हो सका कि वह औरत, जो इतने अमीर घराने में साठ वर्ष तक काम करती रही है, और जिसके ज़िम्मे घर का समस्त माल-मत्ता रहा है जो अपने ऊपर कुछ भी ख़र्च करने में हिचकती थी, वह अपने पीछे एक फूटी कौड़ी भी नहीं छोड़ गई थी।

नातालिया साविशना केवल दो महीने बीमार रहीं, अपने दुःख-दर्द को वह चुपचाप सहन करती रहीं। किसी से कभी कोई शिकवा-शिकायत नहीं की; आख़िर तक सिर्फ़ ईश्वर पर भरोसा करती रहीं। मृत्यु से एक घंटा पहले वह बहुत प्रसन्न भाव से पादरी से बातचीत करती रहीं और अन्तिम घड़ी में सब धार्मिक रस्मों को ख़ुशी-ख़ुशी पूरा किया। घर के सब प्राणियों से उन्होंने अपने 'किये-सुने' के लिए क्षमा माँगी—सबको धन्यवाद दिया। बराबर यही कहती रहीं कि अगर मूर्खतावश उन्होंने किसी को ठेस पहुँचाई हो तो अब वह

माफ़ी माँगती हैं, "लेकिन मैं कभी चोर नहीं रही और यह मैं सौगन्ध खाकर कह सकती हूँ कि मैंने मालिक के एक छोटे-से धागे पर भी बुरी नज़र नहीं डाली।" इस एक गुण पर उन्हें हमेशा अपने ऊपर गर्व रहा था।

आख़िरी घड़ी में उन्होंने वह पोशाक पहनी, जो उन्होंने अपने हाथों से बनाई थी, फिर तकिये का सिरहाना लेकर देर तक पादरी से बातचीत करती रहीं। अचानक उन्हें याद आया कि उन्होंने ग़रीब लोगों को कुछ दान में नहीं दिया, जल्दी से दस रूबल निकालकर पादरी को देते हुए कहा कि वह उन्हें गाँव के निर्धन लोगों में बाँट दे। फिर उन्होंने सलीब का निशान बनाया, बिस्तर पर लेटकर अन्तिम बार गहरी साँस खींची और प्रसन्न भाव से मुस्कराते हुए भगवान का नाम लिया।

नातालिया साविशना ने अपने प्राणों को बिना किसी दुःख-पछतावे के छोड़ा था, वह मृत्यु से कभी नहीं डरीं और उसे एक वरदान के रूप में स्वीकार किया था। ऐसा अक्सर कहा जाता है, लेकिन कितने लोग सचमुच ऐसा कर पाते हैं। नातालिया साविशना मृत्यु से नहीं डरती थीं क्योंकि उनके भीतर अटूट आस्था थी। उनका समूचा जीवन निःस्वार्थ प्रेम और आत्म-त्याग में बीता था।

इससे क्या अन्तर पड़ता अगर उनके विश्वास बहुत उदास और उनके जीवन के उद्देश्य बहुत ऊँचे रहे होते, वह जो थीं, जैसी थीं, उसी के लिए हमारा उनके प्रति इतना गहरा प्रेम और सम्मान था, उसमें कभी कोई कमी न हो सकती थी।

वह जीवन में सबसे महान, सबसे श्रेष्ठ काम करने में सफल हुई थीं। वह बिना किसी डर और पश्चात्ताप के मर सकी थीं।

उनकी अपनी इच्छा के अनुसार ही उन्हें उस गिरजे के पास दफ़नाया गया, जहाँ माँ की क़ब्र थी। उनकी क़ब्र का पत्थर आज काँटों और झाड़ियों से घिर गया है, चारों तरफ़ एक काली रेलिंग लगी है। जब कभी मैं गिरजे से लौटता हूँ तो वहाँ जाकर उस जमीन पर सिर झुका लेता हूँ, जिसके नीचे वह लेटी हैं।

कभी-कभी मैं गिरजे और काली रेलिंग के बीच ठिठक जाता हूँ। सहसा दुःखदायी स्मृतियों का बवंडर मेरी आत्मा में उठने लगता है। एक अजीब-सा प्रश्न मुझे सालने लगता है, क्या ईश्वर ने मुझे इन दो प्राणियों से सिर्फ़ इसलिए मिलाया था कि मैं आजीवन उनकी याद में घुलता रहूँ?

AF553665

SCIENCE EDUCATION FOR THE CONTEMPORARY SOCIETY

ENCYCLOPAEDIA OF EDUCATION FOR LIVING TOGETHER - IV

SCIENCE EDUCATION FOR THE CONTEMPORARY SOCIETY

By

Dr. Digumarti Bhaskara Rao
M.Sc., M.A., M.A., M.Ed., Ph.D.
Dean, Faculty of Education
Member, Academic Senate
Ex-Chairman, Board of Studies in Education
Member, Research Advisory Committee
Acharya Nagarjuna University
D-43, S.V.N. Colony
Guntur - 522 006 (India)

DISCOVERY PUBLISHING HOUSE PVT. LTD.
NEW DELHI-110 002

Reprinted – 2019
First Published - 2005

ISBN: 978-81-7141-848-0 (Set)

ISBN: 978-81-7141-992-0

Published by:
DISCOVERY PUBLISHING HOUSE PVT. LTD.
4383/4B, Ansari Road, Darya Ganj
New Delhi-110 002 (India)
Phone: +91-11-23279245, 23253475; 43596065
E-mail: discoverybooksindia@gmail.com
discoverypublishinghouse@gmail.com
web: www.discoverypublishinggroup.com

Printed at:
Infinity Imaging Systems
Delhi

FOREWORD

The development and reform of school curricula is an ongoing preoccupation for educational authorities in all countries. The approach of the new millennium has given new urgency to efforts by governments to provide all citizens with access to quality education, at least for the basic level, while improving and widening access to secondary education. More than ever before, governments are being called upon to equip children and young people through education with the capacity to lead meaningful and productive lives in a world of bewilderingly rapid and complex change. Existing curriculum content and pedagogical methods are increasingly being called into account, as pupils leave schools ill-prepared for the world of work and adulthood, unready and unmotivated to carry on learning throughout their lives. The meaning and role of education, of teaching and learning, are constantly being redefined in an effort to meet the real needs and demands of individual and society.

The implication of globalization for societies around the world is at the heart of present concerns to improve and upgrade education systems. While globalization is often defined primarily in terms of its economic dimensions, the Report to UNESCO of the International Commission on Education for the Twenty-first Century—the *Delors report*—sees the most important consequence of this complex phenomenon to be its socio-cultural and ethical dimensions. It draws attention to the growing interdependence and interrelationships between peoples and cultures the world over: 'the far-reaching changes in the traditional patterns of life require of us a better understanding of other people and the world at large today; they demand mutual understanding, peaceful interchange and indeed harmony'.[1] However, the report stresses that 'learning to live together'—one of the pillars of

1. Delors, J., et al. *Learning: the treasure within*. Paris, UNESCO, 1996, p. 22. (Report to UNESCO of the International Commission on Education for the Twenty-first Century.

education—will only occur through the possession of self-knowledge and understanding, and appreciation of one's own origins and culture.

It is now widely recognized that designing a curriculum is mainly a national concern, normally shared between educational protagonists at the central, local and school level. The principle of subsidiarity suggests that curriculum issues should not be addressed at the supranational level. Indeed, experience shows that, until quite recently, international exchanges and co-operation in curriculum development were limited, being restricted to professional associations of curriculum specialists. However, two recent trends have contributed to bringing international attention to bear on curriculum matters:

- The globalization of economies and societies raises a new challenge, requiring the adaptation of educational content to meet both national demand and international concerns;
- The diversification of actors, both national and international, involved in the delivery of education (in particular with the growing use of information and communication technologies—ICTs), as illustrated by the significant share of non-formal education, have resulted in the emergence of new concepts and norms for educational content; as indicated by such terms as the 'common core', 'universal values', 'basic life skills', etc. Once again, this means sharing responsibility for educational content, as well as presenting us with new opportunities for international co-operation.

It is against this background and in an effort to respond to the numerous contemporary concerns about the content of education, that the International Bureau of Education (IBE), designated as the UNESCO institute responsible for strengthening the capacity of Member States in curriculum development, is focusing its new programme activity on the adaptation of the content of education to the challenges of the twenty-first century. The IBE's programme is divided into two components: (i) integrating the concern of living together into the content of education; and (ii) adapting the content of education in order to cope with some of the challenges raised by a globalized world.

The IBE programme of co-operation in 'research and studies', 'training and capacity building'; and 'the exchange of information and expertise' is based upon two major assumptions:

- Although different Member States of UNESCO have very uneven and heterogeneous experiences in the design and adaptation of their educational content, there is room for beneficial exchanges between countries;
- Although there are some common views on how to address the demand that content should be modified, a great deal remains to be done to improve the process of adaptation.

The approach to implementing the programme followed by the IBE is based on the assumption that the programme proposes to include: (a) an international platform of information on educational content; and (b) a number of regional and sub-regional co-operation projects. The preparation of such programmes is carried out through regional workshops.

After a first pilot intensive sub-regional training course held in 1998 for the Member States of the Mediterranean Region and a sub-regional course organized in 1999 in New Delhi to cater to the concerns of South and South-East Asia, and international workshop took place in Beijing, in March 2000, on *The reform in the teaching of science and technology at primary and secondary level in Asia: comparative references to Europe.* The purpose of this third meeting was:

- To reveal the common difficulties faced by countries in reforming scientific and technical curriculum at school level and to jointly explore the ways of overcoming them;
- With the help of international experts, to study in greater depth a few topics of particular interest for curriculum development specialists in the field of science teaching;
- To discuss the possibility of lunching a network dealing with the management of curriculum change in China.

Specific attention was paid during the debates to the problems, issues and dilemmas affecting science education in contemporary societies, and to the relevance of new approaches currently developed in the field of science and technology teaching, such as those aiming at defining what 'basic scientific knowledge' consists of, implementing the STS (science, technology, society) strategy, assessing experimental abilities, making use of non-school resources, etc. The discussions were lively, while lucidity, questioning and doubts were evident.

This publication is a compilation of the various presentations made during the workshop. Both through the diversity of topics covered and the list of issues raised, it offers a rich and varied picture of the challenges facing both Asian and European countries seeking to adapt their scientific and technological teaching so as to better respond to the social demand of the new century.

The IBE would like to thank all of the experts and curriculum specialists, coming from fifteen different countries located either in Europe or in Asia, who have accepted to share their knowledge and experience with a great deal of openness, and why showed that they were eager to learn from what is happening in other countries and regions of the world, in their own field of expertise.

On behalf of the International Bureau of Education, I would like to express my deep gratitude to the Government of the People's Republic of China—and in particular to its Ministry of Education—for its generous support of the workshop. China both financially supported and hosted the meeting and contributed very significantly to the debates and to enriching the information shared among the participants. Finally, I wish to express my sincere thanks to Mr. Du Yue, Director at the National Commission of the Peoples' Republic of China for UNESCO and all his staff, for their untiring help, throughout the preparation and the holding of the meeting.

Jacques Hallak
Assistant Director-General,
Director of the IBE.

PREFACE

Education is gearing towards preparing individuals to live in together since ancient times. However, the notion of 'learning to live together' is clearly shaped only very recently by the UNESCO's International Commission on Education for the Twenty-first Century. The Commission emphasized that education had a treasure within and developed a vision of education for the 21st century based on four pillars namely Learning to know. Learning to do, Learning to be, and Learning to live together. The first three pillars are essential for the sound development of persons, communities or individual nations, but the fourth pillar, learning to live together, is of a different, more global nature: its omission may result in the annihilation of all educational, cultural, health and developmental efforts through war, terrorism, deterioration of resources, pandemics, etc.

The theme for which the UNESCO convened from 5 to 8 September 2001 in Geneva the 46th session of the International Conference on Education (ICE), organized by the UNESCO's International Bureau of Education, was "Education for All for Learning to Live Together: Contents and Learning Strategies—Problems and Solutions".

The ICE brought together over 600 participants from 127 countries, including in particular 80 ministers and 10 vice-ministers of education, as well as representatives of inter-governmental and non-governmental organizations. The themes of ICE are very relevant all over the world with regard to the necessity and complexity of living together as well as to the role and limitations of education in this respect.

This book, Learning to Live Together, is in four volumes, namely, Volume 1: International Conference on Learning to Live Together, Volume 2: Globalization and Living Together, Volume 3: Curriculum for Learning to Live Together, and Volume 4: Science Education for the Contemporary Society. This multi-volume book will make all the partners of education aware of the entire spectrum of learning to live together and involve them in making the 'learning to live together' a reality.

I am very much grateful to Ms. Cecilia Braslavsky, Director of the UNESCO's International Bureau of Education and Secretary-General of the 46th Session of the International Conference on Education for her kind co-operation in this academic endeavor. I am thankful to Mr. John Fox, Head of the Publications Unit of UNESCO-IBE for according me the permission to reproduce the material from various documents that appeared in this book. I am thankful to all the contributors and editors of various documents incorporated in this book. I am also thankful to the UNESCO's International Bureau of education, UNESCO, Indian Ministry of Human Resource Development, Indian Central Board of Secondary Education, Ministry of Education of Cuba, Caribbean Network of Educational Innovation for Development, Organization of Inero-American States, The Oman National Commission for UNESCO, UNESCO-Principal Regional Office for Asia and the Pacific, Thailand Ministry of Education, and The Chinese National Commission for UNESCO.

The copyright of the material presented in this book vests with UNESCO and UNESCO's International Bureau of Education.

Sai Soudha
D-43, S.V.N. Colony
Guntur-522 006
Andhra Pradesh
India

Dr. D.B. Rao

CONTENTS

PART 4

New Approaches in Science and Technology Education

PART 5

The Challenges to be Faced in Order to Progress Towards a Greater Coherence and Relevance of Science and Technology Education

1
INTRODUCTION

This report is divided into five parts. In Part One, entitled 'Science education for contemporary society: problems, issues and dilemmas', Osborne explores the contemporary relationship between science and society. He shows how current practices in science teaching are based on a number of myths or assumptions that are not always justified. He examines the existing obstacles to change and ends by suggesting some elements of remediation 'for be-yond 2000'.

Parts Two and Three deal with 'Current trends and main concerns as regards science curriculum development and implementation in selected States in 'Asia' and 'in Europe'. Each case study focuses: first, on the status of teaching science and technology in the country under discussion by describing the major aims established for the teaching of science, the `basic knowledge' being taught in that field and the number of hours devoted to science teaching at each educational level; second, on the main problems that the country is confronted with as regards teaching science and technology, such as up-dating curricula, producing relevant materials, training teachers, setting-up adequate methods of assessment, etc.; third, the most recent reform implemented in the country, either in the field of science or technology, and the main conclusions to be drawn from this experience as regards the management of change in content; fourth, innovative uses of non-school resources in the teaching of science and technology to primary and secondary pupils, involving museums, private firms, etc.

Part Four, New approaches in science and technology education', includes four contributions, focusing on key issues for science teaching today. Pilot presents the concept of 'basic scientific knowledge' through some of the reforms recently undertaken in science and technology teaching in European

States. Ilan discusses the design and implementation of an interdisciplinary curriculum in science and technology, referring to the experience of Israel. Ellis stresses the importance of non-school resources for science education, describing some of the educational activities developed by the European Centre for Nuclear Research (CERN). Gregorio summarizes some of the main challenges that countries in Asia and the Pacific have to face in science education.

The publication concludes in Part Five with an overview of 'The challenges to be faced in order to progress towards a greater coherence and relevance of science and technology teaching'. Hallak and Poisson start by identifying the various concepts used throughout the discussion. They then specify the various options, policies and strategies regarding science teaching that arose from country presentations. They emphasize the importance of some particularly innovative experiments undertaken in the field of science and technology teaching, such as hands-on learning projects and recapitulate briefly various alternatives in the organization, management and assessment of scientific teaching. By way of conclusion, they provide a list of outstanding and undocumented questions.

Part 1

Science Education for Contemporary Society: Problems, Issues and Dilemmas

2

SCIENCE EDUCATION FOR CONTEMPORARY SOCIETY: PROBLEMS, ISSUE AND DILEMMAS

Jonathan Osborne

I. SCIENCE TEACHING IN THE UNITED KINGDOM

Science education in the United Kingdom is compulsory from age 5 to 16. Post-16 pupils now have to study a minimum of three subjects and are encouraged to study at least four before selecting three for their final year. None of these need be science. The curriculum exists from age 4 to 16 and is specified in a government document entitled the 'Science National Curriculum', which describes both the content and the processes of science to be taught through a programme of study divided into four strands:

- Scientific enquiry;
- Life and living processes;
- Materials; and
- Physical processes.

This curriculum is outlined for four Key Stages. Key Stage 1 (ages 5-7) and Key Stage 2 (ages 7-11) are both delivered in the primary school and currently occupy one hour a week of curriculum time on average according to recent research at King's College (Dillon et al., 2000). More time than this may be given under the compulsory hour a day for the teaching of literacy where science books may be used for the reading of non-fiction material. Key Stage 3 (ages 11-14) and Key Stage 4 (ages 14-16) are taught in secondary school, where approximately 12-15% of the time is given over to science at Key Stage 3 and 18-20% of the time at Key Stage 4. The curriculum is dominated by the basic concepts of science rather than technology as technology is taught as a separate subject.

The broad aims of science education are to stimulate and excite pupils' curiosity about phenomena and events in the world around them. It also satisfies this curiosity with knowledge. Because science links direct practical experience with ideas, it can engage learners at many levels. Scientific method is about developing and evaluating explanations through experimental evidence and modeling. This is a spur to critical and creative thought. Through science, pupils understand how major scientific ideas contribute to technological change—impacting on industry, business and medicine and improving quality of life. Pupils recognize the cultural significance of science and trace its worldwide development. They learn to question and discuss science-based issues that may affect their own lives, the direction of society and the future of the world.

II. MAIN PROBLEMS WITH SCIENCE CURRICULA

As currently practiced, science education rests on a set of arcane cultural norms. These are 'values that emanate from practice and become sanctified with time. The more they recede into the background, the more taken for granted they become' (Willard, 1985). A closer examination and the insights of contemporary scholarship expose these norms to be nowhere near the self-evident truths that we may thing—what I might choose to call the eight 'deadly sins' of science education. For in contemporary society, research would indicate that trust in science is dependent on developing a knowledge not only of its basic concepts and ideas of science, but also *how* it relates to other events, *why* it is important, and *how* this particular view of the world came to be. Any science education, therefore, that focuses predominantly on the intellectual products of our scientific labour—the 'facts' of science—simply misses the point. Science education should rest on a triumvirate of a knowledge and understanding of: the scientific content; the scientific approach to enquiry: and science as a social enterprise—that is the social practices of the community.

Evidence would suggest that in many countries, normative practice regards school science education as a selection mechanism for the few who will become the future scientists of contemporary society. The predominant emphasis is on the content of science. However, society can ill afford the consequent alienation and disengagement with science that such courses generate. Moreover, where-as the modernist vision proffered scientific knowledge as a source of solutions, science is now perceived too as a source of risk.

Public distrust or ambivalence with science threatens science in two ways. Firstly, throughout Western nations there has been a flight from science, with diminishing numbers pursuing its study at the point of choice. Second, public distrust of scientific expertise is in danger of placing unwarranted restrictions on future research and technological development. Fear of the worst is leading the public to demand a naïve application of the precautionary principle to research—potentially limiting the advancements that science offers for solving the plethora of problems faced by contemporary society. In the United Kingdom, for instance, significant pressure groups have argued (using highly questionable ethical arguments) that all research on genetically modified food should be halted.

Why then is the current science education failing to develop an appropriate understanding of science, a more positive engagement with the fruits of scientific labour, and a critical but constructive understanding of its strengths and limitations? The argument here is that this failure is caused by a set of eight unquestioned norms of practice.

1. *The myth of miscellaneous information*

All too many science courses have attempted to make students memorize a series of dry facts that no practicing scientist knows, such as the boiling point of water, the density of various substances, the atomic weight of different chemical elements, conversion factors from one system of units to another, the distance in light years from the Earth to various stars (and so on). However, an increasing body of work now shows that knowledge is only one component of the many competencies required of adults in their professional life and, unless it is constantly used, is rapidly forgotten (Coles, 1998; Eraut, 1994).

2. *The foundational myth*

This is the myth that because scientific knowledge itself is difficult and hard won, learning and understanding science requires a similar process where the student's knowledge and understanding are assembled brick by brick or fact by fact. As a consequence only those that reach the end ever get to comprehend the wonder and beauty of the edifice that has been constructed. Current practice, therefore, is rather like introducing a young child to jigsaws by giving them bits of a 1,000-piece puzzle and hoping that they have enough to get the whole picture, rather than providing the simplified 100-piece version. In effect, although the pupils can see the microscopic detail, the sense of the whole, its relevance and its value—the things that matter to the pupil—are lost (Rowe, 1983).

3. *The myth of coverage*

I think we are suffering from a delusion that the science we offer must be both broad and balanced. The result is an attempt to offer a smattering of all sciences and to cram more and more into an oft-diminishing pot. Quite clearly, as the bounds of scientific knowledge expand from evolutionary biology to modern cosmology, more and more knowledge vies for a place in the curriculum. Moreover, within the disciplines themselves there is an ever-increasing fractionation. For instance, few now emerge with a degree in biology. The days of zoology and botany are long gone, replaced by the likes of molecular genetics, immunology and other specialisms. However, just as those teaching literature would never dream of attempting to cover the whole body of extant literature, choosing rather a range of examples to illustrate the different ways in which good literature can be produced, has the time not come to recognize that it is our responsibility to select a few of the major 'explanatory stories' that the sciences offer? And surely it is the *quality* of the experience, rather than the *quantity*, which is the determining measure of a good science education?

4. *The myth of a detached science*

Science education persists with presenting an idealized view of science as objective, detached and value-free. This is wrong on three counts. First, the public and particularly young people do not distinguish between science and technology. Second, science is a socially situated product and the language and metaphors it draws on are rooted in the culture and lives of the scientists who produce new knowledge. Thirdly, those that engage in science are not the dispassionate, sceptical and disinterested community that Merton (1973) portrays. Science is a social practice, engaged in by individuals who share a 'matrix of disciplinary commitments, values and research exemplars' (Delia, 1977). Within the contemporary context, where scientists are employed by industrial companies with vested interests, it is hard to advance a case that science is simply the 'pursuit of truth' untainted by professional aspirations or ideological commitments. These days scientists are judged as much by the company they keep as the data they may gather (Durant & Bauer, 1997).

Finally, the separation of science from technology eliminates all consideration of societal implications. For, as Ziman (1994) argues, if science education fails to make the small step from science to its technological applications, how can it take the much larger step to the implications for the society in which it is embedded? Thus an approach to science education based on the consideration of Science and Technology in Society (STS) issues and materials, a student-orientated approach whose roots spread rapidly in the 1980s (Solomon & Aikenhead, 1994), is one for which there is considerable evidence of a positive affective outcome (Aikenhead, 1994). Yet it is an approach that has effectively withered on the vine in the hostile environment of curricula, such as the English and Welsh national curriculum, which show an obsession which science and science alone.

5. *The myth of critical thinking*

This is an assumption that the study of science teaches students reflective, critical thinking or logical analysis which may then be applied by them to other subjects of study. A simple examination of the conduct of the lives of scientists outside the laboratory or the study of science—which shows that scientists are no more or less rational than other mortals—calls this argument into question. It is based on the fallacious assumption that mere contact which science will imbue a sense of critical rationality by some unseen process of osmosis. It is also an assumption questioned by the Wason four-card problem and the Wason 2, 4, 6 problem (Wason & Johnson-Laird, 1972) both of which require a standard scientific strategy of falsification to determine the correct answer and which very few, including scientists. use. In this problem, the investigator presents to the subject the following sequence of numbers: 2, 4, 6. He or she then tells the subject that there is a rule written on the other side of the card (all the numbers must be positive integers). He/she then asks the subject to work out the rule by producing further sets of three numbers. For each set of numbers that the subject produces, the investigator will tell the subject whether the numbers that they have selected do, or do not, agree with the rule. The subject is then asked to repeat this process until he or she thinks they know what the rule is, whereupon they can suggest their hypothesis to the investigator who will tell them whether they are correct.

Secondly, the nation that science develops transferable skills is also an assumption questioned by a body of research which suggests that people's use of knowledge and reasoning is situated within a context (Carraher, Carraher & Schliemann, 1985; Lave, 1988; Seely Brown, Collins & Duiguid, 1989) and that detached knowledge is of little use to individuals until it has been reworked into a form understood by the user.

6. *The myth of the scientific method*

This is the myth that there exists a singular scientific method. The record of those who have made the important discoveries of the past shows not only that scientists rarely attempt any such logical procedure, but that the methods very considerably between the sciences. The methods deployed by the palaeontologist working out in the field are about as similar to those used by the theoretical physicist as chalk and cheese. As Norris (1997) has pointed out, 'merely considering the mathematical tools that are available for data analysis immediately puts the study of method beyond what is learnable in a lifetime'. In short, the procedural knowledge of science is as vast as its body of content.

Yet the science that increasingly confronts the individual in the media, with its focus on environmental or biological issues, is predominantly based on correlational evidence and uses methodological devices such as clinical trials with blind and double-blind controls. Yet where and when is there any treatment of the strengths and limitations of such evidence (Bencze, 1996)? It is not time to give up any notion that there is such a singular entity and turn instead to presenting a range of ideas about science and its working?

7. *The myth of utility*

This is the myth that scientific knowledge has personal utility—that it is essential to the mastery of technology; to remedy its defects; and to live at ease in the culture of technology that surrounds us. As machines become more 'intelligent', they require less care and thought for their effective use. Defunct technical artifacts are simply consigned to the garbage heap as the cost of repair is prohibitive. And those that are worthy of repair, such as the car, the washing machine or the photocopier now have a level of technological complexity which, whilst simplifying their use, renders them opaque to all but the expert.

Even its economic utility is questionable as current employment trends, at least in the United Kingdom and the United States, suggest that—although we will need to sustain the present supply of scientists—there is no need to significantly improve the number going into science, which remains a small minority of the school cohort of around 10-15% (Coles, 1998; Shamos, 1995).

8. *The homogeneous myth*

Increasingly, in many countries, science education labours under the myth that is clientele are an entity who, whilst they might differ in aptitude and ability, nevertheless are best served by one homogeneous curriculum. Such curricula are normally defined by sets of national standards that, although they may ostensibly be voluntary, enshrine a normative expectation difficult to transcend. With their devotion to pure science, a foundationalist approach, and a 'high-stakes' assessment system, the result is a pedagogy based on transmission (Hacker & Rowe, 1997). Such curricula have their ideological roots firmly planted in a set of values that favour knowledge over praxis, education over training, and content over process. By the onset of adolescence, the imperative of relevance increasingly challenges the delayed gratification that such a curriculum offers leading to a lack of motivation and interest (Osborne, Driver & Simon, 1996).

Such a curriculum also sits ill at ease with the increasing demand for a curriculum that would develop the public understanding of science. Research suggests that the principal point of contact of the public with science is the media. Other research shows that understanding and interpreting science in the media requires a view that recognizes that science is a social practice and scientific knowledge the product of a community (Norris & Phillips, 1994; Zimmerman, Bizanz & Bisanz, 1999). For instance, new knowledge does not become public knowledge in science until it has been checked through the various institutions of science and that papers are reviewed by peers before being published in journals. Re-establishing or maintaining trust in science requires that the regulatory mechanisms that ensure the validity of scientific judgement and expertise are open to all, and understood by as many as possible.

What then are the methods, practices and components of a new vision of science education that might meet these concerns? The broad framework of such a vision has been developed in the report *Beyond 2000: science education for the future* (Millar & Osborne, 1998). In this report, we argued for ten recommendations that we saw would address many of the aforementioned criticisms. These were:

- science education for 'scientific literacy';
- an element of choice should be allowed at age 14;
- the curriculum needs aims;
- scientific knowledge can best be presented as a set of explanatory stories';
- technology can no longer be separated from science;
- the science curriculum must give more emphasis to key 'ideas about science';
- science should be taught using a wide variety of teaching methods and approaches;
- assessment needs to measure pupils' ability to understand and interpret scientific information;
- change in the short term should be limited; and
- a formal procedure needs to be established for testing of innovative approaches.

No such curriculum has been developed for those below age 16. A one-year course entitled 'The Public Understanding of Science' will be offered to 17-year-old students for the first time. In addition, discussions are beginning with an examination board about developing a similar course pre-16.

However, reforming the science curriculum to meet the challenges of contemporary society faces a number of obstacles that must be addressed and met. These are the limitations of the qualifications and abilities of the science teaching force; the problems with developing appropriate modes of assessment; the resistance of well-established stakeholders; and the culture of science teaching.

III. THREE PROBLEM AREAS

1. *Curriculum reform*

Any new curriculum that gave more emphasis to developing an understanding of the nature and processes of science would require teachers themselves to have some understanding of these dimension of science. Yet science teachers are the products of an education which has paid scant regard to history, or any examination of its social practices. And for good reason—the dominant ideology within science is one of dogmatism and authority, where the tentative nature of the roots of scientific knowledge is excised to present science as a body of unequivocal, unquestioned and uncontested knowledge which has been the successful, linear progression of the work of isolated great men, devoid of any cultural context. The outcome of such an education is a body of science teachers who have naïve views of the nature of science—seeing it as an empirical process where scientific theories are inductively proven (Koulaidis & Ogborn, 1995; Lakin & Wellington, 1994).

Similarly, Donnelly (1999) has shows how science teachers see their work as one that is dominated by context rather than process, as opposed to the contemporary treatment of history where the history teachers seek to develop an understanding of what it is to *do* history. The significance of empirical work to science, and in the teacher's practice, is such that they are endowed with distinctive status by the provision of specialized laboratories. Laboratories in their turn become rhetorical artefacts where the scientific world-view can be used to illustrate the predictability of nature and inspire confidence in its portrayal of nature (Donnelly, 1998). So this is my first problem—is it reasonable to ask science teachers to teach science with an emphasis of which they have only a limited understanding themselves?

The history of educational innovation within the science curriculum shows that change, when supported with new textbooks and extensive training, has only had limited success. The modernizing influence of the Nuffield Foundation and their development of new materials, apparatus and syllabi in the 1960s led to a market penetration of approximately 30%. Teachers then had more professional independence to select what materials and courses they felt were appropriate for their students.

However, attempts to introduce change under the umbrella of the National Curriculum—particularly when those change were later shown to be based on fallacious models of science—have met with substantive resistance and modification such that the implemented curriculum is at best a pale shadow of its intended version. The 1999 version of the English and Welsh science curriculum introduced a model of practical-based investigatory work that was unfamiliar and resented by teachers who failed to share or understand its intentions. The result was a long period of adaptation whilst teachers reworked the curriculum to put into practice work that was a distorted representation of the intentions of the national curriculum document. Many teachers were alienated or disaffected by the process (Donnelly et al., 1996).

The lesson of these problems is one the was clear from previous research on educational change (Fullan, 1991; Joyce, 1990) but ignored. First, teachers must be dissatisfied with the existing curriculum if the arguments for change are to be heard. Second, if change is to occur, teachers must be supported in developing new practices, new bodies of knowledge and new pedagogic methods. At the very least, the requires the rewriting of curriculum support materials, which should seek to provide exemplary illustrations of the ideas to be taught and suggestions for how it can be taught. More substantive support would require a programme of professional development delivered by individuals who are themselves competent and effective teachers, as well as have a good grasp of any new initiative. At the very best, there would be in-situ training provided for all teachers who required it.

2. ***Assessment***

My second problem lies with the role of assessment within existing national an international frameworks, Over the past twenty years, political imperatives have led to the necessity to measure the performance of the education system. The consequence has been the rise of national systems of assessment based on testing at certain key ages—in the United Kingdom these are age 7, 11 and 14. A different terminal examination is also held at age 16 and the new systems being introduced will ensure that these are examinations at age 17 and 18 as well. Internationally, we have also seen the rise of comparative assessment between countries used as a measure of the overall quality of education (Beaton et al., 1996). As a consequence, assessment has acquired an importance beyond merely providing some kind of reliable and valid measure of a child's knowledge and understanding.

Rather the emphasis has shifted to it becoming a measure of the individual teacher's capabilities: then, when summed across the school; and then when summed across the country, a measure of the effectiveness of the quality of the education system as a whole. Whether it ever achieves the latter has been the subject of a recent critique by Gibbs & Fox (1999) who argue that the spread of scores in minimal and within normal variation of each other. Thus rather than assessment serving as a tool to benefit the child, providing either a formative of summative judgement of his or her capabilities, it has become a servant of a bureaucratic mentality that seeks to monitor the performance of the system. Whilst it could be argued that these two aims are not incommensurable, the reality is different.

For example, most science teachers agree that practical skills are an important part of the context of a science curriculum. An assessment of 'science', therefore, ought to assess practical skills as well as more traditional forms of scientific knowledge and capability. However, testing practical skills is expensive, and those concerned with the efficiency of the assessments point out that the results of the practical and written tests correlate very highly, so there is no need to carry on with expensive practical testing. The same sorts of arguments have dominated the debate in the United States between multiple-choice and constructed-response tests. What then happens is the practical aspects of science are dropped from the assessment.

The consequence of this, for the domain of school science, is to send the message that practical science is not as important as its written aspects. The social consequence is that teachers, understandably anxious to get their students the best possible results in the assessment because of its influence over the students' future career prospects, place less emphasis on the practical aspects of science. Because teachers are no longer teaching practical science hand-in hand with other aspects of science, the correlation between students' performance in practical aspects of science and the written aspects weakens, so that it is no longer possible to tell anything about a student's practical competence for the score on the science assessment.

Similar problems have best attempts to provide performance indicators in the Health Service, in the privatized railway companies and a host of other public services. A variety of indicators is selected for their ability to represent the quality of the service, but when used as the sole index of quality, the manipulability of these indicators destroys the relationship between the indicator and the indicated. By directing attention more and more into particular indicators of performance they had managed to increase the scores on the indicator, but the score on the indicated was relatively unaffected.

The lesson of history then is that in seeking to make the important measurable, only the measurable has become important. The second problem is that within school science, assessment items are commonly devised by those that have been, or still are, practicing science teachers. Just as it is often said that you teach only that that you can teach, so assessment is often based on the normative values of what it is considered possible to assess. Hence the assessment of students' understanding of the processes of science, or its social practices, are not considered because there is not an established body of knowledge of how to assess such items. At worst, assessment experts will simply assert that it is too difficult, time-consuming or expensive to assess such understandings and at best, that they do not know how to do so. Thus within such a context generated by the importance of measuring performance of students, teachers and schools, the clear message to teachers is that the lack of any assessment of a given topic implies that it an extraneous item of the intended curriculum and of no significance.

Two messages emerge for science curriculum and policy-makers from these experiences. First, if a topic is sufficiently important to include in the curriculum, then it is sufficiently important to assess. And if there is currently a lack of experience about how to undertake such assessment, then it is important to develop items that assess students' comprehension of the full range of knowledge and performance required by the intended curriculum.

3. *Challenging existing stakeholders*

Those with the largest stake in the existing practice are the universities who see the school system as a provider of raw, novitiate students for training as future scientists. From their perspective, school science education should be an intensive education in the foundational concepts and ideas of science. Any attempt to weaken this aim has historically led to strong resistance with, in some cases, universities refusing to admit students who has alternative qualifications or to define which qualifications would be acceptable to them. Such a strong message severely curtails the boundaries of change that are possible and so far has been a major obstacle. Change in the school science curriculum will only happen when either school science is decoupled from academic science in universities, or at the very least when the interdependence of the two is weakened. The argument for change is twofold, having both a moral dimension and an argument based in science's own self-interest.

First, for the overwhelming majority of students, school science is an end in itself. Yet to base the curriculum solely on the needs of those who will continue with a further education in science has no justification unless one believes that the education of a Platonic elite will serve the greater good. Secondly, there is a considerable body of evidence that a school science education which gives preeminence to the foundational concept of science—the 'facts' of science—leaves many pupils disinterested if not alienated from science (Osborne & Collins, 2000; Osborne, Driver & Simon, 1996). In an age when we are all dependent on expertise, the public's relationship with any professional body is dependent on a relationship based on trust.

Undermining that relationship by offering such an education means that the practice of science, and its future funding, may not be secure. Developing a relationship of trust is thus dependent not on developing a knowledge of its content (which is rapidly forgotten on leaving school) but on opening the black box that is science so that the students can understand what it is to do science, how it regulates itself and why it is to be trusted—that is on altering the balance of the curriculum away from its content to wards a more significant emphasis on its practice. Such an education would benefit not only the future member of the lay public, but also the future scientist. For those who have the traditional academic interest in science, more academic options should be available as well. Such a change would inevitably mean that universities would have to respond by undertaking more of the education in the foundational concepts.

IV. ATTEMPTS AT INNOVATION

Current attempts at innovation are rooted in a gradualist approach. The fourth version of the national curriculum has just been published for implementation from September 2000. This gives greater emphasis to teaching some of the 'ideas about science' discussed in *Beyond 2000.* The United Kingdom has benefited from the rise of the 'Science Centre movement' with innovative children's galleries at the Science Museum, the Natural History Museum and several other museums during the past fifteen years. Millennium funding has led to the development of many more of these science centers that are enjoyed by most children who visit. However, their use is predominantly which children of age 11 and under; their aim is to provide an affective experience rather than a cognitive one; criticisms have been voiced that they provide 'info-tainment'; and evidence would suggest that they are not yet effectively used by science teachers to develop children's understanding of science.

Private firms sponsor the production of many materials for use by science teachers. However, research suggests that these are only used 'occasionally' and that there is poor market research by the companies as to what is needed by the schools. Many of these materials languish on shelves.

The major development in United Kingdom science teaching has been the Cognitive Acceleration in Science Education project (CASE), which aims to develop children's thinking skills in science over a two-year period from age 11 to 13. Results from this work have shown that significant gains in children's performance can be achieved, in comparison to control groups, by children in their terminal examinations at age 16 in science English and maths. The central government is now conducting pilot trials with these and other materials in 150 schools.

V. CONCLUSIONS

Some may well resist such change but the question must be asked whether the status quo is acceptable for the education of the future citizen in science in the twenty-first century? In an era where scientific issues such as genetic modification of foods, global warming and others continually surface as *the* political and moral disengagement or disenchantment of our youth with science may increase the separation that currently exists between science and society. Such a consequence is one that an advanced industrial society can ill afford to pay, both at the individual level where it might lead to the rejection of sound scientific advice, or at the societal level where limitations may be imposed on scientific research that could have potentially beneficial outcomes for humanity. Perhaps, more tragic, will be the simple rejection of a body of knowledge that must, on any account, represent one of the greatest cultural achievements of modern societies. As a society we must ask, is this a price we can afford?

References

Aikenhead, G. 1994. What is STS Science Teaching? *In:* Solomon, J.; Aikenhead, G., eds. *STS education: international perspectives on reform*, p. 47-59. New York: Teachers College Press.

Beaton, A., et al. 1996. *Science achievement in the middle school years: IEA's Third International Mathematics and Science Study*. Chestnut Hill, MA, Boston College.

Bancze, J.L. 1996. Correlational Studies in school science: breaking the science-experiment-certainty connection. *School science review* (Hatfield, UK), Vol. 78, no. 282, p. 95-101.

Carraher, T.; Carraher, D.; Schliemann, A. 1985. Mathematics in the streets and in the schools. *British Journal of development psychology* (Leicester, UK), vol. 3, p. 22-29.

Coles, M. 1998. *The nature of scientific work: A study of how science is used in work settings and the implications for education and training programmes*. London, Institute of Education. (Unpublished Ph.D)

Delia, J. 1977, Constructivism and the study of human communication. *The quarterly journal of speech* (Annandale, VA), vol. 41, p. 66-83.

Dillon, J., et al. 2000. *A study into the professional views and needs of science teachers in primary & secondary schools in England*. London, King's College London.

Donnelly, J. 1998. The place of the laboratory in secondary science teaching. *International journal of science education* (London), Vol. 20, no. 5, p. 585-96.

—. 1999. Interpreting differences; the educational aims of teachers of science and history, and their implications. *Journal of curriculum studies* (Basingstoke, UK), vol. 31, no. 1, p. 17-41.

Donnelly, J., et al. 1996. *Investigations by order: policy, curriculum and science teachers' work under the Education Reform Act*. Nafferton, Studies in Science Education.

Durant, J.; Bauer. 1997, *Public understanding of science; The 1996 survey*. (Paper presented at a seminar at the Royal Society, 8 December 1997.)

Durant, J.R.; Evans, G.A.; Thomas, G.P. 1989. The public understanding of science. *Nature* (London), vol. 340, p. 11-14

Eraut, M. 1994. *Developing professional knowledge and competence*. London, Falmer Press.

Fullan, M. 1991. *The new meaning of educational change* 2nd ed. London, Cassell.

Gibbs, W.W.; Fox, D. 1999. The false crisis in science education. *Scientific American* (New York), October, P. 87-93.

Hacker, R. J.; Rowe, M. J. 1997. The impact of National Curriculum development on teaching and learning behaviours. *International journal of science education* (London), vol. 19, no, 9, p. 997-1004.

Joyce, B., ed. 1990, *Changing school culture through staff development; 1990 yearbook of the Association for Supervision and Curriculum Development.*

Koulaidis, V.; Ogborn, J. 1995. Science teachers' philosophical assumptions: how well do we understand them? *International journal of science education* (London), vol. 17. no. 3, p. 273-82.

Lakin, S.; Wellington, J. 1994. Who will teach the 'nature of science'? Teachers' views of science and their implications for science education. *International journal of science education* (London), vol. 16, no. 2, p. 175-90.

Lave, J. 1988. *Cognition in practice: mind, mathematics and culture in everyday life.* Cambridge, Cambridge University Press.

Lucas, A.M. 1988. Public knowledge of elementary physics. *Physics education* (Bristol, UK), vol. 23. no. 10, p. 16.

Merton, R.K., ed. 1973. *The sociology of science: theoretical and empirical investigations.* Chicago, University of Chicago Press.

Millar, R.; Osborne, J.F., eds. 1998. *Beyond 2000: science education for the future.* London, King's College London.

Miller, J.D.; Pardo, R.; Niwa, F. 1997. *Public perceptions of science and technology; a comparative study of the European Union, the United States, Japan, and Canada.* Bilbao, Fundación BBV.

Norris, S. 1997. Intellectual independence for nonscientists and other content-transcendent goals of science education. *Science education* (London), vol. 8, no. 2, p. 239-58.

Norris, S.; Phillips, L. 1994. Interpreting pragmatic meaning when reading popular reports of science. *Journal of research in science teaching* (New Yark), vol. 31, no. 9, p. 947-67.

Osborne, J. F.; Collins, S. 2000. *Pupils' and parents' views of the school science curriculum.* London, King's College London.

Osborne, J.F.; Driver, R.; Simon, S. 1996. *Attitudes to science; a review of research and proposals for studies to inform policy relating to uptake of science.* London, King's College London.

Rowe, M. 1983, Science education; a framework for decision making. *Daedalus* (Cambridge, MA), vol. 112, no. 2, p. 123-42.

Seely Brown, J.; Collins, A.; Duiguid, P. 1989, Situated cognition and the culture of learning. *Educational researcher* (Washington, DC), vol. 18, no. 1, p. 32-42.

Shamos, M.H. 1995. *The myth of scientific literacy.* New Brunswick, NJ, Rutgers University Press.

Solomon,J.; Aikenhead, G., eds. 1994. 1994 *STS education: international perspectives on reform.* New York Teachers College Press.

Wason, P.C.; Johnson-Laid, P.N. 1972. *Psychology of reasoning: structure and content.* London, Batsford.

Willard, C. 1985. The science of values and the values of science. *In:* Cox, J.; Sillars, M.; Walker, G. eds. *Argument and social practice: the fourth SCA/AFA Sum mer Cenference on Argumentation,* p. 435-44). Annadale, VA, Speech Communication Association.

Ziman, J. 1994. The rationale of STS education is in the approach. In: Solomon J.; Aikenhead, G. eds. STS education: international perspectives on reform, p. 21-31. New York Teachers College Press.

Zimmerman, C.; Bizanz, G.L.; Bisanz, J. 1999. *Science at the supermarket: what's in print, experts' advice, and students' need to know.* (Paper presented at the National Association for Research in Science Teaching, Boston, 28-31 March).

Part 2

Current Trends and Main Concerns as Regards Science Curriculum Development And Implementation in Selected States in Asia

3

CHINA

Estimated population (1996)	1,232,083,000
Public expenditure on education as a percentage of gross national product (1996)	2.3
Duration of compulsory education (years)	9[(2)]
Primary or basic education	
Pupils enrolled (1997)	139,954,000
Teachers (1997)	5794,000
Pupil/teacher ratio (1997)	24:1
Gross enrolment ratio (1997)	
—Total	123
—Male	122
—Female	123
Estimated percentage of repeaters (1995)	1
School-age population out of school	—
Secondary education	
Students enrolled (1997)	71,883,000
Gross enrolment ratio (1997)	
—Total	70
—Male	-74
—Female	66
Third-level enrolment ratio (1997)	6
Estimated adult literacy rate (2000)	
—Total	85
—Male	92
—Female	77

Note: in each case the firgure given is the last year available.

Sources: All data taken from *UNESCO statistical year book, 1999*, Paris, UNESCO, 1999, with the exception of (I) Population Division, Department for Economic and Social Information and Policy Analysis of the United Nations and (2) *World data on education*, Paris, UNESCO, 2000.

I. BACKGROUND

Following the upheavals unleashed by the Maoist revolution, China sought to bring about radical changes in its education system in tune with the new realities. In the early 1950s, China adopted the secondary science curriculum from the former USSR, its ideological fellow traveller. Down the years, the curriculum was continually adapted in accordance with local needs and priorities, gradually consolidating its roots in the Chinese soil as the first national science curriculum. A developing country in socio-political ferment, China's educational and economic conditions at that time, was poor. In such a situation, the unified national curriculum played a crucial role in developing teaching materials, improving the quality of both teaching and teachers' training. Consequently, science education took rapid strides through the fifties. Due to historical reasons, the pace slowed considerably over the next thirty years. Barring minor changes in its philosophy and framework, the unified national curriculum formulated in the fifties continues its reign largely unchanged.

The rapid development of science and technology coupled with substantial socio-economic growth now poses unprecedented challenges to China's basic education system. Such development ordains that basic education define its contents more sharply with regard to environment, information and peace education. Tradition bound approaches seem to be inadequate to communicate the new education content to the students. Efforts are underway to enhance both contents as well as the delivery system to facilitate modern concerns to find their rightful place among subjects still defined by tradition. Also, the establishment of the concept of 'lifelong learning' has had a dramatic impact on the aims and objectives of school education. Given the circumstances, there is a felt need to reform the system and design of the curriculum, and it' instructional methods. The choices ahead are aplenty:

- Should we stick to the traditional models of subject division: Or should we abstract new information and content based on what is needed for the progress of science, society, and the holistic development of students? The new educational content should reflect the principles of balance, comprehensiveness and selectivity.

- Should schools continue to wield total control over learning content and learning styles, disregarding the strong influence of both educational content and personalized learning styles outside school, or should we advocate the integration of formal and non-formal education?
- Should we continue to use academic prowess as the sole indicator in student assessment? Disregarding any other latent ability or potential that a student may posses adversely affects his or her academic performance, eroding self-esteem and self-confidence. Should we perhaps learn to recognize the existence of multiple intelligence, and take steps to motivate students to realise their true potential?

The National Education Conference in 1999 decided to intensify educational reform and vigorously promote quality-oriented education. The concept of 'quality-oriented education' aims to optimize the potential of the students, individually and collectively, by providing comprehensive eduction for societal development

II. THE MAIN PROBLEMS IN THE CHINESE SCIENCE CURRICULUM

Some of the problems presently plaguing the Chinese science curriculum are:

- The curriculum is subject-centred and knowledge-centred;
- The emphasis is on science, rather than technology;
- There is undue stress on acquiring knowledge, while the development of student ability to apply scientific skills and knowledge to problem solving remains neglected;
- The separation of science into major disciplines impedes comprehension of the inter-connectedness among physics, biology, chemistry and the earth sciences;
- Recitation of science prevails over 'science as inquiry';
- Teachers fail to inculcate scientific attitudes, values, processing skills and higher-order thinking skills in their students.

III. OBJECTIVES OF THE CURRICULUM REFORM CURRENTLY UNDERWAY

The reform is based on the twin convictions that every student should be scientifically literate and that each can do justice to the study of science. Considering the problems outlined in Sec.II, the specific objectives of the curriculum reform that is presently underway have been formulated as follows:

1. To reform the tendency to set curriculum objectives that overemphasize knowledge transmission. The stress should be on character building and the production of physically and emotionally healthy citizens. The desire, appetite and ability for 'lifelong learning' among the student community also needs to be cultivated;
2. To reform the tendency to structure curricula that are crammed with many subjects having little or no integration; or that overly emphasise the independence of individual disciplines. Efforts are being made to enforce qualities of comprehensiveness, balance and selectivity while structuring curricula;
3. To reform the tendency of curriculum content that overemphasizes the rigidity of individual disciplines and classical knowledge. The reform focuses on improving the relevance of curriculum content to modern society and to promote the development of science and technology.
4. To reform the tendency to neglect non-formal education, by integration formal education with non-formal education in form and content;
5. To reform the tendency to overemphasize receptive learning, mechanical memory and passive imitation in the teaching process. A variety of other learning activities such as active participation, exchanged and co-operation, exploration and discovery, will be advocated to enable the students to become independent learners;
6. To reform the tendency to formulate textbooks that appear unrelated to the students' lives and that fail to meet the specific needs of schools and students in different areas. Students should understand the inter-relatedness between science, technology and society. The variety and number of textbooks will be improved and schools will gradually be allowed to select their own textbooks;

7. To reform the tendency that overemphasizes knowledge/memory in curriculum assessment. Learning science should be a hands-on experience, where the student actively deploys his scientific knowledge. A new assessment system characterized by multiple assessment indicators and multiple ways of assessment, which takes both outcome and process into account, is being established;
8. To reform the centralized system of curriculum management by establishing national, local and school level curriculum management policies that will ensure the overall quality of basic education, and improve its adaptability.

IV. REFORM OF CURRICULUM STRUCTURE

1. *Principles*

- The new curriculum structure of basic education should contain a comprehensive, balanced, and selective curriculum;
- The organization of curriculum content should reflect comprehensiveness, progressively achieving the shift from subjects to areas of study, and from subject division to subject integration;
- The curriculum structure should be so designed as to follow the general laws of physical and mental development; and reflect the current growth of society, science and technology. Curriculum structure should also be balanced in terms of the range of subjects offered and the time allocated for each;
- Curriculum structure should be sensitive to regional differences, the characteristics of the various schools, and especially, the individuality of each student.

2. *Structure*

The significant aspect of the new structure are briefly described below:

- To take the nine years as a whole while formulating the curriculum for the compulsory education stage, and to build a curriculum structure that integrates individual disciplines and comprehensive subjects;

- To update educational content on the basis of the overall advances of science and technology and according to our conceptions of nature and society;
- To reduce the number of subjects and give more time and space for self-study and practice;
- To reform and restructure and disciplines; to enforce the comprehensiveness of educational content; to weaken the demarcation of subject boundaries and to strengthen their interrelatedness and their relevance to daily life;
- To strength the relevance of the curriculum to society, science, technology, and students' development in other to encourage creativity and practical ability. 'Comprehensive practice activities' will be established as compulsory courses from primary to upper secondary school. The content of such courses will include research study, community service, labour skills education and other socially relevant activities. This is intended to develop the student' ability to solve practical problems.

The primary school curricula will chiefly consist of comprehensive courses. The first two grades will impart ideological and moral education and comprehensive practice activity, together with Chinese, mathematics, sports, health and art. From grade III to grade VI, there will be moral education, comprehensive practice activity, Chinese, mathematics, society, science, sports and health, and art.

Based on the competence of the teachers available, lower secondary schools can mostly choose traditional courses, including ideological and political sciences, Chinese, mathematics, foreign languages, history, geography, chemistry, biology, sports and health, arts, and comprehensive practice activity. They can also choose mostly comprehensive courses, including ideological and political sciences, Chinese, mathematics, foreign languages, comprehensive humanities, comprehensive science, sports and health, arts, and comprehensive practice activity. Or they can integrate disciplined and comprehensive courses.

Higher secondary schools will mostly offer traditional courses. The general higher secondary schools should offer multiple courses. There should be different levels of course content and course requirement. Efforts will be made to create conditions for setting up courses that offer skills training. In addition to offering compulsory courses, higher secondary schools should set up various kinds of optional courses in accordance with the individual needs of the students and the development needs of the local community.

V. PRIORITY AREAS

During basic education:

- Moral education, environmental and ecological ethics education should be strengthened; efforts should be made to promote and develop information education, science and technology education should receive greater attention, comprehensive practice activity should be established;
- The development of moral behaviour and values should be reinforced and a sense of responsibility for the nation, society and family should be strongly nurtured.
- Evirnonmental and ecological education should be infused into every course and into other non-formal methods of education, and it should became a logical and integral part of the new educational content;
- Information courses should be established to develop student interest in information technology, Students should understand and master the fundamental knowledge and skills of information technology. Their ability to use this information in their own education should be improved. Information technology course will be offered at lower secondary schools by 2005;
- Science and technology education should receive due importance and student competence in these subjects should be enhanced in all primary and secondary schools. Special attention should be paid to teaching students scientific methods, the scientific approach and scientific values, as well enabling them to acquire general skills, vocational awareness and a pioneering spirit. The aim is to make science and technology a

powerful instrument for improving the quality of life, overcoming superstition and enable citizens to actively participate in decision-making pertaining to social and scientific affairs;

- Comprehensive practice activities such as research study, community service and social practice activities, will aim to improve learning styles, enrich the learning experience and strengthen the close links between schools and community life.

VI. SIX DOMAINS IN SCIENCE LEARNING

The new curriculum will encourage students to learn science in six domains:

- *Knowledge domain:* mastering important facts, major concepts and principles of science;
- *Science laboratories and operational skills domain:* operational skills, the skills of working with apparatus and instruments;
- *Scientific process skills domain:* observation, measurement, grouping, questioning, hypothesis formulation, experimenting, and so on;
- *Application domain:* ability to use concepts and skills in new situations;
- *Creative domain:* quality and quantity of questions, explanations and new ideas;
- *Attitude domain:* positive feelings towards science and its study.

VII. REFORM OF THE TEACHING PROCESS AND ASSESSMENT

1. The teaching process should thoroughly reflect the continuous development of teachers and students. The thrust of achieving curriculum objectives and strengthening curriculum reform is to optimize the teaching process based on the concept of quality-oriented education.

   - Teachers are the organizers and guides of the teaching process. Teachers should cater to all students, got to know their individual needs and their potential for development, and conduct their instruction accordingly, in as creative a way as possible. In designing teaching objectives, selecting curriculum resources, and organizing teaching activities, teachers should always aim at quality-oriented education. Teachers should learn, explore and utilize various kinds of instruction organization and teaching methods; inquiry learning, cooperative learning, problem-solving in daily life, role playing, simulation, collecting information, concept mapping, constructivist and STS;

- Student development is both the starting point and the end of teaching activity. Learning should be the basic way to develop student intelligence and build character. In a complete learning process, while students should attain the necessary fundamental knowledge and basic abilities, they should also develop emotional strength, healthy attitudes, and sound values. Students should become skilled at using different ways of learning for different learning content, and make learning become an active and personalized process;
- Teaching materials are important media of the teaching content. Textbooks should expand both teacher and student development and inquiry-based teaching materials should be prepared with this goal in mind. They should help guide exploration and discovery, broaden students' perspectives, and enrich their learning experience. In the teaching process, teachers should use the textbooks in a flexible and creative way and fully utilize various curriculum resources from both within and outside school;
- Improving communication and information exchange between teachers and students is a key element in the teaching process. Teachers should advocate democracy in teaching, establish an equal and co-operative teacher/student relationship, create a desirable climate for learning and student co-operation, and thus create favourable conditions for the all-round development and healthy growth the education community.

2. Curriculum assessment acts as a quality control measure in the curriculum system. Through curriculum reform, we

should try to establish an assessment system that promotes the all-round development of the students, encourages teachers enterprise and continuously perfects the curriculum:

- A special assessment system has been designed to promote student development. Assessment should not only concern itself with student progress in language and mathematics logic, it should also find and develop hidden talents in the students by establishing new assessment indicators and reforming assessment methods. Assessment should fully understand students' developmental needs, be sensitive their individual need, help them establish self-confidence, and promote individual student development. A variety of assessment methods should be used in consequence: the paper test, acquiring of information, laboratory work, essay writing, teacher interviews, systematic observation of student performance, and student projects;
- The teacher assessment system emphasizes self-analysis and improvement of teaching behaviour. An assessment system will be established, in which all principals, teachers, students and parents will participate, which will be mainly dependent on teachers' self-assessment. In this way, teachers can get information for improving their teaching behaviour from various sources, and continuously improve their teaching;
- A curriculum development assessment system will regularly analyse and evaluate the performance of school curriculum programs and the problems in curriculum implementation; revise the curriculum content, improve teaching management, and establish a mechanism for continued curriculum innovation.

VIII. REFORM OF THE CURRICULUM MANAGEMENT SYSTEM

In other to measure and promote curriculum adaptability for different regions, schools and students, we will reform the current management model, which is heavily centralized, and establish a three-level curriculum management system at national, local and school levels. The responsibility at each level will be clearly defined;

- *Responsibilities of the Ministry of Education:* To define the nature of basic education and its basic tasks, and stipulate types of curriculum and ratio; to formulate and issue national curriculum standards; to study and formulate the assessment system of basic education curriculum; to formulate policies of curriculum management and development;
- *Responsibilities of the provincial authorities:* to formulate plans to implement the national curriculum at different educational stages for their respective provinces (autonomous regions and municipalities) in accordance with the requirement of national curriculum programs and the practical local needs. On the basis of national curriculum implementation and relevant regulations issued by the Ministry of Education; to plan, to establish and to develop local curricula according to the time allocated for the same, to formulate guidelines for schools to implement local curricula;
- *Responsibilities at the school level:* based on the implementation of national and local curricula, schools should be involved in the planning of specific programs to implement the school curriculum in the local community; meanwhile, on the basis of their tradition and strength, and student interest and needs, schools can develop and select courses suitable to their needs.

Schools have the right and the responsibility to report on problems in implementing the national and local curricula, and establish the internal school curriculum assessment system to ensure that curriculum implementation at schools is consistent with the objective of national and local curricula.

This policy of multi-level curriculum management is designed to improve the suitability of curricula for different regions, schools and students.

Curriculum reform is a systematic but complicated programme. Gone forever are times when curriculum reform was limited to a single aspect, mainly the overhauling of textbooks. People are increasingly aware of the important relationship in which various elements relevant with curriculum reform interact with the restrict each other. Teacher training is one of the cornerstones of success full curriculum reform. China is implementing the 'Continuous Education Project', which plans to systematically train its entire teacher population. This will have a profound effect upon their thinking, impart new teaching skills, and re-identify their roles.

Basic education curriculum reform should stress that basic education is intended to lay the foundation for lifelong. development. Sustainable and effective self-study should be a lifelong process, and students should be able to adopt appropriate ways to solve any problems they encounter in their lives and be able to demonstrate their unique wisdom in various ways. Curriculum reform, therefore, must surmount the shortsighted goal of achieving mastery over specific subject and must instead seek the goal of achieving the holistic development of the students.

Note

1. This document is the result of the amalgamation by the IBE Secretariat of two contributions made in Beijing: the first one by Zhu Muju, Deputy Director-General, Department of Basic Education, Ministry of Education, and the second one by Liu Enshan, Beijing Normal University.

INDIA

J.S. Rajput and V.P. Srivastava

Estimated population (1996)	944,580,000(1)
Public expenditure on education as a percentage of gross national product (1996)	3.2
Duration of compulsory education (years)	8(2)
Primary or basic education	
Pupils enrolled (1996)	110,390,406
Teachers (1996)	1,789,733
Pupil/teacher ratio	47:1(3)
Gross enrolment ratio (1996)	
—Total	100
—Male	109
—Female	90
Estimated percentage of repeaters (1994)	4
School-age population out of school (1995)	28,564,000(4)
Secondary education	
Students enrolled (1996)	68,872,393
Gross enrolment ratio (1996)	
—Total	49
—Male	59
—Female	39
Third-level enrolment ratio (1996)	7
Estimated adult literacy rate (2000)	
—Total	56
—Male	69
—Female	42

Note: in each case the figure given is the last year available.
Sources: All data taken from *UNESCO statistical yearbook, 1999*, Paris, UNESCO, 1999, with the exception of (1) Population Division, Department for Economic and Social Information and Policy Analysis of the United Nations; (2) *World data on education*, Paris, UNESCO, 2000; (3) *World education report 2000*, Paris, UNESCO, 2000; and (4) International Consultative Forum on Education for All, Paris, January 1996.

I. INTRODUCTION

1. *General Framework*

Indian schools follow an education system that has its genesis in the recommendations of an Education Commission appointed by the government in the year 1964. The first ten years of schooling are devoted to eight years of elementary education comprising five years of primary and three years of upper primary education, followed by two years of secondary education. The students then undergo two years of higher secondary education to complete school. This format is popularly referred to as the '10+2 pattern' of education.

The Indian Parliament adopted the recommendations of the Education Commission as its National Policy on Education (NPE) in the year 1968. The highlight of the recommendations was that science and mathematics were, for the first time, made subjects for compulsory study for all pupils as part of general education during the first ten years of schooling. In this context, the commission went on to recommend that:

- In the lower primary classes, science teaching should be related to the child's environment. The Roman alphabet should be taught in Class IV to facilitate understanding of internationally accepted symbols of scientific measurement and the use of maps, charts and statistical tables.
- At the higher primary stage, emphasis should be on the acquisition of knowledge and the ability to think logically to draw conclusions and to make decisions at a higher level. A disciplinary approach to the teaching of science will be more effective than the general science approach.
- A science corner in lower primary schools and a laboratory-cum-lecture room in higher primary schools are minimum essential requirements.
- At the lower secondary stage, science, taught in terms of disciplines like chemistry and biology, would help students to grasp the distinct pursuits possible within the broader spectrum comprising 'science'. Such an approach would pay long-term dividends in this age

of supr-specialities. Experimental approach to the learning of science should, moreover, be stressed.

- Science courses at an advanced level may be provided for talented students in selected lower secondary schools along with the necessary facilities of staff and laboratory.
- Science teaching should be linked to agriculture in rural areas and to technology in urban areas. But the levels of attainment and avenues to higher education should be the same in both types of schools.

A national curriculum framework was designed in 1975 to translate the avowed policy into action. It was suggested that, at the secondary stage, the science syllabus could be bifurcated under the titles *Physical science,* covering physics and chemistry, and the *Life sciences,* covering botany, zoology and human physiology. An alternative was to offer science as a single integrated subject where concepts are developed as units without isolating the parameters of the various disciplines. At the senior secondary stage, however, science could be offered as 'discipline-wise' courses in the academic stream.

The new curriculum elicited the criticism that the content of the science and mathematics courses prescribed for Classes IX and X were inordinately taxing on the students. In June 1977, a Review Committee under the chairmanship of Ishwarbhai J. Patel was appointed to examine the syllabus and textbooks recommended by the National Council of Educational Research and training (NCERT). The Committee suggested the restructuring of the scientific concepts taught in Classes IX and X. The members also proposed that students be given the option of choosing from two equivalent courses in the secondary stage. The first alternative was to offer the study of science as a single subject encompassing its various disciplines, while the second alternative was to offer a discipline-wise science course consisting of biology, chemistry, and physics, etc.

Schools affiliated to the Central Board of Secondary Education (CBSE) gave their students an opportunity to pick a course of their choice from these alternatives. The authorities, however, soon realized that the two courses were not being perceived as constituting a choice between equally rewarding options. It was observed that students who had opted to take the 'discipline-wise' science course received preferential treatment while securing admission to the higher secondary stage. Thus the spirit underlying the Review Committee's recommendations was practically undermined. The CBSE schools therefore abandoned these initiatives and returned to 'discipline-wise' study of science at the secondary stage, as was the practice in all other schools.

2. *National Policy on Education, 1986*

A new educational policy was developed in 1986, nearly eighteen years after the NPE was formulated and implemented. Fresh assessment was necessitated by widespread belief that the system in prevalence neither met the needs nor fulfilled the aspirations of the people. The 1986 policy reposed faith in the conviction of its predecessors that science and mathematics should continue as compulsory subject in the first ten years of school education. Indeed, the teaching of science needed to be further perfected as virtually all aspects of growth and development in the modern era had their basis in scientific knowledge and as such, societies needed citizens literate in science and technology at various levels to ensure overall progress.

Towards this end, the policy further enunciates:

- Science and mathematics will remain as core subjects in the first ten years of school education.
- In order to develop scientific tamper and to attain other goals, it is necessary to define the objectives to be fulfilled through science education.
- Involvement of community, non-government and voluntary agencies are required to pool resources by establishing networks among different institutions. Efforts should be made to generate manpower at the grassroots level to spearhead the implementation of the ideas stated in NPE.
- Programmes with exclusive focus need to be evolved for the educationally backward schools and states in the century. They need to be designed to eliminate disparities and attain equal status for women. Education of scheduled castes, tribes and other

educationally challenged sections of society, besides rural, remote and neglected regions of the country require innovative and culture specific approaches. The challenges are manifold and need to be addressed with a certain degree of sensitivity and with the sense of immediacy they merit.

- To attain universal enrolment and to pre-empt dropouts, improvement in both the environment as well as the quality of education imparted are to be treated as a quintessential ongoing process. The learning process, being neither uniform nor mechanical, allowances need be made for individual students who may differ for the majority. Teaching and learning of science should be so designed as to respect the basic rights of each and every student. Science education at the elementary level should not overwhelm children with loads of information but should instead aim to open their hearts and minds to the joy of learning.
- Science education will be extended to the vast numbers who have remained outside the reach of formal education. This is to be borne in mind while planning for non-forma systems.
- Science and mathematics curricula for the secondary level should help inspire conscious internalization of a healthy work ethos. This will provide valuable manpower fuelling economic growth even while moulding ideal citizens who can adapt effortlessly to a society based on science and technology.
- Science curriculum for general education will be implemented in pace-setting schools with sufficient scope for innovation and experimentation.
- Science up to Class X should be treated as a combined subject. The laws and principles of science, operating in the environment, should be used for creating desired teaching/learning situations. The learning and teaching of science should be so prioritized as to lay greater emphasis on an activity-oriented methodology.

II. AIMS OF TEACHING SCIENCE

The general aim of science education is to help develop will-defined abilities in cognitive and affective domains, besides enhancing psychomotor skills. It help to foster an uninhibited spirit of inquiry, characterized by creative, innovative and objective approaches. Educational programmes are designed to help unravel the mysteries of the inter-relationship between science and day-to-day life, health, agriculture, industry, and indeed, the individual and the universe. Scientific wisdom, knowledge and skills are ammunitions that instil confidence and inspire the individuals to challenge existing beliefs, prejudices and practices. They work as a liberating force and serve as a reliable tool in one's search for truth, harmony and other different aspects of life.

In Classes I and II *Environmental studies* is wholly devoted to the fundamentals of science. In Classes III to V however, *Environmental studies* branches into two sections: one dealing with science and the other with history and geography that are taught together under the title *Social studies.* The objectives of teaching science at the primary stage are:

- To learn about flora and fauna, natural resources, the sources of energy and so on, through interaction with the immediate environment;
- To sharpen observation, inculcate the spirit of exploration; and
- To develop concern, sensitivity and the ability necessary for the preservation and protection of physical and natural resources.

At the upper primary stage, namely Classes VI to VIII, the student is expected to consolidate and strengthen the abilities acquired during the primary stage. The objective is to develop an understanding of the nature of scientific knowledge; certain physical, chemical and biological facts and their relationship to their manifestation in nature and in daily life.

The student should be enabled to develop the capacity to use science to help solve problems and arrive at the right decisions. Pupils are also expected to develop the skills required to operate ordinary laboratory/science equipment, and to design simple experiments to seek and find explanations for natural phenomena. At this stage, science education should help the pupil develop an understanding and appreciation of the joint enterprise of science and technology and the inter-relationship of these with other aspects of society.

School education comes to a close with the secondary stage comprising Classes IX and X. The aim of teaching science at this stage is primarily directed towards the learning of key concepts that span all disciplines of science. At the secondary stage, the pupil should be enabled to develop a more profound understanding of the basic nature, structure, principles, processes and methodology of science, with special reference to its relationship with agriculture, industry and contemporary technology. The teaching of science at this stage should help pupils develop insights in health and environment. Greater emphasis needs to be placed on precision and accuracy while handling laboratory equipment and while engaged in procedures such as quantitative measurement, collection, presentation, analysis of data, and drawing inferences.

III. CONTENT OUTLINE

At the primary stage science is taught under the umbrella of *Environmental studies.* The contents are thematically organized into chapters titled: *Things around plants; Animals and us; Our body* and *Food, health and weather.* The syllabus concludes with a chapter titled: *Man, science and environment.*

Science education imparted to the students at the upper primary stage ought to form part of a smooth and seamless transition from the 'environmental studies approach' to a more formal study of science. With this as the guiding principle, efforts have made to formulate content and approach.

Accordingly, the organization of concepts in Class VI is somewhat similar to those of the lower primary. In Class VII and VIII, subject matter is dealt with at greater length. Themes like *Science in everyday life; Things around us; Changes around us; Measurement; Separation of substances; The living world; The living body; Air, water and energy; Balance of nature* and *The universe,* make up to course material that engage the students at Class VI. This is followed in Class VII and VIII by more subject oriented themes such as *Mechanics; Heat; Electricity; Magnetism; Carbon and its compounds; Metals and non-metals; Life processes;*

Evolution, etc., Interdisciplinary topics like *Health, Nutrition* and *Agriculture* also constitute integral part of the subjects taught at this stage.

Science, at the secondary stage, is introduced around then themes, such as: *Matter, nature and behaviour; Motion; Force and energy; Ways of living; Human beings; World of work; Energy; Food and health; Environment; Natural resources and the universe.* The time allotted for teaching science at primary, upper primary and secondary stage is 15%, 12% and 13% respectively of the total instructional time.

IV. MAIN PROBLEMS

Some of the pressing problems facing India with regard to science education can be summarized as follows:

- **Curriculum load:** There is substantial pressure emanating from parents and the general public alike who feel that the school curriculum is excessive and needlessly taxing. It is widely believed the students are stressed out and this has in turn affected their normal all round development. The problem of curriculum load is a complex one and has its roots in many related issues. NCERT is presently revising the national curriculum framework in an effort to resolve this contentious issue.
- **Preparation of teachers:** Pre-services preparation and in-service training of teachers are major problems experienced during implementation of the curriculum. Given the huge number of teachers and geographical character of the country, management of in-service programmers is an intimidating prospect. Efforts are being made to address the problem through direct intervention at the institutional level as well as through distant mode 1 (and through tele-conferencing). A collaborative mechanism is being evolved by agencies like the National Council of Educational Research and Training (NCERT), National Council for Teacher Education (NCTE), Indira Gandhi National Open University (IGNOU), along with State Councils of Educational Research (SCERT) and District Institutes of Educational and Training (DIET).

- **Methods of assessment:** The attitude, approach, criteria and yardsticks adopted to assess and evaluate performances in the field of science are woefully inadequate. It in fact is emerging as a major stumbling block in efforts to improve the quality of the education system in India. Unfortunately, queries considered unlikely to rise at examinations are considered irrelevant and ignored by both staff and students. Methodologies adopted to assess performances are hardly conducive to the development of problem-solving skills among the pupils. To make matters worse, instruction is mainly assessment-driven in the country. Little or no significance is attached to the assessment of practical work, resulting in utter neglect of practical work in school education.

V. RECENT REFORMS

The latest reforms implemented in India are listed below:

- **Improvement of science education in schools:** To improve the quality of science education and to promote scientific temper, a centrally sponsored scheme: 'Improvement of Science Education in Schools' has been operational since 1987-88. Under the scheme 100% assistance is provided to the states/ union territories (UTs) for provision of science kits to upper primary schools, up gradation of science laboratories and library facilities in senior/secondary schools and training of science teachers. The scheme also provides for assistance to voluntary organizations for undertaking innovative projects in the field of science education.
- **Environmental Orientation to School Education:** A centrally sponsored scheme by this name was initiated in 1988-89. The scheme envisages grants to states and union territories for various activities including review and development of curricula of several disciplines at primary, upper primary and secondary levels. The objective is increase awareness about environmental issues. Review of textbooks on 'environmental studies' at primary and upper primary levels are undertaken

with a view to update and enhance their quality. Strategies for imparting environmental education at upper primary level are worked out. Teaching and learning materials are being developed. Efforts are underway to organize innovative activities with a view to enrich the work experience so the teaching staff. To achieve these objectives, the scheme also has plans to seek out voluntary agencies for help and assistance.

- **Computer literacy and studies in schools:** The Department of Electronics, in collaboration with the Ministry of Human Resource Development, initiated a pilot project, 'Computer literacy and studies in schools' (CLASS) from the school year 1984-85. The project was modified and converted into a centrally sponsored scheme from 1993-94. The aims of the projects are:
- To provide pupils with an understanding of computers and their use;
- To provide hands-on experiences;
- To 'demystify' computers to young school goers;
- To familiarize pupils with a range of computer applications and with the computer's potential as a controlling and information processing tool. Meanwhile, the Information Technology Action Plan (1988), which makes significant provisions for integrating computers into the schooling process, has been adopted by the Government. As a consequence, the Ministry of Human Resource Development has launched a new school-computing programme CLASS 2000 from March this year. CLASS 2000 has the following three components.
  - Computer literacy in 10,000 schools;
  - Computer-aided learning in 1,000 schools;
  - Computer-based education in 100 Smart Schools will become model centers for others.

NCERT developed the Blue Print for Smart Schools upon which the concept of computer-based education would develop. NCERT is committed to providing all possible on-line and off-line support to the above venture.

VI. INNOVATIVE USES OF NON-SCHOOL RESOURCES

In order to promote and popularize education, several out-of-school activities (using non-school resources) like science exhibitions, science clubs, debates, essay writing and quiz competitions are being organized by the NCERT, the Department of Science & Technology (DST), the National Council of Science Museums (NCSM), the Ministry of Non-Conventional Energy Sources (MNCES) and many voluntary organizations, such as: Vikram Sarabhai Science Centre, Ahmedabad; Homi Bhabha Centre of Science Education Mumbai, etc.

NCERT has been pioneering exhibitions in India. It has been organizing national level science exhibitions every year science 1971. The national level science exhibition is the culmination of a series of exhibitions organized at school, district, regional and state level every year. At the beginning of the school session every year, NCERT circulates to all states/UTs the main themes and sub-themes of the state-level science exhibitions for a particular year. In keeping with the central and state government's emphasis on improvement of educational facilities in rural areas and for economically weaker sections of the society, the main theme of national and state-level science exhibitions are infused with a distinct bias towards the felt needs of rural India. The social aspect of science and relevance of science and technology for development are some other criteria, which are given due consideration in determining the themes. The NCERT also provides detailed guidelines to the states for organization of exhibitions and outlines the criteria for evaluation of exhibits and the selection of judges.

The financial and academic support for the organization of science exhibitions are mainly provided by the NCERT and the state governments concerned. A list of exhibits selected for display at the National level with brief synopsis about each exhibit, a book titled 'Structure and Working of Science Models' containing details about some selected exhibits and publicity folders about the science exhibition are published very year by the NCERT.

The National Council of Science Museums (NCSM) organizes a number of activities like demonstration lectures, mobile science exhibitions for rural schools, science quiz, science seminars, science fairs, Nature Study and Environment Awareness Programs. NCSM operates and contributes to science education of children at a mass level through its four museums located at Calcutta, Bangalore, Mumbai and Delhi, besides utilizing a number of regional centers situated in different parts of the country. NCSM has set up 301 school science centers in the states of West Bengal, Assam, Tripura, Manipur, Andhra Pradesh, Karnataka, Madhya Pradesh, Haryana, Punjab and Rajasthan. The center develops kits and teaching aids, conducts hobby camps, popular lectures, exhibitions, etc.

Vigyan Prasar (an autonomous organization under the Department of Science & Technology) has established a network of Science Clubs (VIPNET) throughout the country to strengthen the science club movement and to co-ordinate with other existing clubs and agencies. Vigyan Prasar also contributes to learning of science through its Homepage started in September 1996. It offers daily science news pertaining exclusively to Indian science and technology (S&T) along with archived news, links to other related sites, an online popular science magazine, Com, Com, which features interviews with eminent scientists, S&T development stories and articles on topical S&T themes.

Vikram Sarabhai Community Science Centre, Ahmedabad, conducts a mobile exhibition known as 'Science Circus'. In this project, all materials required for demonstration, participatory events as well as slides, a special bus takes around films, etc. At any chosen venue, these are displayed for the benefit of the public. Most of the activities are related to the prescribed curriculum while some others demonstrate the application of science in daily life.

The National Council is organizing national Children's Science Congress very year for Science and Technology Communication (NCSTC). In this programme, children in the age group of 10-17 years, take up scientific projects related to local issues. They work under the supervision of the teachers/ science activists and report their findings at school/block or district level Congresses. Select projects are presented at the state and national levels.

The National Bal Bhavan has been contributing towards enhancing the creativity among children in the age group of

5-16 years especially from the weaker section. It was established in 1956 and now operates throughout the country through its fifty-three affiliated state Bal Bhavans. There is a library as well as National Children's Museum. It regularly organizes programmes wherein children can pursue activities of their choice such as in environment, astronomy, photography, science-related activities, etc. These experiences are enjoyable and memorable for the children, especially as they are predominantly from disadvantaged backgrounds. Thematic and general workshops are also organized regularly for teachers, trainers and adults in science activities.

VII. NCERT'S EFFORT TOWARD A NEW CURRICULUM

We have had the opportunity to observe and analyse the strengths and weaknesses of the National Policy on Education that is in prevalence since 1986. With the benefit of hindsight we can safely conclude that we need to critically scrutinize and revamp the content, process, and approach to education, in general, and science education, in particular, Greater dynamism needs to be infused into the school curriculum in order to enable it to respond to the fast changing priorities and long-term developmental goals of the nation. A number of important developments have taken place since the last revision of school science curriculum and these are bound to decisively influence the formulation, design and development of science curricula.

- Firstly, our understanding of 'how students learn science' has changed significantly. From process approach to science education, we have moved to constructivist approach.
- Secondly, last two decades have seen emergence of a new taxonomy of practical skills, which is now internationally accepted and widely used. These aspects have to be taken care of in design of learning materials for children as well as in the technology of teaching and assessment.
- Thirdly, and probably the most significantly, development has taken place in the area of information technology. This is not only likely to considerably influence the end product, but also

hugely impact the context and process of science education.

The National Council of Educational Research and Training has already started the process of revising the national curriculum framework. In the first phase, a document entitled 'National Curriculum Framework for School Education-A Discussion Document' has been brought out in January 2000. This document provides a curricular framework for all stages of school education. It has been evolved through a variety of strategies—by looking into theoretical and research materials, consulting and discussing various issues with faculty members, eminent educationists and experts.

In the second phase, workshops/meetings at national/regional levels are being organized for extensive and intensive discussion in order to evolve consensus on various issues raised in the document. The document has been made available to all the stakeholders in education, i.e. other national and state-level institutions, school boards of education, state councils of educational research and training, directorates of education, parent/teacher associations, professional associations of teachers and teacher educators, and eminent educationists and educators. Their suggestions and responses will help enrich the final document. In the third phase, based on the guidelines provided in the new Curriculum Framework, syllabi, textbooks and other instructional materials for all stages of school science education will be designed and developed.

The progress and development of science and technology in India and the enormous potential it holds for the future have been comprehensively summarized by Prof. R.A. Mashelkar, Director-General of Council of Scientific and Industrial Research in his Presidential address delivered at eighty-seventh Indian Science Congress, Pune, on 3 January 2000 as follows:

Let me sum up by recalling the new Panchsheel of the new millennium, that we should launch in the year 2000.

It is simply:

- Child-centred education;
- Women-centred family;
- Human-centred development;

- Knowledge-centred society;
- Innovation-centred India.

These principles, if put into practice, will help India to acquire a scientific temper, edge towards a 'learning community', realise national dreams of being a 'knowledge society' and leave behind memories of underdevelopment.

INDONESIA

Ella Yulaelawati

Estimated population (1996)	200,453,000[(1)]
Public expenditure on education as a percentage of gross national product (1996)	1.4
Duration of compulsory education (years)	—
Primary or basic education	
Pupils enrolled (1996)	29,236,283
Teachers (1996)	1.327,178
Pupil/teacher ratio	22:1
Gross enrolment ratio (1996)	
—Total	113
—Male	115
—Female	110
Estimated percentage of repeaters (1996)	6
Secondary education	
Students enrolled (1996)	14,209,974
Gross enrolment ratio (1995)	
—Total	51
—Male	55
—Female	48
Third-level enrolment ratio (1996)	11
Estimated adult literacy rate (2000)	
—Total	87
—Male	92
—Female	82

Note: in each case the figure given is the last year available.

Sources: All data taken from *UNESCO statistical yearbook, 1999*, Paris, UNESCO, 1999, with the exception of (1) Population Division, Department for Economic and Social Information and Policy Analysis of the United Nations.

I. INTRODUCTION

Science today is the most potent tool in the hands of men to unveil the many secrets shrouding our universe. It is the doorway traversed by both the teacher and the taught. Beginning with small steps comprising basic knowledge, they travel towards the most profound insights into out lives and times. Indonesia too, like most other countries, pays its tribute to science by enshrining it as one of the core subjects in its national curriculum, Technology, the prodigy child of mother science, although lagging behind, claimed its rightful place in the national science curriculum in 1994. Technology is generally classified as products and processes. The products are seen as technology in action, for instance when computers, projectors and audio-visual aids are utilized in classrooms.

Technology has assumed enormous significance in the present millennium and its implementation in the classrooms is no longer a luxury. The present era is often 'characterized by media culture and information technologies, global economies and migration, increasing gaps between the rich and the poor' (Comber, 1998). Indonesia's survival in these troubled times is exacerbated by its ongoing economic crises. The impact of these crises is such that colossal efforts have to be made just to keep children in schools. The Government of Indonesia (GOI), the World Bank and the Asian Development Bank all provide loans to schools through special programmes that aim to minimize the dropout rates and improve the quality of education. The programmes are widely promoted through a 'stay in school' media campaign.

Steady increases in the budgets have, through scholarships, enabled disadvantaged children to stay in schools while, at the same time, care is taken not to dilute the use of technologies in the classrooms due to financial constraints, thus ensuring quality. This paper is devoted to the current status of the teaching of science and technology, challenges ahead, recent reforms in the field, and innovative ways of teaching science and technology to students from vulnerable backgrounds

II. THE STATUS OF TEACHING SCIENCE AND TECHNOLOGY

General science is taught to all students from 4-16 years of age. After the age of 17, the students can choose to specialize in any specific discipline of their choice.

Science is taught as an integrated topic with other subjects in pre-school, with a view to ensuring wholesome intellectual development. Science vocabularies and knowledge are introduced at the primary school level (grade 1 and 2). Integrated science or general science is taught in primary school (three 'teaching hours' for grade 3—40 minutes per 'teaching hour', six 'teaching hours' for grade 4, 5 and 6), combined science which consist of biology and physics (six 'teaching hours' each; one teaching hour is 45 minutes) is taught in lower secondary school, while the separate subjects of chemistry (three 'teaching hours'), biology (four 'teaching hours'), and physics (five 'teaching hours') are taught in the upper secondary phase when the students reach 17 years of age.

After age 17, those interested in pursing higher studies in engineering, technology, architectures, physics, medicine, biology, and pharmacy could take courses comprising seven lessons (45 minutes per lesson) of physics, seven 'teaching hours' for biology, and six for chemistry. Those who choose the language stream and the social sciences do not study any science.

In general, the objectives of the science curriculum are as follows:

- To develop scientific knowledge, skills and attitudes;
- To develop process skills in acquiring and applying scientific and technological knowledge, concepts, and invention;
- To develop the ability to apply knowledge, understanding and skills in science and technology for improving the quality of life, and facilitate progress through advanced learning experiences for higher education; and
- To promote the learners' intellectual, physical, emotional and social well being.

III. PROBLEMS AND ISSUES IN PROMOTING SCIENCE AND TECHNOLOGY

1. *The curriculum and assessment constraints*

The rigidity of the syllabus and the scarcity of curriculum guidelines places limitations on the creativity of the teachers and inhibits spontaneity in teaching science. The syllabus consists of objectives, descriptions of topics and sub-topics, time allocation, methods, resources and assessment or evaluation methods. It is considered too rigid and limits the flexibility for creative teachers to develop activities based on teaching science in consonance with their own real-life situations. On the other hand, the curriculum guidelines do not provide enough materials for helping teachers to develop scientific research. However, some Indonesia educationists believe that the broad and flexible curriculum may give liberty to some talented teachers but pose difficulties for the average Indonesian teacher

The quality of teaching and learning science is seriously hampered by excessive curriculum and assessment loads. Both are responsible for trivial and didactic coverage of context, and for the consequent failure of students to acquire the depth of understanding and the critical thinking skills. Aspects of curriculum load include the number of subjects studies by each student and the amount of context prescribed in each subject. In addition, at the end of each term, there is an external examination, the results of which determine a child's progression to the next grade.

According Boediono and Sweeting (1999), Indonesian primary children spend more hours on their studies the children form other countries, namely 28 hours per week, compared with 23.75 hours in England and Singapore, and 24.25 hours in the Netherlands. The 28 hours are spread over six days in Indonesia rather than the five days of the other countries. Indonesian primary children spend more time learning science than children from other countries, namely 4 hours compared with 2.30 hours in England, 2.45 in Singapore, and 1.30 hours in the Netherlands.

Blazely (1999) compares the context of the IPA curriculum for Indonesia, Singapore, England and Australia for three topics, namely *Electricity, Structure and function of plants* and *Air.* In these topics, Indonesian children must cover more content. Table 1 indicates the overload content on the electricity topic compared to the three other countries.

The additional material in the Indonesian curriculum pertains to practical technology, However, owing to the lack of resources required for hands-on learning, teachers tend to lecture

Table 1. Primary school science curricula compared

	Indonesia	Singapore	United Kingdom	Australia
	Electricity			
1.	Static electricity			
2.	Electrical energy and electrical devices		X	X
3.	Electric current and simple circuits	X	X using dry cells	X
4.	Conductors and insulators	X		X
5.	Changing the brightness of lights		X	X
6.	Electrical switches	X		
7.	Storage cells, dry cells and dynamos	X	X	X batteries
8.	Designing and building variety of electrical appliances			

Sources: Blazely, 1999

instead of conducting practical classes. Therefore most of the contents that are to be acquired through practical instruction are poorly understood by the students.

In junior secondary school, again, Indonesian children spend longer on their studies than do other children; namely 31½ hours compared with 26 hours 40 minutes in England and 27½ hours in Singapore (Boediono & Sweeting, 1999). In science, Indonesian students spend slightly longer on their studies than children form other countries, 4.4 hours compared with 4 hours in England and Singapore. Besides, for too many subjects are crammed into the pre-university high-school courses—thirteen subjects compared to three in England and Wales (Slimming, 1999) and six in Australia.

2. *The pre-service training of teachers*

Pre-service training does not bring out the kind of competence that is a pre-requisite for a successful teacher—a thorough understanding of the subject taught and well-developed skills in educating the student. Most institutions responsible for pre-service training emphasize mastery of the content to be taught in school but tend to neglect the art of promoting learning in school

3. *In-service training*

Most in-service training in science education uses a cascade model. This top-down model, however, has little relevance owing to the heterogeneous character of Indonesian culture, its teachers and the varying levels of available resources. A generic training programme cannot achieve the same results across different ethnic groups and this, in turn, jeopardizes the development of science and technology. A community driven collaborative approach might perhaps be more beneficial for the development of science.

4. *Textbooks*

A central agency known as 'The Book Center' (BC) evaluates its own textbooks and those of private publishers to ensure that all science textbooks are of good quality. The textbooks thus approved are supplied to schools free of charge by the government. The textbooks provide science information with accompanying exercises. However, the content and presentation in these textbooks fail to stimulate learner interest or encourage serious study. This may perhaps be attributed to an inability to disseminate information with a suitable clarity and simplicity.

5. *Science laboratory*

Slimming (1999) points out that many secondary schools have some serviceable laboratories with a moderate to good range of useable equipments. However, very few make more than occasional use of these expensive facilities. This is because teachers lack training in the use of equipment. Furthermore, the highly theoretical science curricula, time constraints and an examination system that does not reward a laboratory approach to science have all conspired to stunt growth in this respect.

IV. RECENT DEVELOPMENT IN SCIENCE AND TECHNOLOGY EDUCATION

1. *The 2000 schools science curriculum reform*

The 2000 school science curriculum reform will set the benchmark to access and standardize basic competency in science and technology achieved in Indonesia. This is a significant departure from the description of the prescribed learning experiences stated in 1994 science syllabi. This is in line with the implementation of Law No. 22, 1999, on Regional Autonomy, whereby education becomes the responsibility of each district. The districts will thus have more flexibility in adapting the science curriculum to optimize learning skills among the students.

A competency-based curriculum is not unknown in some other countries and is being developed in Indonesia as well, based on the realization that the country is multicultural with numerous ethnic groups. A curriculum of a generic kind would therefore be quite unsuitable for country-wide use, as each province is unique. A generic curriculum is therefore obviously not the right solution for improving the quality of education. Moreover, the Indonesian education system is overcentralized. The system has placed schools and teachers in the unenviable position of being obliged to fulfill objectives regardless of available resources, local interests and needs.

2. *Basic Technology Education (BTE) Pilot Project*

Basic technology education (BTE) offers children of ages 12 to 15 (junior secondary education—JSE) on orientation or technology; makes them aware of the impact that technology has on their environment and increases the chance that children choose a career in a technical profession. Thus BTE plays a role in the provision of the need for skilled technical specialists. The BTE also offers some practical training so that children who leave school after JSE can enter the world of work with equipped with the necessary technical skills.

Aims of the BTE Project

The BTE Pilot Project—Phase I aims to design, develop and implement a BTE curriculum in the first, second and third year of four selected JSE pilot schools in different provinces of Indonesia. The four selected pilot schools are the following provinces: South Sulawesi, Maluku, West Java and West Sumatra.

The major aims of the BTE Pilot Project are:

- To improve the technological awareness and skills of junior secondary school students; and

- To orient students with regards to the impact of technology on local activities.

The major objectives of the BTE curriculum are:

- To enable students to familiarize themselves with those aspects of technology that are relevant to the ways in which students function in society; and to further the technical capability of the students;
- To acquire knowledge and understanding of the functions of technology, particularly the close links between technology, natural sciences and society;
- To became actively involved in the application of technology;
- To learn to design solutions for human needs;
- To learn how to use technological products safely;
- To enable students to explore their abilities and interests with regard to technology;
- The curriculum should offer equal opportunities for boys and girls and should appeal to both sexes.

Gains of the BTE project

The BTE project is making significant progress and has already achieved the following:

- A framework was developed for the three-year Indonesian BTE curriculum; Lessons for years 1,2 and 3 have been developed;
- The textbooks for years 1 and 2 have been finalized, and those for year 3 will be finalized in June 2000;
- A study guide for the teachers' training programme was developed;
- A training programme was conducted for the staff of TEDC Bandung;
- A teacher-training programme was implemented for years 1,2 and 3;
- A BTE school management programme was implemented;
- Equipment was procured as per the specifications out lined by the BTE:

- Installation of training equipment at the four pilot schools and the TEDC is complete;
- Training related to the operation and maintenance of all equipment was also carried out.

The application of scientific discoveries usually leads to the development and improvement of goods and services that ideally improve the life of humans and the environment they live in. Such goods and services include materials, machinery and processes that improve production or solve problems. In schools, technology ranges for pencils, books and furniture to lighting, transportation, computers and so on. However, most schools relate technology to computer science or computer-related programmes.

3. *Empowering students through service learning*

There are some private enterprises involved with the promotion of science and technology education. They try to explain how high-school students can seize the initiative to develop a virtual learning forum that can influence their potential to learn. These institutions try to empower students by using the innate power of technology to motivate learners. CD-ROMs and computer laboratories are offered in order to apply technology to enhance learning. The aim is to both communicate with teachers and monitor student exploration of technology. This system guides the direction of student inquiry, and promotes new patterns of thinking.

The programme is highly innovative in this use of technology and stands out as a good example of a learning center. The 'learning centre' is a teaching methodology that enriches instruction by providing thoughtfully designed opportunities for students to use their skills and knowledge for and with the community. The goal is to have students develop their skills and knowledge through active participation in the media, because there is often a need for information exchange or the dissemination of ideas.

Science and technology modules are in written from and the team disseminates these to secondary school students, accompanied by enrichment tasks on CD-ROMs. The team then writes letters or e-mails to teachers and students to build a responsive forum in promoting science and technology. This communication functions as in-service training and provides teachers with professional skills to promote student learning. Internet research and inter school communication through e-mail are encouraged and this interaction is moderated through the learning centre. The students would find the motivation to use the learning centre to enhance their understanding of technology. The students receive encouragement, praise and the security that they have a support system to enable their future education.

Table 2. Who is doing what in scientific and technological curriculum development in Indonesia?

	Central Level	Regional Level	School Level
Aims and Objectives	X		X
Curriculum Plan	X	X	X
Methods and Approaches to Teaching		X	X
Materials		X	X
Evaluation and Examination	X	X	X

The learning center provides an 'open Forum' for students to meet the needs of the classroom curriculum using real-world applications. The 'open Forum' provides a platform where students interact with each other and with teachers, administrators and parents in the school setting to jointly move towards achieving a common vision in the development of science and technology development and, indeed, that of the country.

References

Boediono; Sweeting, E. 1999. *Issues in Indonesian basic education: some research evidence*. Jakarta, Balitbang.

Blazely, L. 1999. *Review of primary school science curriculum*. Jakarta, Balitbang.

Muljoatmodjo; Yulaelawati. 1995. Thinking and problem-solving skills development across the curriculum in Indonesia. *Innotech journal* (Manila), vol. 19, no. 1, p. 57-62.

Netherlands Institute for Curriculum Development. 1999. *Basic Technology Education Project. Jakarta,* SLO.

Slimming, D. 1999. *Strategy for improving implementation of SMU curriculum*. Jakarta, Senior Secondary Education Project.

Yulaelawati, E. 1995. *New ways of science teaching: the active learning and professional support project*. Paper presented in CONASTA Seminar, Brisbane, Australia.

JAPAN

Masakazu Goto

Estimated population (1996)	125,351,000(1)
Public expenditure on education as a percentage of gross national product (1994)	3.6
Duration of compulsory education (years)	10[2]
Primary or basic education	
Pupils enrolled (1997)	7,855,387
Teachers (1997)	420,901
Pupil/teacher ratio(1994)	19:1
Gross enrolment ratio(1997)	
—Total	101
—Male	101
—Female	101
Estimated percentage of repeaters	—
Secondary education	
Students enrolled (1994)	9,878,568
Gross enrolment ratio(1995)	
—Total	103
—Male	103
—Female	104
Third-level enrolment ratio (1994)	41
Estimated adult literacy rate	—

Note: in each case the figure given is the last year available.

Sources: All data taken from *UNESCO statistical yearbook, 1999*, Paris, UNESCO, 1999, with the exception of (1) Population Division, Department for Economic and Social Information and Policy Analysis of the United Nations and (2) *World data on education*, Paris, UNESCO, 2000.

I. THE STATUS OF SCIENCE AND TECHNOLOGY EDUCATION IN JAPAN

In Japan, the 'course of study,' namely the course objectives, approach and content of the school curriculum, is determined by the standard national curriculum set by the Ministry of Education. It is legally compulsory for schools to abide by the national curriculum standard, so that uniformity and standardization of the school curriculum may be attained throughout the country. The course of study has been periodically revised by the Ministry of Education, every ten years or so since 1972. The course of study followed in Japanese schools in the year 2000 was initiated at the elementary school level in 1991, while the lower and higher secondary schools adopted it in 1992 and 1993 respectively.

As recommended by the Curriculum Council, the science and technology syllabus is a selection of quintessential topics such as scientific phenomena commonly encountered by students in day-to day life. The aim is to train students in the practical aspects of scientific learning through laboratory and other experiments, develop their powers of observation and hone their ability to interpret and apply their knowledge. Although private companies produce textbooks, they require mandatory authorization from the Ministry of Education. The elementary and lower secondary school textbooks are distributed free of charge.

1. *Policies that have shaped the curriculum of year 2000*

Guiding principles:

- To foster a rich and vibrant student spirit;
- To provide a firm foundation for life and learning;
- To promote quality education that spurs individuality;
- To foster student ability to continually pursue self-education
- To inculcate respect for culture and tradition;
- To promote international understanding.

2. *Science in the present course of study*

General points:

- The emphasis is on the basics of science and on individuality;
- Learning is based on science encountered in everyday life and applied technology;

- The aim is to enable the development of the basic capabilities and creative skills necessary to cope with a rapidly changing societal environment.

Specific aspects that help develop a scientific temperament:

- Observations, experiments and growing plants;
- Scientific perception of nature;
- Research activity and task study;
- Scientific assessment, judgement and clear self-expression;
- Computing skills and applications;
- Science education oriented towards the protection of the environment.

3. *The key policies of the science course in 2000*

At the elementary school level:

Efforts are underway to utilize experiments and observations to help students gain insights into natural phenomena. '*Life environment studies*' were introduced in the first and second grades, while students begin learning science as a discipline from grade III onwards.

At lower secondary school level:

Students will be offered many more opportunities for experimentation and scientific observation. The aim is to strengthen their capacity to study science, kindle a passion for science, and enthuse them to explore and comprehend nature more deeply.

At the upper secondary school level:

Students will be encouraged to study science on their own and urged to develop scientific ways of thinking. They will be given the freedom to choose their classes according to aptitude, capability and future plans. Preparations are underway to introduce computers to classrooms at all levels.

4. *The learning programme for science*

At the elementary school level:

The course content is divided into three areas: *(a) Living things and their environment; (b) Matter and energy; (c) The earth and the universe.* Science and social study are integrated into *'Life environment studies'* in the first and second grades. Therefore pure science is taught from the third grade onwards.

Overall objectives:

To help develop one's ability to solving problems, to foster love and sensitivity towards nature, and to inculcate a deeper understanding of the phenomena of nature utilizing a variety of observations and experiments. This would help nature a more rational and logical thought process that helps to develop a scientific worldview.

Contents for each grade and area:

Third Grade: (a) Familiar plants, the process of their growth and their structure; the body structure of insects; and the human body; (b) The properties of air and water, the properties of substances; (c) The features and properties of substances composing the surface of the earth.

Fourth Grade: (a) The relationship between the growth of plants and the environment, the inter-relationship between human and animal activity and the environment; (b) The difference of the weight of materials, the functions of electricity and light; (c) How running water transforms land, water and the various changes that take place in the natural world.

Fifth Grade: (a) The process of germination, growth and fruition by growing plants; the birth and growth of animals, example, by raising fish; the birth and growth of human beings; (b) The various ways of dissolving substances in water depending upon the temperature and amount of water; the mechanism and functions of a lever; using a lever; the movement of materials using weights; (c) The changes in water, the movement and relative positions of the Sun and the Moon.

Sixth Grade: (a) The function of water in plants and the functions of leaves, observed by growing plants; the functions of breathing, digestion, excretion and circulation by observing the visceral anatomy of an animal; the characteristics of human beings and their interaction with the environment; (b) The properties of water solutions, the properties of materials and air, and the changes observed upon burning and heating materials; the functions of electric current; (c) The characteristics of stars and their movement, the characteristics of the matter that forms the land, and the formation of land.

At the lower secondary school level:

The science content is divided into two fields. The first deals with 'matters and phenomena related to substances and energy' and second with 'Living things and natural matters and phenomena'. The overall objectives are to enable students develop the capacity to undertake investigations in a scientific manner; to deepen their understanding of scientific phenomena. The aim is to arouse students' interest in nature through experiments and observation and help them develop scientific views and thinking.

Contents of each field

First field:

1. Familiar substances and their changes: water solutions, change in the state of substances, formation of gases (Grade VII);
2. Familiar physical phenomena: light and sound, heat and temperature, force, pressure (Grade VII);
3 Chemical changes; chemical changes, atoms and molecules (Grade VIII);
4 Electric current: electric current and electric pressure, functions of electric current and flow of electrons (Grade VIII);
5. Chemical changes and ions: electrolysis and ions, acids, alkali, and salts (Grade IX);
6. Motion and energy: functions of force, motion of objects, work and energy, progress of science and technology, and human life (Grade IX).

Second field:

1. Life of plants and kinds of plants: life of plants and their body structures, classification of plants (Grade VII);
2. The earth and the solar system: planets and the solar system (Grade VII);
3. Life of animals and kinds of animals: life of animals and their body structures, classification of animals (Grade VIII);
4. Weather changes: weather changes, weather in Japan (Grade VIII);

5. Links between living things: living things and cells, reproduction and heredity, mutual linkages in the world of nature (Grade IX);
6. Earth, its changes: volcanoes and earthquakes, geological strata and geological history, the earth and human beings (Grade IX)

At the upper secondary school level

Overall objectives are to arouse students' curiosity and interest in nature, foster the capability of scientific investigation through observation and experiments, and deepen their understanding of natural phenomena, thereby developing a scientific view of nature.

Content: Subjects: Integrated Science (4 credits); Physics IA (2 credits), Physics IB (4 credits), Physics II (2 credits); Chemistry IA (2 credits); Chemistry IB (4 credits), Chemistry II (2 credits); Biology IA (2 credits), Biology IB (4 credits), Biology II (4 credits); Geology IA (2 credits), Geology IB (2 credits), Geology II (2 credits); IA is the 'Course of Daily Life Science'. The science student takes IB and II. Students must choose at least one subject each from two subject groups of these five.

5. *Timeframe*

One unit or school 'hour' is class period equivalent to 45 minutes at the elementary school level and 50 minutes at the secondary school level. Thirty-five school 'hours' of lessons per school year are counted as one credit (see Table 1).

II. Status of Children and Education

In the curriculum for the year 2000, the overall academic achievement of Japanese children is considered to be satisfactory. For example, according to the TIMSS (Third International Mathematics and Science Study), the achievements of Japanese children in the fourth and eighth grades are the second and third highest respectively, among the twenty-six and forty-one participating countries. However, there remain several issues that still require to addressed:

- A substantial number of children do not full understand the syllabus content.

Table 1. The number of hours available for teaching

School level	Grade level	Present	After 2002	Integrated	Elective	Total (Now)
Elementary school	1st Grade			102		782 (850)
	2nd Grade			105		840 (910)
	3rd Grade	105	70	105		910 (980)
	4th Grade	105	90	105		945 (1015)
	5th Grade	105	95	110		945 (1015)
	6th Grade	105	95	110		945 (1015)
Lower secondary school	7th Grade	105	105	70-100	0-30	980 (1050)
	8th Grade	105	105	70-105	50-85	980 (1050)
	9th Grade	105-140	80	70-130	105-165	980 (1050)
Upper secondary school	10th Grade 11th Grade 12th Grade	More than six credits for graduation	More than four credits for graduation	Three to six credits		Above seventy-four credits for graduation

- Children's abilities to study and judge by themselves and to express their opinions have yet to develop fully.
- Children's abilities to view things from different perspectives are not yet satisfactory.
- Children's are excessively challenged by comprehensive science problems, such as 'problems related to environment and the essence of science' (TIMSS).
- Children lack interest in science and its study.

The percentage of students who demonstrate an interest in science has registered a worrying drop from 85% in Grade IV to only 56% by Grade VIII. This measure of the eighth grade students' interest in science is the lowest among the participating countries. The percentages of students who think that science and technology are important to daily life and desire to enter future jobs related to science and technology are the among the lowest, namely 48% and 20% respectively (TIMSS).

Student disinclination to study science, as well as the tendency of students to opt for non-scientific fields, are exceedingly serious problems for a nation whose economy is built on science and technology. Also of concern is the problem of how to promote national scientific literacy, given that, after graduation, students seem to forget the scientific knowledge that they are supposed to have acquired. There are but few instances of students using computers or doing fieldwork.

Other challenges include: integrating computers into science education; keeping science education in step with advances in science and technology; and teaching lessons that deal with environmental problems caused by the progress of science. An important consideration is whether or not to introduce 'information education' or 'the gathering and utilization of information' as new subjects. The computer has been introduced into all schools, but only a small percentage of schools have actually utilized computers in the science lessons. Also, few students get the opportunity to do the prescribed fieldwork.

6. *The entrance examination*

There are a variety of problems surrounding the entrance examination, among which: a social climate where disproportionate emphasis is placed on academic credentials; unhealthy competition in the entrance examinations; various kinds of problem behaviours by children and young people; and the harmful effects of uniformity and rigidity in school education.

In addition, rapid and wide-ranging social change has created a strong need to develop an education system capable of accommodating these changes. As part of the effort to deal with these problems, the National Council on Educational Reform recommended the following:

- The introduction of the principle of respect for the individual;
- The transition to a lifelong learning system;
- The importance of coping with social changes, including internationalization and the shift to an information-oriented society

7. *The issues beginning in 2002*

The most pressing issues are the introduction of the five-day school week and the consequent reduction of science class time (30% reduction of contents and teaching time), as well as the reorganization of science content in the new course of study.

Each school must develop an original curriculum and teaching materials according to their ingenuity and the conditions pertaining in their schools. These courses are naturally dependent on the commitment and capabilities of the teachers involved. Pre-service and in-service teaching education will thereby gain greater significance.

I. THE NEW CURRICULUM AND THE REFORM OF SCIENCE EDUCATION

1. *The purpose of reforming the standard national curriculum*

- To help a child develop humanitarian values, sociability and self-identity as a Japanese person living in the international community;
- To help a child develop the ability to learn and think independently;
- To help a child develop his/her individuality by providing ample scope for learning opportunities;

- To encourage each school to show ingenuity in developing distinctive educational activities.

2. ***Introduction of integrated study***

In addition to the existing disciplines, moral education and special activity, the new integrated course of study has been introduced into the present curriculum and will come into effect from 2002. A 'period for integrated study' will be established to encourage each school to show ingenuity in providing interdisciplinary and comprehensive courses, including international understanding, foreign-language conversation, information study, environmental education and welfare education.

The contents and teaching times of the subjects well be reduced by 30% because of the introduction of integrated study and the five-day school week. To promote scientific literacy, science teachers should utilize the period of integrated study in addition to the science lessons. This is dependent on the competence and commitment of the teachers at the respective schools.

Science teachers will also need to make use of facilities outside the school, such as museums and human resources, in order to enrich science education during the school year, a period crucial to the lifelong learning process. Teachers will pay the role co-ordinators and organizers. Training science teachers therefore assumes greater significance than ever before.

3. ***The reform of science learning***

A. *The elementary reform standard*

Objectives: The main objectives of the elementary reform standard are:

- To help students familiarize themselves with nature, cultivate intellectual pursuits and an inquiring mind;
- To help students set clearly defined experimental goals and carry out experiments and record their observations;
- To help students develop the ability and aptitude to carry out scientific inquiry;
- To help students develop a scientific world-view and a scientific way of thinking.

The reform envisions the following:

- To appreciate and value learning related to natural experiences and daily life;
- To appreciate and value learning related to natural environments and human beings;
- To observe and conduct numerous experiments *with a definite purpose;*
- To foster problem-solving abilities and multi-lateral and integrated approaches.

4. *Suggested reforms*

A. *The elementary school*

- To foster problem-solving abilities (comparison of events, abstraction of factors with change, designed observation and experiment, multi-lateral considerations);
- To enable students to understand the relationship between science and daily life: (a) *Life and its environments* (The life and growth of flora and fauna); (b) *Matter and energy* (Character of matter, changes of state); (c) *Earth and the cosmos* (Phenomena in the lithosphere, atmosphere and the terrestrial globe, natural disasters).

B. *The lower secondary school*

- To foster problem-solving abilities and scientific ways of thinking;
- To progress from learning on the basis of direct experience and observation to developing analytical and integrated points of view;
- To learn outdoor observation to develop problem-solving skills;
- To perceive inquiry related activities as an ideal way to accomplish given tasks.

C. *The upper secondary school*

- To appreciate the importance of inquiry-related study;

- To develop the ability and attitude to inquire into nature;
- To help students become scientifically literate according to their aptitudes, abilities and future plans:
  - *(a)* The establishment of 'basic science': Investigating and solving the secrets of nature, contributing to the development of civilization, becoming aware of our scientific heritage, problem-solving, becoming aware of the challenges facing science and the relationship between science and human life, fostering a scientific world-view and scientific ways of thinking.
  - *(b)* The establishment of 'Integrated science A' and 'Integrated science B': *Integrated science A*: learning ways of inquiring into natural events that are related to our daily life, such as matter and energy, focusing on 'the relation between scientific technology and human beings', developing an integrated view of nature, and the ability and aptitude to inquire into nature. *Integrated science B:* Learning ways of inquiring into the natural events that are related to real-life phenomena and the terrestrial environment, focusing on 'life and its environments', fostering a integrated view of nature, and the ability and aptitude to inquire into nature.
  - *(c)* 'Physics I', 'Chemistry I', 'Biology I', 'Earth science I', which have simpler content than found in the current 'IB' and 'II' observation, experimentation and inquiry activities, and learning the basic concepts and methods of inquiry.
  - *(d)* 'Physics II', 'Chemistry II', 'Biology II', 'Earth science II' should train students in observation, experimentation and inquiry into these subjects, and inculcate methods of inquiry; teachers should select content according to the interest, ability and aptitude of the students.

Subjects. Students must choose at least two subjects from the above for graduation. Credit points are accorded as follows:

Basic Science (two credits), Integrated Science A (two credits), Integrated Science B (two credits), Physics I (three credits), Physics II (three credits), Chemistry I (three credits), Chemistry II (three credits), Biology I (three credits), Biology II (three credits), Geology I (three credits) and Geology II (three credits).

III. THE LIFELONG LEARNING SOCIETY

During 1999-2000, facilities outside of the school environment have been trying to contribute to science education and science related activity. For example, science museums, natural history museums and science centers at both the national and local levels have made special efforts to inspire and nurture young people's interest in nature and science. Science teachers should make use of such facilities and human resources to promote a positive attitude towards science among their students.

For instance, science teachers have developed the seventh- and ninth-grade curricula in a way that places fieldwork or outdoor learning at the center of learning activities; such curricula can integrate many subjects.

Teachers sometimes organize team-teaching in these curricula. By using facilities like museums and with the help of external human resources, teachers create opportunities to exhibit their students' works in these local fora. Students are then able to present their research and work to friends and the general community. Teachers also encourage their students to talk about their work through the Internet to reach out to students in other schools, as well as to people outside of the school environment. The general aim is to optimize school education. Students will expand their learning organically from school to their local environment, and thence to the outside world. By utilizing various educational networks, students will develop their learning capacity in an exponential fashion. Therefore, such a method of science learning is defined as 'organic and expansive learning'.

The learning network is vital to organic and expansive learning. The learning network is hierarchical in nature, comprising several networks among subjects, students, schools and educational facilities outside the school, the museum-centred network, the Internet, the mass media and so on.

1. *Reasons for the fieldwork-centred curriculum*

- Students like to carry out fieldwork;
- Students can develop their inquiry-related assignments according to the level of their ability;
- Many people (adults) are attracted by nature. Children and adults can share their pleasure in nature. Therefore, fieldwork may lay the foundations of lifelong learning;
- Fieldwork embraces many subjects and this can facilitate networking between subjects;
- Students can easily be assisted in their studies by the curator and specialist in the local museum;
- The fieldwork is related to daily life and can be developed in collaboration with the local community;
- Students investigate the flora, fauna and geological features of their respective regions and develop an understanding based on comparative study with the situation in other parts of the world;
- Real-life experiences and hands-on activities are more important to their education than knowledge gained from books and television/films.

2. *The organic and expansive learning method*

The role of teachers consists mainly of presenting lessons in an engaging and interesting fashion, assisting the students with their research and co-ordinating between students and specialists.

3. *The developed curricula*

- Seventh-grade level science: fieldwork related to flora and fauna;
- Ninth-grade level science: field work related to geology.

4. *The established networks*

A. Interdisciplinary curriculum network (the network of subjects)

In the seventh field work-centred science curriculum, science gains importance as the core subject whose relationship with other subjects is as follows: English: expression and communication of fieldwork in English; Social studies: social problems related to the local environment; Homemaking: cookery classes; Mother-tongue (Japanese): science essay on bird-watching or nature-watching; Fine arts: sketching and sculpture of natural subjects.

Science teachers take their students on field trips. Students devise their own assignments to investigate the flora and fauna, and the geological aspects of their local environment. They then conduct inquiry-based study on the basis of thier findings. In order to enable students to find answers to questions which teachers are unable to provide, the teachers then co-ordinate their students' visit to facilities like the museum and the university, etc. Students thereby have an opportunity to learn form specialists at the various facilities. On Sundays, science teachers co-ordinate and organize the optional fieldwork with the assistance of the specialists. Students learn how to make use of the social facility in their learning, and such experience contributes to their lifelong learning. In order to disseminate their students' achievements, teachers organize exhibitions of students' works. Students are also encouraged to participate in science festivals to sustain their interest in science and nature (see Figure 1).

CONCLUSION

The objectives of the new course of study are:

- to foster self-learning and self-thinking through informal, flexible and innovative methods;
- to be highly selective about the course content and enable students to acquire basic knowledge and skills;
- to promote individuality;
- to introduce and develop an evaluation standard to judge the various abilities of children in addition to measuring the quantity of their knowledge.

In order to encourage the development of a lifelong learning society, we are formulating a system of standards that will adequately evaluate various learning achievements. Properly recognized, it is expected that these learning achievements will make a beneficial contribution to the development of the local

Figure 1. Ninth-grade science: the curriculum on geological aspects

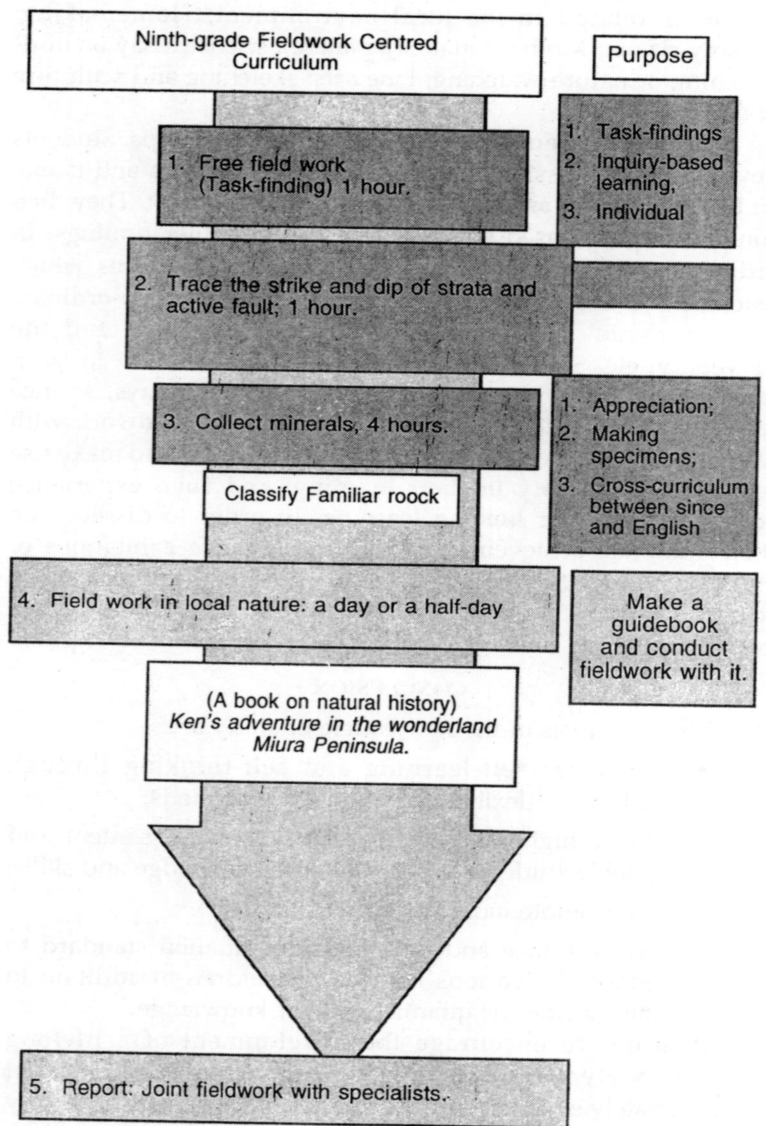

Table 2. Who is doing what in the development of scientific and technological curriculum in Japan?

	Central Level	Regional/Provincial Level	School Level
Aims and Objectives	The Ministry of Education	Prefectural Board of Education Prefectural Education Centre The Research Group	Teacher
Curriculum Plan	The Ministry of Education	Prefectural Board of Education Prefectural Education Centre The Research Group	Teacher
Methods and Approaches to Teaching	The Ministry of Education	Prefectural Board of Education Prefectural Education Centre The Research Group	Teacher
Materials	The Ministry of Education	Prefectural Board of Education Prefectural Education Centre The Research Group	Teacher
Evaluation and Examination	The Ministry of Education Universities and colleges	Prefectural Board of Education Prefectural Education Centre The Research Group	Teacher

community, volunteer activities and career development. The introduction of the five-day school week reduced the content of and time devoted to science education. But it is our duty to empower children to evolve into scientifically erudite and responsible citizens of the information age.

Therefore, at secondary school, a larger selection of elective courses will be introduced to satisfy student interest, inspire learning, excellence and intellectual curiosity, and promote learning as a joyous experience. In order to promote the decentralization of education in the new curriculum, a new course, namely 'Integrated Study', will be introduced; teaching time will also be made more flexible. Each school can organize it's own curriculum depending on its requirements and ingenuity. The design and development of the school's own curriculum depends upon the schoolteachers and the principal. The ability and competence of teachers will be called upon more than ever before. The role of teachers is not only that of teaching children but also of co-ordinating, organizing and facilitating their learning and related activities. Therefore, the pre-service and in-service training of teachers is more important then ever before.

The role of science and technology education cannot be overemphasized, as Japan is an industrial and technological nation. Teachers and researchers of science and technology, recognize this fact. Teachers should make use non-formal opportunities for learning, such as utilizing human resources and facilities available outside the school environment. In addition to formal education, non-formal education should contribute to cultivating scientific literacy among children. We are at a point in time when we as a nation should think and act in co-operation with each other for the edification of the next generation. We should sincerely take on the challenge of solving the existing problems, as well as those that might arise in future in the interest of good education for the coming generation.

References

Matsubara, S. Science and technology education in Japan: new course of study and the trends. *Selected papers on world trends in science and technology education*, p. 299-307. N.p., International Organization for Science and Technology Education, 1989.

Miwa, Y. *The reform of science education in Japan.* Paris, OECD, 1996. (Country paper presented to OECD.)

Miyake, M. Japan: current issues in the science curriculum. *In. National contexts for mathematical and science education*, p. 223. Vancouver, Canada, Pacific Educational Press, 1997. (TIMSS.)

Miyake M., et al. *Japanese children: what are their strengths and weakness? An international comparison of mathematics and science education.* Tokyo, National Institute for Educational Research, 1999. [In Japanese.]

Ministry of Education, Science, Sports and Culture (Monbusho). *Course of study for elementary schools.* Tokyo, 1998. [In Japanese.]

—. *Synopsis of the Curriculum Council's Mid-Term Report.* Tokyo, 1998.

—. *Education in Japan 2000.* Tokyo, 1998.

—. *Course of study for lower secondary schools.* Tokyo, 2000.

MALAYSIA

Sharifah Maimunah Syed Zin

Estimated population (1996)	20,581,000(1)
Public expenditure on education as a percentage of gross national product (1997)	4.9
Duration of compulsory education (years)	—
Primary or basic education	
Pupils enrolled (1997)	2,840,667
Teachers (1997)	148,000
Pupil/teacher ratio	19:1
Gross enrolment ratio (1997)	
—Total	101
—Male	101
—Female	101
Estimated percentage of repeaters	—
Secondary education	
Students enrolled (1998)	1,889,592
Gross enrolment ratio (1997)	
—Total	64
—Male	69
—Female	59
Third-level enrolment ratio (1995)	12
Estimated adult literacy rate (2000)	
—Total	88
—Male	91
—Female	84

Note: in each case the figure given is the last year available.
Sources: All data taken from *UNESCO statistical yearbook, 1999*, Paris, UNESCO, 1999, with the exception of (1) Population Division, Department for Economic and Social Information and Policy Analysis of the United Nations.

I. INTRODUCTION

Malaysia is cognizant of the priorities being given throughout the world to science and technology, As the country prepares to join the tanks of development nations by 2020, it has placed on its national agenda the creation of a scientific and progressive society that is innovative, forward looking and one that is not only a consumer of technology, but also a contributor to the scientific and technological civilization of the future. With the advent of information technology and a knowledge-based economy, it is imperative to produce knowledgeable worker. Mastery of science and technology among the young is crucial, as this will provide the necessary pool of technocrats who have the capabilities and creativity to take the lead in the various technology related activities. The implications on the school curriculum are obvious.

II. STATUS OF SCIENCE AND TECHNOLOGY EDUCATION

1. *Science education*

Science is a core subject in the school curriculum and comprises science for primary, science for secondary, physics, biology, chemistry and additional science. The science curriculum is developed centrally. At the primary and lower secondary levels, science is compulsory to all while at the upper secondary level, students either take core science or choose science electives.

A. *Philosophy and aims of science education*

The National Philosophy of Science Education states that, 'In consonance with the National Education Philosophy, science education in Malaysia nurtures a science and technology, culture by focusing on the development of individuals who are competitive, dynamic, robust and resilient and able to master scientific knowledge and technological competency'. With this philosophy, science education, therefore, is aimed at developing the potentials of individuals in an overall and integrated manner so as to produce Malaysian citizens who are scientifically and technologically literate, competent in scientific skills, practice good moral values, capable of coping with the changes of scientific and technological advances and be able to manage nature with wisdom and responsibility for the betterment of mankind.

B. *Primary science*

The main aim of science at the primary level is to lay the foundation for building a society that is culturally scientific and technological, caring, dynamic and progressive. This is to be achieved through providing opportunities for students to acquire sufficient skills, knowledge and values through experiential learning that inculcates the sense of responsibility towards the environment and a high regard of nature's creation.

Emphasis is given on the mastery of scientific skills needed to study and understand the world. Scientific skills refer to process skills and manipulative skills. At the lower primary level, elements of science are integrated across the curriculum. Science is taught as a subject at the upper primary level (years 4, 5, 6); 150 minutes per week is given to this subject.

C. *Content of primary science curriculum*

The basic knowledge of the primary school science programme (years 4 to 6) is organized around five areas of study, as shown in Table 1.

D. *Secondary Science*

Science continues to be offered as a core subject to all students at the lower secondary level. The curriculum at this level further develops, nurtures and reinforces what has been learned at the lower primary level. Particular emphasis is given on the acquisition of scientific knowledge, masterly of scientific and thinking skills, inculcation of moral values concurring with the premise that man is entrusted with the responsibility of managing the world and its resources wisely. This will enable pupils to understand and appreciate the role of science and its application in daily living as well as for the development of the nation. The time allocated is 200 minutes per week.

At the upper secondary level, students are offered science electives (biology, chemistry, physics and additional science) in addition to the core science. While the traditional pure sciences have been in the curriculum for a long time, additional science is relatively new. It comprises elements of physics, chemistry, biology, earth science, agriculture, oceanography and space science.

Table 1. Content of the primary science curriculum

Investigating…	the living world	the physical world	the material world	Earth and the Universe	The world of technology
1	2	3	4	5	6
Year 4	Variety of life in nature	Understanding length	Natural and synthetic materials	The Earth—its shape, size and gravitational pull	Knowing technology
	Features and characteristics of animals and plants	Understanding area	Variety of materials in nature	The earth's surface	Development in transportation, communication, agriculture and buildings
	The basic needs of animals and plants	Understanding volume	Physical properties of materials and its uses	The Sun—its shape and size	Inventors and their contributions
	Life processes in animals and plants	How time is measured		Heat and light from the Sun	
		Objects have weight		The Moon—its shape, size and surface	
		Properties of magnets		The Earth-moon distance	

(Contd....)

Table 1. (Contd...)

1	2	3	4	5	6
Year 5	How animals and plants survive The food chain The food web	Electric current in a complete circuit Sources of electrical energy Electricall energy transformations Heat energy and its effects Understanding temperature Properties of light Light can travel through some materials Sound	Solid, liquid and gas How materials behave when heated and cooled Clouds and rain Chemical properties of materials Rust Preventing rust The need to prevent rust	Natural phenomena on Earth Night and day Moon phases The beauty of the night	Strength and stability of structures designing a structure
Year 6	Competition—a from of interaction between living things Man's role towards living things How man differs from other life forms	The effects of forces Moving objects	Preserving food Waste disposal and its effects on the environment Recycling waste materials Why recycle?	Solar and Lunar eclipse The Solar System Constellations The grandness of the universe	Simple machines and their functions Designing tools and devices Appreciating technology

Those taking two or more electives are not required to study core science. The electives tend to be favoured by students who have acquired good passes at the national examinations taken at the end of lower secondary level of schooling. Elective sciences at this level are allocated 160 minutes per week. Table 2 breaks down the allocation of time for science subjects.

Table 2. The allocation for science subjects

Level of schooling	Subject	Minutes per week
Primary	Primary science	150
Lower secondary	Core science	200
Upper secondary	Core Science	200
	Chemistry	160
	Biology	160
	Additional science	160

The contents of science curriculum at the upper secondary level are organized around specific themes as shown in Table 3.

E. Scientific and thinking skills

Central in the teaching-learning approach in the science curriculum at all levels is the mastery of *scientific skills,* which comprise process skills, manipulative skills and *thinking skills.* Process skills are mental processes that encourage critical, creative, analytical and systematic thinking and include observing, making inferences, classifying, measuring and using numbers, predicting, communicating, using time and space relationships, interpreting, defining operationally, controlling variables, making hypotheses and experimenting. Manipulative skills are psychomotor skills used in scientific investigations such as proper handling of scientific equipment substances, living and non-living things.

Thinking sills comprise critical thinking and creative thinking, which when combined with reasoning lead to higher order thinking skills such as conceptualizing, decision-making and problem solving. The operation of the strategies can be seen in Figure 1.

Table 3. Content of the secondary sciences

Science	Additional science	Biology	Physics	Chemistry
Man and the variety of living things	Life maintenance	Man and the maintenance of life	Mensuration	Study of matter
Earth's abundant resources and their management	Exploring the elements of nature	Man and the continuity of life	Kinematics and dynamic	Interactions between substances
Energy for life	Managing nature's resources	Man and the management of the environment	Properties of materials	Productions of synthetic materials
Man and the balance in nature	Exploring Earth and space	Man and social health	Energy	
			Optics and waves	
			Electro-magnetism	
			Electronics	

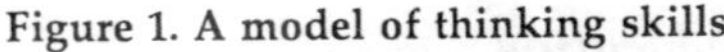
Figure 1. A model of thinking skills

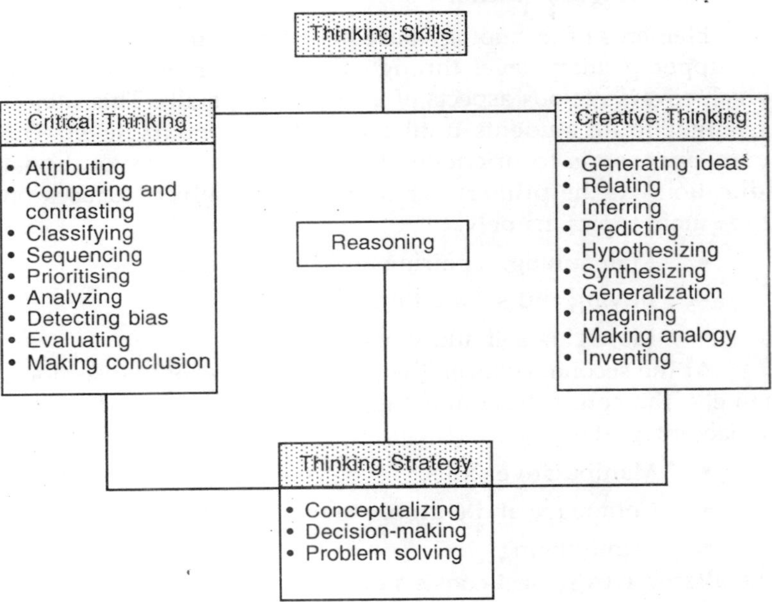

Various methods can be used to inculcate scientific and thinking skills. In the science curriculum, the infusion methodology is recommended. Scientific and thinking skills are infused through science lessons in various stages. These stages range from introducing scientific and thinking skills explicitly, applying these skills with guidance from teachers and finally applying these skills to solve specific problems independently.

F. *Attitudes and values*

The infusion of desirable values and attitudes is also emphasized in the teaching approaches. Such values include showing interest and curiosity towards thee surroundings, honesty and accuracy in recording and validating data, flexibility and open-mindedness, perseverance, being systematic and confident, cooperation, responsibility for one's own and friend's safety, and towards the environment, appreciation of the contributions of science and technology, thankfulness to God, appreciation and practice of a healthy and clean life style and the realization that science is one of the ways to understand the universe.

2. *Technology education*

Elements of technology-based education are introduced at the upper primary level through the living skills curriculum, which covers various aspects of manipulative skills. This subject is taught to all students until the lower secondary level. The main purpose is to orientate students to early prevocational education. At the primary school level, the subject focuses on three main topics, namely:

- Maintaining, repairing and producing things;
- Buying and selling things;
- Managing self and work;

At the secondary level, the subjects consist of two sections, namely, the core subject and the alternatives subject. The core subject integrates:

- Manipulative skills;
- Commerce and entrepreneurship; and
- Family living.

The alternatives subject consists of:

- Additional manipulative skills;
- Home economics; and
- Agriculture.

At the upper secondary level, technology-based education courses become more specialized and are offered as electives. These include invention, information technology, engineering drawing (offered in general academic schools) and the very highly specialized technical and vocational subjects in the technical and vocational schools.

A. Aims of technical education

Technical education is aimed at developing the potentials of students who have the interest and inclination towards a technology-oriented program in an effort to produce a highly knowledgeable and competent workforce in various technical and engineering fields. Vocational education aims at providing students with general and technical subjects towards providing them with employable skills and a good foundation for admission into polytechnics and other institutions of higher learning.

III. MAIN PROBLEMS ENCOUNTERED IN THE TEACHING OF SCIENCE AND TECHNOLOGY

1. *Examination-oriented teaching*

A keen emphasis on public examinations by teachers has led to teaching being mainly geared towards passing these examinations. Practical and experimentation are often sacrificed since these do not form a significant percentage in the overall marks. Thus teaching learning in the classroom in some context becomes largely teacher-centred, thereby ignoring the development and mastery of scientific and thinking skills among students as required by the curriculum.

2. *Group practical activities*

In studies conducted on science education, it is observed that practical work is often conducted in groups rather than individually or in pairs. Such practices limit active work to two to three students while the other member tend to be passive observers. In some cases, this occurs due to the large classes (especially in urban schools) and limited apparatus and equipment to allow small group or individual work

3. *Teaching of abstract topics*

There are certain topics that are abstract in nature and involve concepts and calculations that students find difficult to learn. This includes topics such as energy, motion, electricity, atomic and molecular structure, etc. With ineffective teaching, this brings frustrations to students.

4. *Low cognitive-level questioning*

Learning science effectively needs a high level of cognition. At the same time learning science also develops one's cognitive ability. Good science teachers will provoke students with questions, which challenge them to think in order to make logical deduction and induction. Science teachers generally lack the skill of higher order questioning or do not place importance on this kind of questioning. Most of the time, teachers rely on pass-year examination questions and examination-orientated books, which do more drilling then developing higher cognitive abilities to understand abstract science concepts.

5. ***Inquiry-discovery approach not frequently adopted***

Science being an empirical subject invites students to explore and inquire in order to gain knowledge and make conclusions on their own. The inquiry-discovery approach, necessary in science teaching and learning, has been actively advocated for more than a decade. However, education officials have observed that in many instances science is still being taught in a didactic manner. A small number of teachers do not do experiments with their students and a handful of them concentrate more on demonstration. Many teachers instruct students to carry out experiments following procedures stated in text books and make conclusion for them without having much discussion with them or giving them more room to discover or inquire as is required in the inquiry-discovery approach. This has seriously affected the students' interest in and their ability to engage in scientific inquiry.

6. ***Dissemination of curricular changes***

Dissemination of any new programme introduced by the Ministry of Education is through the cascade system. Through this training model, a group of key personnel are trained. They in turn train other users of the programme. This training is usually at the state and district levels. While this system proves to be the most economical and fastest method of dissemination, it has its drawbacks. Courses conducted for the trainers at the national level tend to be of longer duration and quite intensive. However, those at the state and district level tend to be of a shorter duration or held at intervals. During the process, some amount of dilution of knowledge occurs, which might lead to poor understanding of the philosophy and misinterpretation of the programme.

7. ***Shortage of science teachers***

Malaysia currently faces a shortage of teachers in science and technology-related fields. With new subjects being introduced in the school, this shortage is expected to increase. Consequently, in some schools, particularly at the primary level, teachers who are not trained to teach science teach science. Part of the problem lies in the lack of suitably qualified candidates joining the teaching service as science teachers. Teaching is not an attractive career, and many consider it as a last resort. Those who acquire good grades in science will take up other science and technology-related careers thus leaving the mediocre and average to join the teaching profession. This inadvertently affects the quality of teaching in the classroom.

To alleviate the problem of under qualified science teachers, the training curriculum in teacher education has incorporated knowledge of science as a component. The aim is to enhance the trainees' skills and knowledge in science.

IV. RECENT REFORMS

The rapid development of information technology and the need to produce a workforce that will be equipped to meet the challenges of the information age has entailed a review of the existing school curriculum. This is with a view of capitalizing the presence of leading edge technologies to enhance the teaching and learning in schools. Smart learning and smart teaching as part of the Smart School initiative involves creating a teaching-learning environment that makes learning interesting, motivating, stimulating and meaningful. The initiative emphasizes total pupil involvement, develops skills that will prepare pupils to meet greater challenges and caters to the wide range of interests and needs of the students.

The curricular change focuses on the delivery system and learning outcomes. Technology becomes an enabler to facilitate teaching and learning activities. A multi-modal approach combining the best of network-based and course materials is adopted. The science curriculum has been reformed to incorporate smart learning and smart teaching with mastery learning as an important component.

There are several implications of this reform. The high degree of individualized attention will necessitate a rethinking of the roles of teachers and school heads. Teacher development will be critical to the success. The availability of high-level technological infrastructure will require qualified personnel who can provide technical support as well as sufficient funds for maintenance costs. There is also the issue of the role of the traditional textbooks. All these will require a change in the mindset of the various groups of people involved in schooling, including the community.

Table 4. Who is doing what in scientific and technological curriculum development in Malaysia?

	Central Level	Regional/ Provincial Level	School Level
AIMS & Objectives	Central Curriculum Committee Curriculum Development Centre Technical Education Department		
Curriculum Plan	Curriculum Development Centre Technical Education Department	State Education Department	School Science & Technical Subject Committee
Methods and Approaches to Teaching	Curriculum Development Centre Teacher Training Division Central School Inspectorate University	Teacher-Training College State School Inspectorate	
Materials	Curriculum Development Centre Text Book Division Education Technology Division Technical Education Department	State Education Department District Education Centre Teacher Activity Centre State Education Resource Centre	
Evaluation	*Examination Syndicate* Curriculum Development Centre Malaysian Examination Council	State Education Department	

Figure 2. Structure of the Malaysian school system (with reference to science and technology education)

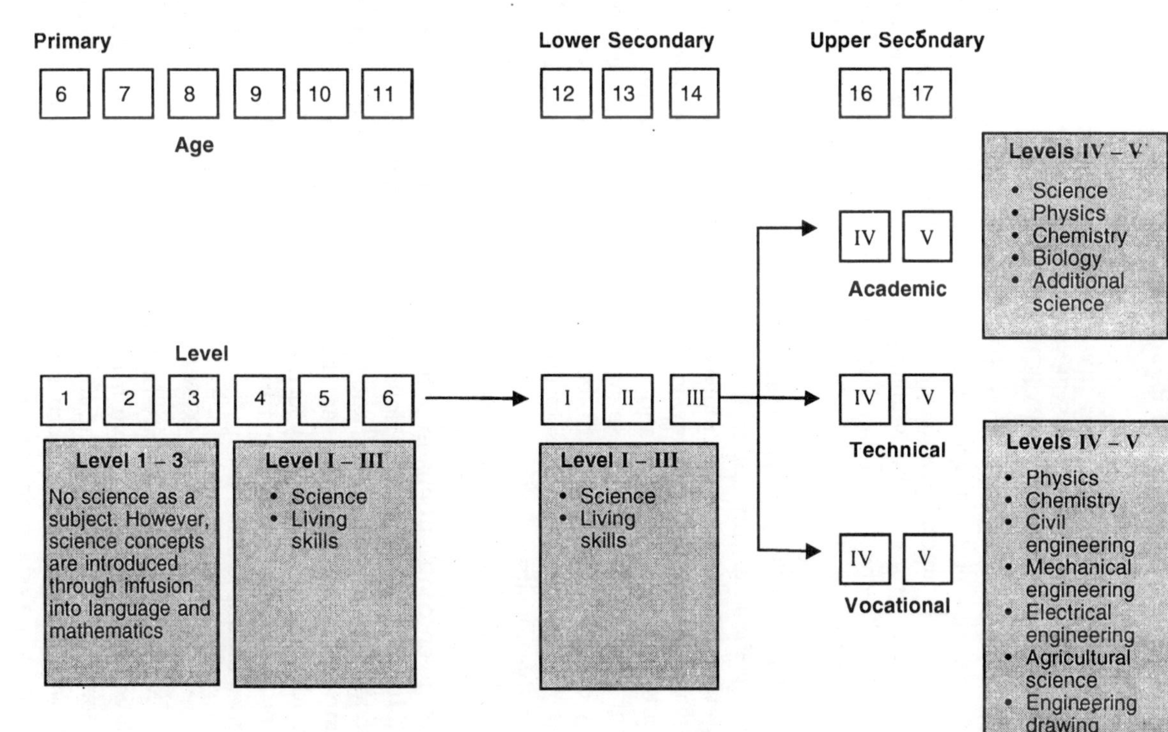

The Smart School concept represents a major undertaking that will require a substantial commitment from all stakeholders as well as of resources, but its an investment that will benefit the nation.

V. INNOVATIVE USES OF NON-SCHOOL RESOURCES IN THE TEACHING OF SCIENCE TO PRIMARY AND SECONDARY SCHOOL PUPILS

Science education is well supported by many other governmental and non-governmental agencies. For instance, the Ministry of Science, Technology and Environment has provided a five-year grant to the Ministry of Education to undertake science and technology-related activities for pupils and teachers. These activities are in the form of competitions, exhibitions, workshops and seminars and science camps. With the establishment of the National Science Centre and National Science Planetarium under this Ministry, many schools have organized trips to these places for their pupils. The Forest Research Institute of Malaysia is another favourite place for pupils to study the flora and fauna common to Malaysia and other areas of similar climate and vegetation. During these trips, very often the teachers, with the co-operation of these agencies, organize suitable activities to ensure that the students benefit from these visits.

Private corporations, such as British Petroleum, Shell Malaysia, Esso and Petronas (National Petroleum Company), have given contributions in both cash and kind to the Ministry of Education to conduct various co-curricular activities, such as Science Across the World and APEC Youth Science Festival. Some foundations, such as the Malaysian Toray Science Foundation, have annually organized activities to encourage innovations and inventions in the teaching and learning of science among teachers.

VI. CONCLUSION

Moving into the twenty-first century, Malaysia strives as a developing notion to have a competitive edge in the world economy and global scientific and technological fields. As human resource development is crucial in the advancement of any nation, Malaysia places great importance on its education, especially science and technology education. With the Philosophy of Science Education as a guide, various subjects and programs have been planned and implemented. Just like any other national, various problems exist; continuous, concerted and systematic efforts are needed to overcome these problems. The Smart School initiative, as the most recent reform, is a planned endeavour to create this systemic change to alleviate problems encountered in science and technology teaching and learning.

NEW ZEALAND

Frances Kelly

Estimated population (1996)	3,602,000[(1)]
Public expenditure on education as a percentage of gross national product (1996)	7.3
Duration of compulsory education (years)	12[(2)]
Primary or basic education	
Pupils enrolled (1997)	357,569
Teachers (1997)	19,523
Pupil/teacher ratio	18:1
Gross enrolment ratio (1997)	
—Total	101
—Male	101
—Female	101
Estimated percentage of repeaters (1992)	4
Secondary education	
Students enrolled (1998)	1,889,592
Gross enrolment ratio (1997)	
—Total	101
—Male	101
—Female	101
Third-level enrolment ratio (1997)	63
Estimated adult literacy rate	—

Note: in each case the figure given is the last year available.
Sources: All data taken from *UNESCO statistical yearbook, 1999,* Paris, UNESCO, 1999, with the exception of (1) Population Division, Department for Economic and Social Information and Policy Analysis of the United Nations and (2) *World data on education,* Paris, UNESCO, 2000.

I. THE NEW ZEALAND EDUCATION SYSTEM

In New Zealand, schooling is compulsory from age 6 to 16. Some 2,790 schools are registered at primary and secondary level.

A new curriculum framework was published in 1993 identifying seven essential learning areas, and eight essential skills to be learned, and emphasizing the development of attitudes and values. It presents outcomes as achievement objectives—stating 'what students are to know and do', and not 'what teachers are to do'. Its implementation is regulated through the National Administration Guidelines. The Education Review Office conducts effectiveness reviews of all schools on four-year cycles.

II. STATUS OF TEACHING SCIENCE AND TECHNOLOGY IN NEW ZEALAND

Science and technology teaching are both mandatory curriculum areas from year 1 to 10. They are both optional above year 10.

A new science curriculum published in 1993 has been mandatory since 1995. The science statement replaced old syllabuses dating from mid-1980s. The new technology curriculum was published in 1995, and has been mandatory since 1999. It was a new addition to the curriculum but replaced workshop craft and aspects of home economics in years 7 and 8.

1. *Major Aims*

The manor aim of science teaching is to develop knowledge and coherent understanding of living, physical material, and technological components of their environment; skills for investigating the above in scientific ways; opportunities to develop attitudes on with scientific investigation depends.

The major aim of technology teaching is to develop technological literacy defined as a combination of technological knowledge and understanding, technological capability, and awareness and understanding of the interrelationship between technology and society

2. *Basic knowledge*

In *science teaching,* the various knowledge aspects tackled within the framework of each strand, are the following:

- The nature of science and its relationship to technology.
- Scientific skills and attitudes;

- The living world;
- The physical world;
- The material world; and
- The planet Earth and beyond.

In *technology teaching*, seven technological areas are defined: biotechnology, electronics and control technology, food technology, information and communication technologies, materials technology, production and process technologies, structures and mechanisms, Under these areas, the following knowledge aspects are considered:

- The use and operation of technologies;
- Technological principles and systems;
- The nature of technological practice;
- Communicatión, promotion and evaluation of technological ideas and outcomes.

3. *Number of hours devoted to science and technology teaching at each level*

The number of hours devoted to each subject is decided at the school level. There are no reliable data at a national level. A survey conducted in 1999 showed, on a average: years 1 to 6 devoted 1 to 2 hours per week per subject area; years 7 to 8, 2 to 3 hours; years 9 to 10, 3 hours; years 11 to 13, 4 hours.

4. *Outcomes*

An Education Review office report found that:

- A small percentage of schools barely implement the curriculum;
- There is an uneven coverage of the strands in may schools—the 'Living World' strand, for instance, being given much greater emphasis than others;
- Science is generally taught in the afternoon in primary schools;
- There is a reasonably high level of essential skill development in the context of science in most schools;
- Secondary science is far more prominent and taught by specialists. Science had a required time allocation

in years 9 and 10 until recently and so has a well-established place in the junior secondary timetable. However, teaching approaches very considerably and older science teachers tend to take a traditional approach. Younger, more recently trained science teachers are more likely to base their programmes on the new curriculum than on older schemes of work Within the science teacher profession, there are many who are familiar with constructivist approaches;

- Many primary schools do not teach science as a standalone subject, but instead integrate science topics with other curriculum areas. ERO found this approach did not always result in science objectives being clearly met;
- Most schools provide students with opportunities to undertake practical investigations in science.

III. MAIN PROBLEMS IN TEACHING OF SCIENCE AND TECHNOLOGY

Among the main problems encountered in teaching science and technology in New Zealand are:

- Teacher confidence, knowledge of the subject content and knowledge of the subject pedagogy;
- Look of specialist facilities facilities in primary schools;
- Newness of technology—lack of established base of teaching learning and assessment experience, lack of familiarity with 'real world' technological practice, legacy of craft-based curricula years 7 and 8;
- The difficulties of attracting and retaining teachers, especially at secondary level, in the field of physical sciences.

Up-dating of curricula

The science curriculum was updated in 1992-93. A new technology curriculum was developed in 1993-95. A Curriculum assessment is planned for 2000-02, following the publication of the full set of curriculum statements.

Production of materials

The ministry of Education produces resource materials

through Learning Media Limited, a government-owned education publisher. The key resources used in each area are:

In science

- Science in the New Zealand Curriculum;
- Three senior curriculum statements; biology, chemistry, physics;
- Putaiao (the Maori word for science);
- 'Making Sense of' series of teachers' guides, including, 'Making Sense of the Nature of Science';
- Other teacher guides.

In technology

- Technology in the New Zealand Curriculum;
- Hangarau (the Maori world for technology);
- Know-how video tapes;
- Teachers' guides; for technological areas and for year 1 to 8 programmes;
- Summary leaflet of the curriculum.

Commercial publishers

One of the reasons the Ministry has developed a comprehensive programme of publications to support science and technology is that commercial publishers in New Zealand have not responded strongly to new curriculum developments—40,000 teachers and 700,000 students do not constitute a large commercial market for publishing.

Partnerships

The Ministry of Education also work in partnerships with private companies to produce resources. For example the 'delta' series of technology case studies provides good examples of schools working with professional bodies, profit and non-profit enterprises, and outside facilitators/experts to develop and test authentic technology units of work. Examples are how Tranzrail can develop a better system for cleaning railway locomotives, and a better design of enclosure for zoo animals. Each study includes valuable comment for curriculum experts on how the unit matches the aims and objectives of the technology curriculum.

5. *Training of teachers*

Pre-service

The Ministry of Education does not have direct control over content of pre-service courses. However, the main providers have rearranged their own curricula and departmental structures to accommodate the inclusion of technology in the mainstream school curriculum. As in secondary schools this was not always easy as technology was seen as a resource hungry cuckoo in the nest pushing other demands aside.

In-service

The Ministry of Education has been a significant purchaser of in-service education on behalf of schools, contracting providers to support the introduction of curriculum change. In science this was largely focused on the new curriculum statement itself; this is considered to have been insufficient to produce all the benefits for students the curriculum was intended to bring.

In technology there was a much larger investment over a longer period, 1995-99. This was designed to introduce a new learning area to the curriculum. It has focused on the nature of technology education, the technological areas, approaches to teaching and learning, technological practice in the outside world, and is new turning to assessment. A major thrust was the training of technology advisers/facilitators to lead teacher development programmes, which involved these people in part of a masters-level programme.

Secondary school have taken up opportunities for professional development far less than primary schools and as a result there is less understanding and less support for the new science and technology curricula in secondary schools. This is partly explained by:

- The teachers having a greater focus on changes in assessment for qualifications—these are only just appearing in technology (for National Certificate in Educational Achievement) and so there has been a mismatch between technology in years 9 and 10 and courses designed for traditional qualifications above those levels;

- The fact the curriculum changes are compulsory only at two secondary levels—years 9 and 10;
- Because they are subject specialists and feel confident in their ability to deliver a programme based on past practice and their own efforts;
- A climate of change avoidance/aversion.

University departments, which bring together expertise in both science and education or technology and education, have provided research information on curriculum teacher attitudes and capabilities, student capabilities and assessment practices. They also provide guidance and support through undergraduate and graduate specialist programs.

6. *Support services*

The Ministry has contracted time for science and technology curriculum support from its six support service providers since 1990, supplementing contracted Professional Development (PD) programmes and following on from them when they finish. Science advisers have a long history of support to mainly primary teachers. Technology advisers are new since 1995.

7. *Subject associations*

ASE (Association of Science Educators) and TENZ (Technology Education New Zealand) are two very active organizations, which organize well attended, biennial national conferences and local network meetings. ASE has been in existence since the 1970s. TENZ also has a web site and an on-line discussion forum. TENZ has sought membership from beyond schools in tertiary education and technology based industry and professional bodies, e.g. IPENZ, to link technology education practice with authentic, 'real world' technology practice.

8. *Adequate methods of assessment*

Among the methods of assessment used:

- National Education Monitoring Project (NEMP), which has looked at aspects of science twice (1995, 1999) and aspects of technology one (1996) (see reports);

Third International Mathematics and Science Study: middling Population 1 and 2 results prompted the Minister to call for a Math and Science Task force (refer report);

- Computer assessment resource banks in science;
- A Programme of exemplar development in all learning areas at levels 1 to 5, which is just beginning.

The National Certificate in Educational Achievement to be introduced in 2002 will include science both as a general subject option and as specialist sciences

IV. MOST RECENT REFORMS IN EITHER SCIENCE OR TECHNOLOGY

Among the most recent reforms in science or technology are:

- The introduction of technology as a compulsory curriculum in its own right, developed in 1992-95, published in 1995, and mandated for the 1999 school year;
- The policy work partly done by the University of Waikato, which also won the contrast to develop a statement;
- The educational TV (ETV) series to lunch it *(Know How)*— with *Know How* 2 as part of the follow-up PD package;
- The now developmental work focused on assessment: and
- The development of Maori-medium curricula in both areas.

A few conclusions

- It is still to early to tell; the National Education Monitoring Project has provided only baseline data TIMSSR results are not yet available.
- Some concerns cropped up in secondary schools about how to implement technology as a stand-alone subject or as a subject integrated with science and other subjects (some reluctance to abandon exiting optional subjects such as home economics).

Table1. Who is doing what in scientific and technological curriculum development in New Zealand?

	Central level	Regional/Provincial Level	School Level
Aims & Objectives	Contained in National Curriculum Statements Developed for/by the Ministry of Education		
Curriculum Plan	Overall plan determined by Ministry of Education with Minister of the day and in consultation with stakeholders.		National level plan translated into school scheme, programme by teachers/Heads of Departments.
Methods and Approaches to Teaching	Some guidance provided by Ministry of Education and Professional Development contracted by the Ministry of Education	Local advisory services Colleges of Education/Schools of Education	Determined largely by teachers.
Materials	A significant amount of material provided teachers (and students) by Learning Media Limited under contract to the Ministry of Education (but other providers also).	Local subject associations Advisers Plus groups like Association for Science Education, Technology Education New Zealand, Institute of Professional Engineers of New Zealand	Choice of materials made at school level Teachers use Ministry of Education materials and other provider materials including commercial products, and also develop their own materials.
Evaluation and Examination	National assessment policy Ministry of Education School qualifications development QDG School qualifications implementation NZQA Assessment items—NZCER for Ministry of Education		Teachers administer nationally developed assessments e.g. in NEMP, conduct internal assessment for qualification, offer as makers for examination.

- Secondary science teachers were divided in their opinions about the new curriculum.
- The ERO report *Science in schools*, 1996, found that teachers were not well enough trained to teach the new curriculum effectively and had a relatively low level of expertise and confidence in the subject. ERO was also concerned at the relatively small amount of time devoted to science in primary schools.

V. INNOVATIVE USES OF NON-SCHOOL RESOURCES IN TEACHING OF SCIENCE AND TECHNOLOGY

The Government funds a considerable range of providers of Learning Experiences Outside the Classroom (LEOTC). Some of these are attached to existing institutions, e.g. museums, zoos, observatories, Portobello Marine lab (Otago peninsula). Others provide 'road shows', which travel across the country.

Also, the Royal Society+IPENZ+TENZ 'delta' series of technology case studies also provide good examples of schools working with professional bodies, profit and nonprofit enterprises and outside facilitators/experts.

9

PHILIPPINES

Bella Marinas

Estimated population (1996)	69,282,000[1]
Public expenditure on education as a percentage of gross national product (1997)	3.4
Duration of compulsory education (years)	10[2]
Primary or basic education	
Pupils enrolled (1997)	12,159,495
Teachers (1996)	341,183
Pupil/teacher ratio	18:1
Gross enrolment ratio (1997)	
—Total	117
—Male	—
—Female	—
Estimated percentage of repeaters (1985)	2
Secondary education	
Students enrolled (1997)	4,979,795
Gross enrolment ratio (1997)	
—Total	78
—Male	—
—Female	—
Third-level enrolment ratio (1995)	29
Estimated adult literacy rate (2000)	
—Total	95
—Male	95
—Female	95

Note: in each case the figure given is the last year available.

Sources: All data taken from *UNESCO statistical year-book,1999,* Paris, UNESCO, 1999, with the exception of (1) Population Division, Department for Economic and Social Information and Policy Analysis of the United Nations and (2) *World data on education,* Paris, UNESCO,2000.

I. INTRODUCTION

Basic education in Philippines is composed of six years of elementary and four years of secondary education or a total of ten years, one of the shortest in the world. Within ten years, Filipino youth complete basic education at the age of 16 or 17 years. They then proceed to institutions of higher learning, to obtain a degree or a certificate for a post-secondary vocational/ technical institution, or enter the world of work. Basic education in the Philippines is free at both levels but compulsory at the elementary level only.

On the basis of funding, schools are either government-supported or privately funded. The number of government schools in the elementary level is 91% of the total number and 60% in the secondary level.

The school year the Philippines begins on the first Monday of June and ends on the last Friday of March the following year. The school year for the elementary and secondary levels runs from Monday through Friday, consists of not less than 40 weeks or 200 days, and is divided into four grading periods.

In the Philippine education system, the central office forms policy and sets standards that are implemented by the regional and division offices. Supervision of schools, therefore, is the function of the regional and sub-regional offices.

II. SCIENCE AND TECHNOLOGY EDUCATION IN THE PHILIPPINES

Curriculum development at the basic education level is the responsibility of the Bureaux of Elementary and Secondary Education, Curriculum Development Divisions at the Central Office. The bureaux define the learning competencies for the different subject areas, conceptualize the structure of the curriculum and formulate national curricular policies. These functions are exercised in consultation with other agencies and sectors of society, e.g. industry, socio-civic groups, teacher training institutions, professional organizations, school administrators, parents, students and other stakeholders.

The subject offerings, credit points and time allotments for the different subject areas are determined at the national level. In this sense, there exists in the Philippines a national curriculum. Schools, however, are given the option to make modifications/adaptations on the curriculum (e.g., content, sequence and teaching strategies) to ensure that the curriculum responds to local concerns. Table 1 shows who is doing what in science and technology curriculum development.

The programme at the basic education levels sets out to meet the needs of the students and society as a whole. The curriculum is designed to ensure that the student upon graduation from a secondary school will be able to learn more independently, acquire academic excellence, and develop the capability to cope with new knowledge and technology. On the other hand, elementary schools prepare students to cope with the challenges of secondary education.

Science is one of the subject areas in the elementary and and secondary education curricula. Science and health is offered forty minutes daily from grade I at the elementary level. In the secondary level, it is offered as science and technology and is taken eighty minutes daily.

Since there is no streaming, or grouping of students according to their intellectual capacity, at the higher levels of secondary school, there are science schools or schools with science and technology-oriented classes/sections. Following are brief descriptions of these schools/classes:

- The *Engineering and Science Education Project* (ESEP) was a project of the Department of Science and Technology (DOST) funded by World Bank through with science and technology classes were organized in 110 secondary schools. These schools also received a two-room science laboratory, science equipment, and scholarship grants for the teachers, and implemented a science and technology-enriched curriculum.
- The *Philippine Science High School System* is a network of seven secondary schools funded by DOST implementing a science and technology-enriched curriculum with a highly selective admission process.
- The *sixteen Regional Science High Schools* supervised by the Department of Education, Culture and Sport (DECS) offer a science-enriched curriculum, similar to that of the Philippine Science High Schools.

Table 1. Who doing what in curriculum development?

	Central Level	Regional/Provincial Level	School Level
1	2	3	4
Aims and objectives	Formulates and determines educational aims and objectives that support national development goals.	Formulates and determines specific vision, mission and objective of the region/division or district.	Formulates the vision, mission and objectives of the school. Determines specific cognitive, affective and psychomotor instructional aims and objective.
Curriculum Plan	Develops national education policies, standards and programmes for curriculum implementation. Formulates learning competencies.	Monitors the implementation and adaptation of educational programmes suited to regional and provincial needs and cultures.	Implements budget of work based on learning competencies. Modifies/adapts the S&T programme learners of different needs, cultures and abilities.

(Contd...)

Table 1. (Contd...)

1	2	3	4
Methods and Approaches to Teaching	Conducts research/studies on innovative approaches and recommends effective ones.	Conduct teacher-training programmes on strategies found to be effective	Uses appropriate methodologies and innovative approaches.
	Recommends strengthening of and continued use of effective methods.	Conducts research, trial and demonstrations on new methodologies for teachers.	Employs activities that enhance lifelong and life-wide competence.
Materials	Exercises control cover evaluation and distribution of textbooks and other instructional materials.	Supervises the selection and distribution of instructional materials to division and schools.	Procures materials based on approved list.
			Supervises the use of instructional materials by learners and teachers.
		Ensures the availability and adequacy of instructional materials.	Adopts indigenous learning materials.
Evaluation and Examination	Formulates policies based on nationally administration examinations.	Conducts supervisory visits.	Administers formative and summative tests; uses result to improve teaching/learning process.
		Provides technical assistance.	
	Conducts studies/research on student performance.	Monitors achievement level of students within region/division/district through administration of tests.	Makes report of students performance to parents and school officials.

- A *Learning Resource Center is* established in six secondary schools. This was a joint project of the local government unit and US Agency for International Development (USAID). The schools, like the 110 ESEP schools, have two or more classes per year level offering a science and technology-oriented curriculum.

1. *Aims and objectives*

The government recognizes the importance of developing its science and technology capability as a means of addressing the concerns of industrialization and globalization. The education sector, along with other government agencies, is tasked to contribute to the achievement of the national development goals. As such, DECS has focused its efforts towards programmes and projects aimed at improving English, science, and mathematics education in basic education.

The objectives of elementary and secondary school science:

At the end of grade VI, the child is expected to apply scientific knowledge and skills in identifying and solving problems pertaining to health and sanitation; nutrition; food production, preparation and storage; environment and the conservation of its resources; and evolving better ways and means of doing things. (Bureau of Elementary Education, 1998)

The Secondary Science Education Programme aims to develop understanding of concepts and key principles of science, science processes, skills and desirable values to make the students scientifically literate, productive and effective citizens (Bureau of Secondary Education, 1998).

These objectives are contained in the preface for the learning competencies.

2. *Curriculum plan*

The approach to curriculum design in the country is content-topic-based and competency-based. The school children are expected to master a list of competencies at the end of each grade/ year level and at the end of elementary/secondary schooling. The Bureaux of Elementary and Secondary Education develop, publish, and issue to the field the learning competencies.

The content in science and health is organized in increasing complexity from grade I to grade VI, in categories on people, animals, plants (and environment), matter (mixture and solutions, physical/chemical change, materials at home), energy, Earth, and the sun (the solar system, beyond the solar system). In secondary school, science includes general science (first year), biology (secondary year), chemistry (third year) and physics (fourth year). To provide for additional competencies for fast learners, enrichment is added in some topics (BSE, 1998).

3. *Teaching methods and learning activities*

The curriculum plan does not include teaching methods for the teachers. It is in the teacher's manuals or guides that higher-level content and suggestions for teaching and assessing instruction are included. Being able to plan and use the appropriate teaching-learning activities are challenges to the creativity of the teachers.

Learning materials such as textbooks, supplementary materials and science equipment are provided. Learning activities are not confined to the classrooms.

4. *Evaluation and examination*

One of the subject areas tested in the nationally administered National Elementary Achievement Test (NEAT) and the National Secondary Assessment Test (NSAT) is science. These examinations are based on the learning competencies and are administered towards the end of the school year. The results serve as bases for policy formulation and educational reforms.

Examinations are also administered to a sample by the regional and divisional offices. School-based assessment is conducted to determine performance and/or achievement of the students in science and to report progress to parents and other officials.

III. PROBLEMS ENCOUNTERED IN TEACHING SCIENCE AND TECHNOLOGY

Problems in teaching science and technology are encountered in curriculum, learning materials, teachers, and student performance.

1. *On the curriculum*

Teachers often complain that the curriculum is overcrowded and that they are not able to finish the content in certain year levels and there are not enough teaching-learning materials. Some teachers complain some topics are too difficult to teach (Nebres & Vistro-Yu, 1998).

Concern also has been expressed about the placement of science subjects in the curriculum. Earth science, for example, is offered in the first year although it requires knowledge about concepts in chemistry and physics that are taken up in higher year levels. Another example is chemistry (third year) and physics (fourth year). There are increasing suggestions that the courses be reversed because of the perception that chemistry is more difficult than physics (Mendoza, 1998).

2. *On learning materials*

Learning materials such as books and science equipment are either unavailable or inadequate in many schools. Also, very few schools have science laboratories.

Concern also has been expressed that teachers' manuals, intended to help teachers tech more effectively, are inadequate.

3. *On teachers*

In science, because of the shortage of science teachers in general, and majors in certain science disciplines in particular, a science teacher may be hired to teach a science subject that is not his major. Thus, a teacher must be multiskilled to teach all science disciplines. But that is not the reality (Mendoza, 1998). Even teachers in science high schools find difficulty in teaching the integrated way (Reyes, 1998).

Future science teachers graduate from pre-service programs, yet few are competent enough to actually teach their subjects (Nebres & Vistro-Yu, 1998).

4. *On student performance*

Various assessment and surveys report downward trends in students' performance in science. The results are consistent, but a major concern is whether such results are used as a starting point when new programmes and activities in science and mathematics education are organized. In particular, it is not clear whatever teachers are informed of the results of assessments (Nebres & Vistro-Yu, 1998).

IV. RECENT REFORMS IN SCIENCE AND TECHNOLOGY EDUCATION

Recent reforms in science and technology education are the products of foreign-assisted projects implemented in the country to improve instruction in science. Among these are:

- The *Science and mathematics Education Manpower Development Program (SMEMDP)* of the Japan Bank for International Co-operation advocated the Practical Work Approach (PWA) in teaching science and mathematics. The programme focused on the training of elementary and secondary teachers on PWA and the development of appropriate instructional materials.
- The *Project in Basic Education (PROBE),* funded by the Australian Agency for International Development (AusAID) supported the improvement of instruction in science and mathematics. The project promoted the creation of teacher support units for both pre-service and in-service teacher training, and the development of curriculum and teacher support materials.
- The *National Science Teaching and Instrumentation Center,* a project with the German government, produces prototype science equipment that is mass-produced and provided to public schools.
- Science teachers may upgrade their competencies through the *Continuing Science Education via Television* (CONSTEL), which is evolving into *Continuing Studies in Education via Television,* a joint project of DECS, DOST, PTV4 (the government TV station), University of the Philippines' Institute for Science and Mathematics Education Development (UP-ISMED) and the Foundation to Upgrade the Standards of Education (FUSE). The project will soon include teaching episodes in English and mathematics.

V. NON-SCHOOL RESOURCES IN THE TEACHING OF SCIENCE AND TECHNOLOGY

Science centers are good venues for enhancing a sense of curiosity and discovery among students. Through a well-co-ordinated programme of lecture and experiments in their

Figure 1. Structure of the formal system of education

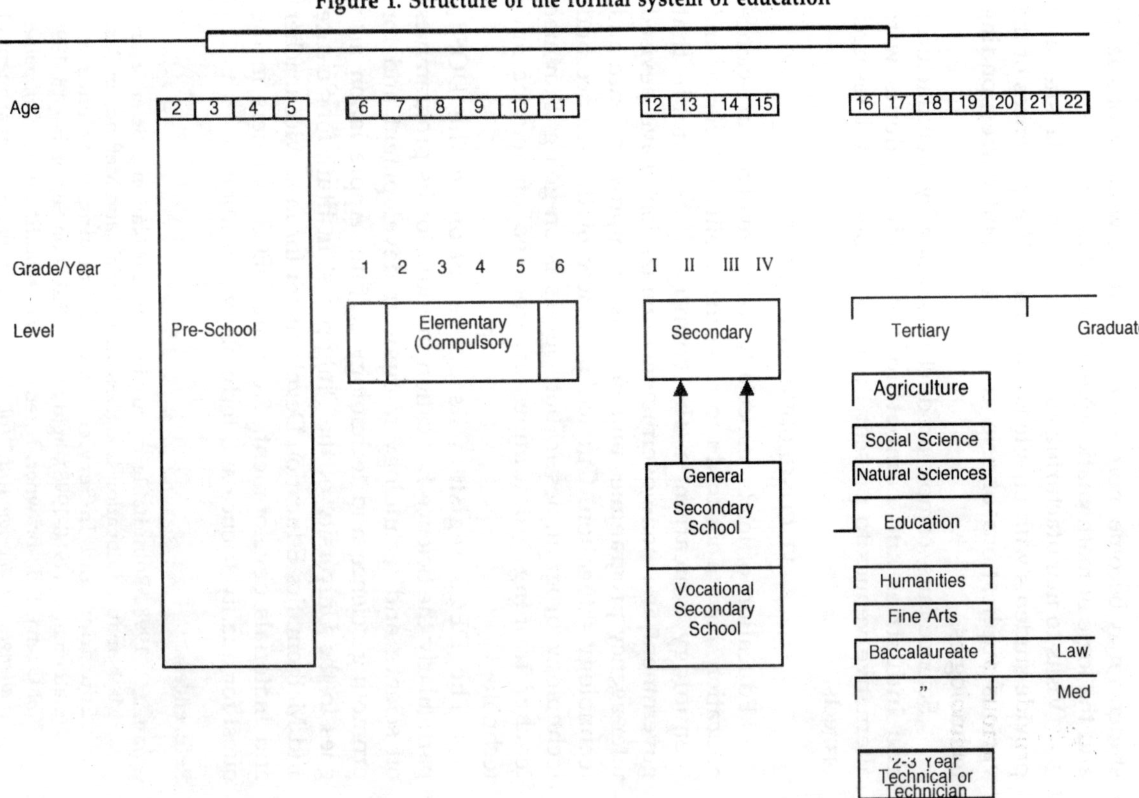

classroom and regular visits to the science centers for more instrument-intensive experiments or demonstrations, young students may become more excited about the wonders of science and the logic of mathematics (Nebres & Intal, 1998).

Visits to manufacturing companies and industrial sites also provide students with on-site knowledge and experiences of the various applications of science concepts and corresponding technologies.

Science fairs/camps, product promotion by manufactures, and industries and competitions provide students with alternative venues to present their investigatory and research projects.

VI. CONCLUDING STATEMENT

Education officials, especially those involved in science education, have a lot to do to raise the quality of science and technology education in the country. It is notable that government and non-government organizations have devised inter-agency programmes and projects to improve science and technology education. Curricular review of the science and technology programmes in both levels is on-going. Summer teacher training programmes are focused on science and technology.

The DECS registers its appreciation to the DOST, particularly the Science Education Institute for its programmes on science and technology manpower development and for promoting science and technology culture. Appreciation also goes to the University of the Philippines' Institute for Science and Mathematics Education Development for in-service teacher and materials development. They are DECS' partners in the quest for quality science and technology education.

References

Galang, C. 1998. Roundtable discussion for the National Science and Mathematics Education Congress on Materials and Methods in Basic Education and In-Service Teacher Training in Science and mathematics (1960-1998), held at UP-ISMED on September 15, 1998. *In:* Ogena, E.B.; Brawner, F., eds. *Science education in the Philippines: challenges for development*, Vol. 1. Metro Manila, SEI-Department of Science and Technology.

Mendoza, A. 1998. Roundtable Discussion for the National Science and Mathematics Education Congress on Materials and Methods in Basic Education and In-Service teacher Training in Science and Mathematics (1960-1998) held at UP-ISMED on September 15, 1998. *In:* Ogena, E.B.; Brawner, F., ends, *Science education in the Philippines: challenges for development,* Vol. 1. Metro Manila, SEI-Department of Science and Technology.

Nebres, B.F.; Intal, A.M.G. 1998. The challenge of developing science culture in the Philippines. *In:* Ogena, E.B.; Brawner, F., eds. *Science education in the Philippines: challenges for development,* Vol. 1. Metro manila, SEI-Department of Science and Technology.

Nebres, B.F. & Vistro-Yu, C.P. 1998. A look at organizational structure for an effective delivery of science education. *In:* Ogena, E.B.; Brawner, F., eds. Science *education in the Philippines: challenges for development,* Vol. 1. Metro Manila, SEI-Department of Science and Technology.

Philippines. Department of Education, Culture and Sport. Bureau of Elementary Education. 1998. *Minimum learning competencies.* Metro Manila, DECS.

—. 1998. *Philippinesecondary schools learning competencies.* Metro Manila, DECS.

Reyes, V. 1998. Roundtable Discussion for the National Science and Mathematics Education Congress on Materials and Methods in Basic Education and In-Service Teacher Training in Science and Mathematics (1960-1998) had at UP-ISMED on September 15, 1998. *In:* Ogena, E.B.; Brawner, F., eds. *Science education in the Philippines: challenges for development,* Vol. 1. Metro Manila, SEI-Department of Science and Technology.

10

REPUBLIC OF KOREA

Joohoon Kim

Estimated population (1996)	23,000,000[1]
Public expenditure on education as a percentage of gross national product (1995)	3.7
Duration of compulsory education (years)	9[2]
Primary or basic education	
Pupils enrolled (1997)	3,794,447
Teachers (1997)	122,743
Pupil/teacher ratio	31:1
Gross enrolment ratio (1997)	
—Total	94
—Male	94
—Female	95
Estimated percentage of repeaters	—
Secondary education	
Students enrolled (1996)	4,4662,492
Gross enrolment ratio (1996)	
—Total	102
—Male	102
—Female	102
Third-level enrolment ratio (1997)	68
Estimated adult literacy rate (2000)	
—Total	98
—Male	99
—Female	96

Note: in each case the figure given is the last year available.

Sources: All data taken from *UNESCO statistical year-book,1999*, Paris, UNESCO, 1999, with the exception of (1) Population Division, Department for Economic and Social Information and Policy Analysis of the United Nations and (2) *World data on education*, Paris, UNESCO,2000.

I. THE SITUATION OF SCIENCE AND TECHNOLOGY EDUCATION

1. *The development of science and technology, social change and education*

Historically, scientific discovery has impelled world cultural, historical, social, and ideological development. Science and technology development prompted drastic economic and social change in the Republic of Korea over the past thirty years. In recent years, advancements in information technology have touched every aspect of daily life in the Republic of Korea, economically, socially and culturally.

The Internet has made it possible to shop from home, keep abreast of the news in an instant, and even conduct stock transaction by phone from a car.

The Internet also has made significant improvements in education, bringing materials and resources into the home and classroom and forever changing the concept of the textbook. While some teachers and students use the wealth of information available on the Internet, many still do not recognize its value as a teaching and learning tool and its potential to vastly improve education. To drive home this point, new strategies need to be adopted for the nation's education system.

2. *Centralized education system*

The Education Law promulgated in 1949 requires the adoption of a school ladder following a single track of 6-3-3-4: six years in elementary school; three years in middle school; three years in high school; and four years in college and university.

The Republic of Korea has a centralized education system that determines educational policies and curriculum, and sets the standards for textbooks. Such a system has merits and shortcomings. One of the merits of a centralized education system is a nationally standardized teaching and learning environment that utilizes similar materials. But this system also discourages teachers from developing new teaching methods and seeking innovative materials and resources.

Some efforts were made in the new national curriculum for 2000 to overcome the negative effects of the traditional centralized education system. But the measures were insufficient to encourage more diversity in the teaching environment.

3. *Educational reform: reform of teaching and learning methods*

Since 1995, the Republic of Korea has promoted reforms in all educational fields, such as in instructional methods, the education system, policy, teacher training, finance and the educational environment.

II. THE STATUS OF SCIENCE AND TECHNOLOGY EDUCATION

1. *School science curriculum*

Objectives

The national curriculum mandates that kindergarten provides contact with nature to arouse interest in natural phenomena; elementary school familiarizes students with basic concepts of science and experience inquiry; middle school exposes students to scientific ways of thinking; and high school develops an understanding of the system of scientific knowledge.

Time allotment

For lower grade levels (grades 1 and 2) of elementary school, science is taught in 'intelligent life', which integrates science, technology and social studies, and accounts for 102 hours (3 hours a week). From grade 3 to 6, science is taught for 102 hours (3 hours a week), as can be seen in Table 1.

In the seventh National Curriculum, time for science was reduced, as indicated in parenthesis in Table 1, to increase the school discretionary time and give teachers time for creative activity. Time was also reduced for Korean language, social studies and mathematics.

Science education in high school includes general science (eight units in the sixth curriculum, and six units in seventh curriculum) for all students; four units each in physic, chemistry, biology and earth science for non-science college-bound students; and physics, chemistry, biology, earth science (eight units each in sixth curriculum, and six units each in seventh curriculum) for students aiming to enter a science college.

The vocational stream of academic high schools and the other schools take science subjects according to their specialization. One unit means 50 minutes per week for one 17-week semester.

Table 1. The time allotment in the elementary and middle school

School level	Elementary school						Middle school		
Grade	1	2	3	4	5	6	1	2	3
Periods per week*	4 (3)	4 (3)	3 (3)	4 (3)	4 (3)	4 (3)	4 (3)	4 (4)	4 (4)
Percentage**	7.6 (10.8)	8.0 (12)	10 (10.3)	13.3 (10.3)	12.5 (9.4)	12.5 (9.4)	11.8 (8.8)	11.8 (11.8)	11.8 (11.8)

* A period is 40 minutes in elementary and 45 minutes in middle school once per week for 34 weeks (one year).

** () is in the seventh National Curriculum from 2000 to 2004.

Contents

In 1973, the Republic of Korea introduced a discipline-centred curriculum. Although the science curriculum has been revised four times since then, the content of science education has remained traditional, including energy, chemical reactions and continuity of life. In the elementary level the content is topic-oriented real-life situations, but in middle and high school highly discipline-centred contents prevail. There is some merit in the discipline-centred curriculum, but there are also many problems that will be mentioned later.

III. MAIN PROBLEMS OF SCIENCE AND TECHNOLOGY EDUCATION

1. *Centralized curriculum and uniformity of school culture*

As mentioned earlier, Korean education suffered from a centralized education system and a centralized curriculum. We need a creative school environment to cope with a knowledge-based information and technology society. In some respects, the centralized system is no longer effective and hinders educational reform.

Science classes lack excellent teachers, materials and models from which other teachers can learn. Most teachers at the middle-and high-school levels use similar materials and methods, relying on lectures and blackboards rather than laboratory activities, field trips, discussions and information technology. There has been some gradual movement towards overcoming the centralized system as educational autonomy increased, but more needs to be done.

2. *Discipline-centred curriculum*

The science curriculum of the Republic of Korea is a highly discipline-centred one that does not adequately prepare students for daily life and their futures, despite the introduction of Science and Technology in Society (STS). It is difficult to motivate students and ignite within them an interest in science.

3. *Examination-oriented circumstances*

Korean education has suffered from high-stakes examinations, such as entrance examinations for university.

Entrance examinations are so competitive that teachers stress solving problems for the examination rather then meaningful learning through laboratory activity, discussions and field trips.

4. *Knowledge-centred instruction*

In science education, it is important to attain total human development, harmonizing the cognitive, affective and psychomotor domains. The objective of the affective and psychomotor domain is not stressed due to the examination-oriented culture, a lack of instructional models, the lack of proper teaching and learning materials, and the lack of teacher training.

5. *Lack of specialists in teacher training*

Teacher training—per-service and in-service training—is crucial for improving teaching and learning methods. But the pre-service and in-service training suffers from a lack of science education specialists who can prepare science teachers for the challenges they face. This is one of the most pressing problems that needs to be addressed.

6. *Overcrowded classrooms*

Science classes suffer from overcrowding, which hinders individual student participation, hands-on activities and laboratory activities required for meaningful learning. As a result of urbanization, much of the country's population is located in the metropolitan areas. In these districts, classes average more than forty students per class, placing a burden on teachers and making hands-on activities in science classes almost impossible.

IV. REFORM OF SCIENCE AND TECHNOLOGY EDUCATION

1. *Introduction of open education*

Another educational reform movement, namely open education, was launched by teachers in the mid-1980s and has received much interest. The concept of open education is designed to respect the students' personality and individuality and to strive for a humane school environment. It is devoted to reforming teaching and hands-on, minds-on activities in science, especially in elementary school. Unfortunately, the movement has not reached the middle and high schools yet.

2. *Reduction of the influence of the Entrance Examination System and Activation of Performance Assessment*

In reforming education in the Republic of Korea, the reform of evaluation is an important factor. To that end, efforts were made to lessen the impact of high-stakes examinations such as university entrance examinations.

A basic strategy of science education reform is substituting performance assessment for the traditional paper-and-pencil multiple-choice test, examining children's activities, and stressing teaching and learning activity rather then textbook instruction. But it is not easy to assess science classes in school and it will take more time for such an endeavour to flourish.

3. *Promoting research and development among teachers by providing funds*

Since 1998, the government has provided funds for teachers who want to conduct research and develop their skills. Teachers must conduct the research as a team. Thousands of teachers participated and exchanged ideas for better teaching and learning methods and materials and shared experiences. I believe this is a good strategy for exchanging ideas and experiences and it enhances the teaching reform.

4. *Introduction of accreditation for information technology*

In the information technology age, the capability to use computers and related material is essential for effective learning and improvement life in general. Thus, from 2002, the capability to use information and technology will be include as part of the entrance examinations for higher education, such as for colleges and universities. All students applying for higher education will be required to obtain accreditation for information technology literacy.

5. *Introduction of STS in science education*

Since the Ministry of Education developed the discipline centred science curriculum in 1973, the curriculum has been criticized as being isolated from real-life situations and from the problems that confront students in daily life. Consequently, the public pointed out that it failed to cultivate students' interests and concerns for science learning. Also, the contents of science have been to abstract and difficult for most students to understand and master.

To compensate such negative effects, Science and Technology in Society was introduced in the sixth national science curriculum and strengthened in the seventh science curriculum. STS will be stressed in the new textbooks, but it is not yet satisfactory due to the lack of prototype materials.

6. *Application of educational technology in science education*

It is essential that education technology keeps up with and utilizes advances in information technology. As the computer becomes increasingly important in every day life, it becomes an indispensable tool in science education. Textbooks are being developed that stress the use of information from the Internet in science classes. The government is attempting to supply schools with the necessary computer hardware by the end of 2000.

But the utilization of excellent software is more important than the preparation of hardware systems. In the Republic of Korea, many kinds of software are developed and available throughout the country. Software is also developed and sold commercially in the private sector. But, in both instances, the quality of the software is primitive and not sufficient to inspire interest among students.

V. EXAMPLES OF INNOVATIVE USES OF NON-SCHOOL RESOURCES IN SCIENCE AND TECHNOLOGY EDUCATION

1. *Home as a place for science and technology education*

Home is an important place to carry out science and technology education. Many suburban homes have computers with Internet facilities available to the entire family. Children are able to learn from their parents and friends and can master the skills and processes needed for school science classes.

2. *Science Park*

In August 1993, EXPO '93, the international science and technology exposition, was held in Dae-joen. It contributed much toward the understanding of the development of modern science and technology.

Table 2. Who is doing what in science and technology curriculum development in the Republic of Korea?

	Central Level	Regional/Provincial Level	School Level
Aims and objectives	Basic policy: MOE Research & Development: KICE	Metropolitan/provincial educational authority	Each school Subject teachers
Curriculum Plan	Basic policy: MOE Research & Development: KICE	Metropolitan/provincial Educational Authority	Each school Subject teachers
Methods and approaches To Teaching	Basic Policy: MOE Research & Development: KICE	Metropolitan/provincial Educational Authority	Each school Subject teachers
Materials	Basic policy: MOE Research & Development: KICE	Metropolitan/provincial Educational Authority	Each school Subject teachers
Evaluation And Examination	Basic policy: MOE Research & Development: KICE	Metropolitan/provincial Educational Authority	Each school Subject teachers

After the exhibition, most of the facilities of the EXPO 93 were maintained and used as the national science and technology education centre. All the facilities were taken over by private enterprise and converted into education centers.

3. *National Science Museum and Provincial Science Centre*

The Republic of Korea has a National Science Museum in Seoul, a National Science Museum in Dae-joen and sixteen other provincial science centers scattered around the country.

The National Science Museum not only exhibits industrial technologies developed recently by Korean industrial groups and research institutes, but also provides young students with activities related to their school science projects. Each provincial science centre has summer and winter learning sessions (camps) for young students during vacations. All students have access to these camps. Every year, about half-a-million students join in the science activities provided by the provincial science centre. Sometimes the provincial science centre provides public lectures concerning science and technology.

The provincial science centres display prototypes and models of science equipment and science learning to students and teachers, and provide them with science activities. The museums occasionally open exhibits, such as aquariums and rare plants, to the public of the provinces.

4. *Mass media and science magazine*

In the Republic of Korea, newspapers, radio, and television have contributed to enhancing the understanding of science and technology. Broadcasting systems such as KBS, MBC, SBS and EBS, which is a special station devoted to education, provide the public with special programmes about science and technology. Some programmes are developed abroad and others by the domestic stations themselves. All attract large audiences.

SBS produces a variety of science and technology programmes, including a programme called 'Invitation for Curiosity', which is very popular and attracts students at all education levels.

There are a number of science and technology-oriented magazines for students that are published monthly, bimonthly and quarterly. The most popular science Magazines for students are *Student's science, Student's electronics, Newton,* and *Science Dong-a.* They are published monthly and present workshops, projects, products and information that stimulate students' imaginations and creative minds.

5. *Science exhibitions and science fairs*

A students' science fair has been operated by the National Science Museum and the Ministry of Science and Technology since the early 1960s. The aim of the science fair is to stimulate scientific creativity in students and to cultivate students' interest in science and science learning. Many bright students with creative minds, teachers and the public pave participated in the science fair since it opened.

'The Big Feast for Science' is an annual event in the Republic of Korea that features science inquiry competitions, discussions, research for students and science teachers, science games, and exhibitions. It runs from March until the end of the year. Winners of the various competitions have been awarded fringe benefits, such as admission to university, scholarships and overseas study tours.

SRI LANKA

C.L.V. Jayatilleke

Estimated population (1996)	18,100,000,[1]
Public expenditure on education as a percentage of gross national product (1997)	3.4
Duration of compulsory education (years)	—
Primary or basic education	
Pupils enrolled (1996)	1,843,848
Teachers (1997)	66,339
Pupil/teacher ratio	28:1
Gross enrolment ratio (1996)	
—Total	109
—Male	110
—Female	108
Estimated percentage of repeaters (1996)	2
School-age population out of school (1995)	4,000[2]
Secondary education	
Students enrolled (1995)	2,314,054
Gross enrolment ratio (1995)	
—Total	75
—Male	72
—Female	78
Third-level enrolment ratio (1995)	5
Estimated adult literacy rate (2000)	
—Total	92
—Male	94
—Female	89

Note: in each case the figure given is the last year available.
Sources: All data taken from *UNESCO statistical year-book,1999*, Paris, UNESCO, 1999, with the exception of (1) Population Division, Department for Economic and Social Information and Policy Analysis of the United Nations and (2) International Consultative Forum on Education for All, Paris, January 1996.

Sri Lanka embarked on major reform of formal education at all levels from primary education to university education beginning in 1998. Reforms were started with grade 1 classes in one district. Countrywide reforms were introduced in 1999 with entry points at grades 1, 6 and 9. In August 1998 some changes were made in the grades 12 and 13 curricula in keeping with changed requirements for admission to universities. As a relief measure, the arrangements of question papers in mathematics and science at the General Certificate of Education Ordinary Level (GEO O-level) will be changed in 2000. The number of years required to prepare for the GEO O-level is reduced to two starting January 2000 and changes were made in the list of subjects.

In this paper, a comparison is made between primary and secondary education before and after the reforms. The schemes at present are a mix of arrangements: pre-reform, reformed and interim. The status given below refers to pre-reform arrangements.

I. THE STATUS OF TEACHING SCIENCE AND TECHNOLOGY

In the primary span covering grades 1 to 5, mathematics is taught in all grades commencing from grade 1, and introductory science is taught in grades 4 and 5. In the junior-secondary span covering grades 6, 7 and 8, mathematics and science are taught in all grades. In the ordinary-level span covering grades 9, 10 and 11, mathematics and science are taught, together with an optional technical subject selected from a list of advanced-level span covering grades 12 and 13. Candidates have to select combinations of four subjects from among applied mathematics, botany, chemistry, physics, pure mathematics, and zoology.

All the subjects are studied using prescribed textbooks. The textbooks are supplied free from grade 1 to the GCE O-level.

The pupil attainments are assessed through mid-year and end-of-the-year written tests.

Practical work in the sciences is not compulsory at any grade, but pupils do some practical work and investigations. The teacher guides indicate the tasks that can be done. However, the amount of time allotted to science practical work varies among schools.

Equipment is provided to teachers to demonstrate significant phenomena.

AT GCE O-level and advanced-level, pupils read subjects for three years and two years respectively before taking the public examinations that are conducted one a year countrywide by the Department of Examinations.

At the ordinary level, candidates are examined in a maximum of right subjects, including science and mathematics. Most employers of persons who have sat the GCEO-level require passes in mathematics, science and the mother tongue from applications.

At the advanced-level examinations, up to September 1999 candidates had been offered a choice of four combinations. The most preferred subject combinations are:

- Botany, chemistry, physics and zoology, offered for those who intend to do further studies in medicine, agriculture and biological sciences.
- Applied mathematics, chemistry, physics and pure mathematics, offered for those who intend to do further studies in engineering and physical sciences.

The medium of instruction is either of the two national languages, Sinhala or Tamil, as determined by the parents.

Outside the state-funded formal school system there are private schools that prepare candidates for examinations conducted by authorities in the United Kingdom. These schools admit children to grade 1 and take them through to the GCE Advanced Level. The medium of instruction is English. The textbooks are imported. Practical work is conducted in conformity with the standards stipulated by the examining authorities in the United Kingdom. Teachers are mostly Sri Lankan.

II. MAIN PROBLEMS IN TEACHING OF SCIENCE AND TECHNOLOGY

Several problems have been identified and they all are either directly or indirectly related to the wide disparities in the country's physical infrastructure. Problems in communication, availability of potable water, electricity supply, housing and income levels are evident in varying degrees across the country.

These affect nutrition, motivation, teacher deployment and school resources.

Despite a wide variation in the country's social and living standards, there is a high demand for primary and junior secondary education. A composite index used by the National Education Commission divides localities into four broad areas, ranging from developed to disadvantaged, based on social and living standards. It is noteworthy that the demand for schooling as reflected in pupil enrolment is high in districts that are disadvantaged.

Dropping-out from school becomes significant after grades 8 and 9. Only about 15% of an age cohort continue through to the advanced-level classes. Poverty and the need to help support the family are the most significant reason for leaving school. Recent surveys show an increase in the incidence of child labour. It is also particularly noteworthy that unemployment is highest among those who leave school from grades 12 and 13 with or without advanced-level qualifications. This could be a further disincentive to continuing with education beyond ordinary-level.

The following are some problems associated with teaching science and technology:

- Difficulties in conducting practical classes;
- Shortages in the production and printing of textbooks and supplementary reading material;
- Delays in implementation of school-based assessment programmes;
- Absence of regular teacher training, re-training and upgrading programmes;
- Shortcomings in the deployment of teachers.

Since there has been no compulsion to conduct practical classes at all levels, the standards of facilities have generally deteriorated over the past four decades. In many schools, chemistry equipment, microscopes and precision instruments are not in good working order. This reflects a general lack of interest on the part of both teachers and pupils to spend time on practical work and the necessary follow-up activities. Large-scale absenteeism from GCE O-level and A-level classes, especially in the months preceding examinations, shows the negative effect of public written examinations on science education.

The majority of teachers in the primary and junior-secondary classes use the equipment that is supplied in order to demonstrate the basis for learning, arousing interest and for motivating the pupils. Some teachers take the initiative in producing their own materials to facilitate learning, such as posters, handouts with explanatory notes and exercises.

Using the national languages—Sinhala and Tamil—as the media of instruction in schools and universities has mixed blessings. Each language has its own rich literature and each is amenable to communicating complex ideas and philosophies. However, when used for scientific and technological communication, they suffer from a lack of adequate vocabulary. The creation of new words and the absorption of English technical terms have enabled the languages to cope with new information. However, translating the latest scientific and technological literature and printing it for a small national market s a costly and cumbersome exercise.

There are very few authors who write books and authoritative papers in the national languages. In neighbouring India, where Tamil is the mother tongue of a large population, higher education and research publications are in English. Hence, those who study science and technology in the national languages are at a distinct disadvantage. Engineering, science and technical courses are mostly conducted in English, preceded by intensive English courses to give language proficiency. Action has been taken to improve the teaching of English at all levels in primary and secondary education.

A project is underway is school libraries to phase in books in English, as well as multimedia material, and information and communications technology facilities. This will enhance the accessibility of the latest scientific and technological information to schoolchildren. Although Sri Lanka has electricity and telephone networks that cover many parts of the country, there are thousands of schools that do not have electricity and telephone connections that can support the use of information and communications technology. Providing updated books and training teachers will continue to receive the highest priority.

School-based assessment (SBA) that has been introduced to all school grades has been received with mixed feelings. Some teachers have complained that their workload has increased significantly. Some parents and children have viewed the procedures as being corruptible and burdensome. Many teachers have adopted SBA as a means of monitoring the effectiveness of the total learning process and of giving useful feedback to the pupils. The attendance in the upper grades has improved considerably. Many parents have expressed satisfaction that they are getting valid information on the progress of their children. The need remains to improve the SBA procedure and to incorporate it into the normal teaching/learning process in a less obtrusive and user-friendly manner.

The introductions of a significant content of technological education into the secondary school curriculum was difficult at the outset. There were no technologically qualified teachers. The teachers and curriculum designers are trained in mathematics and science and those teaching technical subjects have diplomas in the technical and vocational trades. Hence the design of curricula, preparation of teachers' guides, and induction and training of teachers already in service required extra effort. In the future, it is planned to recruit persons with appropriate basic qualifications in technology into the teacher service.

The deployment of teachers in the less-developed and disadvantaged areas is difficult. This is particularly so because those who are qualified in science and technology are mostly drawn from the more developed localities. The persons from the backward areas who receive science and technology education migrate to urban areas in search of better prospects. Hence, underdevelopment is a part of a vicious cycle that continues to marginalize the disadvantaged.

Education should not be viewed solely as a means of transferring scientific information and technological know-how, but more as a means of enriching peoples' lives in a meaningful manner. More effective use of solar radiation, arable land and water, and conservation of forests require the integration of the best modern practices.

Modernization cannot be equated simply to the transfer of technology together with the importing of plant and machinery from developed countries. In the context of globalization, less-developed countries are used more like *labour resources* that will continue to create wealth for developed countries without being able to generate a surplus for investment in raising the standard of living of the people at home. Education should enable our people to live in a dignified manner with sustainable and healthy life-styles. This is particularly important because recent statistics show alarming increases in crime, alcohol and narcotics consumption, and child abuse.

III. MOST RECENT REFORMS (1999 OMWARDS)

The reforms of primary and secondary education, as described below, form a part of a nationwide thrust to increase educational opportunities for all and to make education consistent with the achievement of worthwhile national goals. Every curricular change is examined for its consistency with these goals. The following are the national goals for education:

- Development, leading to cumulative structures of growth for the nation.
- Active partnership in nation-building should ensure the nurturing of a continuous sense of deep and abiding concern for one another.
- The achievement of national cohesion, national integrity and national unity.
- The establishment of a pervasive pattern of social justice.
- The evolution of a sustainable pattern of living—a sustainable lifestyle, which is vital for a future when even the provision of air and water cannot be taken for granted.
- The generation of work opportunities that are dignified, satisfying and self-fulfilling.
- In the above framework, the institution of a variety of possibilities for ALL to participate. In a rapidly changing world, such as we live in today, it is imperative to cultivate adaptability to change. This must be coupled with the competencies to guide change for the betterment of oneself and of others.
- The cultivation of a capacity to cope with the complex and the unforeseen, moving towards a sense of security and stability.

- The development of those competencies linked to securing an honorable place in the international community.

This is viewed as a counter to the prevalent tendency to preserve a socio-economic stratification of the country which has persisted since the time of colonial rule. Ethnic and religious variety resulting from many centuries of interaction and influences has been turned into a source of strife and conflict rather than of enrichment. Pressures arising from increased population, scarcity of physical resources, rising expectations of the people, and local and foreign commercial interests have to be contained. Some of the critical issues that need to be addressed are:

- Deterioration of the environment and the resources for supporting life and the community, such as ground water, natural vegetation and soil nutrients;
- Increasing brackishness of the ground-water in the Jaffna peninsula, submerging of fertile valleys in the hill country, ad deforestation of river catchment basins;
- Insufficient diffusion of wealth and the benefits of wealth into the less-developed areas;
- Increasing isolation from the mainstream of economic and social activity;
- Increasing impotence on the part of the government in dealing with the administrative and commercial mechanisms, devices, and processes that are affecting the general population;
- Communication problems that affect each individual critically in the spheres of health, education, justice, financial matters and employment;
- Frustration in coping with life with no support during times of high stress and crises, creation of unrealistic needs, perceptions of unfairness in the distribution and access to the means for coping, ignorance of how to attain some degree of contentment and peace of mind.
- Rising expectations due to higher levels of education and advertising, without a corresponding improvement in the means of fulfilling these expectations, and rural/urban divisions;

- Ineffectiveness in law enforcement and a resulting sense of insecurity;
- Delays in the judicial process and inability to pay for legal redress.

Education reform is expected to contribute to fashioning both the infrastructure and superstructure that are necessary. Beginning from the grade 1, emphasis will be placed on the attainment of a set of basic competencies, which include:

- Competencies in communication—using words, numerical and quantitative data, pictures and diagrams. The child should be able to receive and to originate communications of an appropriate degree of difficulty. Particular emphasis will be given to the improvement of the ability to listen for meaning. The communications will be presented through a variety of media—*spoken, written, printed, electronic and symbolic.*
- Competencies related to the environments—social, natural and human. Here, the performances expected are in the form of selection, correct use, maintenance, orderliness and cleanliness, in relation to items in the environment, Thinking deductively and inductively about them, making value judgments and decisions, identifying issues, problem solving and being well informed about them.
- Competencies related to the moral, ethical, philosophical and spiritual. Ability to identify ethical and moral issues, and to make choices and selecting strategies on the basis of ethical and moral considerations. Awareness of principles, rules and criteria for making moral choices and ethical conduct. These principles are to be based on one's own religion or personal philosophy.
- Competencies related to relaxation, recreation and pleasure. Ability to relax and rest the body and mind, and to use them without pressures. Ability to enjoy oneself without hurting and offending others, and to take pleasure in aesthetic experiences. Ability to practice methods of exercising, massage, yoga and meditation for recreational purposes.

- Competencies to learn about and to develop oneself. Ability to find information without having to depend on others, thus demonstrating self-reliance. Ability to organize and store information for future use. Ability to explore, observe, investigate and expand one's own experience with a minimum of instruction and guidance from others. Ability to sharpen the senses and refine awareness, especially non-verbal awareness. Creativity.

This set is comprehensive and includes aspects that are either left out of or glossed over in contemporary formal education. Under the reforms assessment procedures, teacher education, performance appraisal of personnel, school infrastructure and parent and community participation are expected to contribute positively to the attainment of the competencies. Behavioural indicators of attainment can be used in the assessment of pupils.

Specific aspects of reform that have been introduced in schools since 1999 are as follows:

- Replacing the subject 'introductory science' in grades 4 and 5 with *'environment related activities'* (ERA) in grades 1 to 5. As the pupil progresses through the grades, ERA will involve systematic observation, data collection and analysis, information gathering and communication. This will be reinforced through pupil projects.
- Replacing the subject 'science' in grade 6 with *'environmental studies'*, which integrates science and social studies.
- Development of skills used in formal study and investigation in grade 6 as a prelude to formal secondary education.
- Replacing the subject 'science' in grades 7 to 11 with *'science and technology'*.
- Making a *technical subject* compulsory at the GCE O-level examination: This subject will be selected from a list of available options and will be studied in grades 10 and 11. It will be presented through a mix of theory and practice.

- Replacing 'botany' and 'zoology' at the GCE A-level with 'biology'. In preparing for the A-level examination, the subject will be studied in grades 12 and 13.
- Introduction of *practical and technical skills development* in grades 6 to 9. This will be done in a phased manner so that all schools will be covered by the end of 2004. In the intervening period, the subject 'life skills' as now found in schools is being replaced or upgraded in a feasible manner.
- Progressive introduction of eight technology subjects in grades 12 and 13, in preparation for the advanced-level examination. The subjects are: civil technology; electrical and electronics technology; mechanical technology; food technology; bio-resources technology; soft materials technology; and services-related technology. The treatment of each subject will not be exhaustive. It will be context-based, and arranged so that concepts and principles will be presented in a comprehensive manner. Topical issues will be focused on as points of entry. Laboratories and workspaces will be provided to introduce pupils to instrumentation, generation of technological information, and elements of design.

In the reformed curricula of all grades the topics and the contents of each topic are selected so that there is integration of learning across subjects, *meta*-skills associated with education are acquired, meanings are created in the mind, and linkages are created with life and the community around the child.

Education has to connect the child with her or his culture in a meaningful and active manner. The home, school and the community contribute to this process. Traditions, indigenous knowledge and practices, means of testing the validity of beliefs, sensitivity and openness to wholesome new ideas, and respect for the culture of others are aspects of being culturally competent. Preserving one's own cultural identity while living harmoniously and effectively within a nation with cultural diversity is essential. The new curricula will have provisions for allocating time and resources for a variety of learning activities focused on culture as a component of education so that there is a balanced development of the intellect.

The ability to select, learn and apply theory is important in science and technology education. On the one hand, a person must have the ability to create complex theoretical models of systems in making valid deductions. More importantly, there should also be the ability to think quickly and logically through a set of propositions to arrive at a conclusion as a part of an overall mental process that is associated with human activity and decision-making.

School-based assessment (SBA) will be an integral part of the entire teaching/learning process. It has special relevance in subjects within the sciences and technologies group. SBA will help to focus attention and to give due emphasis to practical and technical aspects of these subjects. Science and technology education involves the inculcation of attitudes and approaches to work that happens through steady application to situations of interest. Intensive tutoring to prepare for examinations goes counter to such steady application. Practical work, tutorials and projects will accompany reading of theory in science and technology subjects for the GCE O-level and A-level examinations. SBA will be used to ensure that these essential tasks are carried out. Results of SBA will be entered in the certificates.

In all grades SBA will be used to reinforce learning and to give essential feedback to pupils. As a result of its introduction, the daily attendance of pupils has improved significantly. SBA instruments and procedures have also helped to focus the attention of pupils and teachers. Improvement of school productivity is to be expected. While it is premature to arrive at conclusions about the effects of SBA, the interest of both parents and potential employers has been generated through publicity. They have been informed of a better procedure and formats for recording and reporting of pupil progress. School authorities will maintain a record of work done by each pupil in respect of subject, and extra-curricular and co-curricular activities. Relevant details and attainments will be entered in a pupil record book, which will be an official document kept in the possession of the student after leaving school.

Pupil projects at the advanced-level are individual projects and group projects, Individual projects involve investigation and application of theory in a subject of the pupil's choice. The work will involve reading, information gathering, theoretical formulation, analysis, and presentation of results and production of a report. Group projects are of wider scope. The pupils are free to select the topic. A group should preferably include pupils from a mix of subject specializations so that the outcome will have a multi-disciplinary nature. It is expected that the projects address issues or problems of interest to the school or its community. The guiding principle is that the projects are life enhancing and reinforcing. They should result in an outcome that is beneficial to many and demonstrate a capacity to resolve significant issues.

Pupils in grade 10 do group projects based in their school. They identify an issue or a practical problem, which they study in depth to identify means to resolve or solve respectively. They involve making systematic observations, analyzing data, searching for feasible and optimum solutions, verifying their effectiveness, and presentation of their results through demonstrations and reports. Surveys done in schools indicate that children are highly innovative, conscious of their social responsibilities, and value the opportunity to work in terms.

Pupils in junior-secondary grades will do two kinds of projects. One kind will be done in grade 9 using practical and technical skills acquired in grades 6 through 8. These projects have a high science and technology content, and will use electronic and mechanical devices and incorporate detection and control systems. Schools are encouraged by authorities to hold exhibitions and fairs to show the outcomes of their projects to their community and pupils of other schools.

In the second kind of project, teachers supervise pupils of junior-secondary grades as they explore locations in an area less than 2 km from their school to encounter objects and situations pertaining to the concepts they are studying in their lessons. These projects reinforce science and technology, technical subjects, and environmental studies. During trials in rural areas it has been found that effectiveness of learning has improved significantly, as indicated by the time saved in covering the syllabus and improved retention of learned items.

The contents of every subject in all grades have been updated and trimmed to make learning more relevant and manageable. An attempt is made to strike a balance between content-based and theory-based arrangement of contents. Issues drawn from contexts that are more or less familiar to pupils are arranged into an order such that theoretical formulations allow a logical sequencing of concepts and principles. Issues are selected so that they fall into topics and topic clusters that are deemed essential and interesting.

Since Sri Lanka has significant variations of social, cultural, economic, geographic, and climatic conditions across it the curriculum must have aspects that are differentiated into three layers that are appropriately mixed at any given locality. These layers are national scope; provincial or regional scope; local and personal scope. This arrangement is relevant in science, technology, and technical education. As pointed out by teachers who like to work outside big cities, a uniform national curriculum does not meet their needs. In effect, it alienates the children as they reach the ordinary-level and advanced-level stages. Those who pass the GCE A-level and do not enter a university, a technical education institute, or a teacher education institute stay unemployed over the longest period. Most eventually enter jobs that do not match their field of study. This is considered an inefficiency of the system because the students at this terminal stage of schooling are confined very narrowly to a few science subjects. Since at this stage they are on the threshold of adulthood such narrow confinement for a two-year period of intense study is seen as disadvantageous.

The content of national scope is presented through guidelines that are centrally produced and distributed throughout the country. For pupils in grades up to and including grade 11 textbooks are issued free of charge. Those in advanced-level grades have to buy prescribed textbooks or study guides. All teachers are educated and trained to deliver the national curriculum. Curricular changes are introduced to teachers in the field through programs conducted by master teachers and resource teachers. They are also provided with teacher guides that are produced by the National Institute of Education concurrently with new textbooks. In the future, textbooks will also contain a few pages advising parents how they could be supportive of their children's education in relation to the respective subjects.

The content of the provincial or regional scope will be presented through supplementary readers and lesson materials produced at that level. Teachers and officials will be provided guidelines and the methodology for working out details of curricula. This is considered to be a necessary development since each of the country's nine provinces will be given a degree of autonomy.

The content of the local segment of the curriculum will be activity-based learning and pupil projects. Teachers and the community of a school are free to decide on what should be included in the curriculum locally. Teachers obtain the support of community experts in implementing the decisions. It is found that there is a high degree of interest shown and support given by the parents and the community and a whole. Projects are clearly helping children and parents to appreciate the relevance and potential of education. Before this segment was introduced, formal learning was solely focused on certification and job seeking in the public sector as an escape from poverty. It is expected that the new orientation will enable youth to realize that there are valid opportunities for gainful work and industry in virtually every locality.

Due to a combination of factors including broad-based education, the rate of population growth of the country is not as high as in other South Asian countries. However, education has not contributed significantly to the ability of the people to be more productive and industrious. The tendency has been for the formally educated persons to aspire to a few professional areas or to a secure government employment. Higher education and tertiary education aimed at middle-level technical and industry related jobs have not expanded. Hence, the national workforce is not conducive to expansion of industrial activity and high productivity. Agriculture has not absorbed more advantageous technologies and techniques and is practiced by the persons with the least formal education. Off-farm food preservation and value addition is not prevalent. Consequently, there is much wastage and uneconomical use of food material.

Table1. Who is doing what in scientific and technological curriculum development in Sri Lanka?

	Central Level	Provincial Level	Local/School Level
Aims and Objectives	National Education Commission National Institute of Education	Provincial education authorities	School authorities
Curriculum Plan	National Institute of Education Porject teams	Provincial education authorities	Resource teachers Teachers
Methods and Approaches To Teaching	National colleges of education Teacher educators	Directors Master teachers	Resource teachers Senior teachers Teachers
Materials	Specialists in: • University faculties/departments • National Institute of Education • National colleges of education writers of books	Master teachers Writers of books	Resource teachers Senior teacherss Teachers Pupil project teams

Service industries and foreign employment can absorb persons with education in sciences and modern technical areas. It is expected that the curricular changes that have been introduced under education reforms will produce persons who are more employable and productive. The raising of the standards of education and linking education to employment through appropriate curricular and structural changes is also seen as a precursor to gainful self-employment in the rural sector. The widespread use of applications of information and communications technology will facilitate the opening up of more avenues of employment and opportunities for non-traditional economic activity.

IV. INNOVATIVE USE OF NON-SCHOOL RESOURCES

The National Institute of Education has taken the initiative in promoting investigative and creative activities among school children through an educational museum project. It is in the process of establishing a network of provincial level museum units with the institution-based museum at the apex. Study of natural history, technological innovations and inventions, local practices that have a national relevance, study of local arts and crafts, and educational innovations are among the features that will be promoted and supported by the project.

Some of the largest firms in the private sector have committed themselves to promoting the development of education through selected interventions. Of particular interest to them are teaching English, use of information and communications technology, and promotion of physical education. A foreign contractor on a national project has adopted a number of schools in the vicinity for teaching of science.

THAILAND

Nantiya Boonklurb

Estimated population (1996)	58,703,000[1]
Public expenditure on education as a percentage of gross national product (1996)	4.8
Duration of compulsory education (years)	6[2]
Primary or basic education	
Pupils enrolled (1997)	5,927,902
Teachers (1992)	341,122
Pupil/teacher ratio(1992)	20:1
Gross enrolment ratio (1996)	
—Total	87
—Male	—
—Female	—
Estimated percentage of repeaters (1980)	8
Secondary education	
Students enrolled (1997)	4,097,331
Gross enrolment ratio (1996)	
—Total	56
—Male	—
—Female	—
Third-level enrolment ratio (1996)	22
Estimated adult literacy rate (2000)	
—Total	96
—Male	97
—Female	94

Note: In each case the figure given is the last year available.

Sources: All data taken from *UNESCO statistical year-book,1999*, Paris, UNESCO, 1999, with the exception of (1) Population Division, Department for Economic and Social Information and Policy Analysis of the United Nations and (2) *World data on education*, Paris, UNESCO, 2000.

I. SCIENCE AND TECHNOLOGY POLICY

The impact of science and technology on society makes it imperative that all citizens in all societies throughout the world become literate in science and technology. This includes not only science concepts. But also the process of acquiring knowledge. In order to achieve science and technology literacy goals, the whole system needs to be changed; namely the science curriculum, the teaching/learning process, the assessment of students' outcomes and the training of science teachers.

According to the eighth National Social and Economic Development Plan (1997-2002), Thailand must become part of the nations of the world and prepare for the coming century. The plan emphasizes the development of human resources in science and technology. It has two major purposes: it improve people's quality of life and to develop a nation capable of competing with others in the age of globalization.

The Government of Thailand recognized that these goals can only be achieved through the education system. Therefore, the National Education Plan has stated that the primary goal is education for all citizens. Moreover, the new Constitution (1997) emphasizes that all individuals have an equal right to receive basic government-funded education for at least twelve years.

In 1999, the National Education Act stressed the importance of science and technology and stated that:

- The goal of education is to develop Thai citizens physically, intellectually and culturally, and to urge them to co-operate with others.
- Teachers must act of facilitators who will encourage students to fully develop their potentials.
- Formal and informal education must emphasize and integrate knowledge, values and the learning process at each grade level. Students will learn science and technology concepts and how they apply to environmental management and the conservation and sustainable use of national resources.
- The quality of education will be assessed based on many types of measurement, such as observation, participatory learning, interviews and reports, as well as tests.

Under the National Education Act of 1999, education is decentralized and compulsory and has been extended from six years to nine years. Government-funded education, including science education, is available to all Thai citizens from year 1 through to year 12.

The National Education Act of 1999 emphasizes science and technology education and the Institute for the Promotion of Teaching Science and Technology (IPST) plays of major role in the teaching of science, mathematics and computer education in Thailand.

II. THE MAJOR ROLES OF IPST

The major roles of IPST are:

- The conduct and promote research and development in science, mathematics and technology education, including teaching/learning approaches and materials;
- To conduct and promote in-service teacher training on teaching/learning science, mathematics, and technology;
- To revise and update science, mathematics and technology curriculum and teaching/learning materials;
- To establish standards of teaching/learning science, mathematics and technology and evaluating those standards.

IPST has set the following goals to improve and promote science education for 2000 and beyond:

- Use information technology in the science class to investigate, collect data and research information;
- Develop teaching/learning instruction packages;
- Encourage and develop local curricula;
- Encourage the development of a database for science teachers;
- Promote the improvement of science teachers with self-learning packages and seminars and symposia that encourage the exchange of ideas and experiences;
- Encourage science teachers to teach science as a process of inquiry and problem solving.

III. STRUCTURE OF THE SCIENCE CURRICULUM

The present education system, in accordance with the National Scheme of Education of 1992, is 6:3:3:4+ for primary, lower secondary, upper secondary and higher education respectively. However, pre-school education is also provided.

The national science curricula objectives set up by IPST are as follows:

- To understand principles, concepts and theories of basic science;
- To understand the nature of science;
- To promote the process of learning science and research in science and technology;
- To promote an open-minded, rigorous attitude towards science;
- To understand the inter-relationship and impact of science, technology, humanity and the nature environment;
- To demonstrate applications of science and technology in daily life and society.

At the lower secondary level, general science courses are offered as core-compulsory and elective ones.

At upper secondary education level, students are divided into science and non-science stream. The science-stream students are those who intend to pursuer higher education in pure science, applied science, technology and other science-related areas. The non-science students are those who do not intend to pursue education in science and the science-related areas (Table 1).

Table 1. Science courses for upper secondary school level (non-science-stream students)

Biological science	Physical science
Food and health	Solar energy
medicine for life	Light
Genetics	Matter
Our bodies	Electricity
Evolution	Sound in daily life
	Earth and starts
	natural resources
	and industrial dyes

For the science-stream students, physics, chemistry, biology and environmental science are offered as compulsory elective and free elective courses. For the non-science stream, various units (modules) on physical and biological science are offered.

IV. THE NEW CURRICULUM ACCORDING TO THE NEW NATIONAL EDUCATION ACT 1999

According to the National Education Act 1999, eight areas of basic education are now identified:

- Health and physical science;
- Arts, music and drama;
- Mathematics;
- Thai language;
- Social studies;
- Science and technology;
- Foreign language;
- Work-oriented and careers.

Science and technology will be offered and specific courses from primary education through secondary education. As for basic education, according to the National Education Act of 1999, IPST is establishing standards of science education. This standard comprises two parts. The first part is science that must be attained by all students. The second part is the standard that must be met by all students who need more background in science and technology for further education. These standards are still being developed.

V. TEACHING/LEARNING APPROACHES AND STRATEGIES

IPST has incorporated the inquiry approach in teaching/learning science, mathematics and computer teacher for years. However, there are limitations such as class sizes, lack of science equipment and shortage of qualified teachers that affect the outcome. The system of entrance examination to higher education is also a major hurdle to effectively teaching/learning science. The testing is intended to emphasize both content and the learning process, but students have demonstrated they are more interested in passing the examination only as a means to being admitted to a certain university.

Fortunately, the National education Act of 1999, proposes the following reforms:

- Provide substance and arrange activities to meet students' interests and aptitudes, bearing in mind individual differences;
- Stimulate the thinking process and promote management, coping with situations and applying knowledge to obviate and solve problems;
- Organize activities for learners to draw from authentic experience; drill in practical work for complete mastery and enable learners to think critically, acquire goods reading habits and maintain a thirst for knowledge;
- Achieve, in all subjects, a balanced integration of subject matter, integrity, values and desirable attributes;
- Enable instructors to create the ambience, environment, instructional media and facilities for students to learn, be well-rounded persons and be able to benefit from research, In so doing, both learners and teachers may learn together from different types of teaching/learning media and other sources of knowledge;

Enable individuals to learn at all times and in all places. Seek cooperation with parents, guardians and members of the community to encourage students to reach for their potential.

The IPST emphasizes the following aspects for quality science teaching:

- Inquiry-based teaching/learning process;
- Higher-order thinking process;
- Scientific process;
- Communication and decision;
- Project-based skills;
- Using Information Technology (IT) for teaching/learning.
- Learning how to learn.

Table 2. Who is doing what in scientific and technological development in Thailand?

	Central Level	Regional/Provincial Level	School Level
Aims and Objectives	National aims and objectives, linked to the citizen needs	Aims and objectives, related to the region/provinces	Aims and objectives, related to the target group of the students
Curriculum Plan	National core curricula for basic education, good citizenship, livelihood as well as for further education	Prescribing curricula related to the needs of the community and of the society	Prescribing curricula related to the school environment and to society
Methods and Approaches to Teaching	Setting the standards of science teaching according to the National Education Act. Conducting evaluation for the standards	Conducting evaluations of education achievements in order to assess the quality of schools	Organising the learning process learners to learn and to be able to benefit from research as part of the learning process
Materials	Promote an establishment of all types of life long learning resources; public library, science museum, zoo, botanical garden, data bases and other resources	Promote the schools that appeal to local resources and to 'local wisdom'	Using the different types of teaching/learning media and resources of knowledge
Evaluation and Examination	Setting the standards of science and technology assessment for basic education	Co-operate with the school to translate the standards for practical in each level, a report to the national level	The school shall assess learners' performance through the observation of their development learning behaviour, participation in learning activities and results of the test.

In 1999, IPST launched IT policy in teaching science and mathematics in upper secondary school.

IPST intends to train teachers to use IT in science classes in the following:

- Planning and reporting experiment:
- Analysis of data;
- Retrieving of data and information from database;
- Collecting data from experiments using devices such as light, temperature, humidity, pressure and sound sensors.

Using IT in science instruction will enable students to utilize computers to search for information from many data sources. At this stage, IPST has initiated IT-assisted experiments in the upper secondary level in chemistry, biology and physics, using probes and sensors.

IPST also recognizes the importance of the teachers, and has implemented the teacher-training scheme. In an attempt to have nation wide teacher training, IPST has trained the so-called 'master-teachers' who will return to their homes and teach teachers in their areas. So far, IPST has trained 1,400 primary master teachers in science and mathematics, 1,200 lower secondary master teachers in science and mathematics, and upper secondary master teachers (chemistry 400, biology 400, physics 400, physical and biological science 205, mathematics 400, and computer 600).

In conclusion, IPST has been responsible for science education in the nation. It has been recognized as the national institution in this field. It works towards the goal to make science curricula more applicable to the needs of the modern economy, to increase the effectiveness of the methods of teaching and learning, to develop training programmes that give skills appropriate to the modern curricula and to offer various programmes suitable to different groups of learners, for the quality of school science.

More importantly, IPST has worked towards a science learning society, which is the major goal of education policy of the new century.

Part 3

Current Trends and Main Concerns as Regards Science Curriculum Development And Implementation in Selected States in Europe

FRANCE

Pierre Malleus

Estimated population (1996)	58,333,00[(1)]
Public expenditure on education as a percentage of gross national product (1996)	6.0
Duration of compulsory education (years)	12[(2)]
I. Primary or basic education	
Pupils enrolled (1996)	4,004,704
Teachers (1996)	211,192
Pupil/teacher ratio	19:1
Gross enrolment ratio (1996)	
—Total	105
—Male	106
—Female	104
Estimated percentage of repeaters (1991)	4
II. Secondary education	
Students enrolled (1996)	5,979,690
Gross enrolment ratio (1996)	
—Total	111
—Male	112
—Female	111
Third-level enrolment ratio	51
Estimated adult literacy rate	—

Note: In each case the figure given is the last year available.
Sources: All data taken from *UNESCO statistical year-book,1999,* Paris, UNESCO, 1999, with the exception of (1) Population Division, Department for Economic and Social Information and Policy Analysis of the United Nations and (2) *World data on education,* Paris, UNESCO, 2000.

I. THE STATUS OF SCIENCE AND TECHNOLOGY TEACHING

1. *Legislative framework*

Defining and applying education policy is the responsibility of the government within a general framework laid down by the legislature, which, under the Constitution, merely establishes 'general principles' applicable to the teaching system. Within the government, the Minister of National Education, Research and Technology is responsible for education policy.

The French education system used to be extremely centralized. When it was decided in 1982 to transfer authority and responsibilities in a number of areas from the State to the territorial communities, France embarked on a major decentralization exercise that radically altered the respective powers of the State administrative authorities and the territorial communities. The State does, through, retain in important role: it is answerable for the smooth functioning of public services and the consistency of teaching.

The 1982 and 1983 acts on decentralization assigned France's regions and departments a markedly greater role. The regions were given responsibility for building (or expanding), repairing and operating the *'lycées'* (higher secondary schools), the departments were given the same responsibilities for the *'collèges'* (lower secondary schools), and the communes were tasked to do the same for primary (infant and elementary) schools.

2. *The basic principles underlying teaching in France*

France has non-compulsory infant schools. They take in children from the age of 2 upwards, free of charge but subject to the availability of space. Schooling is free and compulsory between the ages of 6 and 16—i.e. elementary and lower secondary school. On average, pupils finish lower secondary school—which lasts four years if they do not repeat any classes—at the age of 15. In theory, to meet the compulsory schooling requirement, pupils who have not been held back a class must therefore undergo at least one year of full-time education either at a general and technical lycée or at a vocational lycée (see Appendix I).

The decree of 30 August 1985, as amended, accorded colleges and lycées autonomy over pedagogical and educational matters in their general administrative arrangements. The result was a *plan of establishment,* developed under a procedure laid down in the Act of 10 July 1989 defining the general thrust of education.

This made education the country's top priority, and set the objective of 'raising an entire age-group, ten years from now, to at least the level of a *certificat d'aptitude professionnelle* [certificate of vocational ability] or *brevet d'études professionnelles* [vocational studies diploma], and 80% of it to the baccalaureate level'.

The five-year Work, Employment and Vocational training Act of 20 December 1993 assigned the national education system special responsibility for helping school-leavers to find jobs, establishing the principle that 'before leaving the education system very young person, whatever level of instruction he or she may have reached, must have been offered vocational training'.

3. *Financing*

Teaching, educational and counseling staffs are paid by the State. Nowadays, however, the territorial communities are responsible for the assets and operation of school establishments:

- the regions, for higher secondary schools (*lycées)* and specialist institutions (regional special teaching establishments);
- the departments, for lower secondary schools *(collèges);*
- the communes, for primary schools (infant and elementary).

4. *Science and technology at elementary school (ages 6-11)*

The science and technology teaching in the curriculum is an accompaniment to instruction in the basic skills of reading, writing and arithmetic. It is not offered consistently, and depends on the abilities of the teacher. The initial training of elementary schoolteachers tends to be in literary subjects; this is the main obstacle to introducing science and technology at elementary school as a standard practice.

5. *Science and technology at lower secondary school (ages 11-15)*

The purpose of France's *collèges* is to educate all children emerging from elementary school, giving them a common education as defined by the national curricula. Children are provided with textbooks by the school. The schools have some latitude for initiative so that they can offer learning opportunities suited to pupils' diverse needs.

Since the May 1996 reform, education at *collèges* covers four classes (years) and is divided into three cycles.

- Adaptation, covering sixth class only: Schools have flexibility in giving effect to a teaching plan centred on basic skills, in particular proficiency in French.
- Central, covering two classes, fifth and fourth: The school sets pupils' schedules within regulatory time-brackets. Optional courses, including one on technology, enrich the learning process.
- Orientation, comprising third class only: Three different ways of arranging the teaching allow pupils to define their future ambitions without choosing a particular academic stream. A decision on which direction to follow is taken at the end of the year.

6. *Relative weight of science and technology*

Three subjects fall under the heading of science and technology teaching: life and Earth sciences, physics and chemistry, and technology.

During the *adaptation cycle,* only life and Earth sciences are taught, with 1.5 hours of instruction in each perweek. They account for 10.7% of total of 28 hours of teaching.

During the *central cycle,*science and technology sequences in smaller teams (three groups for two classes) are encouraged. Physic and chemistry, life and Earth sciences, and technology are taught for 1.5-2 hours per week each. Taking the bottom of the bracket for each subject, this makes for 4.5 hours out of a total of 20 hours of teaching in 5th class (i.e.22.5%), and 4.5 hours out of a total of 23 in 4th class (i.e.19.5%).

For the *Orientation cycle,* life and Earth sciences are taught for 1.5 hours per week. Technology and physics/chemistry are taught for 2 hours each to 3rd class pupils following the modern languages option. Pupils following the technology option have half an hour less of physics/chemistry and three hours more of technology. Science and technology teaching in collèges amounts to 5.5 out of a total of 28.5 hours of teaching for pupils following the modern languages option (i.e. 19.2%), and 8 out of 27.5 hours of teaching for pupils following the technology option (i.e. 29%).

7. *Teaching content*

Exchanges and consistency between scientific subjects are encouraged. The same holds true of the links with mathematics teaching.

Adaptation Cycle

For historical reasons dating back to 1992, only technology and life and Earth sciences are taught in the sixth class.

Central cycle

Life and Earth sciences. By the end of the cycle, pupils are expected to have acquired the following general abilities:

- to be able to explain the basic functions of the human organism;
- to be able to identify the biological and geological components of their immediate or broad environment;
- to grasp the diversity, unity and arrangement of the living world.

Physics/chemistry teaching pursues particular objectives set forth for both colleges and lycees. First, it is not merely concerned with training future physicists and chemists. By means of the experimental approach it should inculcate rigor, critical reasoning and intellectual honesty. It should develop both qualitative and quantitative reasoning. The study of matter and its transformation is the domain of qualitative reasoning *par excellence,* since the dominant factors have to be teased out of a complex phenomenon.

It must be open toward technology, which for the most part has its roots in physics and chemistry. It must encourage scientific vocations and, for that reason, be anchored in everyday experience and modern technology. Like other scientific disciplines, physics and chemistry have a bearing on political, economic, social and ethical choices.

Physics/chemistry teaching must make it plain that these subjects are essential elements of culture by showing that the world is understandable. The extraordinary richness and complexity of nature can be described in by small number of universal laws, which together constitute a consistent representation of the world as it is. It must show that this representation is deeply rooted in experience. Physics and chemistry teaching must educate citizens and consumers in the proper use of the technology and chemical products they will find themselves using in daily life. Lastly, it must make optimum use of modern methods. Emphasis is laid on the use of computers for data entry, data processing and simulation.

Technology. Emphasis is laid on project execution, bringing into play different options, resources, pupil activities, skills and information technologies.

Orientation cycle

Life and Earth sciences. Teaching hinges on a return to concrete and practical activities in the laboratory. The principal notions are to do with genetics, namely unity and diversity of human beings, protecting the organism and how the organism functions, call activity and exchanges with the environment.

Physics/chemistry. The starting point for the teaching of physics and chemistry is the questions that pupils are apt to ask themselves in their daily lives, namely regarding materials and in their physical surroundings.

Technology. The three main areas of concentration are project execution, computer-assisted tasks (communications, fabrication, automation), and finding solutions to technical problems.

8. *Science and technology at senior secondary school (ages 15-18)*

The initial year at senior secondary school (lycée) is a time for firming up decisions: the choices pupils make do not look them into a particular baccalaureate stream and, their results permitting, they can apply for any penultimate-year (first) class they like. Once in the penultimate year they are committed to a stream leading towards a baccalaureate in a particular mix of subjects.

Science teaching revolves around practical work done by the pupils themselves. Special-purpose facilities (laboratories, preparation rooms), modern scientific equipment and laboratory staff are available. For physical sciences and technology, official equipment guides describe what facilities and equipment are desirable at each level. Those investing in the school infrastructure therefore know how much it costs to set up a class, section or institution.

Proportion of science and technology teaching at lycées[1]

The way teaching is organized is under review. The current weekly timetables can only indicate an order of magnitude since details of the new timetables (September 2000) have not yet been published. The figures in parentheses refer to times for which class size is doubled.

Common-core subjects are taught for:

- *Life and Earth sciences: 5+(1.5) hours;*
  or *Automated systems technology:* 0+(3) hours;
- *Physics and chemistry:* 2+ (1.5) hours.

All in all, depending on pupils' choices, this amounts to about 5.5 out of a total of 23.5 or 24.5 hours of teaching (23.5%).

Options such as computers and electronics in physical sciences (0 + 3) hours), physical science techniques (0 + (4) hours) and automated systems technology (0 + (3) hours) may flesh out the teaching given, depending on pupils' choices and the subjects offered at each lycée.

Its very up-to-date approach combining computer studies, physical measurement and electronics, the flexibility it leaves teachers and pupils, and the way it enables pupils to consolidate the scientific knowledge they have acquired have made the computer and electronics option a great success with all concerned.

Penultimate year (first class). The details given here cover non-specialist *lycées.*

Science series

- *Life and Earth sciences:* 1.5 + (1.5) hours;
  or Industrial technology: 2 + (6) hours; and
- *Physics/ chemistry:* 2.5 + (1.5) hours.

Sciences other than technology account for 7 out of 26 hours of teaching, or 27% of the total. For pupils who take technology, the science and technology schedule amounts to 12 hours, or 44% of the total.

All pupils must choose an option. Of the six offered, two are scientific:

- *Experimental sciences* (life and Earth sciences, and physics/chemistry): 0 + (3) hours;
- Industrial technology: 0 + (3) hours.

Economic and social series. Science is available only as an option: 2.5 + (1.5) hours.

Literary series. This includes a common core in science of 2.5 + (1.5) hours.

Teaching content (second class)[2]

The curriculum described here will come into effect in September 2000.

Science teaching at lycées is designed first and foremost to make pupils enjoy science by showing them the intellectual steps involved, how ideas evolve, and how specific bodies of knowledge are built up bit by bit. Science is not composed of certainties but of queries and responses that change and adopt over time. Emphasis is laid on the general knowledge aspect, but pupils must acquire enough basic scientific culture to be able to aim for one of the predominantly scientific baccalaureate streams. The teaching is designed as a whole, not as an amalgam of different subjects.

The curriculum for experimental subjects does not rely on the mathematics curriculum either for terminology or for the pupils' final assessment. The thinking behind this it that science develops through a constant interchange between observation and experiment, on the one hand, and conceptualization and modeling, on the other.

Life and Earth sciences. Courses are devoted to the planet Earth and its environment; the organism and how it functions; and cells, DNA and living entities.

Physics and chemistry. About 20% of the time is left free for teachers and pupils to pursue a topic of their choosing, such as: determining the chemical or organic nature of something; examining what constitutes matter; transformations of matter; space exploration; the universe in motion and time; and the air around us.

Baccalaureate streams (first and Terminal class)

The final certificate of education is the baccalaureate, which can be in technology or general education.

The information given in Tables 1, 2 and 3 illustrates three streams (number of candidates, the weekly schedule of subjects taught and the weight given to each in the examination). French is taught in the first class, and pupils are assessed to the end of the year. The same is true of history and geography for pupils in technological streams.

Table 1. Scientific series S, 166, 192 candidates (1998)

	Coefficient	Weekly schedule
French	4	
Mathematics	7	6
Physics/chemistry	6	31/3+(1.5)
Life/Earth sciences	6	1.5+(1.5)
or industrial technology	9	2+(6)
History and geography	3	3
Modern language 1	3	3
Philosophy	3	4
PE and sports	2	2
Special subject		
Mathematics	2	2
Physics/chemistry	2	0+(2)
Life/Earth sciences	2	0+(2)

The 'special subject' is compulsory; pupils must choose among the three mentioned. Life/Earth sciences include biology and geology, as well as some geophysics. In some lycées, industrial technology must be taken instead of Life/Earth sciences. A special subject is then not compulsory.

II. CURRICULUM REFORM

1. *Advisory bodies involved*

The National Curriculum Board, created by the 1989 act defining the general thrust of education, is made up of members chosen by the minister for their expertise. It offers opinions and makes suggestions to the ministers concerned on the 'overall design of teaching, the main objectives to be pursued, how well curricula and subject fields match these objectives and how well they lead themselves to the development of knowledge'.

Table 2. Laboratory science ant technology series (STL), laboratory and industrial chemistry, 1,858 candidates (1998)

	Coefficient	Weekly schedule
Physics/chemistry	7	7
Chemical engineering	3	0+(3.5)
Practical work	5	0+(7)
Laboratory techniques	7	0+(4)
French	3	
History and geography	1	
PE and sports	2	2
Modern language 1	2	2
Mathematics	4	2+(2)
Philosophy	2	1+(1)

Table 3. Electro-technical engineering series (STI), 17,144 candidates (1998)

	Coefficient	Weekly schedule
Building study	6	1.5+(3)
Study of industrial systems	9	2+(10)
Applied physics	7	3+(3)
French	3	
History and geography	1	
PE and sport	2	2
Modern language1	2	2
Mathematics	4	2+(2)
Philosophy	2	1+(1)

Members of the *Higher Council on Education* represent the teaching staff in public education, the users (parents, pupils and students), the territorial communities, and associations and groups supporting individual schools and the broader aims of education. It offers opinions on anything to do with education (aims and operation, rulers governing curricula, examinations, schools attendance, etc.)

2. *Reform rationale*

The education system in France has undergone many reforms over the last twenty-five years. The reforms are a permanent process of adaptation to various factors.

- *Economic progress* creates a need for more qualified manpower. It became necessary to extend compulsory school attendance to the age of 16 in 1976. The average time which a child beginning nursery school can expect to spend in education reached exactly 19 years in 1995-96, compared with 16.7 years in 1982-83.
- *Changes in society.* In only eighty years, France has evolved from a mainly rural country to a highly industrialized one with dramatic breakthroughs in telecommunications and rapid transportation by train and air. French society had to adapt quickly and not without difficulties and negative fallout. The growing problem of violence in schools (mainly in poor neighbourhoods) as well as the increasing number of one-parent families, has lead to strong differences in learning abilities amongst pupils. This has been taken into account in the recent reform of the college.
- *Scientific and technological progress.* Knowledge has grown at a rapid, nearly exponential, pace. Innovation has not only occurred in the content but also in the way scientists and engineers see their own activities and in manufacturing methods. Curricula in science and technology must keep pace with these changes. Some teaching tools are obsolete and must be replaced (for example, traditional measurements by computer-aided data acquisition). The dilemma is to decide what content should be eliminated from the new curricula.

In France, curricula and structures are decided at the central level. Although teachers take part in the process of elaborating new curricula, it is always necessary and explain the reform and help teachers adapt. Several lessons have emerged from the French education reform experience.

- As far as possible, the new curriculum should be tried out in different schools all over the territory at least one year before full implementation.
- The number and quality of available teachers must fit the needs. If not, provide for teacher training.
- Sufficiently detailed documentation with comments and examples of practical work sessions must be produced.
- There should be a body of regional inspectors (at least one per subject) who meet with teachers in the schools and explain the aims of the reform, show examples of assessment, experiments and courses. A team of carefully chosen teachers assists the inspectors.
- The reform must provide for expenses like new equipment and special chemical products.
- Plans for the reform's evaluation are essential.

3. *General reform procedures*

The procedure for changing curricula has been altered several times. A curriculum reform exercise normally includes the following:

- Formulation of a draft curriculum, on the basis of specifications drawn up by the minister, by a subject-specific working group chaired by a university professor or a national education inspector and comprising teachers selected by the chairperson(s). The draft is forwarded to the working groups addressing other subjects at the same level.
- A one-year trial at a number of schools around the country.
- Production of a definitive draft curriculum, which be comes official after it has been before the co-ordination and advisory bodies (the National Curriculum Board and the Higher Council on Education) and been published in the official journal.
- Production of an accompanying document setting out the intentions and limits of the curriculum, describing the trials, which a bibliography and academic

references for teachers, and explaining how it fits together with other subjects.

- Training the trines—regional education inspectors and teacher-trainers.
- Training given at schools by the regional education in spectors and teacher-trainers.
- Evaluating curriculum implementation and its effects on pupils is the responsibility of the corps of national education inspectors.
- The Department of Curriculum Design and Development conducts an overall evaluation of the education system, using sophisticated, up-to-date tools, and undertakes statistical surveys for the minister.

Depending on the circumstances, the minister may also order national consultations by post or at specially convened meetings, and may commission reports from the corps of national education inspectors or notable outside figures.

4. *A special case*

The procedure followed for technology teaching is different. The draft curriculum for a special subject in the technology baccalaureate is drawn up by the corps of national education inspectors with teachers in that particular subject. The curriculum is first submitted to a Professional Advisory Committee, comprising representatives of the minister, industrialists in the field concerned who make known their requirements, representatives of the industrial and teachers' unions, and experts in industrial safety. One agreement is reached, the draft goes before the same co-ordinating and advisory bodies as other curricula.

5. *Thrust of the reforms completed and underway*

Away from excessive mathematics

In the 1960s, the teaching and learning of physics and chemistry had not really changed for thirty years. These sciences were considered as applied mathematics and examinations such as the baccalaureate were devised in this spirit. No links were made between science and technology and industry.

In fact, a strong tradition in France was to value mainly abstract studies and mathematics Teaching a scientific subject only in the from of lessons followed by mathematical-type exercises tended to make pupils believe that science was final, perfect, removed from reality and not to be questioned.

The development of a new scientific elite in France encouraged a new way of considering science and its teaching. Some examples of this new turn of mind:

- It is better to show how a physical situation leads to an equation than to solve the equation. Knowing the influence of parameters when they tend to zero or infinity, and recognizing homogeneity in a formula are increasingly valued.
- It is better to involve pupils in problem-solving exercises than to teach science as though it were truths strung together like pearls on a thread.

Because mathematics is far easier to assess than science, it was the favourite tool of assessment in our education system. The assessment of new types of abilities did not take place before 1986. Even now we must be careful not to fall back into old habits.

The introduction of practical work

Although practical work has been specified in syllabuses since as early as 1902, it was considered by many teachers as a negligible part of the teaching and learning process. Nowadays, comparisons with many foreign countries show France at the leading edge of what is called 'experimental teaching' of physics and chemistry. Now practical work is done at the secondary level even if it is costly, since smaller size classes and scientific equipment are needed. It took nearly a quarter of century to change the teachers' minds by:

- Giving teachers examples of new and interesting experiments;
- Convincing older teachers that pupils should not be taught science the way they were themselves taught;
- Leading schools to build laboratories and buy equipment;
- Lobbying national or regional decision-makers to convince them that practiced work is worth the investment.

The development of links to everyday live and the environment

Science must not remain separate form its applications and technology, Document and visits to industrial sites should link science learnt at school to the manufacture of goods and products, particularly in chemistry.

Nowadays pupils are taught respect for the environment and involve themselves in collecting chemical wastes from the school's laboratory experiments. The environment is explicitly mentioned in the syllabus.

As education for citizenship has become a major concern, science and technology teaching is addressing this topic as well.

Project 'la main à pâte' (hands-on science)

With the support of the France Academy of Sciences, French physics Nobel Prize winner Georges Charpak has developed a new pedagogical process at the elementary school called 'Hands-on Science'. The pupils observe an object or a phenomenon and experiment on it. Throughout the investigation, the pupils reason, argue and discuss ideas and results. The activities are organized in sessions and rely on a curriculum but level a large amount of autonomy to the pupil. The objective is the gradual assimilation of scientific concepts and technological know-how.

The idea is reform teaching methods for 5-12-yearolds. Hands-on Science was developed in 1995 and gradually grew and gained prestige. At the beginning of 1999, it has been extended to 4% of all French schools and its reputation was visibly much more extensive than that.

Preliminary research has demonstrated the very positive effects of the hands-on methodology, not only in the acquisition of scientific knowledge but also in expression in the mother tongue, a general broadening of the mind and, perhaps, in the acquisition of social skills. The results obtained by this method are particularly evident in difficult sociological contexts. Of course, one must be careful because the teachers may lack the scientific training needed to infer a correct conclusion and support it with scientific knowledge.

It has also been noted that the hands-on methodology leads to very positive skills transfer. As they become used to thinking

Table 4. Who is doing what in scientific and technological curriculum development in France?

	Central level	Regional/provincial level	School level
Aims and objectives	The government and parliament (law) The Minister of Education		
Curriculum plan	The Ministry of Education receives technical advice from GTD (Groupe technique disciplinaire) and IGEN (Inspection generale de l'éducation nationale), and general advice from the National Curriculum Board and the Higher Council on Education, as well as from other organization and individuals		
Methods and approaches to teaching	The Ministry of Education receives technical advice from GTD and IGEN		Schools can adapt teaching methods to the diversity and the needs of their pupils
Materials	Documentation for teachers is issued by the GTD and circulated by the Ministry School textbooks are published by private publishers	*Collège* textbooks are paid for by the *région* Laboratories and/or elementary are paid for by: • the town for elementary schools; • the *départment* for *collèges;* and • the *région for lycées*	The *lycées technologiques* and *lycées professionnels* may receive financial subsidies directly from companies in the secondary or tertiary sector to buy equipment or books
Evaluation and examination	The system is evaluated by the Department of Curricular Design and Development (statistical approach) and the IGEN (pedagogical approach) The IGEN selects and checks the examination papers of the baccalaureates	The system is evaluated by the *recteur d'académie* (under the authority of the Minister) The exam papers are made under the responsibility of the *recteur d'académie* The IPR (inspectors pédagogiques régional) are in charge of one subject	Under the authority of the headmaster, the teachers assess the pupils and inform their parents

Figure 1. The French education system

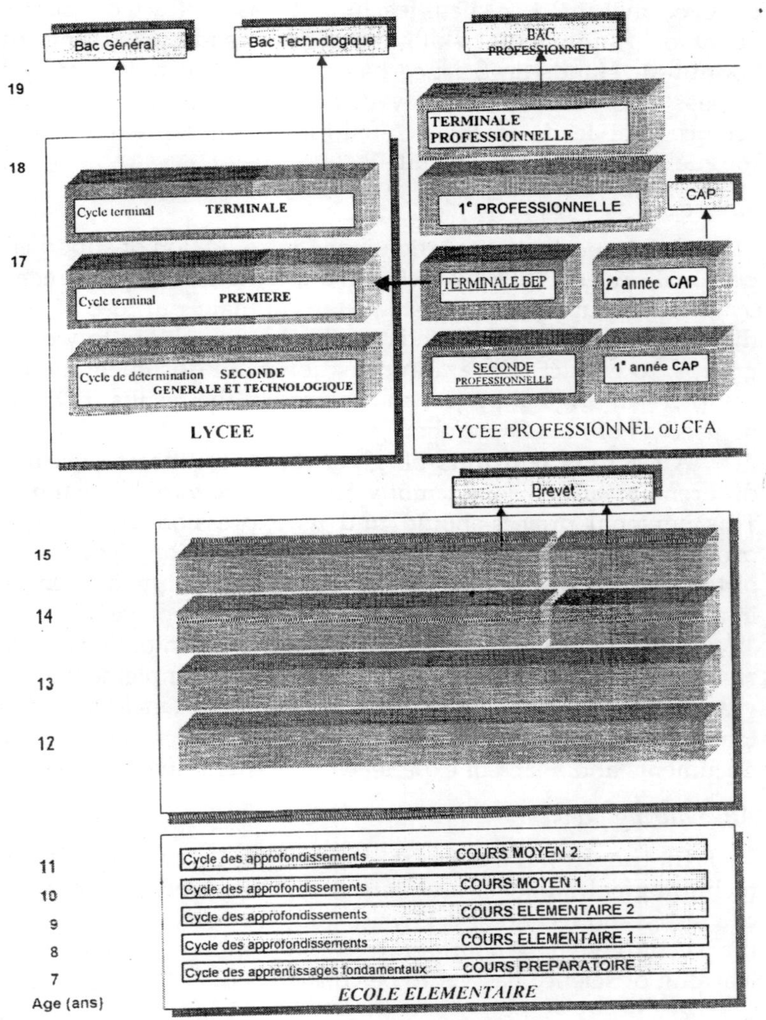

in a logical sequence—observation, formulation of a hypothesis, experimentation, conclusion—children have proved capable of re-using this skill in areas other than science.

Science teaching in schools had declined because people believed that the time spent teaching it was subtracted from that spent on 'fundamental skills (speaking, reading, writing and counting). Hands-on Science has provided an opportunity to bypass this contradiction by offering a method of teaching science that leads to the acquisition of fundamental mother tongue and mathematical skills.

Supervised personal projects

One important innovation is the introduction of supervised personal projects (TPE), which aim at giving teaching a direction by helping pupils to understand the ultimate purpose of what they are learning. TPE intends to develop the ability to work in groups, to extract relevant information from documentation, to complete an original project and to present the results. TPEs will be used as of next September.

All pupils will thus be given opportunities to learn by different means, through motivating and rewarding activities. This personal project should find its expression in a concrete product (such as setting up a little weather station). The content of the projects must be connected to the curriculum and chosen in accordance with a list of themes published each year.

TPEs will call on the schools' capacity for initiative and the resources of the teaching staff. TPEs are being implemented this year for the first time in four schools per region *(académie)*. Many teachers an headmasters fear a shortage of rooms, books, documents and a lack of experience in teaching this new activity.

An enduring problem

In the first two years of *collège*. three scientific or technological subjects are taught: biology-geology, physics-chemistry and technology. Physics and chemistry are taught only the second year. An integrated and coherent teaching and learning of science has yet to be constructed.

6. *Future perspectives*

A new curriculum is underway, with the main idea 'less in more'. It insists more on skills than knowledge. Two original features will emerge soon: one is related to the teaching and learning of science at the elementary school, the other is intended to develop new abilities in pupils.

III. CONCLUSION

Science and technology teaching take place at all levels of schooling, but to widely differing degrees. It is intended that everyone should have such teaching up to the age of 16. The teaching takes account of the need to educate future citizens.

There is constant emphasis on scientific questioning and increasing progression form the concrete to the abstract. Practical work by pupils themselves is an expensive requirement, but one the teaching system strives to satisfy at all levels. Information and communication technologies have become essential in modern science teaching.

Changes in the curriculum are evidence that the education system is constantly adapting to developments in science and society. The setting in which such changes, initiated by the minister on the basis of continuous assessment of the education system, are introduced is one of extensive collaboration among the various constituencies involved.

Notes

1. The discussion here is limited to the case of general and technological lycèes.
2. The description here will be confined to the common core, without second-class options.

HUNGARY

Judit Kàdàr-fülöp

Estimated population (1996)	10,049,000[(1)]
Public expenditure on education as a percentage of gross national product (1996)	4.6
Duration of compulsory education (years)	—
Primary or basic education	
Pupils enrolled (1995)	507,238
Teachers (1994)	44,585
Pupil/teacher ratio (1994)	11:1
Gross enrolment ratio (1995)	
—Total	103
—Male	104
—Female	102
Estimated percentage of repeaters (1992)	3
Secondary education	
Students enrolled (1995)	1,112,149
Gross enrolment ratio (1995)	
—Total	98
—Male	96
—Female	99
Third-level enrolment ratio (1995)	24
Estimated adult literacy rate (2000)	
—Total	99
—Male	99
—Female	99

Note: In each case the figure given is the last year available.
Sources: All data taken form *UNESCO statistical yearbook, 1999*, Paris, UNESCO, 1999, with the exception of (1) Population Division, Department for Economic and Social Information and Policy Analysis of the United Nations.

I. STRUCTURE OF THE HUNGARIAN EDUCATION SYSTEM

Some special features of the Hungarian education system are worth mentioning:

- There is parallel adult education system (mainly offered on a part-time basis), which allows learners a second chance to attain higher levels of education;
- There is a separate system of special education for the physically and mentally handicapped with a well-developed teacher-training system; and
- Secondary education is offered in different types of schools from Grade IX. In the first eight grades pupils follow a similar curriculum in every school—even in the Gymnasia, which are rather selective.

Mandatory school entry age is after the child's sixth birthday (the ideal age being nearer 7 than 6 at the beginning of the school year). However, over 80% of children attend kindergarten from age 3.[1]

Compulsory education lasts until age 16. It has been extended to 18 for those who started school after 1998. In 1996, 68.5% of young people aged 15-19 were enrolled at school. This percentage is rather low according to the Organisation for Economic Co-operation and Development's standards, but the ratio of early school leavers is decreasing.

There is a final examination at the end of upper secondary education, the so-called 'Érettségi' (Matura). Passing this examination is a criterion of entering tertiary education. Two main curriculum streams prepare for the Érettségi: the academic secondary school and the vocational secondary school. Although there are differences in elective subjects, the basic subjects and requirements are the same. About 60% of the age cohort pass the Erettsegi examination.

Secondary level vacation training takes place in vocational schools and vocational secondary schools. Prevocational education starts typically in Grade IX, but as of 1998 onwards, vocational training starts only in Grade XI in vocational schools and Grade XIII in vocational secondary schools. A growing number of institutions are specializing in vocational training, which is a relatively new feature of the education system.

Higher education has become rather diversified in the past ten years. Besides the traditional university and college courses, a growing number of post-secondary courses have been offered. The length of first degree university courses very from nine to twelve semesters (medical studies being the longest); college courses very from six to eight semesters.

II. ESSENTIAL FEATURES OF THE EDUCATION REFORM OF THE 1990s

The 1990s marked an important change in Hungarian education policy, With the radical political changes the former monolithic State-directed system has gradually given way to a market-driven system with substantial local and institutional autonomy. Educational legislation responded to the dramatic social and political challenges Hungary faced during the past decade (see Table 1). A dynamic adaptation behaviour can be observed in all segments of the educational infrastructures. Major challenges have included the following:

- a decreasing size of age cohorts;
- structural change in the Hungarian economy;
- large-scale privatization of industry and agriculture and its effects on the labour market;
- the infusion of foreign capital and multinational firms;
- higher and different demands for skills and knowledge in the labour market (shortage of low-level positions);
- new demands for skills and training formerly used in a very limited way (e.g. information technology and information and communication technology skills, foreign language skills, training in law and business, etc.);
- brain-drain and labour migration, uneven development of regions;
- public demand for more choice in programmes and more education in general;
- public demand for parental and student freedom of selecting schools and programmes.

The education policy's reponse was a sharp turn towards decentralization of planning and implementation responsibilities, both in the area of curriculum decision and in educational administration. Budget resources are mainly planned and distributed by the central government (about 70% of financing comes from the State budget), but the basis for financing is a per capita normative provision transferred to education providers such as local governments and other (government-dependent) school providers like churches and foundations.

Table 1. Legislation related to decentralizing education policy

1990	Municipalities became owners of primary and secondary schools and were given the responsibility for primary and secondary education
1993	Acts on Public Education, Higher Education, and Vocational Education. Redefinition of responsibilities in decision-making concerning planning, implementation and evaluation of education with respect to content, organization and budgeting. Typically, planning and implementation responsibilities were decentralized, whereas evaluation procedures remained centralized, but somewhat underdeveloped
	First publication of the National Vocational Qualification list and qualification criteria Accreditation procedures in higher education
1996	Publication of the National Core Curriculum Publication of Érettségi (secondary final examination) qualification requirements Publication of higher vocational qualification criteria Extension of general education to Grade X (formerly Grade VIII), thereby postponing vocational training Amendment on county responsibilities for student placement in secondary education Amendment on post-secondary education in the Act on Higher Education
1999	Amendment on 'frame curricula' for the main types of secondary education Amendment on the reorganization of institutions of higher education

III. DECISION-MAKING CONCERNING EDUCATIONAL CONTENT

Two important features distinguish education policy of the 1990s from that of the previous decades:

- a sharing of responsibilities for content and curriculum among the central government, the school and the local educational authorities;
- a shift from State-controlled and centralized textbook production to a market-driven textbook industry with quality and quality monitoring by the State.

Curriculum policy of the 1990s had to take into consideration the new demands of an open society and a rapidly changing labour market that has strong local differences influenced by local industry and uneven regional development. There has been pressure on both the central and local governments to introduce a larger variety of curricula. The demand for foreign languages and information technology has been particularly high, very often at the expense of science and mathematics teaching. A general demand for more electives subjects in general education as well as a demand for longer general education and the postponement of vocational training can be observed as a lasting tendency.

To meet these challenges, the government initiated a two-tier curriculum control system, which consists of a National Core Curriculum describing the common core of teaching and learning objectives for the first ten years of school education in ten study areas (mother tongue, mathematics, foreign languages, science, man and society, Earth and environment sciences, arts, physical education and sports, information technology and practical studies). The National Core Curriculum has become the common basis for curriculum development in all streams of primary and secondary education. Schools were required to develop their local curricula on the basis of the National Core Curriculum. This task involved the allocation of time for subjects, the translation of content and objectives into subjects, the formulation of local goals and objectives, and the sequencing of learning content.

The National Institute of Public Education was commissioned to set up a 'curriculum bank'. The general principle was that curricula should be reviewed for compatibility with the National Core Curriculum and for format, but few other pedagogical criteria of admission were used. A special software (Profit) was developed to manage the curriculum information system. It was designed to:

- standardize the way curricula are described;
- build a 'curriculum bank' of available programmes;
- support curriculum evaluation;
- support modular planning of educational content;
- print curricula in a decent document format.

Reviews and summaries of the curricula were published by independent reviewers. On the whole, however, the general idea was a kind of marketing rather than control. The rapidly developing private textbook industry was also encouraged to develop and publish curricula with their textbooks and via the curriculum information system.

Some 500 professionally developed curricula were published via the Profit curriculum bank in 1997-98. The curricula included varied in quality and level of detail. Some were the result of a long development process that began in the 1980s. Some of them had a complete set of textbooks and teacher books, other were just naïve syllabuses. This mechanism to describe the curriculum made it easy to detect planning deficiencies. There was also an Internet publication created from the Profil database that schools could use to obtain a printed curriculum document. One publisher specialized in developing printed support material for schools who wanted to build their curriculum from modules. The electronic information system was organized in such a way that schools without computer facilities could find a service point within a two-hour radius. These service points were trained to serve the schools by helping them browse the database, by giving advice on how to select from the programmes, and by printing out the elements they choose.

The schools could use the published curricula unchanged or adapt them to their own needs. Schools were free to develop their own curricula as well, as long as they met the requirements of the National Core Curriculum.

Implementation of the National Core Curriculum started in 1998. Its reception has been assessed in several studies. These show that the National Core Curriculum and the new task of developing local curricula were received with mixed feelings in the schools. The freedom to choose programmes and textbooks, as well as the possibility to develop or adapt a programme were welcomed. However, more than two-thirds of the schools found local curriculum development an extra burden for which they were unprepared. Schools complained that the extra planning work remained unpaid or underpaid. Although the National Core Curriculum gave some guidance concerning time allocation, the greatest difficulty was experienced in setting the timetable for subjects. Despite these challenges, the resulting ownership had a beneficial effect on teachers' attitudes toward the curriculum. More than half of the schools found that the curriculum development process enhanced communication and group work between teachers of different subjects. It was also found laudable that schools had access to programme and textbook information.

The curriculum reform impacted local education policy in many ways by:

- raising awareness of the school's responsibility for its own programme;
- raising awareness of the local school authorities that the school's programme is related to its budget requirements;
- forcing the local administration to negotiate with both the schools and political forces to reach consensus about educational needs within the local school system;
- making schools learn content planning.

The curriculum information system speeded up and, to certain extent, monitored change both in the implementation of the National Core Curriculum and in the behaviour of the textbook market. Since there were many initiatives in curriculum development and textbook writing, the Profil curriculum writing instrument acted as a kind o technical standard for planners as well as a kind of disciplinary device for those who were inclined to consider the curriculum as a 'table of contents' rather than a plan with the description of aims, objectives, activities, required resources and methods of assessment.

The implementation of the two-tier curriculum control system was not easily managed and certainly had undesirable side effects as well. Without an effective national evaluation and advisory system the schools were left to their own resources. In many cases the local school authority or the school itself contracted consultants to help them plan. Time was too short and the budget too small, however, to do more than just formally fulfil the requirements of submitting an acceptable programme document to the local authority for approval. If a school had no clear goals and realistic objectives, the exercise remained cheap lip service. Often schools found the objectives and the specific contents described in the National Core Curriculum insufficient. To introduce more facts and raw knowledge objectives was a typical reaction of schools that tried to 'show off' with their 'high standards'. In general, the average number of classes per week grew, whereas the time for elective subjects shrank. Since the Education Act limits the government-paid teaching hours, the schools had to observe these constraints (unless they could negotiate for extra hours locally). As a result, many schools gave up some of their previously offered extracurricular activities to have more space for regular classes. The burden on students grew.

It is too early to tell what effect the local curricula have had on pupils' progress. It is expected that differences between schools will grow. To keep deviations from the norm within control, the 1999 amendment to the Education Act made the ministry responsible for defining the time table for up to 90% of the teaching time. This is a new swing of the pendulum, which should certainly be considered as a reaction to the two-tier content control. To what extent this will affect the implementation of the National Core Curriculum or change it is unclear at this point.

In vocational education curriculum control has remained centralized throughout the 1990s, whereas new providers (among them many private organizations) entered the education market. The list of nationally acknowledged vocational qualifications (National Vocational Qualification List) was first issued in 1993 and has been maintained ever since. Training and examination requirements have been published for each qualification. These describe the syllabus including the amount of time to be assigned to each theoretical and practical subject, apprenticeship type of training and major requirements to be met at the qualification examinations.

The 'Érettségi' national examination requirements were published for twenty general subjects and about the same number of pre-vocational subjects in 1996.

To summarize the major changes in curriculum policy during the 1990s, it can be said that there has been a shift from direct State control of educational content through the curriculum and the textbooks towards the monitoring of change through a national standard (National Curriculum) and the publication of output criteria (qualification standards and examinations) (see Tables 2 and 3).

IV. SCIENCE ACHIEVEMENT OF HUNGARIAN STUDENTS IN THE PAST THIRTY YEARS

Hungary has participated in international achievement studies since 1970. We have had a national assessment system of student achievement since 1986. From the results of these and deeper research the following important points can be stated.

Hungarian students used to be at the top of the international league table in Grade VIII. The gain between Grade IV and Grade VIII was (and still is) very substantial. In secondary education the yield of the system is disappointing. In 1970 Hungarian students in the final grade of academic secondary education ranked lower than Grade VIII students (Comber & Keeves, 1973). In 1983 on the International Association for the Evaluation of Educational Achievement's (IEA) Second International Science Study (SISS), Grade VIII pupils still led the league table (Postlethwaite & Wiley, 1991). In the most recent IEA Science Study (TIMMS) Hungarian eighth graders performed above the international average (Beaton et al., 1996b) but were not at the top. On the other hand, they fell below the international average in the final grade of secondary education, despite the fact that the population in school covers only 65% of the eligible age cohort. By contrast, pupils in Sweden, the Netherlands, Norway, Canada, Iceland, New Zealand, Switzerland and Austria with a higher percentage of the age cohort achieved significantly higher than the international average (Mullis et al., 1998). The tendency of declining achievement is confirmed by national assessments since 1986 (Vári, Tuska & Krolop, 1999).

Báthory, Krollop and Vári (1999) discovered that groups of countries show similarities with respect to the change in achievement standards towards the end of International Standard Classification of Education (ISCED) Levels 1, 2, and 3. Hungary, the Czech Republic and the United States show a pattern of growth between Levels 1 and 2, and a sharp decline

Table 2. Levels of decision-making and support structures (before 1990)

Activity	National level	Regional/country level	Community level	School level
Planning	Curriculum (syllabus) development (including aims and objectives, time allocation, and content description) Projects for translating new content into curricula Textbook development			
Implementation	Textbook production Teacher training In-service teacher training: 'training of trainers' National mathematics/science competitions Education research	Teacher adviser network (from 1985) In-service teacher training (from 1985) Regional mathematics/ science competitions (from 1985)		Teaching
Evaluation	Development and maintenance of the national examination system International assessment of educational achievement in key subjects (from 1970 onwards) National assessment of education achievement in key subjects Education statistics	Ad hoc assessments ordered by the school or a local authority	Supervision of schools (until 1985)	

at Level 3. By contrast, Icelandic, Norwegian and New Zealand students perform below the international average on ISCED Levels 1 and 2, and above the international average at Level 3. Slovenian and Austrian students show a general 'above average' performance at all three levels, whereas Canadian and Dutch students show a sharp and constant development throughout. It is remarkable that the grouping is the same in both mathematics and sciences and also that the coverage index is higher in the countries that are high performers in the final stage of secondary education (Báthory, Krollop & Vári, 1999).

V. SCIENCE AND TECHNOLOGY IN THE CURRICULUM AND AT SCHOOL

Until 1945, the German model of classical secondary education and the practical Volksschule reigned in Hungary. After the Second World War, when the former 4+8 structure was changed to an 8+4 structure with the first eight years becoming uniform and compulsory for all pupils, science education became central to the curriculum for both practical and ideological reasons. Besides recognizing the need for better science education for all, this study area was also thought to support the teachings of 'dialectic materialism'. It is characteristic of those times that in 1948 religion as a subject was removed from the curriculum and the time was reallocated to science subjects (Kádár-Fülöp & Báthory, 1990).

Since the teaching of science enjoyed relative independence from straightforward political manipulation, developments in the science curricula, teaching methodology and teacher training were almost uninterrupted and followed Central European traditions. A circle of outstanding Hungarian scientists and curriculum specialists (Szent-Györgyi, Szentàgothai, Varga, Kontra and G. Marx to name a few) proved influential enough to lobby and work for science and mathematics education between 1946 and 1976, even in the worst political periods. The results became first obvious in the 1970s, when Hungarian eighth graders in the first IEA science study proved to be high achievers compared to their age cohorts in other countries. Technology (technika) is a relatively new subject (established in the 1970s) in the upper grades of the general school. Its content has been an issue for many years. In Grades I-IV, 'technika' replaced the

Table 3. Levels of decision-making and support structures (before 2000)

Activity	National level	Regional/country level	Community level	School level
Planning	National Curriculum (attainment targets and core content at Key Stages) Curricula for each ISCED level and major stream Projects for translating new content into curricula Curriculum information system Selective support of textbook development		Approval of school curricula	Adapting and adopting the curriculum Selection of textbooks
Implementation	Textbook information system Teacher training (qualification criteria) In-service teacher training (accreditation of programmes) National mathematics/science competition Funding of educational research	Teacher adviser network work In-service teacher training (short courses) Regional mathematics/science competitions Methodological support for local innovation	Teacher adviser network Support of local innovation	Implementation of the local curriculum Teaching Self-development
Evaluation	Development and maintenance of the national examination system International assessment of educational achievement in key subjects (from 1970) National assessment of education achievement in key subjects Education statistics Textbook approval (textbook evaluation) Teacher adviser registration system	Ad hoc assessments ordered by the school or a local authority	Evaluation of the local school system	Evaluation of the school curriculum and its implementation Evaluation of textbooks Self-evaluation

subject 'manual skills' in the 1970s, absorbing some of the methods of the latter. In Grades V-VIII, technika was meant to some extent as an introduction to 'industrial procedures'. At the same time, the manual skills approach was maintained by curriculum specialists. In the 1970s many schools set up a special lab for teaching technology, Since it was a costly acquisition, schools relied upon friendly firms in the neighborhood. As a consequence, the content of 'technika' became the first 'local curriculum', strongly influenced by local opportunities and innovative efforts. The 1978 curriculum reform tried to standardize the 'technika' curriculum with the result that it became more theoretical than most teachers desired. In the 1990s the time allocated to 'technika' came to be used for informatics and computer literacy, whereas in the National Core Curriculum the subject 'home economy and practical skills' is separate from 'information technology'.

VI. THE FEATURES OF SCIENCE CURRICULA IN HUNGARY

Curriculum policy is a crucial issue in influencing the selectivity of the education system. Curriculum content and its method of implementation affect the reduction of dropout through motivational channels as well as through the communication of values and requirements. Curriculum policy it, of course, a political issue (and a hot one!) for this very reason. Surely the symptoms shown in Hungarian science achievement have explanations in the curriculum as well.

A general (and traditional) feature of Hungarian science curricula is that no integrated science subjects exist from Grade VI onwards. By comparison, twenty-one out of the thirty-nine TIMMS countries teach an integrated science subjects in Grade VIII (Beaton et al., 1996b). The early separation of biology, chemistry and physics results in the cultivation of specific 'languages' for each of these subjects. Since teacher education follows the same rule, the knowledge areas have become very segregated with a growing theoretical tendency and a fight for hours in the timetable. The experiences of several large-scale curriculum reforms show that this fight always results in content overload in all competing subjects. Several studies have shown that practical and experimental studies have been the weak side of Hungarian science education. On the other hand, mathematization fits the theoretical approach and this is another specific suspect of science education in academic secondary schools. Biology is an exception: the methodology of biology education has a long tradition of an empirical approach to teaching.

Issues of science teaching and science curricula were taken up in the White Paper on Education published by the Hungarian Academy of Sciences in 1970. Eminent scientists advocated teaching basic scientific principles and scientific thinking at all levels of education. As a follow-up of this 'academic movement', a series of curriculum innovations and teaching experiments were initiated and sponsored by the Hungarian Academy of Sciences and the Ministry of Education. The curriculum reform of 1978 drew mainly upon these studies. Despite these changes, the weight of science in the timetable did not increase much. At the same time the subject content became more theoretical both at the lower and the upper secondary levels. Because of time pressure and a general overload of content in the science curricula (especially in physics and chemistry), basic objectives like 'understanding the experimental nature of the scientific approach to reality' could not be attained for lack of equipment and shortage of time for student experiments in most schools. The shortage of in-service teacher training caused problems too. All in all, teachers who were expected to transmit new knowledge and implement new methods in many cases were unable to cope with the new content themselves! As a result in many schools half-truths were taught, which were rigorously required to be learnt.

An equally serious problem has been the 'ivory tower' nature of science teaching with respect to the practical problems and technology. In the closed society that Hungary was between 1948 and 1990, science education served the education of scientists on the hand band believers in the scientific ideology on the other. Both aims could be met without bothering too much about how to teach the use of science in technology or the relations of science and technology. The situation changed somewhat with the National Core Curriculum. Yet, it is a tradition difficult to overcome in the Hungarian education system and it is true of both mathematics and science teaching.

Besides the aristocratic attitude of the teaching profession there might be other reasons: experiential science learning is a costly exercise because it is time and resources consuming. Moreover, teachers must be trained in methods fostering group learning, for dealing with 'discipline problems' in an activity class, etc. This is a weak side of teacher training for the reasons similar to those in schools: experimental teaching is resource demanding.

The traditions of mathematics teaching may have an impact on science teaching as well. Most physics teachers are also mathematics teachers. Mathematics as a science and the methodology of mathematics teaching is also theory-oriented rather than pragmatic. The TIMMS results show that among the mathematics content areas that are used most in science (proportionality, data representation, analysis and probability), Hungarian pupils perform more poorly than in 'pure mathematics' areas like fractions and number sense, geometry and algebra (Postlethwaite & Wiley, 1991).

Bibliography

Báthory, Z.; Krollop, J.; Vári, P. 199. *The effect of TIMMS on the Hungarian education.* (Unpublished manuscript.)

Beaton, A.E., et al. 1996a. *Mathematics achievement in the middle school years.* Boston College, MA, TIMMS International Study Center.

—. 1996b. *Science achievement in the middle school years.* Boston College, MA, TIMMS International Study Center..

Comber, L.C.; Keeves, J.P. 1973 Science education in nineteen countries. Stockholm, Almqvist & Wiksell. (International studies in evaluation I.)

Kádár-Fülöp, J.; Báthory, Z. 1990 *Educational research in an enlarged free Europe.* (Paper presented at the conference 'Ricerca e politica educativa in prospettiva Europea' held at Centro Europeo dell' Educazione, Villa Falconieri, Frascati, Rome, 3-6 April.)

Mullis, V.S.I., et al. 1998. *Mathematics and science achievement in the final year of secondary education.* Boston College, MA, TIMMS International Study Center.

Nagy, M., ed. 1998. *Education in Hungary 1997.* Budapest, National Institute of Public Education.

Postlethwaite, T.N.; Wiley, D.E. 1991. *Science achievement in twenty-one countries.* Oxford, Pergamon Press.

Vári, P. 1999. *Monitor '97—A tanulóktudásánakfelmérése* Budapest, National Institute of Public Education.

Vári, P.; Tuska, Á.; Krolop, J. 1999. *Change of emphasis in the mathematics assessment in Hungary.* (Unpublished manuscript.)

Note

1. Pre-school education has an excellent tradition in Hungary dating back to the early nineteenth century. Theresa Brunswick, a close friend of Ludwig van Beethoven, is considered as the founder of Hungarian kindergarten education. 'Curricula' were developed for kindergarten education in the 1960s and 1970s, and were successfully implemented. Kindergarten teachers have been trained at the tertiary level of education since 1970.

ISRAEL

Moshe Ilan

Estimated population (1996)	5,664,000(1)
Public expenditure on education as a percentage of gross national product (1994)	7.6
Duration of compulsory education (years)	11(2)
Primary or basic education	
Pupils enrolled (1995)	631,916
Teachers (1993)	48,010
Pupil/teacher ratio (1990)	15(3)
Gross enrolment ratio (1996)	
—Total	41
—Male	—
—Female	—
Estimated percentage of repeaters	—
Secondary education	
Students enrolled (1995)	541,737
Gross enrolment ratio (1995)	
—Total	88
—Male	89
—Female	87
Third-level enrolment ratio (1995)	41
Estimated adult literacy rate (2000)	
—Total	96
—Male	98
—Female	94

Note: In each case the figure given is the last year available.

Source: All data taken from *UNESCO statistical yearbook, 1999,* Paris, UNESCO, 1999, with the exception of (1) Population Division, Department of Economic and Social Information and Policy Analysis of the United Nations, (2) *World data on education,* Paris, UNESCO, 2000, and (3) *World education report 2000,* Paris, UNESCO, 2000.

I. BACKGROUND OF SCIENCE AND TECHNOLOGY EDUCATION

The Harari report, published in 1993 by the committee appointed by the Ministry of Education to examine the state of science, mathematics and technology instruction in the State of Israel, under the leadership of professor Hariari, president of the Weizman Institute, cites the overall objectives of the national project:

We call upon the Government of Israel to announce a national programme for strengthening, deepening and improving the study of mathematics, natural science and technology in all sections of the education system, in order to prepare the next generation of Israeli citizens for life in a scientific-technological era.

We recommend a long list of measures and activities which will be spread over the next five years, so that by 1998, the jubilee anniversary of the state of Israel, we will reach substantial achievements in this area.

The success of the programme will enable us to enter the twenty-first century equipped with the necessary tools for a safer and a better tomorrow.

II. GOALS OF TEACHING SCIENCE AND TECHNOLOGY

There are several goals of teaching science and technology. First, students should know and understand facts, concepts, laws and principles that every citizen will need These courses develop creative and critical thinking, as well as understanding of research methods and enhancing problem-solving skills. Greater comprehension of the importance of science and technology knowledge helps pupils make decisions regarding national and international issues. Science and technology teaching is aimed at recognizing the possibilities and limitations of both disciplines when applying them to problem-solving. These courses develop smart consumer thinking and behaviour by using a decision-making process when selecting a product or a system. Science and technology courses prepare the individual to take care of the environment. Perhaps most importantly, these courses encourage the development of both individual and team learning skills as well as develop good work habits.

III. THE SYLLABUS CHARACTERISTICS

Science and technology should be integrated, while emphasizing the uniqueness of each subject. There are various ways to do this—different models should be evaluated to show the range of possibilities. The unique components of each subject will be emphasized in the school curriculum. Science and technology teachers choose their curriculum from the subjects given in the syllabus and decide how to integrate them. In order to teach an integrated subject well, team teaching is essential.

IV. RATIONAL

The rational and the education principles of the programme are based on two components. First, the student should acquire the relevant knowledge, skills and attitudes in a variety of key technologies and science principles in order to be able to tackle human needs and problems. Secondly the student should be able to follow a full process of problem-solving within a technological and scientific environment.

V. THE NATIONAL CURRICULUM FOR ELEMENTARY SCHOOLS

The programme 'Science in a Technological Society' (MABAT) was developed to enhance scientific and technological literacy for all, starting at the elementary level. The curriculum development stage has been completed, and the implementation of MABAT is now in progress throughout Israel.

Some of the topics covered by the programme are energy, information, communication, computers, ecology, industry as a human organization, and space technology. An important part of MABAT is devoted to the significant impact of technological progress on the individual and society. MABAT is taught three hours a week in the six years of elementary school, thus totalling 540 hours of instruction.

VI. SCIENCE AND TECHNOLOGY IN JUNIOR HIGH SCHOOL (GRADES VII-IX)

According to the new programme, students receive 540 hours of instruction in seven main subjects, as described in Table 1.

Table 1. Junior high school science and technology topics

Main subjects	Hours
Materials: structure, function and processes	105
Energy and interaction	90
Technological systems and products	90
Information and communication	30
Earth and the universe	45
Phenomena, structures and processes in living creatures (with special emphasis on the human body)	150
Ecology	30
Total	540

Table 2. Science and technology Teaching in high school (Grades X-XII)

Organizing principles	Material sciences	Life sciences	Earth sciences and the universe	Technology
Models, complex syste ıs and their (;anization	The atomic model and the molecular structure of material; powers in nature	Qrganization of living organisms as an energy-dependent phenomenon; adapting structure to function; uniformity of the model and differences in form in the structure and processes of living organisms	Astronomical and cosmic systems; Earth system	Monitoring and feedback
Evolution	Natural and man-made materials	Development of the species from previous species; the principle of natural selection	Origin and development of the universe and the Earth	Technical developments and innovations
Permanence and cycles, preservation and change	The principle of conversation; the pace of change; laws of thermodynamics	Control and regulation, dynamic balance; growth and development continuity	Transformation of material and energy on Earth; seasonal changes in geological time	Processing of raw materials; recycling
Interaction	Causality; thermodynamic and kinetic considerations in chemical and physical processes	Living organisms as distinct from their environment, how they affect it and are affected by it; interaction within the bodies of organisms and between them, within and between species	Biochemical cycles in Earth systems	Adapting the environment to its users; how technological means increase the range of relations between humankind and the environment

VII. SCIENCE AND TECHNOLOGY IN HIGH SCHOOL (GRADES X-XII)

The four main principles taught in science and technology in senior high school are outlined in Table 2. Each of the principles is addressed in four subject areas (material sciences, life science, Earth sciences, and technology). This is the curriculum for those not specializing in science.

NETHERLANDS

H.M.C. Eijkelhof and P.A. Voogt

Estimated population (1996)	15,575,000(1)
Public expenditure on education as a percentage of gross national product (1996)	5.1
Duration of compulsory education (years)	12(2)
Primary or basic education	
Pupils enrolled (1996)	1,230,987
Teachers (1995)	84,900
Pupil/teacher ratio (1992)	16:1
Gross enrolment ratio (1996)	
—Total	108
—Male	109
—Female	107
Estimated percentage of repeaters (1980)	3
Secondary education	
Students enrolled (1996)	1,415,712
Gross enrolment ratio (1996)	
—Total	132
—Male	134
—Female	129
Third-level enrolment ratio (1996)	47
Estimated adult literacy rate	—

Note: In each case the figure given is the last year available.
Sources: All data taken from *UNESCO statistical yearbook, 1999*, Paris, UNESCO 1999, with the exception of (1) Population Division, Department for Economic and Social Information and Policy Analysis of the United Nations, and (2) *World data on education,* Paris UNESCO, 2000.

I. SCHOOL SYSTEM IN THE NETHERLANDS

The basic structure of the Dutch education system is as follows. Primary education is given to children of 4 to 11 years old. At the age of 12 children enter secondary education. Since 1993 pupils then follow a similar curriculum in two to four years (basic secondary education), but in most schools they are divided in up to four streams: one pre-vocational (VBO) and three general streams, called MAVO (junior secondary), HAVO (senior general secondary) and VWO (pre-university). In upper secondary school, students either work towards final examinations in VBO and MAVO (one year), HAVO (two years) or VWO (three years), enter senior secondary vocational schools (MBO, two to four years) or participate in an apprenticeship system (one to four years).

II. SCIENCE IN THE NATIONAL CURRICULUM

Recommended number and duration of lessons (primary and secondary education)

Primary schools are free to decide how to organize the timetable and how much time to spend on science. But these schools are required to have a timetable; inspectors compare those and give comments if only little time is devoted to a subject. In most secondary schools lessons take fifty minutes, although a trend towards forty-five minute-lessons exists. Especially in upper secondary science teaching, some double lessons are timetables to allow for more extensive practical work; the is a choice made by the schools. Based on a three-year basic education curriculum, the government recommends a total number of lessons for mathematics, science, technology and health subjects: but schools are free to increase or decrease these numbers. In senior secondary schools, a minimum timetable is prescribed. Schools tend to add a few lessons to this minimum.

Which sciences to be taught—separate or integrated—including technology?

In primary education integrated science (with an emphasis on biology, physics, physical geography) is part of the subject 'world studies'. Some technological aspects are included. Like other subjects, the class teacher teaches science. In basic secondary education the curriculum contains the subjects physics/chemistry, biology, home economics (including health), information science and technology. These subjects are taught by specialists, usually trained at college level. In all senior secondary streams the subjects physics, chemistry and biology are taught as optional courses. Technology is at present not a separate subject in senior general secondary streams. Subjects are taught by university-trained specialists.

Realistic data on above

Evaluation studies have shown that primary schools in general do little on physics and focus mainly on biology and physical geography contents. The main reasons for this one-sided approach to science teaching in primary schools are: (i) teachers are not well trained to teach physics topics and therefore feel insecure, (ii) most primary textbooks have underdeveloped sections on physics, and (iii) hardly any external support is available for physics teaching, in contrast with support given by various external agencies (local school biological centres and environmental support services) to biology ad environmental education. Secondary schools tend to stick to the recommended number of lessons, but it strongly depends on the school administration (science minded or not) and the negotiating abilities of the science teachers. Large variations exist, especially in basic secondary education.

Recommended learning activities

In primary schools, observations, making drawings, discovery activities and investigations are recommended, but that latter two are in practice not very common. In the basic secondary science curricula, practical work is strongly recommended; also recommended are: studying science in daily life contexts, making use of the computer, developing general skills (such as communication and decision making) and relating science to a variety of vocations. In senior biology, physics and chemistry curricula, practical skills are required and examined in a school-based practical examination.

Field studies are not recommended as such in senior physics and chemistry curricula. In biology lessons, field studies are more common. The need of such studies decreased due to the fact that taxonomy of plants and animals is no longer part of the curriculum, but increased due to the new topic of ecology. Field studies as a whole are under pressure as ecological studies in the field are more difficult than taxonomic activities (and not all teachers are familiar with the former ones) and because of the perception of many teachers that the biology curriculum is overloaded.

Attention to the history of science was recommended by the physics curriculum committee, but is not part of any of the science syllabuses.

The topic 'science in industry' is included in the senior chemistry syllabus, but is not mentioned in the physics syllabus. In the biology syllabus agriculture and biotechnology are mentioned as two of the four context areas: this is an excellent opportunity to deal with industrial matters. The aspect 'controversy in scientific history' is not emphasized in any of the science syllabuses.

National mandatory tests and examinations

In primary education, the Dutch Institute for Testing and Evaluation (CITO) constructs national progress and admission tests for mathematics and language. Schools are free to use them: many do, but some schools use their own tests. Secondary schools use the results of any of these tests, in combination with the advice of the primary schoolteacher and the wishes of the parents to decide about the admission of the pupil. At the end of basic secondary education, national tests are obligatory, but the form in which they are given is left to the schools.

National written final examinations are obligatory for upper general secondary science courses. VWO-students have to sit exams in at least seven subjects. The only obligatory subjects are Dutch and one foreign language (students nearly always opt for English). Passing the exam means a general entrance qualification to all Dutch universities. Universities could only demand that one or two subjects have been part of the examination for entrance to specific studies, but a pass in these subjects is not required. The most demanded subjects are mathematics and physics, so by choosing both, a student keeps nearly all options for university studies open.

The examination papers at VWO-level consist mainly of open questions. Students' papers are marked by their teacher and monitored by a teacher from another school. Only the biology papers still have multiple choice questions (50%).

Multiple-choice questions are more common at VBO, MAVO and HAVO-levels. In all science examination papers there is a trend towards questions in experimental or daily-life contexts.

New trends and reforms underway

In the area of primary science, it is generally felt that teachers are not sufficiently trained for teaching this subject. Another topic of public debate is the many demands from outside on teachers in the primary school. All kinds of specific interest groups produce materials for primary education in those fields.

Assessment by CITO has shown that the level of performance in primary science is too low, especially in the physics part. The Inspectorate fears that this is particularly negative for girls. It also fears that political pressure to pay more attention to environmental education may result in an even more one-sided teaching of science in primary school. A new government steering committee was established recently to promote technology teaching in primary schools.

In the two science curricula (biology and physics/chemistry) emphasis is given to skills, applications (contexts), practical work, role of the computer (physics/chemistry), health education (biology), environmental aspects, science in jobs and the connections with other subjects. This shift of emphasis is supported by many teachers and is reflected in nearly all new textbooks. At present, it is not clear how to prepare students well for senior secondary schools. The demands set by the National Curriculum are seen as too low for the more able students and some additions seem to be required to enter senior science courses and senior secondary vocational schools successfully. Most books overcome this by offering more depth than required by the curriculum. Another critique is of a more pragmatic nature: some schools lack laboratory assistance and therefore have difficulties to comply with the aims as regards practical work. The general feeling in schools seems to be that students have to work harder because of the many subjects.

A problem raised in discussions on science teaching in upper secondary schools is that syllabuses tend to become too full because of an increasing number of demands on the science curricula: practical work, applications, environmental aspects, technology, computers, modern developments of science, skills, etc. Another argument, especially put forward by people from outside science education, is that science syllabuses have become too difficult and too much oriented towards studying science at university level. As a result, too many students have no science in their diploma subjects, which means that educated citizens lack an acceptable level of scientific literacy.

III. HOW IS SCIENCE DELIVERED?

Organization and authority

The central government is responsible for monitoring the quality of education in all schools. By the terms of the constitution, groups of citizens are free to start new primary and secondary schools if they bring together a minimum number of pupils and can guarantee a sufficient quality of teaching. Schools are also free to decide how attainment targets are reached and autonomous in all teaching matters (within the bounds of the law).

Municipal authorities or school boards govern schools. Private schools are mainly set up by Roman Catholic or Protestant authorities, but in many of the private schools the Christian character plays a minor role and parents' choice is more based on the general image of the school and its distance from home than on its religious identity.

Nearly all secondary schools have separate departments for physics, chemistry, biology and technology. One of the teachers acts as co-ordinator of the department, but in general this person has no special status and receives no additional emoluments.

The government does not approve textbooks. It is up to the schools to decide which books to use.

Resources and funding

The central government finances all public and almost all private schools. Since 1991, financial power has been shifted towards the school authorities.

For the age range 4-16, education is free. Parents only pay the school a small—often voluntary—annual parent contribution, which is low for public schools and slightly higher at private schools. For pupils above 16, parents have to pay a school fee.

Each school has a budget for laboratory furnishings, apparatus and libraries. Budgets very between schools. Chemistry departments tend to have the largest budgets, followed by physics and biology. In case of innovations on a national scale, additional money is provided. Recently, for instance, there were decisions to equip technology classrooms or to buy computers and software.

In primary schools, the school owns books. In secondary schools, parents buy textbooks or rent those books from the school. The schools provide worksheets, but sometimes additional money has to be paid for them by the parents.

Methods of teaching

Homework is very common in secondary schools but this activity is under pressure nowadays as many students are deeply involved in other activities, such as jobs, sports and entertainment, Many schools have difficulties dealing with this problem, partly because the concept of cooperative learning has been implemented on a large scale. A growing number of lower secondary schools try to limit students' work to class time or to organize preparation periods in the afternoon at school.

The use of computers has been emphasized during the last decade. All schools have computer rooms. In a number of curricula, notably mathematics and physics, working with computers is obligatory, as it has been decided at the national level to integrate computer skills as much as possible into the various subjects and not to have a special subject on this matter. In practice, there are wide variations in the way and the intensity with which computers are used in the classroom.

In senior physics education student-led research is now part of the curriculum; also in biology a strong trend towards open investigations is noted. Another strong trend in biology education is teaching how to deal with textual and non-textual information. Factual recall becomes less important. Various type types of biological data have to be used in problem solving (e. g. in examination questions).

Sources of pedagogic innovation

Pedagogic innovation in science teaching is stimulated by several sources:

- curriculum development projects, often based at university or at the National Institute for Curriculum Development (SLO); during the last two decades some large projects have been financed by the government, especially in primary science (NOB, SLO), physics (PLON, University of Utrecht), chemistry (CMLS, SLO), biology (SPIN, Free University of Amsterdam; PBB, SLO), environmental science (NME-VO, University of Utrecht and SLO) and computer science (University of Amsterdam);
- in-service training by college and university teacher-training centres;
- national implementation programmes, often carried out by research centres (APS, KPC and CPS); such programmes are presently in operation for the implementation of the new national curricula for basic secondary education, e.g. for physics/chemistry in cooperation between APS, SLO, CITO and other teacher training colleges;
- school biology and environmental education support-centres;
- teachers organizations take initiatives for projects, publish materials and organize local and national meetings; the largest one is the Dutch Association for Science Education (NVON) with over 4,000 members; smaller ones focus on specific innovations, such as the PLON-Association and the DBK-Association for physics;
- science education research; the largest research group is based at the University of Utrecht focusing on the key areas, such as curriculum structure and conceptual change in physics, chemistry and biology; smaller research groups operate at some other universities (University of Amsterdam, Free University of Amsterdam, University of Groningen, Technical University of Eindhoven);
- annual 24-hour conferences on physics, chemistry and biology education; the physics conference has a tradition of almost thirty years and attracts annually

more than 400 participants; in general the annual conference are becoming increasingly more popular events to present and discuss ideas and experiences related to pedagogic and curriculum innovations;

- the publishers who provide new textbooks (although the market for very innovative curriculum materials is limited).

IV. GOING BEYOND SCHOOL

Use of out-of-school resource

As part of science teaching, classes occasionally visit science museums, for instance NINT (Amsterdam), Museon (The Hague), Boerhaave (Leiden) and Technology Museum (Delft). In 1996, a new National Centre for Science and Technology (IMPULS) opened in Amsterdam with support of government and industry. Special facilities for school classes are planned.

At two places (Rotterdam and 's-Hertogenbosch) 'technology discovery centres' are being run for children between 4 and 14 years old. These centres attract school classes and families, and organize special programmes for birthday parties and primary schoolteachers.

Some science programmes are broadcast by the NOT (education TV). In addition, each working day a 15-minute programme (Klokhuis) is televized in which a scientific or technical topic is explained in an original way. For adults, a limited number of education programmes are devoted to science (TELEAC). In general, science programmes on TV are few in number and only some schools tape these programmes for use in lessons. Radio programmes on science do not exist.

Another use of out-of-school resources is formed by three magazines that publish exercises related to Dutch newspaper articles for use in physic (Exaktueel), chemistry (Chemie Aktueel) or biology lessons (Bio-aktueel) in upper secondary schools.

Several field centres offer daily and weekly programmes for biology and geography classes. Field trips to nature reserves are common only for biology lessons (for one or more days), but this type of activity has recently come under some pressure due to changes in the senior secondary curriculum changes. In primary education, the majority of teachers do not go on field trips as part of science lessons, but field trips are slowly becoming more popular as a result of the emphasis on environmental education.

In the Netherlands, the second week of October is by tradition 'Science Week'. Each year this week has a specific theme, for instance 'Surviving' or 'Colour'. On the first Sunday of this week, many laboratories open their doors to the public for visits, lectures and hands- on activities (especially for young people).

Public science-based issues within lessons

The use of public science-based issues has become more common in science teaching since 1975. Popular topics are the energy problems (nuclear, renewable energy), environmental issues (greenhouse effect, ozone depletion, pollution), health and biotechnology.

In biology education, topics such as evolution, abortion and euthanasia are controversial; they are part of the senior biology curriculum but are not examined in the national examination papers, only in school examinations to allow schools to teach those topics according to the educational philosophy of the schools.

Emphasis in public science-based issues is given to the subject lessons, but these issues are sometimes dealt with in school projects, in which science teachers co-operate with colleagues responsible for other subjects.

Science clubs and cultural associations

National Olympiads are organized annually for biology, chemistry, physics, mathematics and computer programming. The first round is held at schools and the second (final) round, mostly at a university. The national winners participate in the International Olympiad contests. Only a few schools have science clubs and school-based science fairs are not common.

V. TRAINING AND STATUS OF SCIENCE TEACHERS

Initial training

Primary teachers are educated in primary teacher-training colleges and usually do not specialize in particular fields, Each

College has its own broad curriculum, Not much time is reserved for science training. Recently, a primary science teacher-training book was published, which may result in more appropriate attention to this subject.

Science teachers for basic secondary education and for some senior secondary schools (VBO, MAVO and MBO) are trained in secondary teacher-training colleges. They have to specialize in one subject and are officially only allowed to teach that specific subject. This is strange, in view of the fact that physics and chemistry are now combined in the new national curriculum for basic secondary education. There is a trend at some colleges to give students a broader base in the first two years, for instance with course in chemistry, biology and physics.

Science teachers for the senior secondary schools—HAVO and VWO—are trained in a postgraduate year at universities. Half of the time is spent on teaching practice in one or two schools.

Decision-making authority for the above

There is no national curriculum for training science teachers; curriculum decisions are taken at the institute level. Committees that visit all institutions periodically monitor the quality of the teacher training (at college and university level). The recommendations of the committees have policy implications at the national level.

In-service training

Some colleges now offer courses for junior science teachers to qualify as senior science teachers. The government promotes co-operation between colleges and universities in this field, but is far this has not been very successful. Participation in a very limited number of in-service activities is required for regular salary increments.

Most initial training institutes organize in-service courses for science teachers, for instance as regards new examination topics. However, the trend is that subject-bound in-service courses are less popular amongst teachers, in favour of more general courses (e.g. study skills, class management and pupil guidance). Increasingly popular are annual one-or two-day conferences for specific subject teachers: chemistry, biology and physics, which also count as in-service training (INSET).

Budgets for INSET are presently being transferred from the colleges and universities towards schools, which has resulted in more competition between institutions in the field of INSET and in less emphasis on subject-orient-ed INSET. Schools tend to use the money for INSET for more general educational issues, such as training for study skills and class management.

V. THE DYNAMICS OF CHANGE IN SCIENCE EDUCATION

Tradition

In The Netherlands there has been a long tradition of division as regards secondary education:

- a division between State schools, Roman Catholic schools and Protestant schools;
- a division between vacational (VBO) and several types of general educational streams (MAVO, HAVO, VWO) for pupils from the age of 12 onwards;
- a division between the cultures of primary and secondary school;
- a division between the cultures of secondary schools and tertiary institutes;
- a division between the sciences as taught in secondary schools.

Recent developments show that some of these boundaries are becoming lass sharp. Many parents choose the school that they consider being the best for their children, irrespective of its religious identity. Larger secondary schools are being formed, sometimes combining Catholic and Protestant schools. For basic secondary education, students now follow the same curriculum. Some methods common to primary schools (group work, working in themes, differentiation) have been taken over by secondary schools. Physics and chemistry have been merged into one subject in basic secondary education and a general science subject is now compulsory in senior secondary education. However, it will take some time before the traditional divisions become less evident in regular educational practice. For instance, interest in the connection between the curricula of primary and secondary schools is rather small, in contrast with the increasing interest in the connection between the curricula of upper secondary and higher education.

Autonomy of schools

A strong trend is that primary and secondary schools are offered more autonomy in decisions about budgets and personnel. Such autonomy offers the school the possibility for a large number of policy choices and for developing its own identity. However, in secondary schools this trend is not always favourable for science teaching. The emphasis is on the school as a whole and the subjects tend to become less important. This is apparent in the trend to allow more (less expensive) junior science teachers to teach senior science classes, the lower priority given to subject bound in-service training and the extension of tasks of science laboratory assistants. The influence of national bodies is decreasing. This raises questions about the quality of science teaching in future. At the national level, countermeasures should be considered, such as greater support to science teachers by universities and professional organizations, and visiting schemes of experts to monitor the quality of teaching in schools.

Primary schools

In many primary schools, the teaching of science is not satisfactory, although some good work has been done and is being done to improve the situation, especially in the production of teaching materials. Probably the most important reason is the poor training of the teachers. Many of them only had science education in their first years in secondary schools and the time available to study science in the teacher-training colleges is limited. Some educationists strongly believe in the usefulness of heavily guided teaching materials, which could be used by any teacher without much preparation, but it is doubtful that this approach will really lead to 'proper' science teaching at this level. A weak base for improvement is also that science education research in the Netherlands has not been carried out in primary schools, which is contrary to the situation in mathematics where research has played a very important role in innovation of arithmetic teaching at the primary level. Unless some teachers specialize in science teaching at the primary school and unless science education research takes teaching at primary schools seriously, there is not much hope for real improvement.

General secondary schools

At secondary school level a rapid change in science teaching is taking place. In all science subjects more attention is given to relating science to the world outside school ('science in context'), to practical work, to the use of computers, to open investigations and to modern developments in the disciplines. This does not mean that all problems have been solved; for instance, in teaching science in context the role of preconceptions is underestimated, the importance of practical work by students as such is often overemphasized, the real potential of computers has not been explored fully, the guidance of open investigation is not yet mastered by many teachers and it has been difficult to find satisfactory ways of teaching the new topics. But, at last there have been moves supported by many teachers to make science teaching more attractive and educationally worthwhile for students.

There has been pressure from outside the education system to do so, for instance driven by the fear that science and technology studies will decrease in popularity and alarm at the low number of girls taking physics and, to a lesser extent, chemistry, Many secondary students view the sciences as difficult subject. This perception is supported by the difficulty of the examinations, the crowded syllabuses, the academic nature of some textbooks and the teaching styles of some teachers, who were themselves educated in the past in an academic way and who have had only little pre-service teacher training at universities.

External influences

In the last decade primary and secondary education have been subjected to pressure from a variety of external forces to pay attention to elements which are not part of traditional subjects, such as environmental education, technology education, peace education, computer studies, etc. Supported with external funds, teaching materials have been published.

In accordance with local tradition, industry has not shown much interest in science teaching in general secondary schools.

Involvement in vocational education is much higher. Recently, industry has begun to focus its attention more on secondary education. One sphere of interest is the promotion of a positive attitude towards technology and technology related occupations. This is strongly encouraged by the Ministry of Economic Affairs. One spheres of interest are chemistry education (Association of Chemical Industries) and biotechnology education (Association of Biotechnology Industries).

17

UNITED KINGDOM (ENGLAND)

Jonathan Osborne

Estimated population (1996)	58,144,000[1]
Public expenditure on education as a percentage of gross national product (1996)	5.3
Duration of compulsory education (years)	12[2]
Primary or basic education	
Pupils enrolled (1996)	5,328,219
Teachers (1996)	283,492
Pupil/teacher ratio	19:1
Gross enrolment ratio (1996)	
—Total	116
—Male	115
—Female	116
Estimated percentage of repeaters	—
Secondary education	
Students enrolled (1996)	6,548,786
Gross enrolment ratio (1996)	
—Total	129
—Male	120
—Female	139
Third-level enrolment ratio (1996)	52
Estimated adult literacy rate	—

Note: in each case the figure given is the last year available. This figure for the total population covers the whole United Kingdom.

Sources: All data taken from *UNESCO statistical yearbook, 1999*, Paris, UNESCO 1999, with the exception of (1) Population Division, Department for Economic and Social Information and Policy Analysis of the United Nations, and (2) *World data on education*, Paris UNESCO, 2000.

Compulsory education in England is divided into four key stages: Key Stage 1 (ages 5-7); Key Stage 2 (ages 7-11); Key Stage

3 (ages 11-14); and Key Stage 4 (ages 14-16). There are three core subjects in compulsory education: mathematics, science and English. The science curriculum covers physics, chemistry, biology, astronomy and the Earth sciences. In recent years, the science curriculum has undergone modifications in 1989, 1991, 1995 and 2000. Technology is a separate subject.

The aims of the science curriculum are to stimulate and excite pupils' curiosity about phenomena and events taking place in the world around them. It also satisfies this curiosity by providing them with knowledge. Because science links direct practical experience with ideas, it can engage learners at many levels. Scientific method is about developing and evaluating explanations through experimental evidence and modelling. This is a super to critical and creative thought. Through science, pupils understand how major scientific ideas contribute to technological change—impacting on industry, business and medicine, and improving the quality of life for all. Pupils recognize the cultural significance of science and trace its worldwide development. They learn to question and discuss science-based issues that may affect their own lives, the direction of society, the environment and the future of the world.

There is a statutory document—the National Curriculum—that specifies the content and processes of the science curriculum through for programmes of study: scientific enquiry; life and living processes; materials; and physical processes. The expected learning outcomes are specified through as many as eight levels of attainment. Although the National Curriculum is written centrally by a government body, schools are required to write programmes of study to implement it. Regional structures provide support to schools in executing the curriculum, while government inspectors monitor implementation. Table 1 describes the roles of the central, regional and local levels of curriculum development in England.

The teaching of science at the primary level must take place for at least one hour per week. At secondary school, it must take up 12-15% of curriculum time for the 11-14 age group and 15-20% for pupils aged 14-16. During primary education, science lessons normally take place in the regular classroom, whereas for secondary pupils specialized science laboratories are provided, with a capacity of up to thirty pupils.

There are national tests at age 7.11 and 14, of which the results for ages 11 and 14 are made known to the press. The terminal examination takes place at age 16 and is aligned with the National Curriculum. The results are also published in the national press. Following compulsory education after age 16, pupils may continue to study five chosen subjects at secondary school for one year, at which time each subject is examined. Three of these subjects may than be studied for a further year, after which there is another terminal examination determining entrance to higher education.

Support for science teaching is provided through advisory schemes written and distributed by the central government for working with pupils aged 7-11 and 11-14. Limited advice is also offered on professional development. Commercial publishers produce a wide range of textbooks and support materials, and teaching materials are also supplied by industrial and charitable organizations. Further benefits are derived from an active and healthy science teacher organization and a network of regional advisers.

Among the successes of recent reforms, it should be noted that all sciences are taught to all pupils until the age of 16, particularly through the incorporation of science in the primary programme. Problems remain, however, in ensuring continuity from primary to secondary education. It is also to be deplored that the general public has a profound distrust of science, fearing that unbridled research will one day result in an irreversible scientific calamity. This attitude can account for a certain reluctance on the part of secondary students to pursue a scientific career, which may explain today's shortage of science teachers.

A further problem is a failure to assess practical scientific skills. This is probably because it is expensive to do so and the measurement procedures are sometimes lacking. If practical scientific skills are important, they should be assessed—for if they do not from part of assessment procedures, science teachers immediately conclude that they are not important.

Statistics show that the number of 16-year-old students choosing to specialize in scientific studies has declined steadily since the mid-1980s from 30% of the cohort to less than 20% by

Table 1. Roles and responsibilities in scientific and technological curriculum development in the United Kingdom (England)

	Central level	Regional/Provincial level	School level
1	2	3	4
Aims and objectives	Determined centrally by an explicit National Curriculum produced by the Qualifications and Curriculum Authority, which is government agency	No influence	Responsible for interpreting the curriculum and translating it into a programme of study
Curriculum plan	Provides details of the material to be taught. Specifield through four components for the Key Stages of education (a) Experimental and investigative science; (b) Processes of life; (c) Materials; and (d) Physical processes	No influence	Responsible for the selection of textbooks, apparatus and the choice of courses to study from age 14-16

(Contd...)

Table 1. (Contd...)

1	2	3	4
Methods and approaches to teaching	No statutory influence. However, the Qualifications and Curriculum Authority now produce 'advisory' schemes of work for children in Key Stages 2 and 3. These contain recommended approaches to teaching	Local officials provide support for the implementation of the curriculum and approaches to teaching	Selects teaching approaches, purchases equipment, appoints teachers
Materials	No teaching materialises produced by any government agencies other than 'advisory' work schemes. Rather they are produced by independent publishers who than market them to schools.	No role	Responsible for the selection and purchase of materials
Evaluation and examination	Standards and criteria for examination courses are set by the Qualification and Curriculum Authority for the public examination. The examination themselves are produced by four independent boards. Examinations are marked and the standards moderated by the examination board Pupils are tested at age 11 and age 14 exams produced by the Qualificaitons and Curriculum Authority.	No role	Selects which examination board to use and pays a fee to each board for registering them. Schools are responsible for assessing the practical component of science (known as experimental and investigative science)

1993. To arrest this decline, it is recognized that something must be done to improve teaching about science. Among the measures adopted is the introduction of more contemporary science into the curriculum—such as 'science and technology in society'—and more student-centred approaches. It is also proposed to change the assessment system in order to reflect the aims of the science curriculum.

Other recent developments include an increase in out-of-school and informal sources of science teaching, such as science centres that provide 'hands-on' activities for children. Many resources are produced by industrial sponsors, but these are often the result of little market research and are therefore poorly used in schools. The growth of science on the Internet and a profusion of science-related television programmes are encouraging trends.

Part 4

New Approaches in Science and Technology Education

18

THE CONCEPT OF 'BASIC SCIENTIFIC KNOWLEDGE': TRENDS IN THE REFORM IN THE TEACHING OF SCIENCE AND TECHNOLOGY IN EUROPE

Albert Pilot

I. INTRODUCTION

What is happening in various countries with regard to the concept of 'basic scientific knowledge', in particular in the Netherlands and other European countries? To what extent are countries developing common core curricula, according to which countries would progress towards similar contents? What is happening in Europe and what are the differences that remain between countries about what is taught and how it is taught, in connection with their respective cultural backgrounds?

What are the implications of these new trends on the management of the education system, both at the central and the school levels (training of teachers, reorganization of space, use of new facilities, creation of task-based teams, etc.)?

The essential characteristics of the changes in the educational contest are globalization and the development of information and communication technology (ICT). From these trends arise changing needs and educational goals, especially for science education in primary and secondary schools.

While in this paper I cannot discuss all of these complex questions, I try to address the main trends and issues.

There is a need for more coherent competencies rather than separate chunks of knowledge and skills. Explicit and tacit knowledge and experiences, skills in using them, and their connected attitudes are getting a higher priority. I will compare the developments in these trends, using different examples from curricula in the Netherlands and other European countries. The differences in cultural background will become visible in these comparisons.

Although learning fundamental concepts and principles is more important than ever, learning the ever-increasing amount of applications, details and specific principles of the science disciplines has been replaced by learning to use the fundamentals in the situation the pupils live in and in the roles that are relevant for their future lives as citizens and professional workers. Integration of science and technology competencies through problem based learning, project-based learning and the use of case studies, or in general learning and working towards a outcome or product of the educational activity, is generating a strong interest and becoming a basic feature of newly developed curricula. Assessment systems and criteria are being adapted to this trend, to guide the learning and teaching processes and to make valid assessment possible.

Competencies that are central in these innovations are: using knowledge of science and technology in one's future life as a citizen and professional worker; being able to search for relevant information; investigating and critically examining the information; communicating what is learned; and designing and developing new outcomes and products with this information (Eijkelhof & Kapteijn, 2000; Vos & Reiding, 1999).

The tasks and roles of the teacher shift in the direction of coaching the learning process and developing context-specific learning activities and tasks. The teacher as presenter of knowledge is becoming less prominent. The infrastructure needed for educational activities is changing: more space and facilities for self-directed learning activities, facilities for using the Internet and other ICT-tools. Task-based team learning supported by ICT will define to a large extent the learning activities, where the teacher is the coach, the designer of tasks and activities, and assessor of the learning results. But certainly organizing the learning process of fundamental concepts and principles remains a major component in the new curricula.

In this paper I cannot give a concise overview of science education in Europe. Too many countries with too many different school systems and curricula make this impossible (see e.g. Coughlan, 1999; Black & Atkin, 1996). Moreover the situation changes every year, which makes it difficult to give detailed information about the realized curricula. Many ideas exist about the intended curricula, but it is impossible to be certain about the status of the plans until the implementation is for enough along to tell something about their realization. I will try, however, to present the principle developments that have taken place, perspectives on their implementation and the difficulties that have been encountered. I will illustrate these with a number of examples from the Netherlands and other European countries. Other papers in this collection will provide more information about details of different countries (UNESCO, 2000).

This paper concentrates on six of the general trends or principles that influence the concept of basic scientific knowledge and the development of new programmes. Through their influence they play an important role in the educational innovations of curricula in this field. These six trends are:

- from teaching towards learning;
- from individual learning towards co-operative learning;
- from subject knowledge towards intellectual competencies;
- from separate subjects towards integration of subjects;
- integration of ITC in all areas; and
- professional development of teachers.

II. GENERAL TRENDS IN THE DEVELOPMENT OF SCIENCE PROGRAMMES

1. *From teaching towards learning*

The learning process of the student is receiving increasing priority in the planning of activities, times tables, sequence of subjects, etc., because learning is seen as the key process and the student is seen as the one who regulates this process. The teacher's role develops more in the direction of the coach of the learning process, and less as a (verbal) provider of information. Learning activities of students (more than just listening and reading) are the key points of the new curricula.

A recent example of the implementation of this trend or principle is the change of the upper secondary school in the Netherlands to the concept of a 'Study House' (Pilot 1998; Netherlands, 1999b). In all programmes, more time is devoted to activities that learners themselves organize such as working on exercises, working alone or in teams on tasks to produce a report on a subject using books, general literature from a library, CD-ROMs or the Internet, In science this might also involve experimental work in physics, biology or chemistry, under the supervision of teachers or laboratory assistants. Competencies in simple research or design work is one of the programme's aims. These competencies have to be demonstrated in an oral or written report (e.g. a poster or a web site). The subjects of these tasks may originate from the teacher but also from the students (with the agreement of the teacher). Students work on these task in different places in the school, such as in the library on in a room where a teacher is available for questions and coaching, but does no lecturing. But also in normal classroom sessions the trend is to implement more activities by the students themselves, mainly using study materials that have been redesigned for this purpose.

This change is not easy. Many teachers are accustomed to predominately presenting information orally, and having continuous interaction with the learners. Neither is it easy for the students—some of them have difficulties in organizing their own learning process as they are used to lessons where the teacher organizes the instruction in detail. The planning of the time needed for these tasks and learning activities is sometimes a problem, because students are complaining that they are overloaded with work: new tasks have been added, old subjects have not been reduced, and the sequence of tasks causes problems because too much has to be delivered at one period in the calendar.

But the trend from teaching towards learning is very strong and many innovations in science curricula concentrate on self-organized and self-directed learning activities.

2. *From individual learning towards co-operative learning*

Students now spend more time in learning situations where they work together in teams. Less time is devoted to individual learning in a classroom, individual preparation of papers or individual laboratory work. The main reasons for this are the need for graduates to be able to work co-operatively in their future jobs and the effectiveness of student learning in teams. And certainly also the availability of teacher time for coaching individual learning activities (as a consequence of the first trend) is a reason for the importance of this principle.

Co-operative learning has been used in science curricula for many years, specifically in laboratory work where shortage of places and apparatus has always been a problem. But nowadays you see more teams where students have different roles and tasks in a project or in problem-based learning. An example of this is the course Products in Chemistry (Aalsvoort, 2000), based on the concept of learning chemistry because you need it as a citizen, for life, work and for further education. For example, students are asked to produce a report on a chemical preservative in food through comparative analysis of home-made products and industrial products, and consider the effects on the quality of food. They play the roles of quality manager, production manager, chemical analyst, member of a consumer organization of, journalist, etc. In the team they have their own responsibilities to find and study information, to negotiate the report and to produce their view on the problems. But they also have to be able to defend the whole report in their examination.

Co-operative learning is also used more then before in exercises: problem-solving, tasks in experimenting, working on a computer simulation programme, etc. Students' interaction, informal feedback and help always have been important in learning science, but nowadays these interactions are more planned by the teachers and the writers of study materials.

Co-operative learning is not easy, but it is a very relevant method and an important skill to develop, Finding time for it is the main problem for students, but most of them find it very stimulating. For teachers the main problems arise in organizing the planning, the reflection on process and results, and certainly the assessment of learning results.

Co-operative learning is a principle that is getting more attention in the development of new programmes, in teacher-training courses, in quality assurance activities and in the actual curricula (but it is difficult to say how strong the change is at this moment).

3. *From subject knowledge towards intellectual competencies*

Development of competencies to learn independently using books, articles and papers (instead of learning from teacher presentations), and the development of skills to solve problems is a systematic method, to work in teams and communicate, are seen as more important than before. Subject knowledge is important, but more as a vehicle to be used in the application in productive tasks.

In the past decades new subjects have been added to the programmes as the disciplines developed more knowledge, theories, tools and products. In chemistry we saw new subjects like biochemistry, analytical chemistry, chemical technology, applications in food, pharmaceutics and new materials; then information technology was added as well as doing research, making a design, etc. This development has led to a sediment-like curriculum, where too much has been added and too little has been deleted (Vol & Pilot, 2000). The concept of basic scientific knowledge is seen from a discipline-oriented view. The available time for learning is not greater than it used to be—it has decreased in most cases because other subjects have been added to the curricula. This has given rise to overloaded programmes that are more superficial in the subjects covered, certainly when you consider the results of learning at the examination or one year afterwards.

An important consideration is the following. Many of the programmes aimed at the pre-university or pre-college training of future scientists. The programmes at the upper secondary level were influenced by university staff and curricula (Berkel et al., 2000), But only a very small percentage of the students were really going to university or college to study one of the science disciplines. And for many of the other disciplines where science is considered as a prerequisite the science programmes of secondary school were seen more as a selection mechanism ('those are the bright students we need'), than that the specific subjects taught were needed in further training.

For the teachers at secondary school their subject area is very much connected with their status. Being a science teacher means that you teach an important and difficult discipline, which also has an important place at the university and is connected with subjects in the university curricula (Berkel et al., 2000). Moving away from the discipline-oriented university curricula is a difficult and emotional change for these teachers, their identification with their discipline is at stake. But as far as I can see these changes are increasingly accepted by many teachers and policy-makers (Fensham, 1999).

Development in the direction of competence-based learning, problem-based learning and project-oriented learning together with assessment methods based on student portfolios and dossiers, and reflection on learning results and learning processes facilitate this change. In higher education these innovations started in disciplines like (para) medical and technology areas and gained status through implementation in well-known universities. In the Netherlands we now see a partial but difficult introduction of these concepts in secondary school science programmes.

The challenge for the development of these new programmes is to identify key competencies relevant for students a the end of their science study at secondary school—for example, communicating about science applications in their life as a citizen or in later work as a manager or a lawyer. What competencies do they need, what key concepts and principles will be relevant a number of years after they have left school? Understanding the relation between the concentration of components and toxicity might be relevant, the differences in properties between the surface of a material and its components might be another example. We can see from learning results that such issues are not included in most programmes today. So other concepts should be included in the programme and, at the same time, many of the present concepts and facts should be eliminated. The sequence of introducing the subjects should be different to fit into the relevant competencies and to build a useful network of concepts for the students. Reducing the amount of detail from the existing programmes and turning around the sequence of reasoning are the most difficult tasks for teachers and developers of new study materials.

4. *From separate subjects towards integration of subjects*

Curricula that consisted of a large number of different subjects learnt in separate courses made it difficult for students to integrate their knowledge later on in other courses and in their future work. New curricula have more learning activities aimed at integration of knowledge and skills in competence-based learning, problem-based learning or project-oriented courses.

Basic disciplines are important in our thinking: mathematics, physics, chemistry, biology, economics—these are the starting points of learning and instruction. But more and more, the borders between these disciplines have become a problem and important developments are interdisciplinary. When analyzing from a broader perspective, the aims of primary and secondary school science can also start from themes like energy, good and health. The relevant concepts and principles for insight in these themes are coming from different disciplines. Students should use these concepts and principles in an integrated way.

In is certainly too early to have curricula fully built on such themes, but development in that direction is certainly visible in a number of cases. The combination of themes and more fundamental knowledge is a difficult one; the design of programmes where this combination is adequate is not easy—teachers find it difficult to teach in unfamiliar disciplines and themes and to loosen their ties with their own basic field and the status that comes with this identification. Also students and their parents are uncertain because of the tradition of thinking in disciplines rather than interdisciplinary themes.

Examples of developments towards integration based on a combination of fundamental knowledge and general themes can be found in Denmark and the Netherlands, but certainly this innovation process is a difficult one. Learning activities where two or more disciplines have to be combined by students in project work is one way that seems to be fruitful, another is basing learning activities on problems that originate in the context of students' daily lives future roles in society or further learning. An interesting programme design is a series of learning units where a combination is made of project work that requires integration of different subjects and disciplines, and traditional instruction on basic science subjects that are needed for this particular project work.

To illustrate, consider a group project on Vitamin C in potatoes: basic knowledge of organic chemistry, reaction processes and analytical method is combined with the theme 'food' and competencies in the field of research and communication. After an introduction to the project task and theme, students work on the fundamental concepts and principles, including a test. In the second part of the module more time is available for project work, additional learning on the theme and the competencies mentioned. Experience with this programme design in higher education has been very positive and has led to its introduction in secondary school. It fits very well in the concept of the 'Study House' as mentioned before. In section III I will discuss in more detail the design of such a module.

This kind of curriculum design makes it easy, possible and quite natural to integrate out-of-school activities in to the learning process, not as marginal or add-on activities, but as a relevant and even needed input in the project from non-school criteria, products and values. Examples of these are information and measuring facilities in universities and colleges, input from consumer organizations and laboratories, information and feedback from environmental organizations, professional bodies and industry.

In this curriculum design the concept of basic scientific knowledge is influenced by the competencies we aim at in the project, by the integration of the subjects and the disciplines, and (even more important) by the intended learning process of the students.

5. *Integration of information and communication technology in all areas*

ICT has become such an important element in daily life and in all disciplines that the must become an important element of all curricula and school activities. The widespread opinion is that the use of ICT tools for communication, areademic and vocational tasks should be integrated in the curricula. For different subjects this means different learning activities and different tools (e.g. formula manipulation in mathematics, computer-assisted cases and games in economics, using digital sources on CD-ROMs and the Internet for history and languages, communicating through computer programmes that facilitate group work and using digital or electronic learning environments in all subjects).

These developments sometimes go very fast, sometimes with great deception. Political pressure results in large programmes to provide computers and Internet connections (with many problems in up-scaling facilities and organization in schools), and there are many problems in finding adequate didactical designs and materials for incorporating these developments in to the regular programme. Sometimes publishers and designers of learning materials hesitate, other times they are too early in the market (with the additional problem of hardware and software that quickly becomes outdated).

Mainly based on the experiences of higher education, I see the most frequent use, the most worthwhile implementation and the most successful innovation process in the use of general tools, such as word processors and presentation tools, the use of e-mail and digital sources on CD-ROM or the Internet, and the use of subject-based tools and information sources (like mathematical tools, tools for measuring and handling data in physical, chemical and biological experiments, and subject-based sources of information on the Internet). Less successful are computer-based learning programmes like exercises, tests and even simulations because they require expensive, specifically designed software, important changes in didactical and organizational models of teaching and, in the opinion of teachers and students, they do not have enough added value to compensate for the bottlenecks in their implementation.

The most significant obstacle is the professional development of teachers to use ICT in a way that is relevant for the learning process.

6. *The professional development of teachers*

Teaching is professional activity that needs professional and trained teachers: how to give instruction, to coach students n their learning, to assess in an efficient and valid way the earning results, how to develop and coach exercises, cases and project work for the students? With the new developments in ubjects and programmes, professional development is a major bottleneck in all countries. The changes in curriculum are very ast compared with the normal cycles in schools; major changes n the learning line of students will take many years because students are going through these programmes over many years, the changes in textbooks take many years, changes in examinations and aims of the programmes take many years. The learning and professional development of large numbers of teachers takes time, the motivation of teachers to take part in these innovations is sometimes very low, and many teachers feel overloaded in their normal work. In general, education has suffered from many years of financial cut-back, leading to a situation where facilities and motivation for such large and uncertain innovation processes are very low.

III. A SYNTHESIS

From the trends discussed here, we can reformulate the concept of 'basic scientific knowledge' as the concept of 'basic scientific competencies': knowledge, skills and attitudes as one integrated set of abilities that are to be learned to do authentic tasks in the real world. The analysis of what this means should start by analyzing what competencies are needed for relevant tasks. For upper secondary schools in Europe in many cases the most important tasks will be those for studying in higher education, for professional activities and for citizenship. We differentiate among three groups of studies:

- non-science studies (a large group of students);
- science-related studies;
- science studies.

Relevant tasks should be consistent with their assessment tasks, such as the final examination at the end of secondary school, to make the analysis valid and relevant. For a thorough analysis, a set of representative cases or projects is needed. This analysis will result in a list or map of two sets of scientific knowledge: basic and theme-related knowledge. These include:

- fundamental concepts;
- fundamental principles (qualitative and quantitative);
- methods, systematic approaches, heuristics for applying concepts and principles;
- theme-related concepts, principles and methods. 'Fundamental' means that these concepts, principles and methods are useful in may projects and tasks.

These will be more abstract than the theme- or project-related concepts, principles and methods that will be primarily connected with a specific theme or project. To illustrate that the distinction between these two groups of scientific knowledge does not mean a separation, we refer to Figure 1.

Figure 1. Fundamental and theme-related concepts, principles and methods—distinction but no separation

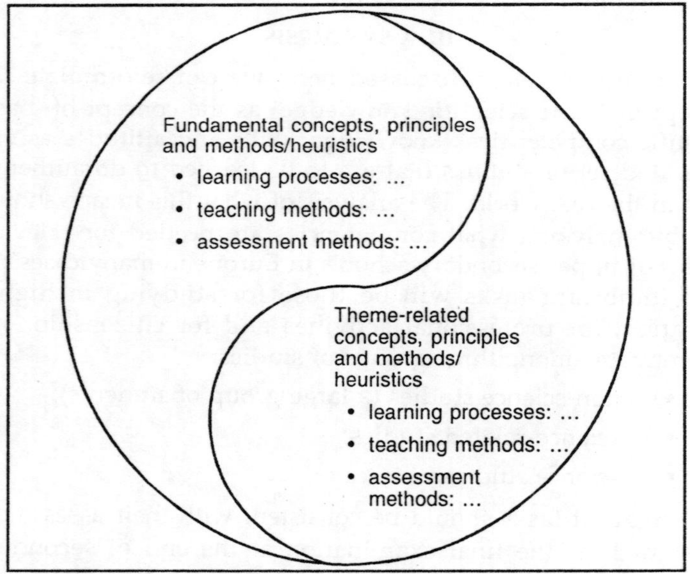

The definition of 'basic' competencies is dependent on the context, time, country and the local situation. Basic means that it is basic from the point of view of the students, their learning aims and goals, their future situation of learning and working. The analysis by the curriculum developer should start from the cases, themes, problems and projects that are to be mastered by the student by the end (assessment) of their studies. That needs a through analysis of a set of well-chosen cases.

The criteria for integration should be formulated with the position and situation of the student in mind, the student that will use the knowledge in his or her future activities. Figure 2 is an example of a concept map, which shows the possibilities to relate this task to groups of concepts and principles from chemistry and other disciplines. This example is drawn from a recent project of Dutch students in upper secondary school.

Figure 2. Example of a concept map showing the relation of a task to a group of concepts and principles from chemistry and other disciplines

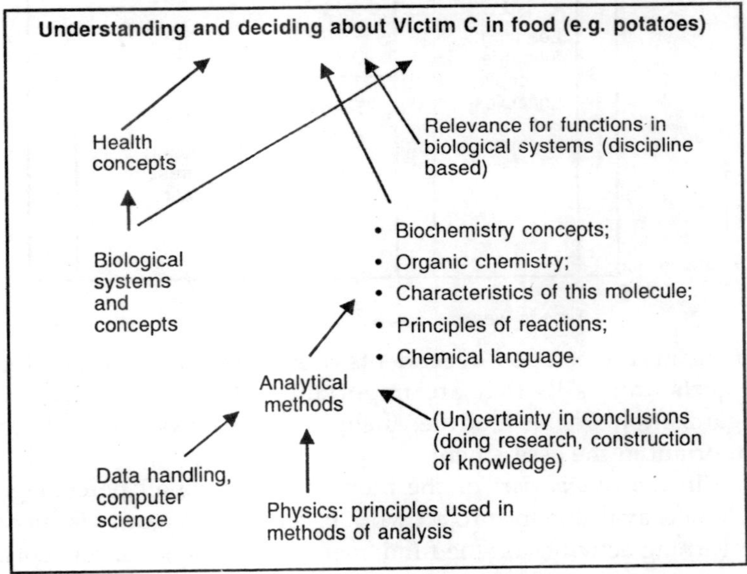

A curriculum design that is consistent with this concept includes modules or units where distinction and integration of these two groups of competencies are connected in a way that is visible in Figure 3. It is based on the previously mentioned experiences with this design in higher education in Denmark and the Netherlands. A prototype has been developed for experiments in second ary school chemistry classes.

In Figure 3 the weeks of the programme are noted on the x axis, and the percentage of learning time that students work on the specified activities and tasks within the programme on the y axis. The module may take six to twelve weeks; the curriculum as a whole consists of many modules, e.g. three is six in a year, depending on the duration of the module.

In the *first part* of the module the learning activities start with an introduction to the theme and the tasks of the project.

Figure 3. Sketch of a curriculum module (A = assessment)

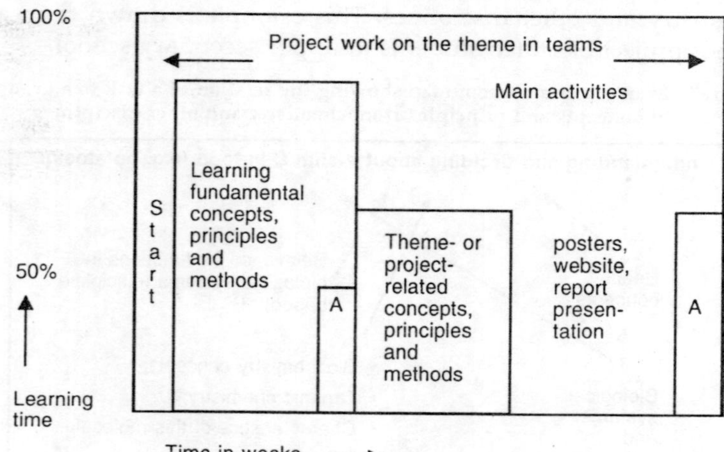

The teams are composed. Students receive an orientation on the subjects and skills that are important in the theme, and the organization of the module, including the tasks that will be important in the assessment.

In the *second part* of the module only a small percentage of time is available for project work because the majority is spent in learning activities on the fundamental competencies: concepts, principles and methods, and in exercises to learn the relevant skills for using these. These competencies should be well connected with and necessary for the work on the theme or project, but also from a coherent part of the whole set of fundamental competencies that are needed in the framework of the curriculum as a whole. This second part of the module is completed by an assessment of these competencies. Learning and instructional activities, study materials and assessment are designed in a more or less conventional from.

In the *third part of* the module theme-or project-related competencies are central in learning and instruction, but more time is available for project work. Independent learning can be used in many of these activities, although some presentations of subjects and guidance by teachers is certainly needed.

In the *fourth part* of the module the theme or project work gets full attention and students prepare for the final presentation of their results and products (e.g. posters, written reports, oral presentations) and the assessment of the learning results, including the theme- or project-related competencies.

The task of the teacher in such modules will be to a certain extent different from before, and that makes training and professional development important. Realization of the new curriculum is impossible without the motivation and competencies of the teachers. Involvement of teachers from the beginning of the innovation process is needed, and certainly preferable to training after the development of the programme and its learning materials. Teachers should also be developers of the new programme (they have to do the last part of the development—the fine-tuning in their classes). Combination of work on development of the new programme and the learning by teachers about the new programme should be the starting point of the activities. The main issues are:

- Teachers should be involved in the design of the modules, specifically in the design of theme materials for projects;
- Design activities by teams of teachers also should help teachers to understand the characteristics of team work;
- Exchange of experiences with the coaching of students and assessing learning results should have high priority in teacher networks (learning from colleagues);
- Discussions on the background of this curriculum design should make it possible to discuss the assumptions, the beliefs and presuppositions of developers and teachers.

In this last section I tried to given some impressions on the work that is going on, the ideas behind it, the problems we face and the activities we are planning. Discussion about the problems of science education is needed, but discussion on ideas for designs and new programmes that fit in the development in disciplines, schools and the working and living situations of the children and future citizens is also needed.

References

Aalsvoort, J. van. 2000. *Chemistry in products, a cultural-historical approach to initial chemical education.* Utrecht (The Netherlands), Utecht University.

Berkel, B. van, et al. 2000. Normal science and its dangers: the case of school chemistry. *Science & education* (Dordrecht, Netherlands), vol. 9. Nos. 1&2, p. 153-59.

Black, P.; Atkin, J.M., eds. 1996. *Changing the subject, in novations in science, mathematics and technology education.* London, OECD.

Coughlan, R. 1999. *Attainment in physics (in 9 European countries).* Dublin, Stationary Officer. (Proceedings of the Colloquium on Attainment in Physics at 16+.)

Eijkelhof, H.M.C.; Kepteijn, M. 2000. Algemene Natuur-wetenschappen (ANW): A new course on public understanding of science for senior general secondary education in the Netherlands. Cross, R., *Science and the citizen: implications for science educators and the public at large.* Melbourne, Australia, University of Melbourne. (Melbourne studies in education.)

Eijkelhof, H.M.C.; Voogt, P.A. 1994. *Science education in the Netherlands, paper for the project Science at School and the future of scientific culture in Europe.* Utrecht (The Netherlands), Utrecht University, Centre for Science and Mathematics Education.

Fensham, P.J. 1999. *Science content as problematic: issues for research. Kiel* (Germany), Rosalind Driver Memorial Lectures, The European Science Education Research Association Conference.

Kortland, J., et al. 1998. *Colloquium on Attainment in physics at 16+, country paper the Netherlands.* Utrecht/Enschede (The Netherlands), Utrecht University, Centre for Science and Mathematics Education/ Institute for Curriculum Development.

Kjersdam, F.; Enemark, S. 1994. *The Aalborg experiment.* Aalborg (Denmark), Aalborg University Press.

The Netherlands. Ministry of Education. *1999a. Primary school, a guide for parents, guardians and pupils.* The Hague, Ministry of Education.

—.*1999b. Secondary school. A guide for perents, guardians and pupils.* The Hague, Ministry of Education.

Olesen, H.A.; Jensen, J.H., eds. 1999. *Project studies, a late modern university reform?* Roskilde (Denmark), Roskilde University Press.

Pilot, A., 1998. *Chemical education in a process of transformation? Results of recent research in teaching and learning to support the process of change.* Contribution for the Gordon conference 1998 on Chemical Education in Europe. Utrecht, Utrecht University, Centre for Science and Mathematics Education.

International Bureau of education. 2000. *Final report of the international workshop in the reform in the teaching of science and technology at the primary and secondary level in Asia: comparative references to Europe.* Geneva, IBE.

Vos, W. de; Pilot, A. 2000 [Forthcoming.] Acids and bases in layers, the stratal structure of an ancient topic. *Journal of science education,* vol. 21, no. 7, p. 711-719.

Vos, W. de; Reading, J. 1999. Public understanding of science as a separate subject in secondary schools in The Netherlands. *International journal of science education* (London), vol. 21, no. 7, p. 711-19.

19

DESIGNING AN INTERDISCIPLINARY CURRICULUM IN SCIENCE AND TECHNOLOGY

Moshe Ilan

I. THE GENERAL CONCEPTION

Scientific and technological education for the entire pupil Population is a needed based on the premise that 'science and technology are a part of the general education required today, and well be even more necessary in the future, for any person capable of contributing to society'. This quotation is from a 1993 report of a Supreme committee on Scientific and Technological Education, headed by Prof. Haim Harai, President of the Weizmann Institute of Science. The report has these important conclusions.

First, science and mathematics are interrelated, and affect one another in a variety of unexpected ways. Mathematics and science are the basis for all technological innovations. The boundaries between biology and biotechnology, computer science and electronics, physics and most technological fields are artificial and outdated. Fields such as environmental science, energy and agriculture cannot be defined as either science or technology, having elements of both. In the past, technology was considered more of a skill, and work in a technological field did not directly or to a great extent involve science. Today, every technological occupation demands an interdisciplinary scientific background.

Second, a broad-based approach is required if improvements are to be made in teaching mathematics, science and technology. Good results can only be produced through an integration of curricula, textbooks, laboratory aids, educational software, well-educated and appropriately trained teachers, will-equipped and properly maintained laboratories, sufficient classroom hours, and a guidance and support system for teachers.

Third, teaching science and technology, according to the interdisciplinary approach, will expose the pupils to scientific and technological content, and will present the social contexts, while stressing their interconnections. These connections are expressed both at the level of the application of principles as well as that of defining human-social needs and problem solving with the aim of improving the quality of life. Science and technology will be taught while giving precedence to the needs of the learner as a citizen of the future.

The curriculum for science and technology is based on the Science, Technology, Society (STS) approach, which integrates science, technology and social studies. This curriculum exposes the pupils to content (from the disciplines of life science, materials science, Earth sciences and technology), inherent in which are natural interactions between the scientific and technological fields within the necessary social context, with stress on relevancy to daily life at the personal, national and environmental levels. All of this is aimed at cultivating a citizen who will have the information and skills enabling him or her to deal with a rapidly changing reality.

Yet, it worthwhile to emphasize that alongside teaching with an interdisciplinary approach, care must be taken to maintain the validity of the characteristics of the disciplines, both the scientific and technological ones, by refraining from making forced connections.

The following principles will be given expression within the framework of the science and technological studies:

- learning about phenomena in the world around the pupil;
- developing critical modes of thinking, creative-inventive thinking, understanding of research and problem-solving methods:
- developing the ability to characterize and understand complex systems in science and technology;
- understanding the reciprocities among the fields of science and technology and society, which includes:
    - becoming familiar with the nearby physical and technological environment, understanding its components, and the links between them;

- being introduced to examples of knowledge as applied to various fields, such as industry, agriculture and health:
- understanding the value of scientific and technological knowledge for the purpose of forging attitudes on topics of national and international importance;
- recognizing the possibilities and limitations of science and technology in solving problems related to the environment, man and society, while taking into consideration aspects of ethics, values, economics and aesthetics;

- becoming aware of the historical development of concepts and its implications for the development of science, technology and society;
- understanding current theories but with an awareness of their limitations in explaining phenomena, which includes:
  - development of skill related to self-study, such as the ability to use the library and computerized communication or the ability to follow up information in journals;
  - development of the ability to prepare summaries, edit tables, graphs and so on;
  - acquiring skill related to research and development (including use of computerized tools) such as data gathering, executing simple experiments, reaching conclusions, description and reporting;
  - development of the ability for observation and the skills for working in the laboratory and in the field (measurements, use of instruments and plant guides);
  - imparting the skills for teamwork: paying attention, expressing oneself, taking personal and group responsibility for carrying out the task;
  - developing goods habits of work, cleanliness, precision and so on;
- understanding the place, uniqueness and intervention of man in nature and the environment;

- developing an awareness of intelligent consumerism involving decision-making processes that include weighing the choices for a product or a system, on the basis of examination and evaluation;
- recognizing the value of work and productivity for the individual, the economy, industry and society;
- becoming acquainted with nature in the country with its regions, landscapes, physical infrastructure, flora and fauna;
- developing a willingness to foster the values of nature and preservation of the environment;
- developing the interest and desire to expand and deepen one's knowledge in fields of science and technology.

II. THE CURRICULUM FOR ELEMENTARY SCHOOL

The main topics for elementary grades are: matter and energy; the man-made world; information and communications; the Earth and the universe; the world of organisms; man, his behaviour, health and quality of life; and ecological systems and quality of the environment (see Table 1).

Each of the main topics contains specifications of topics or subtopics on a number of central ideas representing important principles related to the core material (and derived from it), which give proper expression to the relevant area-related characteristics as well as to their context on different interdisciplinary levels. For each main topic there must be (for each age group) activities of a laboratory-experimental nature or workshop type and activities outside the classroom such as field trips.

The science and technology curriculum constitutes a spiral development of curricula for the science and technology studies ranging from kindergarten through Grade XII, with the emphasis on continuous passage through the different age units (kindergarten-elementary school, junior high school, senior high school)

The spiral nature of the study of the subject is expressed through the building up of knowledge capabilities, skills, value and behaviors apt for the perpetual development that

Table 1. Organization of content specification for Grades I-VI

Main topics and skills	Emphasis for class		
	I-II	III-IV	V-VI
1	2	3	4
Materials and energy	Introduction to basic concepts, changes of materials and ways to use them.	Identification of the interaction between matter and energy and familiarity with the changes in matter resulting from it and the use of them.	Introduction to the interactive processes between matter and energy and the ways they are exploited by people.
The man-made world	Exposure to basic concepts in a technological process (necessary for the solution). Identification of the components of a technological process.	Integration of scientific-technological knowledge in a technological process. Familiarity with technological processes in product design. Identification of mutual influences of developments in the fields of science, technology and society from the dawn of civilization.	Understanding the stages in the process of industrial production (from raw material to finished product). Becoming familiar with technological systems. Technological solutions to limit the negative influences involved in man-made developments.

Table 1. (Contd...)

1	2	3	4
Information and communication	Exposure to basic concepts related to information and how to handle it.	Becoming familiar with the components and processes relating to information and communication.	Becoming familiar with systems for information and communications in modern times.
Earth and the universe	Exposure to basic concepts, their description and presentation.	Description and follow-up of processes occurring on Earth and in space and technologies related to them.	Becoming familiar with long-term phenomena on Earth and in the universe and technologies related to them.
The world of living creatures	Becoming familiar with the characteristics of living creatures. Becoming familiar with the differences between animals and plants.	Deeper study of the characteristics of life, the Link between living creatures and their environment and their adaptation to it and the link between humans and other living creatures, conditions of growth and conditions of maintaining them.	Becoming familiar with phenomena, systems and basic processes of living creatures.

(Contd...)

Table 1. (Contd...)

1	2	3	4
Humans, behavior, health and quality of life	Initial development of awareness of the topic of health and the need to promote it and maintain it.	Becoming familiar with basic systems and structures in health and illness. Fostering behaviour promoting health and its maintenance.	Understanding the components, systems and processes in the human body when healthy and when ill. Fostering behaviour for a Healthy way of life and good quality of life.
Ecological systems and quality of the environment	Becoming familiar with basic concepts related to the environment.	Becoming familiar with factors influencing the environment. Attention to man's uniqueness and his impact on the environment. Fostering behaviour towards the preservation of the environment.	Becoming familiar with the interactions among various environmental factors. Analysis of the influence of man's involvement with the environment. Discussion on activities and behaviours related to fostering quality of the environment.
Skills	Cognitive and active skills will be integrated within the entire body of content according to the pupils' development at the different ages.		

characterizes each school-level in the cognitive, motor and emotional spheres. All of these will be treated in the curricula throughout the years of study within the framework of the content called for in this topic, as the teaching progresses from the level of being based on concrete phenomena and processes exemplifying principles, through to focusing on qualitative aspects, through to the integration of causal and quantitative aspects connected to processes and system.

The results of numerous studies dealing with pupils' ability for conceptualization and the extent of their interest served as the basis for the selection of the curriculum and the planning of the stages of instruction in accordance with the pupils' cognitive ability.

Each topic is concentrated around main ideas. The main ideas represent the important principles expanded through the various main topics, some of them being ideas stressing aspects of the disciplines relevant to science and technology and others being ideas underscoring the interdisciplinary connections.

The main ideas will assist the teachers on the following points:

- defining the main aims of teaching any main topic with its various aspects;
- fostering interdisciplinary approaches relying upon characteristics of the discipline;
- planning teaching, both from the aspect of content (such as combining the detailed syllabus for the different main topics for a given age level) as well as from the developmental aspect, as required by the demands of the subject and by the pupils' development at different ages.

For example, the main ideas for the topic 'Materials and energy' are the following:

- biotic and abiotic objects are made of materials found in nature;
- materials may be characterized and sorted according to their origin, their features and the way they are used;
- man has developed means of measurement to characterize materials and to identify them;

- characterizing materials requires carrying out activities such as measurement, observation, comparison and classification;
- materials may be used for certain aims according to their characteristics;
- some materials are natural resources, others are manmade;
- humans produce, process and create materials in response to various needs, such as food, clothing and medicine. These processes involve defining the need, searching for solutions, planning the optimal solution, carrying it out and assessing it.

III. THE CURRICULUM FOR JUNIOR HIGH SCHOOL

The selected goals are as follows:

- knowing and understanding facts, concepts, lews and principles that every citizen will need in science and technology;
- recognizing phenomenon from the world around us;
- developing creative and critical thinking to understand the research method and problem-solving;
- understanding the relationship among science, technology and society;
- understanding the importance of the knowledge of science and technology when taking positions in assessing national and international issues;
- knowing the possibilities and limitations of science and technology when using them in problem-solving;
- developing awareness in the wise consumer by using decision-making processes when selecting a product or a system;
- developing a readiness to take care of the environment.

The contents, the ideas and the skills are very similar to the elementary grades. The curriculum still has a spiral development. The concepts are presented in a deeper way and the level of understanding is higher.

Table 2. Division of study topics and hours of instruction in Grades VII-IX

Main topics	Hours of instruction Grades VII and/or VIII	Hours of instruction in Grade IX	Total number of hours in Grades VII-IX
Materials: structure, features and processes	90	Chemical reactions 15	105
Energy and interaction	Basic concepts: forces, movement, electricity and energy 45	Energy, radiation waves 45	90
Technological systems and products	Technological systems, products 60	Complex systems 30	90
Information and communications	30		30
The Earth and the universe	30	15	45
Phenomena, structures and processes in organisms	Water supply 20 Reproduction 30 Transportation 20 Senses 20	Nutrition 30 Heredity 30	150
Ecosystems	15	15	30
Total	360	180	540

Each topic and subtopic focus, as far as possible, on the integration of aspects and content from the spheres of science, technology and society, as shown by the example presented in Table 3.

The curriculum draws a net of inter-connections and interactions between different subtopics. Table 4 shows connections to the main topic of materials: structure, features and processes.

Core curriculum and supplementary materials

Science and technology is a required subject for all pupils in Grades VII-IX, to be taught for a minimum of 540 hours per pupil in the three years of junior high school.

The curriculum is taught in heterogeneous groups, but attention is to be paid to those pupils who find the material difficult, and those who are capable of grappling with challenges demanding greater understanding. The core of the basic material must be acquired by all pupils, branching out from there to reinforce the basics or to offer expanded, in-depth learning.

Determination of the core material has significance and implications for both the quality of teaching and for planning the time allotted to the core curriculum and to the content beyond it (enrichment material). To avoid superficial, mediocre learning, the core material was determined after weighing considerations related to the main ideas of the topics studied, with special effort placed on incorporating a mix of teaching methods that allow pupils to grapple with the topics according to their ability. Selection of the core curriculum was based on a number of considerations:

- the importance of the contents in terms of teaching goals;
- the extent to which such content is necessary to advance the teaching-learning process;
- the relation to content in other subjects;
- difficulties in understanding concepts; and
- the teaching of the curriculum in a spiral fashion that is built upon elementary school studies.

When teaching a topic, time must be allotted to achieve in structional goals in terms of the core material and at the same

Table 3. Example of integration of scientific, technological and social aspects

Topics/subtopics	Scientific aspect	Technological aspect	Social aspect
Force and change	Force can cause change: in velocity (Newton's second law) and in shape—mass (interia, momentum)	For example nautical rocket, elevator, traffic control	Social implications of increasing man's ability, motion, forces and sport
Energy basic concepts	Energy, work and heat, differentiation between force and energy (including the historical aspect of the development of the concepts), types of energy (chemistry potential-gravitational, kinetic, electrical, atomic), output and efficiency, means of measurement and units of measurement	Energy in technological systems, engines and output of instruments	Technological development in the exploitation of energy over the course of history and its influence on humanity
Matter Mechanisms for the transfer of energy	Characteristics of waves (wavelength, amplitude, frequency, cyclical waves, standing wave), sound wave: intensity propagation	For example, ultrasound, the laser in medicine and communication	Noise and health, medicine in the age of advance technology (early diagnosis, treatment)
Radiation and matter	Electromagnetic radiation, light (basic geometric optics; interaction with matter; refection, refraction, absorption)	Instruments and fibre optics	

Table 4. Examples of related topics/ subtopics

Topics/subtopics	Examples of related topics/subtopics
Characterization and sorting of materials	From the need to the finished product
	Atmosphere
	Hydrosphere
	Geosphere and landscape forms
	Food and its importance
	Processes in ecosystems
	Humans and their intervention in the environment
Structure of matter and its features	Energy
	Eelectricity and magnetism
	Waves, radiation and matter
	Astronomy
	Hydrosphere
	Geosphere and landscape forms
Processes of change in matter	Energy
	Wave, radiation and matter
	From the need to the finished product
	Atmosphere
	Hydrosphere
	Geosphere and landscape forms
	Processes in the cell
	Nutrition and energy in organisms
	Ecosystems
	Humans and their intervention in the environment

time use must be made of instruction methods that incorporate varied learning tasks. Some of the tasks should reinforce the core curriculum, and some should add greater depth to the learning and extend it to include additional contents.

Numerous studies on the abilities of junior high school students (Grades VII-IX) to conceptualize served as the basis for selecting the curriculum and planning the stages of instruction in keeping with pupils' cognitive abilities. The presentation of the curriculum expresses a teaching progression from basing studies on concrete phenomena and processes that exemplify principles to focusing on qualitative aspects and gradual incorporation of causal and qualitative aspects and factors.

Thus, when planning the stages of teaching/learning, a distinct effort should be made to follow up the learning processes, to locate different content and means, to incorporate varied teaching methods, and to introduce the pupils to them, according to their ability and sphere of interest.

The nature of the combined subject, which encourages a range of possibilities for optional choices, makes it necessary to set guidelines to insure the exposure of the entire student population to the fundamental studies vital in Grades VII-IX. This educational component will depend upon factors such as the direction of future specialization of the students in senior high school and beyond, the type of school (six-year comprehensive, three-year junior high school, elementary school with grades seven and eight), and the school's teaching staff.

IV. THE CURRICULUM FOR SENIOR HIGH SCHOOL

In senior high school, there are some students who are majoring in a scientific subject like biology, chemistry, physics or in a technological subject. For all the others we have constructed a new subject, 'Science and technology in modern society'. This subject was constructed in modules, and its task is to provide a fitting education for those young people who do not intend to specialize in a scientific subject. The essence of this subject is not the scope of the material studied nor in covering all the units in science and technology, but rather that the learning experience be a meaningful on through which the student will acquire some of the instruments and scientific-technological modes of thinking.

Table 5. Content map—principals

Organizing principles	Material sciences	Life sciences	Earth sciences and the universe	Technology
1	**2**	**3**	**4**	**5**
Models, complex systems and their organization	The atomic model and the molecular structure of material; powers in nature	Organization of living organisms as an energy-dependent phenomenon; adapting structure to function; uniformity of the model and differences in form in the structure and processes of living organisms	Astronomical and cosmic systems; Earth systems	Monitoring and feedback
Evolution	Natural and manmade materials	Development of the species from previous species; the principle of natural selection	Origin and development of the universe and Earth	Technological developments and innovations

Table 5. (Contd...)

1	2	3	4	5
Permanence and cycles, preservation and change	The principle of conservation; the pace of change; laws of thermodynamics	Control and regulation, dynamic balance; growth and development; continuity	Transformation of material and energy on Earth; seasonal change and cycles and changes in geological time	Processing of raw materials; new materials; recycling
Interaction	Causality; thermodynamic and kinetic considerations in chemical and physical processes	Living organisms as distinct from their environment, how they affect it and are affected by it; interactions within the bodies of organisms and between them, within and between species	Biochemical cycles in Eearth systems	Adapting the environment to its users; how technological means increase the range of relations between humankind and the environment

(Contd...)

Table 5. (Contd...)

Organizing principles	Material sciences	Life sciences	Earth sciences and the universe	Technology	Social and philosophical aspects
1	2	3	4	5	6
Models, complex systems and their organization	Creation and reversal of chemical bonds; the atomic model	Physical model: lock and key (antigen-antibody, enzymesubstrate); mathematical model: ratios of area and volume in organisms; conceptual model: homeostasis	Structure of the galaxy; solar system; Earth's geosphere	Transportation systems; production systems (including automation and robotics); energy used by humankind and its sources	Agriculture; smoking and narcotics; driving
Evolution	Materials	Development of the species, origin of man, origin of life; adaptation	The 'Big Bang'; formation of the solar system; geological development of the Earth	Synthetic materials; new materials (composites, plastics	Archaeology; science as a developing entity; development of scientific theories for understanding the Earth
Permanence and cycles, preservation and change	Transformation of materials; transformation of energy; heat; dynamics	Mechanisms for neural, hormonal, enzymatic feedback; periodic phenomena such as flowering, germination, migration, reproductive cycles, biological clocks	The Earth and its orbit; water cycle	Processing of materials; heating and cooling systems; food engineering	Preservation versus development; quality of the environment; permanence and periodicity in the Jewish calendar (solar year, lunar year)

Table 5. (Contd...)

1	2	3	4	5	6
Information and communication	Electromagnetic radiation; motion	Senses, sensitivity and response, camouflage, warning, behaviour; molecular communication, information in genetic materials interpersonal communication	Space research; research of the Earth from space; research of the ocean floor; research of the atmosphere	Symbols and signs; non-verbal communication (colour and sound); information processing (computers); advertising and marketing	Music; the written word; forms of interpersonal communication
Interaction	Statistics and their significance	Regulating enzymatic processes, regulation by environmental means, immunological response	Man and the environment; the carbon cycle	Movement and transportation; structures and shelter; hearlth and way of life	Science and art; police; pest control; medical ethics

The framework is intended to insure that students will consider science a part of culture; that they will have the knowledge, ability and desire to identify, understand and—to the extent necessary—to decide on social-public issues containing a scientific or technological component, and that they will also be able to evaluate the developing human dimension of a product of science or technology.

In light of this, and on the basis of the common, broad knowledge defined as required in senior high school, no particular additional information was determined to be a vital component. Alternately, it was decided to emphasize a number of ideas perceived as important, ideas reflecting different disciplines in science and technology, and to stress methods of learning that will enable the students to gain experiences in modes of thinking, learning abilities, or types of activity that occur in scientific and/ or technological endeavours. The selected experiences are the type that are likely to bring the students closer to understanding the methods of producing scientific knowledge and reaching a consensus on it, or to recognizing the methods of operation, the construction of a model or production in technology, or to see they are a condition for achieving these aims.

Therefore, for senior high school there is no list of content that the graduates must know, nor a hierarchic curriculum of accumulated knowledge. Moreover, the curriculum space proposed allows for the construction of different tracks, on the condition that they answer to the formulated curriculum goals.

1. *What are these goals?*

1. Development of recognition of science and technology as part of human civilization and development of awareness of the interactions between science technology and society.
2. Development of curiosity and interest in scientific technological topics and issues, particularly those on the public agenda and/or relating to the life of the individual and his environment.
3. Development of an awareness of the manner in which scientific and technological knowledge are built up and understanding of their development.

4. Development of the ability to relate in an intelligent, critical manner to information.
5. Development of an awareness that solutions to scientific and technological questions are based on knowledge that his been earned and on logical modes of thought.
6. Development of knowledge and understanding about the reciprocity between man and his near and far environment.
7. Development of an awareness that the laws of nature are common to different areas of science and technology.

2. ***A group of goals deal with thought, learning and skills***

1. The students will be able to give explanations based on scientific knowledge for phenomena of nature and technological developments.
2. The students will recognize different thinking strategies, characteristic to science or technology, and they will know how to identify them in their activities.
3. The sudents will be able to read a popular scientific article and explain the contents.
4. The students will be able to differentiate between facts and suppositions, between causes and results, between observations and conclusions.
5. The students will be able to understand an experiment's set-up and its limitations and will gain experience with a guided laboratory assignment.
6. The students will be able to understand the historical course of an idea/scientific concept's development.
7. The students will be able to explain different forms for the presentation of information (literal, graphic, schematic, formulas) and the connection between them.
8. The students will become familiar with different types of information sources (printed, electronic, processed, primary, journalistic and other) and will be able to locate information in them, edit and use it.
9. The students will gain experience in teamwork.
10 The students will be required to demonstrate knowledge and support opinions both in writing and orally.

3. *Content map, description of the special orientation of science and technology in society*

The content map given in Table 5 allows for the label 'tracks', which relate to different disciplines while referring to common ideas or principles. A topic selected as fitting a substructure will be anchored in a sphere or spheres of knowledge (columns in the table) and will clarify the scientific/ technological idea(s) chosen (rows). From this schematic description one sees that discussion of ethical (personal or social) or historical/philosophical matters may be expected in any of the tracks.

The map also makes it possible to determine what is not included within the bounds of Science and Technology in Society and what will not be taught within the framework of the new subject. It also allows one to examine the length of continuum of studies to see how the learners will touch upon each one of the disciplines and upon the ideas selected.

Science and Technology in Society is a new subject of study that is not based on a familiar structure of knowledge. No teachers have been trained to teach it, and those who are intended to study it come from the entire gamut of high school students in the country and are unified only in their having chosen to not specialize in a science or a technological/ engineering subject. For each one of these reasons in itself, let alone all of them together, one must approach the various steps in instituting of Science and Technology in Society as an experiment and to construct a fitting assessment system.

As a conclusion, the following issues deserve monitoring in the future:

- Decision-making regarding the pace for instituting the teaching of Science and Technology in Society throughout the country;
- training of teachers (scope, quality, capabilities for a module/for a curriculum, countrywide distribution);
- examining preferred modules and identifying missing topics;
- improving the schools' ability to evaluate pupils' achievements;

20

CERN AS A NON-SCHOOL RESOURCE FOR SCIENCE EDUCATION

John Ellis

I. INTRODUCTION

Many types of organization may serve as non-school resources for science education. The first that come to mind may be museums, and universities are also important. Industries, foundations and many other organizations also play significant roles. Research institutes such as the European Organization for Nuclear Research (CERN) also have special aspects to offer, and CERN as a large international research institute has its own niche in the network of non-school resources. Here I try to illustrate some of the activities CERN offers to schoolchildren and their teachers, in the hope of providing hints that many be useful to Asian countries, and with the intention of offering collaboration wherever the basis may exist.

CERN was founded in 1953 in a convention signed under the auspices of UNESCO by twelve European countries. These have now become twenty Member States, including most Western European and several Central and Eastern European countries (Austria, Belgium, Bulgaria, Czech Republic, Denmark, France, Finland. Germany, Greece, Hungary, Italy, Netherlands, Norway, Poland, Portugal, Slovak Republic, Spain, Sweden, Switzerland and United Kingdom). Together, they second over 4,000 scientists and engineers to use the facilities at CERN, where they are joined by about 2,000 from non-member States. Several hundred each come from the Russian Federation and the United States, and there are also large contingents from Japan, Canada, India and Pakistan, as well as groups from China, the Republic of Korea and other Asian countries. The flux of visiting scientists from around the world keeps CERN young. The perk of the age distribution is around 30, reflecting the larger number of students who get their doctorates working on CERN

- developing and using a range of learning materials;
- evaluating school-created developments;
- using in-service training, internal as well as regional, to influence teachers' work;
- examining the influence of the possibilities opened by Science and Technology in Society on the 'those training to specialize in it'.

experiments. Most of these students subsequently go to work in industry, with a sizeable fraction going into finance, as well as information technology. The visiting scientists' age distribution has a long tail of older people, mostly these students' professors teaching at universities in Europe and elsewhere. The hope of attracting these students provides one motivation for CERN' outreach activities.

On CERN's public home page you can take a virtual tour of CERN.[1] CERN is where the World Wide Web was born, out of the necessity to keep large international teams of physics researchers in contact. This invention is now revolutionizing world society as many communities (universities, students, consumers, businesses, etc.) discover that the solution to their problems may also alleviate someone else's. The Web is also a potentially powerful tool for school education, and which I will describe in a later section. Education is also featured prominently on our home page, right after our 'core business' of physics research, indicating the significance we attach to it.

Many of the activities I discuss here are explained in detail on our website, including our visits service, programmes for colleges (middle schools), interactive material on the Web from our own science museum—Microcosm, information about or summer programme for high-school teachers, and information about teaching resources in different European countries.[2] Before detailing these efforts, however, I first remind you about the mandate of CERN, as laid down by its governing Council representing the twenty Member State governments.

II. THE MANDATE OF CERN

This is fundamental research into the nature of matter, its components and their interactions. The 'story' we have to tell is that matter is made of atoms that each contain electrons orbiting a nucleus, which is made of protons and neutrons, whose components are quarks. Our job is to explore the properties of electrons, quarks and related sub-nuclear 'elementary' particles. The word 'nuclear' in the title of CERN is a historical anachronism: we now explore a couple of levels below nuclei, and prefer to call ourselves the European Laboratory for Particle Physics.

Most of our experiments involve accelerating particles to high energies and colliding them, converting their energy into new particles, some of them as heavy as a medium-sized nucleus. According to the basic laws of quantum physics, the higher the energy, the finer the size resolution of the particle collider, considered as an overgrown microscope.

Since the basic laws of engineering require a high-energy accelerator to be very large, our largest is almost circular, with a radius of 5 km and a circumference of 27 km. The accelerator is housed in a tunnel about 100 m underground, with only the occasional building visible on the surface.

The experiments are conducted in underground caverns large enough to accommodate the CERN administration building, by groups consisting of hundreds of physicists and engineers from dozens of countries around the world. The experimental apparatus consists of onionlike layers surrounding the particle collision point, each layer specialized in the detection of a different type of particle. Together, the data they produce enable physicists to analyse the collisions, search for new particles and try to understand the forces between them.

III. OUTREACH

First and foremost, in my opinion, outreach is a moral obligation for a research institution such as CERN. We are dependent on public funding and when the piper is paid, he should play the tune. The primary motivation of the funding agencies is (or should be) cultural: it is to carry forward humanity's impulse to understand the universe around us, and of which we are a part. In the words of a recent editorial in the *Financial Times* ('Search for the words quarks and opera'): 'If you regard science as a form of culture, an important contribution to the intellectual enrichment of humanity, then high-energy physics is the scientific equivalent of grand opera'. [3]

Just as the Three Tenors being opera arias to a wide public, it is surely good that CERN should strive to bring 'particle arias' to its paymasters. This moral obligation inevitably becomes a political duty: the British funding agency Particle Physics and Astronomy Research Council (PPARC) expects physicists to propose outreach activities in tandem with their research conferences. In the words of the *Financial Times* again:

'Governments should subsidise high energy physics in the same way as they do the opera—on the understanding that [...] it is made accessible to as wide a public as possible'. This pressure is heightened by the widespread anxiety in Europe about growing science illiteracy. This is reflected in alienation from, and scepticism about, science among the general public, and the falling numbers of students opting for physics at university. Thus outreach also becomes a practical necessity for organizations such as CERN, in the hope of attracting more students.

These important arguments have long been understood at CERN, and have recently gained new recognition in the appointment of a new director and the establishment of a new division responsible for outreach and technology transfer. I will review what CERN has been doing to reach out to schools, describe CERN's current activities, and preview new initiatives that CERN is planning.

One motivating thought is that the laws of physics are universal, the same for everybody and belonging to nobody. A corollary is that people in all countries should have access to the knowledge and understanding obtained by fundamental physics research. It also follows that the laboratories of the world, such as CERN, should be open to any qualified scientist from any country. Indeed, it is CERN policy to assign the use of its facilities solely on the basis of merit. For example, both American and Russian physicists worked at CERN during the Cold War, and physicists from both sides of the Taiwan Strait have been collaborating at CERN for years.

Of particular interest to Asian countries may be the display by laboratories such as CERN of the scientific method in action. This many encourage the questioning spirit and its disciplined exploitation. Also particularly relevant is the relation between science and economic development. Fundamental science opens new possibilities, applied science and technology provide tools to exploit them. These tools may benefit economic efficiency in unexpected ways—think of the World Wide Web, which is now revolutionizing the world's business practices, as well as its social habits. However, I also have in mind an even broader significance. The scientific method embodies a world view novel to many societies: question received wisdom, formulate hypotheses, devise tests, conduct experiments, observe their results, draw conclusions, understand the present and predict the future. Perhaps non-school resources such as CERN can foster the questioning spirit in schoolchildren, including the vast majority who do not pursue scientific careers. They may learn to apply to their daily lives. They may also develop a better feeling for the scientific process, and deal more confidently with the challenges science offers their societies.

IV. EDUCATIONAL OUTREACH AT CERN

Some of the aforementioned motivations played roles in the recent establishment of a division at CERN responsible for Education and Technology Transfer.[4] This has inherited CERN's previous outreach activities, including those offered to schools, and is currently developing new initiatives.

CERN's outreach network has representatives in all twenty of CERN's Member states.[5] Each nation has its own web page with various listings, including sites where you can access different national networks and learn more about particle physics in various Member State languages.[6] For example, clicking on the United Kingdom page one finds links to many resources, including material for schools, a computer package for high school students and a link to a school speakers bureau.[7]

One of the objectives of this outreach network is to make material in one language available to other countries for translation into their languages. Much of it is in languages other than English: for example, while preparing this talk I dipped into a CD-ROM in Greek and an outreach talk in Polish.[8] The web material is free, and any organization is welcome to translate it into a local language. The model should be to establish a primary node in your country, and a national network involving the universities and laboratories active in high-energy physics research. In addition to CERN's outreach network, the primary node should be connected to any national networks in other scientific fields, as well as to local networks of science teachers.

V. CERN'S VISITS SERVICE

CRRN welcomes about 40,000 visitors per year, of whom about 70% come in school groups. Many of the others are school-age children accompanied by adult family members. The Visits

Service[9] arranges and structures visits. A typical school visit comprises a short introduction to CERN provided by one of our (mainly volunteer) guides, followed by a visit to one of the giant experiments at CERN in its pit 100m below ground. Also available are visits to our on-site museum, Microcosm, and a session of hands-on experiments designed to illustrate some basic physical principles.

There is a link providing information for teachers, and several specific itineraries have been designed. In particular, our Visits Service has worked with the local French school district (the Académie de Lyon) to propose programmes tailored to school in different age groups. For example, we propose to 'colleges' for 14-and 15-year-old, a fifteen-minute introductory lecture and a visit to an experiment, followed by hands-on activities, whereas older students would be offered a longer, more scientific lecture.

Many features of the CERN Visits Service are quite specific, but some general aspects could be adapted to diverse environments. For example, a rubber plantation or an agricultural research station could offer visits programmes to local rural schools, including an introductory explanation of its activity, a tour of its facilities, and some hands-on experience such as tapping a rubber tree or doing a simple biological or chemical experiment. Clearly there may be practical obstacles (insurance for the students, reluctance of teachers), but some could surely be overcome if the host institution could be motivated by considerations of good citizenship and enlightened self-interest.

VI. MICROCOSM-CERN'S ON-SITE MUSEUM

The Microcosm exhibition area is an essential call during most visits to CERN.[10] It contains pieces of original experimental apparatus with which major discoveries were made, as well as exhibits introducing particle physics and CERN, models and videos. It also has several interactive computer games, one illustrating physical phenomena at different scale sizes, from particles to cosmology,[11] and another illustrating how particles may be accelerated.[12] Both of these are also accessible over the Web and more are under development. From time to time, Microcosm his temporary exhibits organized together with other

European scientific organizations or European science museums, which are among CERN's network partners.

Available in conjunction with school visits to Microcosm are several worksheets at different levels, suitable for different age ranges. These may be used by schoolchildren to demonstrate their knowledge and comprehension of the material on display, for assessment either by themselves or by their teachers. Associated with Microcosm there is also a small shop where more or less educational items can be purchased. One of these is a comic book available in several languages, which introduces basic physics concepts in a playful way. Currently under development is an educational, interactive CD-ROM.[13] Starting with an introduction to particle physics, going back to the ancient Greeks' theories of atoms and the four basic elements of earth, air, fire and water, it aims to show the user how physicists distinguish between the different types of sub-atomic building blocks currently observed at accelerators, and encourages the user to measure for him/herself the rate at which they appear in a simplified representation of data from a CERN experiment.

One of the key features of school visits to CERN, including Microcosm, is that the tour guides are largely volunteers drawn from among the (mostly young) scientists working at CERN. The visits are typically in groups of twelve to fifteen, enabling the schoolchildren to meet a 'real scientist' and ask probing questions directly.

VII. HANDS-ON EXPERIMENTS

A suite of hands-on activities has been developed at CERN. They are made available during school visits, and are a popular feature of open days at CERN.[14] They are also taken on the road for visits to local schools. Recently they were used as the core of a week-long summer camp programme offered through the Geneva Department of Public Education.[15] This was designed to mimic, as far as possible, the experience of conducting research. While doing experiments, the participating groups of children were asked to keep logbooks describing their methods and results. They then presented their results at a 'conference' on the final day, and the best presentations were awarded prizes.

The CERN hands-on efforts are networked with similar programmes elsewhere, including the 'Physics Van' school outreach programme run by the University of Illinois Physics Department and the extensive 'la main à la pâte' programme in French schools.[16] many of these efforts are inspired by a pioneer programme in impoverished Chicago schools. If they can be made to work usefully there, surely they can also be extended even to rural schools in developing countries, using materials that are widely available. Among the most popular hands-on activities offered by CERN are the effects of magnets on television sets (illustrating that many homes have a particle accelerator in their living room), a bicycle wheel (with sand in the tyre) used to demonstrate the conservation of angular momentum, and simple electric circuits.

CERN is now planning to develop these activities more systematically, setting aside an area where they can be conducted, and organizing a suite of activities whose materials can be taken on tours of schools. The guiding principle would be a progression from activities illustrating basic physical principles to more specialized activities related more directly to particle physics. We plan to document these hands-on activities in written and visual from and make the documentation available over the World Wide Web. The idea is that interested groups in universities and other educational organizations could copy, share, mix and match hands-on activities to their specific opportunities and needs.

VIII. HIGH-SCHOOL TEACHERS

During 1998 and 1999, CERN initiated a summer intern programme for high-school teachers.[17] They were invited to attend lectures we offer to university students as part of a Summer Camp programme, as well as lectures and discussions more attuned to the teachers' needs. In addition to teachers from CERN member States, we have also had participants from the United States paid by their National Science Foundation, and one from an international school in Thailand.

The high-school teachers programme has been effective for beyond our expectations. The teachers have been amazingly enthusiastic and active. They have compared the science curricula in their different countries, and put a through comparison on the Web,[18] with links to more complete sources of documentation from their home countries. They have also compiled descriptions of experiments, both standard[19] and more novel, suitable for carrying out in schools. Additionally, they list many helpful books and resources on the Web in various languages. All in all, our high-school teachers are developing their own very active international network.

Individual teachers also act as nodes in contact with their own national associations of high-school teachers and other networks. Many have been engaged in their own outreach activities, writing article for newspapers, speaking at congresses, to parent groups, etc. There have also been some unexpected synergies, for example one teacher has been going over the CERN comic book and proposing ways in which it could be restructured so as to be suitable as a teaching aid.

The high-school teachers themselves have come up with ambitious plans for the future, yet nevertheless seem to lie within reach. One is to set up an array of cosmic-ray detectors in different high schools. An interactive CD-ROM and a textbook are also in preparation.

It is clear that only a very small fraction of European high-school teachers will ever be able to participate directly in this programme, even compared to those who lead school visits to CERN. To maximize the benefit to all concerned, participants in the programme must be selected quite carefully, for the different perspectives they can bring and their interest in networking and communication of their experiences. The documentation they prepare should be available and of use to the vast majority of teachers who never come to CERN. They can bring to CERN a uniquely active and critical view of its programmes for schools.

IX. LECTURE SERIES AND WEBCASTS

Public lectures are a traditional tool for outreach. Last year, for example, we gave a series of lectures for middle schools on the 'mysteries of the Universe'.[20] Lectures are not really appropriate for younger children, so we have experimented with question and answers sessions instead. For example, some years ago when we had a temporary exhibit on loan from the London Science Museum about cosmology, we organized a couple of such sessions, called 'Big Bang Days', in conjunction with a visit to the exhibit and to a CERN experiment. Unfortunately, such opportunities are essentially limited to local schools, so CERN's international mission impels it to investigate distant-delivery methods.

A traditional technique is to make a video recording of a lecture and then distribute it, and CERN maintains a video archive of these.[21] many schools routinely show video cassettes in class, but this technology is limited in its technical possibilities, and I personally find it rather alienating and top-down. A live lecture is much more interesting and involving, as you can ask questions and interact with the speaker.

CERN is currently exploring the new webcasting technology. This is potentially interesting for scientific seminars and lectures, as well as for outreach activities. It offers new technical possibilities, and also the possibility (in principle) of interactivity, e.g. by asking questions via electronic mail. The Exploratorium in San Francisco,[22] for example, made a very successful webcast of a solar eclipse in 1999. CERN had a webcast on antimatter on 10 May 2000, just as it started a new experimental programme on antimatter.[23]

Realistically, the utility of webcasting may at the moment be limited in some parts of the world because of network and hardware limitations, not to mention the differences in time zones. Some of the benefits of digital technology may be reaped by putting lectures on CD-ROMs, as is now being done for the CERN summer lectures to university students. Ultimately, the emerging DVD standard may offer broader prospects, but this would require a further hardware upgrade.

X. A PROJECT UNDERWAY—PHYSICS ON STAGE

CERN was the prototype for many other European science laboratories founded subsequently, including the European Molecular Biology Laboratory (EMBL), the European Space Agency (ESA), the European Southern Observatory (ESO), the European Synchrotron Radiation Facility (ESRF) and the Joint European Torus (JET). Subsets of these laboratories network together in various ways. One such joint project launched by CERN, ESA and ESO is 'Physics on Stage', aimed at reducing physics illiteracy in Europe.[24]

This is one of the activities planned as part of the European Week for Science and Technology in November 2000. The plan is to survey the pedagogical techniques used to teach science in different European countries, and to identify, encourage and publicize new approaches. These could include novel hands-on activities, demonstrations, experiments, web applications and even theatre performances.

An example of the latter is 'L' Oracle de Delphi', a mime show on the theme of antimatter which CERN put on for several months this past winter.[25] It took place in a corner of one of the underground pits where experiments are constructed, in a Parisian 'Café-Theatre' atmosphere of basic black and bare chairs. The run had to be extended repeatedly because of public demand and further runs at CERN and elsewhere are planned. We found that it attracted a different population to CERN, one that was less science-oriented and perhaps more sceptical. It was not directed at schoolchildren, though my 12-year-old daughter certainly enjoyed it. Its success it surely due to its playful approach to the communication of scientific ideas, which provides a new avenue for dialogue about science. It would be possible to adapt this concept to a format tailored better to schools.

After several months of national activities within the 'Physics on Stage' project, there will be national competitions, and the winners will be presented in a special symposium at CERN. Ten special performances will be made available to television and other media. One of the prime objectives of 'Physics on Stage' will be to listen to what teachers and schoolchildren have to say. The hope is that it will create new networks as well as generate and communicate new ideas.

XI. A PROJECT UNDER DISCUSSION—PRISM

CERN is now considering a new framework for its visit programmes, the Microcosm exhibition and some hands-on activities. Experts believe that a science museum at CERN could hope to attract as many as 200,000 visitors a year, bearing in mind its catchment area, its European status, and the number of school groups that fail to be accommodated each year within the existing visit programme. The challenge will be to cater to such a large flux of visitors without diluting the present visit experience, disrupting the laboratory or degenerating into a theme park. One of the problems is that radiation concerns will preclude clambering over future active experiments, as visitors do currently.

Ideas being mooted include a monorail to transport visitors to different parts of the site, reassemble of present experimental detectors after they are discarded, and possibly a viewing area where one of the new experimental pits can be seen, as well as an expanded exhibition area. An external consultant from the Paris Science Museum at La Villette (which has an extensive school programme) has been retained, and the PRISM concept is now being debated.[26] If approved the PRISM project would be supported by external funding.

XII. UTILITY FOR ASIA?

In describing the range of CERN's activities directed towards schools, I have tried to highlight examples where our experience may be relevant to Asian countries, possibly in modified forms. I have laid emphasis on networking, both real via personal contacts and common interests, and virtual via the World Wide Web. Databases for our European networks are freely available over the Internet.

CERN already has scientific collaborations with many countries in Asia, notably China, Japan, India and the Republic of Korea. We are open to extend these collaborations to other Asian countries, and to the sphere of outreach activities, including schools in particular. We are ready to listen, advise and help whenever requested.

I do not believe that it is the role of non-school resources such as CERN to cram knowledge into schoolchildren: rather, it is to communicate inspiration and enthusiasm. Within the general framework of perceived needs, I can see several ways in which CERN could make a specific contribution. One is the provision of 'stories about science' that integrate individual pieces of knowledge into narrative explanations of many overall features of the universe. Another is the demonstration of 'ideas about science' in action. As a very large research centre, we can show how research is done, how discoveries are made, how mistakes are made and corrected: in general, how the scientific method works in practice. Thirdly, since advanced information technology is our lifeblood (witness the World Wide Web), we may have a contribution to make in expanding the variety of methods available for teaching science.

To close on a note of self-criticism: we at CERN have taken many initiatives, often in a typical experimental approach, but I am not sure of the extent to which we have been systematic in organizing our activities. We need to focus more on the unique opportunities we can offer, and we need to think more carefully about our target audiences. Even within the school community, there are many different groups of children with different needs and aspirations—those who will never study science, but should become scientifically literate citizens and those who may pursue some kind of technical career, as well as the minority who will become active scientists themselves. We should think more deeply how to tailor our activities to these different communities.

Acknowledgements

I think Robert Cailliau, Neil Calder, Paola Catapano, James Gillies, Hans Hoffmann, Guy Hentsch, Peter Jurcsó (in particular), Inga Karliner, Rolf Landua, Michelangelo Mangano, Jaroslaw Polok, Emma Sanders and Tony Shave for help in preparing the talk on which this paper is based, Jacques Hallak and Muriel Poisson for inviting me to present it, and the participants in the workshop for their comments and insights.

References

1. http://www.cern.ch/Public/.
2. http://www.cern.ch/microcosm/teachers/hoem
3. http://www.globalarchieve.ft.com/search-components/index.jsp
4. http://cern.web.cern.ch/CERN/Divisions/ETT/
5. http://outreach.cern.ch/public/
6. Click on http://outreach.cern.ch/public/SiteMap.html to find them all.
7. http://hepweb.rl.ac.uk/ppUK/school-res.htm
8. http://cmsdoc.cern.ch/cms/TRIDAS/html/outreach1.html
9. http://www.cern.ch/visits/english/welcome1.html
10. http://www.cern.ch/microcosm/
11. http://cern.web.cern.ch/CERN/Microcosm/P10/english/welcome.html

12. http://cern.web.cern.ch/CERN/Microcosm/12.RF_cavity/ex.html
13. http://delonline.cern.ch/~jacobson/edu/cd/support/presentation.html
14. Digital Video: http://webcast.cern.ch/Archive/Misc/may2000/portesourvertes.rm
15. http://bulletin.cern.ch/9936/art1/Text_E.html
16. http://van.hep.uiuc.edu/
17. http://teachers.cern.ch/
18. http://teachers.cern.ch/teaching/syllabus.htm
19. http://teachers.cern.ch/schoolexpts/standard.htm
20. Digital Video: http://webcast.cern.ch/Archive/Misc/may2000/lendroit.rm
21. http://weblib.cern.ch/Home/Library_Catalogue/Videotapes/?p=
22. http://www.exploratorium.edu/
23. http://www.cern.ch/livefromcern/antimatter/
24. http://press.web.cern.ch/Press/Releases00/25.PR02.00EPhysicsonStage.html
25. http://www.unige.ch/mimescope/delphi/welcomeee.html
26. http://www.cite-sciences.fr/francais/index-LIGHT.htm

21

PROMOTING SCIENCE AND TECHNOLOGY EDUCATION FOR ALL: A CHALLENGE FOR THE ASIA-PACIFIC COUNTRIES

Lucille C. Gregorio

I. INTRODUCTION

Although countries in the Asia-Pacific have given their utmost efforts in continuously improving their science and technology education programmes, the reforms are rather slow—especially in terms of curriculum structure and content, as well as the professional development of teachers. In some of our countries formal educational institutions succeed in coping with the advances in knowledge—but the learning in school alone rapidly becomes obsolete. In other countries, the frequent changes of government and political instability have affected the effective implementation of educational reforms.

There are also discrepancies with regard to the intended implemented and attained curriculum. There is a general concern that little is included in the curriculum of basic school education that will allow the learners to acquire the knowledge, skills and values to prepare them for *life*. The positive note is that the emerging trend is to words curriculum innovation and reforms—introducing learner-centred content and strategies and systemic changes responding to national development needs, goals and entry into globalization. However, there is a large gap that needs to be filled—the need for capacity-building—to have a 'cadre' of experts who can provide intellectual guidance and advisory support. There is also a need to change society's demand for education that only prepares students to pass examinations for entry into higher education, rather than learn what is relevant and/or interesting to their lives and in answer to the needs of the community.

The August 1999 issue of *Asiaweek* identified twenty trends expected to shape the development of Asian countries in the new millennium. Most of those identified are attributed to the advances in science and technology and the advent of new information and communication technology. These trends have to be analysed in the context of the region in order to formulate innovative strategies towards reforming the education system.

II. THE CONTEXT

The Asia-Pacific region is vast and diverse. Approximately 60% of the world's population is on the continent, with five of the wold's nine highly populated developing countries: Bangladesh, China, India, Indonesia and Pakistan. The countries have diversity in geographic size, educational levels, political systems, socio-economic development, etc. Adult literacy levels range from 100% to less than 50%. The majority of illiterates are women, girls and other marginalized groups (ethnic minorities, refugees, those living in remote rural areas, etc.).

For most developing and least developed countries, technical and financial support are needed to: ensure food security; conserve the physical/natural environment and sustain resources (water, energy, soil, air, etc.); prevent the spread of communicable diseases, HIV/AIDS and drug abuse; and support efforts to limit demographic stress and promote the sustainability of socio-economic development. All of these have implications on educational reforms in general and science and technology education in particular.

III. COMMITMENTS

Many major conferences have been organized since 1990 to address this topic—and countries have committed to resolve the different problems confronting humankind. Three international conferences that have direct bearing on the strengthening of science and technology education should be highlighted.

1. The World Conference on Education for All (Jomtien, 1990) 'Conference on Project 2000+: Scientific and Technological Literacy' recognized that good quality basic education is fundamental to the strengthening of higher levels of education, and of scientific and technological literacy and capacity, and is thus essential in the development of self-sufficiency.

2. The International For All (Paris, 1993) forwarded a declaration 'calling governments, industry, the public-private sector and other interest groups, education personnel, policy makers, UN agencies, IGO's and NGO's to work together in partnership to promote scientific and technological literacy for all.'
3. The World Conference on Science (Budapest, 1999) adopted the Declaration on Science and the Use of Scientific Knowledge, which made clear that the transfer of knowledge is a priority. The conference 'reinforced the cooperation of national, regional and international organizations and NGO's and focusing on research and development, capacity building, more women in science and technology education, and to bring science and scientists closer to the people'.

IV. THE CURRICULUM REFORMS

The curriculum reforms that Member States have initiated have some commonalties—that is, to make learning more relevant to the lives of the learners, their interests and there needs. Some countries call it 'integrated core programmes'—integrating societal issues in the school subjects—aiming for *relevancy* and *social responsibility*. The depth of the subject would depend on the context and the socio-economic and cultural variations of the localities. The re-orientation and re-organization of education, however, still has to put into practice the guiding principle proposed by the International Commission on Education for the Twenty-First Century (The Delors Report)—that is, 'learning throughout life', building on the four pillars of learning: learning to know, learning to do, learning to be and learning to live together.

The reforms in science and technology education should get their inspiration from the four pillars of learning. These efforts will also entail:

- *review of educational and national policies,* looking at the contextual dimension in terms of literacy/educational levels, socio-cultural and economic situations, science and technology developments, and the required infrastructure;

- *development of teaching-learning materials and resources,* especially supplementary materials, since textbooks take a longer time to develop. The new materials will require motivational/innovative teaching learning strategies developed by teachers themselves;
- *assessment of learning and evaluation techniques,* being an integral part of teaching and learning, could be in the teaching-learning resources. Important areas to be assessed could be societal needs, creativity and initiative, problem-solving and decision-making skills, and other life skills. This could be a major change from the standard practice of teacher evaluation of a student's academic progress—that is, paying more attention to what has been learned than to what has not been learned;
- *strengthening of national capacities, professional development of teachers and educational providers.* This has to take place on a continuous basis, in response to recognition of the changing needs of society. There is also a need for rethinking the roles of different actors in the provision of science and technology education for all;
- *the key roles of non-school resources* (scientific organizations and research institutions, science museums, science centres, planetariums, observatories, etc.) have to be recognized in building and strengthening of expertise and provision of training.
- *linkages, networking and partnership* among individuals, schools and institutions—built from the concept of community participation and ownership. This contributes to: a dynamic exchange of experiences and expertise; better management of resources aiming at cost-effectiveness and efficiency; and academic advancement through joint research activities.

* * *

As lifelong learners, we 'learn/reflect/adapt'—and eventually *take action* relevant to our own situation and the need of society. Promoting science and technology education for all will move us towards a better quality of life and a sustainable future for all.

Part 5

The Challenges to be Faced in Order to Progress Towards a Greater Coherence and Relevance of Science And Technology Education

22

A SUMMARY OF THE DISCUSSIONS

Jacques Hallak and Muriel Poisson

I. INTRODUCTORY STATEMENTS: A LEARNING WORKSHOP

As a preliminary statement, is has to be emphasized that the debates were characterized by lucidity, candidness, questioning and doubts. In fact, if all participants agreed on the fundamental importance of good quality teaching in science and technology in their respective countries, order to face the huge challenges set by today's societies, none of them held strong views on what was needed or on how to go about achieving good quality teaching.

Some referred to a growing public distrust o scientific and technological expertise, parallel to the development of scientific and technological knowledge as well as to the explosion of new technologies. European participants in particular insisted on the progressive relativization of the concept of science in the context of so-called 'risk societies'.

Throughout the debates, most participants questioned the relevance both for employment and daily life of the science teaching actually taking place in their respective countries. One of them even talked about the nine 'fallacies' of scientific teaching, which he detailed as follows: the fallacy of miscellaneous information, the foundational fallacy, the fallacy of a detached science, the fallacy of critical thinking, the fallacy of the scientific method, the fallacy of coverage, the fallacy of a 'value-free' science.

Students' lack of interest in science subjects, demonstrated by their flight from scientific domains, was frequently emphasized. It was mainly attributed to the public authorities using science, as soon as early school years, as a tool to select a small elite, destined to become highly qualified specialists, rather than to attempt to attract the attention and interest of the young by teaching them the basics that would help them become 'scientifically literate'. This lack of interest was also attributed to the particular status of science in the job market and to the difficulty of finding a well-paid job in this area (Malaysia).

All participants preferred to focus their presentation on proposed reforms and innovative experiments, such as the French 'Main à la pâte' initiative or the Malaysian 'Smart School' project, rather than on reforms that had been implemented and success stories. They preferred to share realistic strategies for change rather than 'modern recipes' to be applied regardless of the difficulties that result inevitably from adaptation during a reform process.

At the end of the debates it appeared that more questions had been raised than answers provided, most of which will be described below.

II. THE SCOPE OF SCIENCE EDUCATION

The scope of science education varied greatly from one country to another, with more or less emphasis placed on scientific content, methods (inquiry, problem-solving, cooperative learning, etc.), tools or values.

China, for instance, distinguished among six different domains in science teaching, i.e.: the knowledge domain (ability to master important facts, major concepts and principles of science); the operational skills domain (ability to use apparatus and instruments); the scientific process skills domain (ability to observe, measure, group, question, formulate hypotheses and experiment); the application domain (ability to apply concepts and skills in new situations); the creative domain (ability to formulate questions, to give explanations and new ideas); and the attitude domain (ability to develop a positive feeling to wards science and studying science).

The United Kingdom put a stronger emphasis on the social value of science, by referring not only to the knowledge and understanding of the scientific content as well as the scientific approach to inquiry, but also to science as a 'social enterprise'—that is, the social practices of the community.

Japan and Israel included technology in the scope of science education. Japan talked about the capacity of making use of computers and Israel spoke of problem-solving within a 'technological and scientific environment', putting stress on the significant impact of technological process on the individual and society.

New Zealand called for a new definition of literacy and numeracy that would see science education as 'a tool to understand the world in which we live'. Israel insisted on the necessity for primary school curriculum to enhance scientific and technological literacy for all, and Japan described the difficulty of promoting national scientific literacy, given that after graduation, students seem to forget the scientific concepts that they are supposed to have acquired.

From this reflection on the importance of scientific literacy emerged the necessity to modify the scope of science education according to the level of education concerned. While the need for scientific literacy at primary level was recognized, the need for progressively specialized science education beginning at the secondary level was also underlined. This would imply that the aims, methods and approaches of science teaching should be adapted to primary, secondary and higher education, which is not always the case in countries whose school system is highly selective as early as primary level and that choose to base their selection process on scientific subjects.

III. USEFUL CONCEPTS

Two opposing concepts—knowledge and competencies—were raised several times by participants. China, for instance, declared that in the Chinese school system, undue stress was put on knowledge, neglecting the development of the students' ability to apply science knowledge and skills in problem-solving; as a consequence, teachers were failing to develop students' scientific attitudes, values, process skills and high-order thinking skills.

This emphasis on knowledge was associated by Indonesia with the importance given to content rather than to process in syllabus design. The rigidity of the syllabus coupled with no (or insufficient) curriculum guidelines was described as limiting teachers' creativity in teaching science.

The concepts of integrated subjects and of interdisciplinarity were frequently used for qualifying different matters. Japan gave examples of integrated subjects to be taught at various school level; at upper secondary level for instance,

'Integrated science A' will be added to traditional subjects as from 2002: it will consist in inquiring into 'the natural events with relation to our daily life like meters and energy; centering the relation between scientific technology and human beings; and fostering the integrated view of nature, and the ability and attitude to inquire nature'. It is planned that the organization of these integrated subjects will be a function of the ability and intention of teachers in each school. China also called for a change in its own system from subject division towards subject integration. It intends to offer comprehensive courses (such as humanities, comprehensive science, sports and health, etc.), in addition to traditional disciplines (such as ideological and political studies, Chinese, Mathematics, foreign languages, etc.). As in the case of Japan, the balance between the two could be determined according to the competence of teachers.

The concept of interdisciplinarity was conceived more as an approach to organizing science education. Israel has worked considerably on this concept, trying to design and implement a Science, Technology and Society (STS) approach, aiming at teaching science and technology in an integrated way emphasizing their relation with society at large. This approach relies on science and technology teachers who choose their curriculum from the subjects included in the syllabus (such as energy, information, communication, ecology, etc. for elementary schools) and decide how to integrate them. Netherlands follows a quite similar scheme at senior secondary level. At this level, science teaching starts from themes such as energy, food, health and other issues; the relevant concepts and principles for gaining insights into these themes are drawn from different disciplines. The overall objective is for students to get used to drawing on concepts in an integrated way. Traditional subjects such as physics, chemistry and biology are only taught as optional courses.

Participants made a distinction between the concepts of 'intended curriculum', 'implemented curriculum' and 'attained curriculum'. France noted that the texts defining curricula are interpreted differently by different teachers, and that the way pupils and students understand the teaching they receive varies considerably as a function of the individuals concerned and the school environment. In other words, one can observe significant disparities between what is set by official texts, what is taught at school level and what is actually learned by children. This has important implications for all aspects of curriculum development, in particular the methods used for curriculum design and assessment.

IV. OPTIONS AND POLICIES

The variety of conceptions about science teaching prevailing in different countries and of methods being used to put them into practice at school level clearly demonstrated the diversity of aims and missions of scientific and technological education worldwide, and of the values attached to it. A number of diverse options and policies as regards science and technology teaching were identified.

One choice is between decentralizing or not decentralizing responsibilities regarding content and curriculum from the central government to local authorities and/or the school. In the 1990s Hungary went from a state-controlled curriculum to a school-based curriculum. Schools are now required to develop their own teaching programme (allocation of time for subjects, translation of content and objectives into subjects, formulation of local goals and objectives, sequencing of learning content, etc.) on the basis of the National Core Curriculum. The National Institute of Public Education has set up a Curriculum Bank to help standardize the way the curriculum is prescribed. A private textbook industry has been expending in parallel. A second decision to be made concerns the development or non-development of diversified approaches in science teaching, according to target groups and areas. This question appears particularly relevant in large countries, such as China or India. In the case of China, a curriculum structure adapted to regional differences, the main characteristics of schools and students' individual particularities was set up. Diversified approaches also appear particularly relevant in multi-ethnic countries, such as Indonesia. The 2000 Indonesian school science curriculum reform will provide national standards for basic competencies in science and technology, leaving each district responsible for adapting them to its own cultural characteristics.

A third choice concerns whether or not to link science and technology education to local development. Sri Lanka recommended that education for the creation and application of science and technology on an 'industrial basis' be taken into account, in particular in the case of developing countries, in order to help them reorient and improve the productivity of their economies.

A fourth choice involves the extent to which a country's financial capabilities determine its education policy. Sri Lanka, for instance, has decided to give a strong priority to equal access to education, by providing free textbooks at elementary and lower secondary school (up to and including Grade 11)-which represents a heavy financial investment for public authorities, but also a firm policy engagement.

V. STRATEGIES

Many countries have just undertaken or are about to undertake an in-depth reform of science and technology teaching aimed at counteracting the lack of flexibility of science teaching, the segmentation of content, the lack of practical knowledge, the poor capacity of teachers to manage change, inadequate textbooks, the isolation of science from its environment and unsatisfactory assessment of science learning. The strategies adopted can differ significantly from country to country but the alternatives confronting public authorities when setting up the reform appear quite similar.

One of these alternatives is the weight to be attached to scientific studies in teaching programmes. According to China, the curriculum structure should be balanced by means of establishing reasonable subjects or areas of study and their time allocation. Another alternative concerns selecting what constitutes the 'basics of science'. While it is generally recognized that in the face of escalating increases in scientific knowledge, comprehensive courses should be avoided, how to be selective still needs to be explored. It was recommended that, as is the case in literature courses, some 'classics' and 'masterpieces' in the scientific field be identified as reference for the analysis. A third alternative concerns harmonizing science teaching at various levels: the problem here is to ensure a continuity between primary, secondary and tertiary science and to determine when to start specialization (at upper secondary, as suggested by China?).

Among the most important factors for any strategy of change, the time factor was very often mentioned. As the example of the reform undertaken in the Netherlands shows, for all the steps of the reform to be accomplished (i.e. the adaptation of the curriculum, the training of teachers and the modification of teaching materials) and for all the actors concerned to accept the reform (i.e. academics, parents and the society at large), a gradual approach is undoubtedly indispensable but also difficult, as implementation of the reform is linked not only to available resources but also to social resistance to change. The relation between the scale of reform and the time required for its implementation needs to be clear but it is difficult to predict.

Ensuring teachers' capacity to implement the reform also poses a difficult problem. The Indonesian pre-service training, for example, does not really impart the basic competencies needed by a successful teacher i.e. a thorough understanding of the subject taught and well-developed skills in promoting learning. Most institutions responsible for pre-service training are useful for improving teachers' mastery of subject content, but less so when it comes to improving practical school learning. Several strategies to improve the situation are being explored but have to be further tested in different contexts. Some of these include starting teachers' specialization at a later stage; teaching them the history the history of science; creating teachers' guidebooks and providing teachers with support services (New Zealand); designing new 'inquiry-based teaching materials' that would allow for more flexible and creative teaching methods (Chins); creating data banks that can help them in their daily work (Hungary); mobilizing 'agents of change', such as universities or regional advisers, to guide them in the implementation of the reform; relying on a body of regional inspectors (France) or of teachers' organizations (United Kingdom), to meet with teachers in the schools and explain to them the aims of the reform, give them examples of courses, show them examples of assessssment, etc.; and providing teachers with funds to conduct research on improving teaching methods and materials, and thus contributing to their professional development (Republic of Korea).

VI. METHODS AND PEDAGOGY—INNOVATIVE EXPERIMENTS

Both Asian and European countries have developed innovative experiments during recent years, either inside or outside the school system, as regards the methods and pedagogy used in science and technology teaching.

China, through the Zeijang experience, tries to change traditional pedagogic approaches, by insisting more on mastering than on understanding science. Malaysia ha designed a 'model of scientific and thinking skills', which permeates science lessons in various stages, ranging from introducing scientific and thinking skills explicitly, applying these skills with guidance from teachers and, finally, using these skills to solve specific problems independently. Sri Lanka has set up another model, called the 'Skigushi model', which attempts to systematize the mental process through which a conclusion can be formulated and is intended to develop the ability to think quickly and logically.

Most countries are confronted with the difficulty of arousing pupils' interest and curiosity in science and technology matters. In that respect, China underlined the need for teachers to emphasize the importance of the 'wonder aspect of science'. The Republic of Korea and Japan emphasized the role of play, and the United Kingdom called for the use of a 'set of explanatory stories'. China and Indonesia described practices appealing to the local environment, such as the 'banana project', according to which bananas are used to study biology, chemistry, economy etc. Pupils can be asked to write 'science papers' in order to help them draw precise conclusions from what they observed. The role of teachers in the latter case in crucial and quite different from that in traditional teaching settings: they have, to 'coach' pupils and students throughout the learning process and develop context-specific learning activities and tasks.

Hands-on learning projects are being implemented in French primary schools and by the European Organization for Nuclear Research (CERN) to try to raise the interest of the young. These projects aim at familiarizing children with science by carrying out experiments and, through this, gradually assimilating scientific concepts and technological know-how. They have been developed in France at the initiative of Physics Nobel Prize winner Georges Charpak. Throughout their investigation, pupils are encouraged to reason, argue and discuss ideas and results in a very independent way. In the case of CERN, hands-on activities are made available during school visits. Participating groups of children are asked to mimic the activity of conducting research. CERN is planning to record these hands-on activities in written and visual form and make them widely available over the web.

Dutch schools follows a quite similar approach by proposing 'problems-based' and 'projects-based' science teaching. The idea is to replace learning the ever-increasing amount of specific principles and applications of scientific disciplines by learning to use the fundamentals in the situation in which pupils live and that are relevant for their future life as citizens and workers. Learning and working towards an outcome or product of educational activity helps raised the interest of the young. These methodological innovations have strong implications for curriculum design as well as for the assessment criteria being utilized.

The use of non-school resources for science and technology teaching was advocated as a complement to school courses. In the Philippines, visits to science museums, to manufacturing companies and to industrial sites take place. In India, science exhibitions, science clubs, activities, debates, etc. are organized In other countries, networks are being created with the help of local partners to support school courses. China has established some 'scientific circles', for instance, and Japan 'school-centred networks of science learning'. Part of the curriculum is devoted to field-work and, for that purpose, local existing social facilities, such as museum or private companies are used. Pupils use exhibits to show their research tasks to others. Learning is organized through networks: a network of the subjects to be taught, a network of school and out-of-school facilities, a museums-centred network, a nature observation network, etc.

Most of the innovative experiments described referred to science. The exception if the 'Smart School' project in Malaysia, which tried to capitalize on the introduction of new technologies in schools to create a stimulating teaching environment.

Various issues were raised concerning the innovative approaches presented above. Should they be seen as a substitute for school education or only as an additional tool? Are they part of the learning process or simply exposure to science? Could they be easily implemented on a larger scale, in various contexts, or should their localized aspects be underpinned before trying to apply them elsewhere?

VII. ORGANIZATION AND MANAGEMENTS

A key aspect in the reform of science and technology teaching concerns new and innovative approaches in curriculum design, and the methods used to help the teachers find the appropriate tools to implement the curriculum.

One of the issues raised to whether curriculum design should start with disciplines or subjects, for each of the levels concerned. In the case of Malaysia, the primary level science curriculum is organized around five subjects, namely the living world, the physical world, the material world, earth and the universe, and the world of technology. At upper secondary level, it is organized around disciplines, i.e. science, biology, physics and chemistry. The identification of attractive subjects is not always that easy.

A second issue consists in identifying which disciplines are the subject/object of integration. Disciplines which are the subject of integration are bound to use elements and approaches borrowed from other disciplines; earth science for example, which appeals to physics, chemistry, biology, environmental science, etc., can be regarded as a subject of integration. Disciplines that are objects of integration are bound to be used by other disciplines; mathematics, for instance, as a science tool, can be considered as an object of integration.

A third issue has to do with identifying the relation between different learning sequences and the aims of education. This is necessary to determine which courses are compulsory and which elective, at various levels. In Thailand for example, the secondary level curriculum distinguishes between compulsory core, compulsory elective and free elective courses. At lower secondary level, general science courses are offered as core compulsory and elective ones. At upper secondary level, students are divided into science and non-science stream. For the science stream students, physics, chemistry, biology and environmental science are offered as compulsory elective and free elective courses, For the non-science stream, various units on physical and biological science are offered.

A fourth issue is linked with the need to avoid overloading curricula—which exercises a great pressure on pupils—and to avoid the 'cumulation of knowledge' which leads to 'sediment-like curriculum'. The trend in various countries is to reduce the time allotted to science teaching, either to give time to the development of 'creative activities' (Republic of Korea), or as result of the integration of disciplines (Japan). In the latter case, Hungary noted that this may require fewer teachers.

A fifth issue concerns the 'operationalizing' of scientific contents, in other words in the methods to be used to put science into context and to encourage the understanding of society through science. In the Netherlands, at secondary level, more attention is given to relating science to the world outside school as well as to practical work in all science subjects. In Israel, the curriculum is being utilized to develop awareness on wise consumer thinking and behavior by using the decision-making process when selecting a product or a system. It is also being utilized to prepare individuals to take care of the environment.

A final important point for the implementation of new approaches in the field of science and technology teaching is the profile and management of training of teachers. In fact, it is difficult to ask them to teach things quite different and quite differently (to help them 'coach' the education process) to what they have learnt themselves (Indonesia talked about 'new times, old players'). In various Asian counties, most in-service training in science education uses a 'cascade model', which helps to limit the cost of reform management and to train people in a short timeframe. Through this training model, a group of key personnel are trained (called 'master-teachers' in China); they in return train other users of the curriculum at regional and then local levels, Indonesia considers that this top-down model has little value due to the heterogeneous conditions of Indonesian teachers, resources and cultures. In Malaysia, it has led to a dilution of knowledge and, consequently, to the misinterpretation of the curriculum; it was suggested that a bottom-up community-based approach might be more useful for science development.

VIII. ASSESSMENT AS TOOLS OF LEARNING, MONITORING, SELECTING, ETC.

Science assessment was presented as a key tool not only for evaluating and comparing pupils' educational results and, on this basis, for selecting a small elite, but also for monitoring the quality of learning, and above all, the success and the limits of implementation of a reform.

One of the difficulties consists in defining precisely what has to be assessed—which has strong implications on what is being taught, as what is not considered relevant for examination purposes is usually not considered relevant for learning. In Indonesia, assessment is focused on context; this results mainly in memorization and routine exercises, responsible for the failure of students to acquire real understanding as well as adequate problem-solving and critical thinking skills. In India, little importance is attached to the assessment of practical work, resulting in utter neglect of practical work in school education. In the United Kingdom, the testing of practical skills has been abandoned because of its high cost; this has resulted in teachers, who want their pupils to get the best possible results, putting less emphasis on the practical aspects of science. France has succeeded in imposing experimental science in classes and its proper assessment, after decades devoted to convincing decision-makers that practical work is worth the money, sensitizing teachers of the interest of it, and leading schools to build laboratories and buy equipment.

The evolution of science learning (in particular the attempt to increase the emphasis on the mastering of knowledge) requires an evolution of the assessment methods used. The Philippines established an examination system based on learning competencies, which are assessed in national elementary and secondary achievement tests. It is applied through school-based assessment, with progress reports in science achievement shared with parents and other stakeholders. The Netherlands developed portfolios and dossiers with products produced by students and reflection on learning results and learning processes. France created a computer assessment resource bank in science.

The limitations of assessment are not always well understood. To begin with, assessment does not give clue to the attitude of the young towards science learning. In Japan for instance, according to the Third International Mathematics and Science Study (TIMSS), the achievements of Japanese children at Grades 4 and 8 are the second third highest among the twenty-six and forty-one participating countries and territories; forty-eight per cent of students think that science is important in their daily life and twenty per cent want to get a job in the future related to science. The way to assess attitudes, inquiry spirit and curiosity has still to be found. In China, assessment fails to take into consideration multiple forms of intelligence and, consequently, the various potential of students, which leads to the academic failure of most students and damage to their self-esteem. In Hungry, the lack of assessment skill among the teaching force limits any attempts to reform the system.

In various Asian states, the pressure of international comparisons, such as TIMSS, compels public authorities of formulate their education reform policy on the basis of expected results, which limits any evolution of the assessment systems and, consequently, of teaching.

There exists a wrong perception of what a good education is, through assessment: in seeking to make the important measurable, only the measurable has become important. There were not many suggestions made to change the situation.

IX. BY WAY OF CONCLUSION, OUTSTANDING AND UNDOCUMENTED QUESTIONS

The debates helped to rise a number of outstanding questions that would need to be addressed in greater depth; a few of them are listed below:

- How to define the 'basics' of science education?
- To what extent are 'basic competencies' dependent on context, time, country and local situation?
- Even if it is admitted that part of the basics can differ from country to country and evolve during time, what ***criteria*** should be used in order to determine precisely in what they actually consist?
- How to define 'science literacy'? Will a concentration on science literacy risk undermining the education of those who will become future scientists?

- How to address the lag between the 'public views' and the 'experts' views' on what is ***good*** in science education?
- Where and when to start specialization? At what age? For what cycle?
- How to select from among all the existing disciplines those that have necessarily to be taught? Is there a need to make a selection?
- How to choose the 'stories' needed to illustrate the concepts being taught in a consistent way?
- What are the merits and drawbacks of the integration of science and technology?
- How to proceed practically with the integration of science subjects both at national and at school level?
- How to prepare teachers for a radical change in the philosophy of learning and teaching?
- How to make the truly ***important*** measurable?
- How to articulate basic, secondary and higher education? In particular, how to avoid the pervasive effects of specialized science education at higher level for the whole system?

By way of a forward-looking conclusion, two scenarios can be imagined as regards the evolution of science education in the coming years: a 'vicious scenario' and a 'virtuous scenario'.

According to the vicious scenario, the situation prevailing today in most countries would persist, leading to the continuous deterioration of science education. The confusion on the mission statements of science education would persist. The lack of adequate teachers and the negative selection process linked to the existing systems of assessment would continue to have a pervasive effect on the whole education system, except for 'the fortunate few'. It would maintain the process of flight out of science education streams.

According to the virtuous scenario, the mission statements of science education would be redrafted by level, after having carefully assessed the demand of the labour market through an appropriate communication strategy and properly addressed the question of what makes ***a good worker:*** good scientific literacy or specialized science teaching. The feasibility of alternative policies and strategies would be tested. Carefully planned programmes of implementation would be adopted. The methods of assessment used would be adapted in order to measure the 'relevant' rather than simply the 'measurable'.

ANNEX: LIST OF CONTRIBUTORS

Mrs Nantiya Boonklurb, Assistant Director, The institute for the Promotion of Teaching Science and Technology, 924, Sukhumvit Road, BANGKOK 10110, Thailand

Mr John Ellis, Conseiller, Relations avec less Etats non-membres, Chief, Division de la Théorie, CERN, Case Postale, Meyrin, 1211 GENEVA 23, Switzerland

Mr. Masakazu Goto, Senior Researcher, National Institute for Educational Research, The Earth Section, 6-5-22, Shimomeguro, Meguro-Ku, TOKYO 153-8681, Japan

Ms Lucille Gregorio, UNESCO-PROAP, 920, Sukhumvit Road, BANGKOK 10110, Thailand

Mr Jacques Hallak, Assistant Director-General, Director, International Bureau of Education, Case postale 199, 1211 GENEVA 20, Switzerland

Mr Moshe Ilan, Director, The Israeli Curriculum Center, Ministry of Education, JERUSALEM 91911, Israel

Prof. C.L.V. Jayatilleke, Director-General, National Institute of Education, Chairman of the National Education Commission, P.O. Box 21, High Level Road, MAHARAGAMA, Sri Lanka

Ms Judit Kadar Fulop, Ministry of Education, P.O. Box 18-84, Szalay 10-14, 10-55 BUDAPEST, Hungary

Ms Frances Kelly, Senior Manager, Learning and Evaluation Policy, Ministry of Education, P.O. Box 1666, WELLINGTON, New Zealand

Dr. Joo-hoon Kim, Curriculum and Evaluation Research Department, Korea Institute of Curriculum and Evaluation, 25-1 Samchung-dong, Jongru-gu, SEOUL 110-230, Republic of Korea

Dr. Sharifah Maimunah binti Syed Zin, Deputy Director, Curriculum Development Centre, Ministry of Education, Persiaran Duta off Jalan Duta, KUALA LUMPUR 50606, Malaysia

M. Pierre Malleus, Inspector général de I' éducation nationale, Ministére de l' éducation nationale, de la recherche et de la, technologie, 107, rue de Grenelle, 75007 PARIS, France

Ms Bella Marinas, Supervising Education Programme Specialist, Department of Education, Culture and Sports, Secondary Education Development and Improvement, Project, 3rd Floor, Bonifacio

Building, DECS Complex, Meralco Avenue, PASIG CITY 2600 Philippines

Mr Jonathan Osborne, University of London, King's College London School of Education, Cornwall House, Waterloo Road, LONDON SEI 8WA, United Kingdom

Dr. Albert Pilot, Professor, IVLOS Institute of Education, P.O. Box 80127, 3508 TC Utrecht, Netherlands

Ms Muriel Poisson, Assistant Programme Specialist, International Institute for Educational Planning, 7-9, rue Eugène Delacroix, 75116 PARIS France

Prof. J.S. Rajput, Director, National Council for Educational Research and Training, Sri Aurobindo Marg, NEW DELHI 110016, India

Dr. Ella Yulaelawati, Head, Curriculum Division and Educational Facilities, Centre of Curriculum Development, Jalan Gunung Sahari No. 4 JAKARTA, Indonesia